DRESSLER

Von Grit Poppe sind im Dressler Verlag bereits erschienen:

Weggesperrt
Schuld

Abdruck der Dokumente im Anhang mit freundlicher Genehmigung durch Herrn Christian Ahnsehl.

Zitat auf S. 214, 218 und 219 aus: *Mahatma Gandhi – Politiker, Pilger und Prophet.* © Sigrid Grabner, Verlag Neues Leben Berlin, 2. Auflage 1985.

GRIT POPPE wurde 1964 in Boltenhagen an der Ostsee geboren. Sie studierte am Literaturinstitut in Leipzig. Von 1989 bis 1992 engagierte sie sich in der Bürgerbewegung *Demokratie Jetzt*. Heute schreibt sie Bücher für Kinder, Jugendliche und Erwachsene. Für ihren ersten Jugendroman Weggesperrt, der 2009 im Dressler Verlag erschien, wurde sie mehrfach ausgezeichnet, unter anderem mit dem *Gustav-Heinemann-Friedenspreis für Kinder- und Jugendliteratur*. Grit Poppe lebt mit ihrer Familie in Potsdam.

grit poppe

VERRATEN

Mit Zeitzeugenbericht im Anhang

Dressler Verlag · Hamburg

Klimaneutral
Druckprodukt
ClimatePartner.com/53248-2011-1002

Dieses Buch wurde klimaneutral produziert. Dadurch fördern wir anerkannte Nachhaltigkeitsprojekte auf der ganzen Welt. Erfahre mehr über die Projekte, die wir unterstützen, und begleite uns auf unserem Weg unter www.oetinger.de

FSC www.fsc.org
MIX
Papier aus verantwortungsvollen Quellen
FSC® C014496

1. Auflage

Dieses Werk wurde vermittelt durch Agentur Brauer
(Agentin: Ulrike Schuldes)
© Umschlaggestaltung: Frauke Schneider
Satz: Arnold & Dominick, Leipzig
Druck und Bindung: GGP Media GmbH,
Karl-Marx-Straße 24, 07381 Pößneck, Deutschland
Printed 2022

ISBN 978-3-7513-0079-7

www.dressler-verlag.de

VERLOREN

Sebastian

Er sah die Frau, die ihm in dem nichtssagenden Büro gegenübersaß, ungläubig an.

»In ein Heim? Ich geh in kein Heim!«

Sebastians Hände ballten sich, beinahe hätte er auf den Tisch geschlagen. Aber er biss sich auf die Unterlippe, versuchte, ruhig zu bleiben. Er konnte keinen Ärger mit dieser komischen Tante, die jetzt offenbar über sein Schicksal bestimmte, gebrauchen.

Frau Pfeifer hob die Augenbrauen und wirkte erstaunt wie eine Eule, der die beinahe gefangene Maus davonlief.

»Tut mir leid, Sebastian. Es ist alles entschieden. Du bist sechzehn und damit minderjährig. Die Organe der Jugendhilfe haben die Heimunterbringung für dich festgelegt.« Sie seufzte und sah ihn bedauernd an. Aber ihre Stimme klang falsch. Alles kam ihm hier falsch vor. Auf dem Tisch stand eine hässliche braune Vase mit Plastikblumen. Falsch. An der Wand hing ein ausgeblichener Druck: eine junge Frau und ein junger Mann, die am Strand blöde vor sich hin glotzten. Falsch. Das gequälte Lächeln dieser Fürsorgerin. *Falsch!* Und irgendwie unheimlich.

»Selbstverständlich werde ich dich zu der Einrichtung begleiten. Es ist eine Durchgangsstation. Nicht weit weg von hier. Dort bleibst du nur so lange, bis man einen geeigneten Heimplatz für dich gefunden hat.«

Sebastian schluckte. Irgendetwas steckte in seiner Kehle, er hustete. Japste nach Luft – wie vor ein paar Tagen im Schwimmbad, als er sich am Chlorwasser verschluckt hatte. Ein kleiner, unangenehmer Augenblick. Danach war er einfach weiter die Bahnen geschwommen, ruhig, schnell, gleichmäßig, so als wäre nichts gewesen. Das schien ihm plötzlich ewig lange her. »Ich hab doch gar nichts mit. Keine Sachen, meine ich … Schultasche … Bücher … Nicht mal 'ne Zahnbürste«, stammelte er.

Die Fürsorgerin, die er erst vor einer halben Stunde kennengelernt hatte, redete weiter auf ihn ein, als wäre er einfach nur ein bisschen begriffsstutzig, als wäre er fünf und nicht sechzehn. »Alles Notwendige bekommst du vor Ort. Um den Rest kümmere ich mich. Und du kannst mir schreiben, wenn du ein Problem hast«, verstand er, als er in der Hustenattacke versuchte, Luft zu holen.

Die Alte hatte doch wohl einen Sprung in der Schüssel! Warum sollte er ins Heim? Wieso sollte er jemandem schreiben, den er nicht kannte?

»Was ist mit meiner Oma?«, krächzte er und griff sich an den Hals. »Sie wird damit nicht einverstanden sein.«

»Wie du weißt, lebt deine Großmutter jetzt in einem Feierabendheim. Auch für sie wird gesorgt.«

»*Ich* hab mich um sie gesorgt und sie sich um mich! Es war alles in Ordnung!«, brachte er heraus.

»Seit dem Tod deiner Mutter hat deine Großmutter Probleme mit dem Herzen, steht in deiner Akte. Vor Kurzem hatte sie sogar einen Herzinfarkt. Du kannst für sie nicht die Verantwortung übernehmen und sie schon gar nicht für dich. Es geht ihr gut, wo sie jetzt ist. Wir lassen niemanden allein, der Hilfe benötigt. Und du benötigst eine Unterbringung und Menschen, die sich um dich kümmern. Das ist dir doch klar?«

Automatisch schüttelte er den Kopf. »Ich kann mich um mich selbst kümmern«, murmelte er. Aber die Frau achtete gar nicht mehr auf ihn. Hastig kritzelte sie etwas auf ein Stück Papier, heftete das Blatt ab und schlug die Akte zu.

Wieso war seine Akte eigentlich so dick? Woher kannte die Fürsorgerin ihn überhaupt? Hatte er sie nicht schon einmal gesehen? Bloß wo?

Er schielte auf den grauen Aktendeckel, auf dem nicht viel zu lesen war: Sebastian Haberkamp. Sein Name. Sonst nichts.

Frau Pfeifer blickte auf ihre Armbanduhr. »Es ist Zeit«, sagte sie und schob das Dokument in ihre Tasche. »Gehen wir.«

Abrupt erhob sie sich und blickte auf ihn herab. Wieder hatte Sebastian das Gefühl, dass da ein eulenartiger Greifvogel über ihm schwebte.

»Worauf wartest du?« Sie klang ehrlich verblüfft. Als wäre jetzt alles klar. Und er nur zu blöd, es zu begreifen.

»Warum soll ich in ein Heim?«, fragte er. »Was ist mit meiner Schule?«

»Das wirst du dann schon sehen.« Ungeduldig klimperte sie mit dem Autoschlüssel in der Hand herum. »Wir müssen jetzt wirklich los. Sie warten bereits auf dich. Außerdem hab ich seit fünf Minuten Feierabend. Heute ist Freitag.« Es klang wie ein Vorwurf. Als wäre das irgendwie alles seine Schuld.

Sebastian verschränkte die Arme. Er blieb sitzen. »Was ist, wenn ich mich weigere?«

»Du kannst dich nicht weigern. Du bist minderjährig«, antwortete Frau Pfeifer. »Und Waise.«

»Waise?« Wie kam sie denn darauf? Irgendwie musste er sofort an *Oliver Twist* denken. Den Roman hatte ihm seine Mutter einmal zu Weihnachten geschenkt. Ein Buch aus dem Antiquariat, mit verblasster goldener Schrift auf dem Einband. Wenn er die Seiten aufschlug, strömte ihm ein Geruch von Walnüssen entgegen.

»Bin ich nicht!«, schoss es aus ihm heraus. »Ich bin keine Waise! Ich habe einen Vater! Steht das nicht in Ihrer schlauen Akte?«

Die Fürsorgerin seufzte. »Doch. Aber … *Junge!* … Mal ehrlich: Wann hast du ihn das letzte Mal gesehen?«

Sebastian schwieg. Er konnte sich nicht daran erinnern.

»Er war doch noch nicht einmal bei der Beerdigung gewesen.«

Einen Moment lang war es still in dem Raum. Dann fiel Sebastian ein, wo er die Alte schon einmal wahrgenommen hatte: Auf dem Friedhof! Beim Begräbnis seiner Mutter.

Also stand er schon seit diesem Tag unter ihrer Beobachtung?

»Na gut.« Frau Pfeifer setzte sich noch einmal hin, zerrte die Akte aus ihrer Tasche, schlug sie auf und notierte etwas. »Ich werde schauen, was sich machen lässt. Vielleicht gibt es ja eine Chance, dass du zu deinem Vater kannst. Gleich am Montag schreibe ich an das Fachorgan Volksbildung, Referat Jugendhilfe, versprochen. Aber in das Durchgangsheim musst du trotzdem. Und zwar sofort!«

Katja

Ich war wieder mal auf der Flucht, stand am Rand der Straße und streckte den Daumen in den Wind. Er klebte noch vom Eis, das ich in der Kaufhalle geklaut hatte. Der winzige, mit einem Vornamen bedruckte Plastiklöffel, den ich mit dem Becher mitgehen ließ, klemmte zwischen meinen Lippen, und ich lutschte darauf herum. Dabei war der letzte Hauch von Vanille längst verflogen. »Gabi« stand auf dem Löffelstiel. Noch nie hatte ich in einem Laden einen Löffel entdeckt, auf dem mein Name stand: Katja.

Normalerweise unterließ ich das Klauen im Konsum, in Kaufhallen oder Drogerien. Es war viel zu gefährlich und außerdem albern und peinlich beim Diebstahl eines Lollis, einer Bambina oder einer Tüte Knusperflocken – meiner Lieblingssüßigkeit, die es sowieso selten gab – erwischt zu werden. Aber es ließ sich nicht immer vermeiden, wenn man nicht verhungern wollte.

Ich kaute auf dem Löffel herum, bis er zerbrach. Die Spitze bohrte sich in meine Zunge, ich schmeckte Blut und spuckte aus. Spuckte die beiden Plastikteilchen samt Gabi in den Straßengraben. Gab mir Mühe, sofort wieder zu lächeln und so harmlos wie möglich auszusehen. Niemand durfte auch nur ahnen, dass ich ausgerissen war.

Entwichen – wie das dämliche Wort der Erzieher dafür lautete.

Vielleicht war der Begriff aber auch gar nicht so dämlich. Ich fühlte mich wie ein Flaschengeist, der sich endlich, nach Tausenden von Jahren, aus seinem gläsernen Gefängnis befreien konnte. Entwichen traf meinen Zustand also eigentlich ganz gut.

Ich stieg in das erstbeste Auto, das hielt. Ein grauer Trabant. Er ratterte wie aus dem letzten Loch. Es qualmte und stank aus dem Auspuffrohr. Egal. Hauptsache weg.

Kaum hatte ich mich auf die Rückbank gequetscht, zog ich die Tür des Wagens auch schon mit einem Rums zu.

Der Fahrer zuckte zusammen. »He, sachte, Mädel.«

Ich lächelte unschuldig in seine missbilligende Miene hinein. Er tat ja gerade so, als wäre sein Schrottauto eine Luxuskarre.

»'tschuldigung!«

Nervös warf ich einen Blick zurück. Die Scheibe war mit Dreck beschmiert, ich konnte kaum durchgucken. Perfekt! Niemand würde mich sehen.

Trotzdem zog ich vorsichtshalber die Schultern ein, duckte mich hinter die Ablage, auf der eine Rolle Klopapier stand – nicht besonders glaubwürdig verborgen unter einer gehäkelten Mütze. Ich würde wohl nie verstehen, warum Autobesitzer das machten. Warum sie sich Toilettenpapier mit Hut in ihr Fahrzeug stellten. Aber egal, das bunte Bommelding gab mir zusätzlichen Sichtschutz. Hoffte ich jedenfalls. Das Gefühl, verfolgt zu werden, blieb. Die Angst, dass sie mich sofort wieder erwischten. Ich war eben kein Geist.

Der Fahrer, ein hutloser Mann um die fünfzig, mit Schnurrbart und Halbglatze, warf mir einen misstrauischen Blick zu. Sah er mir etwa an, dass ich gerade aus dem Jugendwerkhof türmte? Ich war nachts aus dem Fenster gestiegen, kurz vor Tagesanbruch, im Nachthemd; war im Halbdunkel auf Zehenspitzen davongeschlichen.

Die Klamotten, die ich jetzt trug, stammten von einer Wäscheleine und sahen sicher mehr als merkwürdig aus: ein kariertes Männerhemd, eine rote Oma-Strickjacke und eine schlabbrige Trainingshose. Wenigstens roch alles frisch gewaschen.

»Warum setzt du dich nicht neben mich, Mädel?«, brummte er. »Ich beiße nicht.«

Aber ich beiße vielleicht, dachte ich. Wenn du weiter blöde Fragen stellst.

»Danke, dass Sie mich mitnehmen«, sagte ich höflich und gab mir noch mehr Mühe, harmlos auszusehen.

»Du hast da was …«, sagte er und fasste sich an seine unrasierte Wange. Dann streckte er seine Wurstfinger nach mir aus.

Instinktiv zuckte ich zurück, rieb hastig in meinem Gesicht herum. »Nur ein bisschen Eis«, murmelte ich. »Vanilleeis.«

»Zum Frühstück?« Er lachte. »Wie heißt du eigentlich?«

»Gabi. Gabi Müller.«

»Und wo soll's hingehen, Gabi Müller?«

»Ich will nach Berlin. Verwandte besuchen«, behauptete ich. »Oma und Opa.«

»Ich kann dich bis Oranienburg mitnehmen.«

»Super! Von da aus kann ich ja die S-Bahn nehmen, stimmt's?«

»So ist es, Gabi Müller.« Seine Stimme klang spöttisch, leicht gereizt, als würde er mir meinen Namen und meine fade Story nicht glauben. Aber wir fuhren, bewegten uns immer weiter weg. Nur darauf kam es an.

»Darf ich?«, fragte ich, und ohne eine Antwort abzuwarten,

fummelte ich an dem Autoradio herum, bis ich einen Westsender fand. RIAS Berlin, eine freie Stimme der freien Welt. Es knackste und rauschte und nach einer Weile hörte ich den *Sonderzug nach Pankow*. Ich sang leise mit.

Der Fahrer grinste. »Udo fetzt, was?«

Ich nickte und traute mich, das Radio lauter zu stellen. Mal eben nach Ost-Berlin, echote es in mir.

Mein Plan war tatsächlich, in Berlin unterzutauchen. Schließlich war die Stadt riesig, man fiel nicht so schnell auf, wenn man sich herumtrieb. Andererseits gab es wohl kaum eine Stadt in der DDR mit mehr Polizei.

Zum Abschied winkte ich dem Fahrer zu, und der davonzuckelnde verdreckte Trabi kam mir plötzlich vor wie ein kleiner, altersschwacher grauer Drache, der sich in seinen eigenen Dampf hüllte.

Als ich am nächsten Morgen in meinem Unterschlupf in der Nähe des Oranienburger Bahnhofs aufwachte, fiel ein staubiger Streifen Licht durch das Dachbodenfenster. Es war ruhig, nur der Krach der Straße war zu hören. Es musste Sonnabend sein. Ich schloss noch einmal die Augen, lauschte dem Verkehrslärm, der sich in den Straßen verteilte. Autos rumpelten auf dem Kopfsteinpflaster. Die S-Bahn ratterte über die Gleise.

Ich richtete mich auf und ließ das Ding los, das ich im Arm gehalten hatte: einen zerlumpten Teddy, der nur noch ein Auge besaß. Anstelle des anderen hing ein schwarzer Faden aus seinem Gesicht. Er sah traurig zu mir hoch. Der Anblick machte mich wütend. Ich konnte es mir nicht leisten, Kind zu sein.

Das Davonlaufen war Arbeit. Das Sich-Verstecken war Arbeit. Das Untertauchen und Niemandem-Auffallen.

Mein Magen knurrte vor Hunger. Früher oder später musste ich raus, um nach Essen zu suchen. Musste wie ein wildes Tier auf Beutefang gehen. Oder sollte ich gleich in die S-Bahn Richtung Berlin steigen und nach Pankow oder zur Schönhauser oder Prenzlauer Allee fahren?

Meine Mutter wohnte in Bernau, nur ein paar Kilometer von Oranienburg entfernt. Sie lebte ihr Leben ohne mich. Die S-Bahn hielt sogar in der Kleinstadt. Endhaltestelle. Im Grunde ein Katzensprung. Doch selbst wenn ich wollte, könnte ich nicht zu ihr, oder? Bei meiner Mutter suchten sie immer zuerst. Aber eigentlich wollte ich sie auch nicht wiedersehen. Seit dem letzten Streit war ich für sie gestorben und sie für mich. Keine gute Basis für ein fröhliches Familientreffen. Was suchte ich also hier? So nah an meinem Zuhause?

Ich sah zum Fenster. Der Regen hatte den Dreck nur noch mehr verschmiert.

Die Scheibe schob ich mit der rostigen Stange hoch, die an der Luke befestigt war. Bei dem Quietschgeräusch zuckte ich zusammen. Wartete einen Moment. Lauschte. Es blieb alles ruhig. Ich angelte nach den Porzellanschälchen, die ich gestern in einem alten Koffer gefunden hatte. Sie waren bis obenhin mit Regenwasser gefüllt.

»Wusst' ich's doch«, murmelte ich zufrieden.

Ich deckte den Tisch. Sechs Schälchen Wasser ganz allein für mich und ein Rest Brot aus der Werkhofküche. Es knirschte zwischen meinen Zähnen, als ich davon abbiss.

Es schmeckte scheiße. Doch es war besser als nichts.

Die Schälchen sahen aus wie Puppengeschirr. Meine kleine Schwester würde sich bestimmt darüber freuen.

Sebastian

Frau Pfeifer saß stumm am Steuer ihres Skodas. Sie fuhren aus der Stadt, ließen Eberswalde, den Ort, in dem er nach dem Tod seiner Mutter mit seiner Oma gelebt hatte, hinter sich. Während der Fahrt blickte die Fürsorgerin nicht einmal zu ihm, richtete kein einziges Wort an ihn. Ihr Schweigen kam ihm zunehmend bedrohlich vor. Was ging hier vor sich?

»Wo fahren wir hin?«, fragte er schließlich.

Frau Pfeifer antwortete nicht. Sie starrte durch die Scheibe auf die Straße. Ihr Gesicht wirkte wie eingefroren.

Sebastian fühlte allmählich Panik in sich aufsteigen. Was bedeutete *Durchgangs*-Heim? Durchgang wohin? Und wieso redete die Frau nicht mehr mit ihm?

Was er sah, als der Wagen nach etwa einer halben Stunde stoppte, war die Farbe Grau. Ein graues Tor versperrte ihm die Sicht. Ein *Gefängnistor.* Aus Metall, eingerahmt von einer hohen Mauer. Das Licht reflektierte in komischen Zacken, die wie Zähne aus der Mauer ragten. Waren das Glasscherben?

»Was soll das?«, entfuhr es ihm. Es fühlte sich unwirklich an, in diesem Auto zu sitzen. Mit dieser komischen Frau. Vor einem Eisentormonster, das jetzt sein Maul aufriss und ihm plötzlich wahnsinnige Angst machte. Das musste doch ein Irrtum sein?

»Wir sind da.« Ihre Stimme klang matt. Ausdruckslos. Sie sah ihn nicht an. »Durchgangsheim Bad Freienwalde. Wenn du Glück hast, bleibst du nicht lange.«

»Wenn ich Glück habe?«

Der Wagen fuhr auf den Hof. Er saß in der Falle. Das ist doch nie im Leben ein Heim!, schrie etwas in ihm. Doch er brachte keinen Ton heraus.

Als er aus dem Auto stieg, wurde ihm schwindlig. Wieso waren die Fenster alle vergittert? Wo war er hier bloß gelandet? Und wieso?

Langsam hob er den Kopf.

Hinter den Metallstäben eines der Fenster nahm er blasse Gesichter wahr. Täuschte er sich oder waren das … Kindergesichter?

Er konnte sie nicht genau erkennen, aber es kam ihm vor, als wären sie nicht älter als neun oder zehn. Weshalb … warum sperrte man sie ein?

Was zum Teufel blühte ihm hier?

Katja

Mein Mund war ganz trocken, als ich vor ihrer Wohnungstür stand.

Eine Klingel gab es immer noch nicht. Also hob ich die Faust und zögerte. Und wenn die Polizei schon drinnen auf mich wartete? Es wäre nicht das erste Mal.

Die Tür öffnete sich wie von selbst. Sie war nur angelehnt.

Meine Mutter wohnte in einem maroden Altbau, der seit Jahren abgerissen werden sollte. Die Fachwerkhäuser in der Nachbarschaft hatte man einst dem Erdboden gleichgemacht und Neubauten errichtet. Aus irgendeinem Grund war dieses Haus vergessen worden.

Ich hörte Stimmen, Musik – kam das von den Nachbarn? Oder hatte sie Besuch?

Automatisch lief ich in die Küche, in der es verführerisch nach Gewürzen und Kaffee roch. Kein Rondo oder Mocca Fix Gold. Es duftete nach frisch gebrühtem West-Kaffee.

»Mama?«, fragte ich leise. »Hier ist deine Tochter. Katja. Kennst du mich noch?«

Dann rief ich sie. Meine Stimme klang heiser, halb erstickt. Ich räusperte mich, nahm mich zusammen, versuchte es noch einmal. Doch es blieb ein halb garer, beschissener Hilferuf.

Ich war siebzehn. Wieso jaulte ich wie ein Kleinkind nach Mama?

Eine fette Fliege surrte um meine Nase, als wollte sie mich verspotten.

Auf dem Tisch lagen ein paar verschrumpelte Äpfel. Ich dachte daran, wieder zu verschwinden. Wieso war ich überhaupt hergekommen?

Ich wollte an den Äpfeln vorbeigehen, aber schon hielt ich zwei in den Händen; schnupperte an ihnen. Ich aß hastig, nur die Stiele blieben übrig.

Dann nahm ich die Geräusche deutlicher wahr. Sie kamen aus dem Wohnzimmer. Irgendwer unterhielt sich da, eine Frau lachte, Bässe wummerten. Was sollte ich tun? Gleich kehrtmachen und verschwinden? Die Küchentür öffnete sich.

Meine Mutter blieb kurz stehen, als sie mich entdeckte, fixierte mich mit ihrem Wildkatzenblick. In ihrem Gesicht lagen Mascara-Schatten, ihre Augen blitzten auf. Sie schien nicht sonderlich überrascht.

Ihre knallrot geschminkten Lippen verzogen sich wie in Zeitlupe zu einem Lächeln. Ich war einigermaßen erleichtert, dass sie nicht versuchte, mich sofort wieder loszuwerden, mich rausschmiss. Unseren Krach schien sie vergessen zu haben.

Als wäre ich noch klein, nahm sie mich an die Hand und zog mich mit sich.

Die Leute in dem verqualmten Raum kannte ich nicht. Sie machten für uns Platz auf dem durchgesessenen Sofa. Wir versanken wie in einer staubigen Wolke. Mir war es recht und ich lehnte mich erschöpft an meine Mutter und trank von ihrem West-Kaffee. Im Jugendwerkhof gab es nur Muckefuck, eine braune Plörre, die nie richtig warm war und nach nichts schmeckte.

Sandra tauchte von irgendwoher auf. Meine kleine Schwester. Sie fiel mir um den Hals, umarmte mich heftig, schob sich ein Kissen unter den Hintern, damit sie besser an mich heranreichte. »Wohnst du jetzt wieder hier?«

Mir dämmerte, dass ich wegen ihr hergekommen war. Wegen ihrer stürmisch klebrigen Küsse auf meine verschwitzte Wange.

»Endlich bist du wieder da! Du bleibst doch, oder?«

»Ich hab was für dich, Süße«, sagte ich und zauberte die Porzellanschälchen aus meinem Beutel. Meine Schwester küsste mich, und ich spürte ihre Schnoddernase warm und feucht an meiner Wange, und es war das Beste, was ich seit Langem gefühlt hatte.

Meine Mutter ging in die Küche und machte Stullen für uns – mit Salami, Zwiebeln, Ketchup, überbacken mit Käse. Auch lauwarme Würstchen brachte sie mit. Wir aßen, ich trank Wein wie die Erwachsenen, rauchte von ihren Zigaretten. Sandra kauerte neben mir, sie hatte Ketchup im Haar, das wie Blut aussah. Sie rülpste und es roch nach Wiener.

»Klar kannst du bleiben«, sagte meine Mutter endlich. »Zumindest bis morgen. Aber … auf Dauer verstecken geht nicht. Du kannst dir ja denken, wieso.«

Sie machte ein ernstes Gesicht, und ich nickte ihr genauso ernst zu, obwohl ich mir gar nichts denken konnte. Außer, dass ich für die nächsten paar Stunden gerettet war. Vielleicht.

»Danke.«

»Ich kann dir nicht garantieren, dass … na, du weißt schon: *Horch und Guck*, die Bullen …« Sie blickte mir so tief in die Augen, dass mir schwindlig davon wurde. »Hast du eigentlich meine Briefe bekommen?«, fragte sie.

»Einen«, antwortete ich. »Zu Weihnachten. Zwei Wochen danach.«

»Es war nicht einfach, herauszufinden, wo du überhaupt steckst.«

Sie erzählte mir eine umständliche Geschichte von einer Bekannten, die eine Bekannte hatte, die bei der Jugendhilfe arbeitete.

»Du warst so mir nichts, dir nichts weg. Von einem Tag auf den anderen verschwunden. Ich fragte nach, wo du abgeblieben bist. Aber sie sagten mir nur, dass ich das schon noch erfahren würde. Ein Brief von offizieller Stelle sei unterwegs. Warst du die ganze Zeit im Jugendwerkhof?«

Ich nickte, zitterte, trank schnell den Rotwein, verplemperte die Hälfte, goss mir neuen ein.

»Wieso bist du von da abgehauen?«

Ich holte tief Luft. »Willst du das wirklich wissen?«

Sie nickte. Und sah dabei aus, als hätte sie sich den Magen verdorben.

Also schön. Wo sollte ich anfangen? Was sollte ich ihr erzählen, von dem, was im Jugendwerkhof normal war – und draußen so unglaublich klang?

»Die haben mich ans Bett gebunden, wegen 'nem Ekzem angeblich, damit ich mich nicht kratze. An Händen und an Füßen, tagelang, nächtelang … Und später dann: Bunker, immer wieder Bunker, für nichts und wieder nichts. Nur weil ich am Fließband nicht die Norm schaffte, mir die Schrauben aus der Hand rutschten und einfach weg waren, spurlos verschwanden. Diebstahl von Volkseigentum, Sabotage, nennen sie das. Oder weil ich mal weggelaufen bin. Und wenn die mich jetzt erwischen, geht's auch wieder ab in die Arrestzelle.«

Meine Mutter starrte mich eine Weile sprachlos an. Glaubte sie mir? Oder dachte sie, ich spinne?

»Wie können die nur so mit dir umgehen?«, fragte sie schließlich entsetzt.

Ich sah Tränen in ihren Augen schimmern und war verwundert. Was gab es da zu heulen? Es war nur eine Geschichte, wenn auch eine wahre. Ein Arrestraum war nur ein Raum, in dem man in sich selbst schlüpfte – oder auch aus sich heraus –, je nachdem. Die Seele konnte sich klein machen in dir drin oder auch den Körper verlassen und weit über dir schweben.

Meine Mutter wischte sich über ihr Gesicht. Offenbar waren ihr die Tränen peinlich.

Ich hatte im Werkhof kaum an sie gedacht. Und wenn, fiel mir nur unser dämlicher Streit wieder ein. Worum war es gegangen? Dass ich kam und ging, wie es mir passte? Dass ich die Schule schwänzte? Keine Ahnung. Es war mir egal.

»Lernt ihr im Jugendwerkhof auch irgendwas?«, wollte ein pickliger Typ wissen und legte seinen dürren nackten Arm um die Schulter meiner Mutter.

»Ja, na klar, wie man Gitter auseinanderbiegt und Zäune durchtrennt«, behauptete ich und lachte.

»Ich meinte eigentlich was Berufliches. Eine Ausbildung oder so.«

Ich lachte lauter. War das etwa ihr Neuer? Vor lauter Lachen verschüttete ich etwas Wein. Schade drum. Ich stellte das Glas vorsichtig ab und leckte meine Hand wie eine Katze.

Der picklige Typ guckte komisch, irgendwie angeekelt. Sein Schweißgeruch stieg mir in die Nase.

Ich hielt seinem Blick stand. Verpasste ihm eine Ohrfeige nur mit Augenkontakt. So etwas lernte man im Jugendwerkhof.

Kleine Warnung an dich: Solltest du mich verpfeifen, wirst du es bereuen.

Er senkte die Lider, wurde sogar rot.

Gewonnen. Jedenfalls für den Moment.

»Sie wird schon noch eine vernünftige Ausbildung machen«, sagte meine Mutter, sprang auf, lief zum Fenster und kam zurück, fummelte nervös in ihren Haaren herum. »Wir helfen dir, was zu finden. Wirst sehen …«

Es klopfte an der Tür.

Ich sah, wie sie zusammenzuckte, sah die Frage, die ihr ins Gesicht geschrieben stand: Wann würden sie kommen? Wann würden die Herren von der Volkspolizei mich abholen?

Vermutlich jeden Augenblick.

Sebastian

»Ich wünsche dir viel Glück auf deinem weiteren Lebensweg«, sagte Frau Pfeifer hölzern mit gesenktem Blick. »Setz dich einfach und warte, bis dich jemand holen kommt.«

Sie wandte sich von ihm ab, ohne ihm die Hand zu geben, und zog die Tür hinter sich zu.

Sebastian befand sich auf einmal allein in dem schmucklosen Aufenthaltsraum, in den ihn die Fürsorgerin gebracht hatte. Einfache Holzstühle standen an Sprelacarttischen, auf denen sich nichts befand und die nach altem modrigem Putzlappen rochen. Neben dem üblichen Porträt des Staatsratsvorsitzenden Erich Honecker hing ein kleines Regal mit zwei leeren Brettern an der Wand. Die braun gelb gemusterten Gardinen waren zugezogen. Abgesehen von einem Kachelofen, der ein wenig Gemütlichkeit verströmte, wirkte alles billig und schäbig – als wäre das Nichts hier zu Hause und hätte sich in jedem Winkel, in jeder Ritze ausgebreitet.

Sebastian lief unruhig in dem Raum auf und ab. Er wollte sich nicht setzen. Er wollte hier nicht sein!

Entschlossen ging er Richtung Ausgang und drückte die Klinke hinunter. Aber die Tür blieb zu. Sie hatten ihn also eingeschlossen.

»Verdammt! So ein Mist!« Suchend blickte er sich um, lief nervös umher und zog die Gardinen auf.

Das Fenster war vergittert. Du willst abhauen? Denk gar nicht erst drüber nach. Keine Chance, schien es ihm zu sagen.

Was sollte er hier? Wieso wurde er hierherverfrachtet? In einen Knast? Man sperrte doch keine Kinder in ein Gefängnis?

Es war niemand da, den er fragen konnte.

Er versuchte es mit Klopfen: erst vorsichtig, zaghaft, dann so kräftig, dass ihm seine Knöchel wehtaten.

Nichts passierte.

Ein eigenartiges Zittern schüttelte ihn. Sebastian lief zum Ofen und legte eine Hand auf eine Kachel. Sie strahlte etwas Wärme aus. Er schob sich so dicht wie möglich an die Kacheln heran. Tastete nach der wärmsten Stelle, behielt die Tür dabei im Auge. Es war fast so, als würde er den Ofen umarmen.

Das Bibbern hörte allmählich auf. Doch dafür musste er jetzt pinkeln.

Wieder klopfte er an die Tür. »Hallo? Hört mich jemand? Es ist … so langsam … dringend! Ich … ich muss mal!«

Er kam sich etwas dämlich vor, als er sich so reden hörte. Aber anscheinend nahm ihn ja sowieso niemand wahr.

Sebastian beugte sich zum Schlüsselloch hinunter und versuchte hindurchzuspähen. Doch er konnte nichts erkennen. Wahrscheinlich steckte der Schlüssel von der anderen Seite. Frau Pfeifer musste sehr leise zugeschlossen haben. Er sah sie auf Zehenspitzen davonschleichen wie ein Dieb.

Wieso tauchte niemand auf? »Haben Sie vor lauter Fürsorge vergessen, jemandem Bescheid zu sagen?«, murmelte er vor sich hin.

Was wenn keiner kam?

In einer Ecke des Zimmers stand ein weißer Metallkübel mit Deckel. Bisher hatte er den übersehen. Immerhin – das Ding wäre vielleicht eine Lösung für sein Problem.

Aber er konnte doch nicht einfach in den Mülleimer pinkeln.

Wenn ihn jemand dabei erwischte, würde das sicher Ärger geben. Mal abgesehen davon, dass die Tür aufgehen könnte, während er gerade …

Er wollte sich das lieber nicht so genau vorstellen.

Ratlos lief er ein paar Runden um die Tische herum, klopfte an die Tür, lauschte. Von irgendwo erklangen Kinderstimmen. Schließlich lehnte er sich erneut an den Ofen, als wäre der ein Verbündeter. Unwillkürlich dachte er an seine Großmutter, die abends immer in einem Ohrensessel neben dem grünen Kachelofen gesessen, gelesen, Kreuzworträtsel gelöst oder ihre Lieblingssendung in dem alten, vor sich hin knarrenden Radio gehört hatte. Wie ging es ihr jetzt? Hockte sie auch in einem hässlichen Raum? In einem Wartezimmer, in dem sie warten musste, ohne zu wissen, worauf?

War sie allein?

Gab es da jemanden, der sich um sie kümmerte?

Sebastian seufzte tief. Mehr als nach allem anderen sehnte er sich nach einer Toilette.

Im nächsten Moment stand er vor dem Kübel und nahm den Deckel ab. Bis auf eine Pfütze war der Eimer leer. Der Geruch, der ihm entgegenschlug, ließ ihn ein Stück zurückweichen. Uringestank mischte sich mit etwas anderem, Chemischem. Er musste an das Schwimmbad denken, in dem er vor ein paar Tagen unbekümmert seine Bahnen gezogen hatte. Aus dem Kübel roch es beißend nach Chlor. Das Ding hier war eindeutig ein etwas zu groß geratener Pisspott. Seine Oma besaß eine kleine Variante davon, die allerdings eher wie eine Suppenschüssel aussah und die sie nur nachts benutzte, wenn der Weg zum Gemeinschaftsklo, das sich ein Stockwerk tiefer befand, zu weit war.

Sebastian warf einen schnellen Blick zur Tür und beeilte sich jetzt. Den Deckel hielt er wie einen Schild als Sichtschutz vor sich, während er pinkelte. Hoffentlich ging nichts daneben. Gerade als er fertig war, drehte sich der Schlüssel im Schloss.

Der Deckel schepperte, als er ihn auf den Eimer legte. Scheiße, war das peinlich!

Automatisch sah er sich nach einem Waschbecken um. Es gab keins.

»Du bist also der Neue«, brummte ein Mann, der einen braunen Armee-Trainingsanzug mit gelb-roten Seitenstreifen trug. Er schob sich ein Stück in den Raum herein und betrachtete ihn griesgrämig. »Mitkommen!«

Einen Moment spürte Sebastian seinen Widerwillen in sich aufflackern. Wie redete der Typ denn mit ihm?

Doch nach kurzem Zögern folgte er dem Fremden.

Bei jedem Schritt des Mannes klirrte der Schlüsselbund, den er in der Hand trug. Als machte er das mit Absicht. Eine kleine Willkommensmelodie für den Neuzugang.

Dabei blickte er sich kaum nach Sebastian um und brummte etwas Unverständliches vor sich hin.

Sebastian glaubte, die Wörter *Freitag* und *Feierabend* zu verstehen, und atmete den Geruch von kaltem Zigarettenrauch ein, der den Mann umgab.

Sie gingen eine Treppe hinauf, bis sie ein Gitter erreichten, das die eine Etage von der anderen trennte. Mit einer ungeduldig zackigen Bewegung schloss der Erwachsene auf, schob Sebastian vor sich her, schloss wieder zu. Was wurde das hier?

Er sah einen Gang mit Zellentüren, erblickte ein Mädchen in einem blauen Arbeitsanzug und mit Kopftuch, das auf den Knien hockend den Gang wischte. Sebastian hätte ihr gern einen Blick zugeworfen, doch sie hob den Kopf nicht.

Wieder standen sie vor einem Gitter, wieder wurde erst auf- und dann zugeschlossen. Wieder wurde er weitergeschoben – wie ein Paket, das irgendwo abgeliefert werden musste. Die nächste Etage, die nächsten wuchtigen Metalltüren, ausgestattet mit dicken Riegeln und Türspion.

Sebastian bewegte sich mechanisch, als würde er durch seinen eigenen Albtraum laufen, stumm, mit schwitzenden Händen, klopfendem Herzen.

Wieso war er hier? Wo führte der Typ ihn hin?

»Ausziehen!«, sagte der Fremde barsch, als sie einen Dachboden betraten.

»Was?« Sebastian starrte ihn verdattert an.

»Das heißt: Wie bitte, Herr Schuhmacher!«

»Wie bitte … Herr …«

»Nun los, Bursche! Mach! Ein bisschen dalli! Sonst lernst du mich gleich mal nicht so freundlich kennen!«

Nicht so freundlich? Sebastian hätte beinahe losgelacht. Der Kerl war die Unfreundlichkeit in Person. Langsam fragte er sich, ob das eine Verwechslung war. Vielleicht hatte die Jugendfürsorgerin ihn in das falsche Haus gebracht?

»Beeil dich, ich hab nicht den ganzen Tag Zeit! Deine persönlichen Dinge bleiben hier oben. Du bekommst Heimkleidung. So wie alle anderen auch.«

Langsam, mit steifen Fingern, knöpfte er seine Jacke auf, streifte sie von den Schultern, schlüpfte aus der Jeans, zerrte sich den Pullover über den Kopf. Nach kurzem Zögern entledigte er sich der Unterwäsche. Hilflos versuchte er, sich zu bedecken, blickte auf seine nackten Füße hinab und zog die Zehen ein. Es war kalt in dem Raum, aber er fühlte, dass ihm die Hitze ins Gesicht stieg.

»Uhr ab! Hast du was mit den Ohren? Ich sagte: alle persönlichen Dinge!«, brummte der Mann in einem Ton, als würde er Sebastian für etwas zurückgeblieben halten.

Das Zittern schüttelte ihn wieder. Zitternd kam er auch dieser Aufforderung nach.

»Gib her!«

Sebastian legte die Uhr in die ausgestreckte Hand, ohne den Blick zu heben. Die Unterwäsche, die er erhielt, war grau und lapprig. Aber wenigstens war er nicht mehr ganz nackt. Der Stoff des Arbeitsanzuges, den er in rasendem Tempo anzog, kratzte auf seiner Haut. Die Schuhe waren zu groß und es fehlten die Schnürsenkel.

»Wie soll ich in den Dingern laufen?«, fragte er oder fragte die Wut in ihm, die sich Luft verschaffen musste.

»Klappe halten, mitkommen!«, blaffte Herr Schuhmacher.

Wieder liefen sie durch das gesamte Gebäude, von Gitter zu Gitter.

Metall klapperte auf Metall, der Schlüssel klimperte, es krachte, wenn die Tür zuflog.

Diesmal ging es abwärts, bis ganz nach unten.

In einem finster feuchten Raum ragten ein paar Duschköpfe aus der Decke.

Schon wieder musste er sich ausziehen. Er erhielt ein Stück Kernseife, dann verpasste ihm der Mann einen leichten Stoß. Sebastian stolperte ein Stück weiter und einen Moment später spürte er die Wassertropfen wie kleine harte Schläge, wie Hagelkörner, die auf ihn einprasselten.

Seifte sich auf Befehl ein. Hielt den Kopf gesenkt. Ließ die Prozedur über sich ergehen.

Als Sebastian in eine Zelle gesperrt wurde, dachte er das erste Mal seit langer Zeit an seine Mutter.

Er saß bewegungslos auf einem Holzschemel, starrte die Wand an und sah nach einer Weile Bilder aufflackern – wie von einem Super-Acht-Amateurfilm. Die Aufnahmen wirkten erst unscharf, verwackelt, doch im nächsten Moment blickte er in die klaren Augen seiner Mutter, sah, wie sie sich ihr wuschelig lockiges Haar aus dem Gesicht strich. Sie lächelte ihm zu, winkte kurz, als käme er gerade nach Hause, erschöpft vom Fußballtraining, hungrig, durstig – wie in der Zeit, in der sie noch gesund gewesen war. Sie würde sich um ihn kümmern, schnell ein paar gekochte Kartoffeln von gestern in die Pfanne werfen, ein paar Eier und Zwiebeln dazu. Es kam ihm vor, als könnte er das Brutzeln hören, das Gebratene riechen. Seine Mutter blickte ihn an und wollte wissen, wie das Training gewesen sei. Er versuchte zu antworten, sie etwas zu fragen. Es gab da eine wichtige Frage, die er ihr stellen musste. Doch er brachte keinen Ton heraus.

Das Bild verblasste. Schnell. Zu schnell. Der Film riss.

Jemand schob eine Matratze in den Raum und warf einen Schlafanzug und eine Decke hinterher.

»Hocker!«, brüllte eine Stimme.

»Wie bitte?«

»Den Hocker raus! Der kommt nachts vor die Tür. Da legst du deine Sachen drauf. Aber ordentlich! Schlafanzug anziehen, Nachtruhe!«

Zum dritten Mal an diesem Tag musste er sich ausziehen. Vor einem Fremden.

Mit zitternden Fingern legte er die Kleidung auf den Hocker.

»Ordentlich hab ich gesagt! Das heißt: Päckchen bauen. Na, das üben wir noch.«

Die Tür donnerte zu, das Licht wurde gelöscht.

Sebastian stand wie erstarrt lange in der Finsternis und hörte seinen Atem, der wie etwas Schweres aus ihm herauskam.

Er war allein.

Mutterseelenallein.

So allein war er noch nie gewesen.

Katja

Meine Mutter wollte mir diesmal wirklich helfen. Das beteuerte sie jedenfalls immer wieder. Und wirkte so hilflos, dass es wehtat. Dauernd redete sie von der Lehrstelle, die sie mir besorgen wollte. Dabei war klar, dass ich mit dem Stempel *Jugendwerkhof* im SV-Ausweis kaum eine Chance auf eine Ausbildung hatte. Und als eine, die sich der *Umerziehung zur sozialistischen Persönlichkeit* immer wieder entzog, konnte ich das sowieso vergessen. Außerdem wollte ich Kapitänin werden und zur See fahren, die Welt sehen, Abenteuer erleben.

Meine Mutter ließ mich ausschlafen und ihren Kühlschrank plündern. Nicht dass es da viel zu plündern gab. Zu Mittag aßen wir gemeinsam kaltes Knoblauchbrot, das noch von ihrer Party übrig war, und tranken starken schwarzen Kaffee, der sich wie eine raue Schicht auf meine Zunge legte.

»Erzähl mir, was passiert ist, wie es dir in den letzten Monaten ergangen ist, erzähl mir alles«, sagte meine Mutter. Aber ich redete wenig, und Sandra, die sich an mich gekuschelt hatte und meinen Arm ganz fest hielt, sprach gar nicht.

Wir hockten einfach nur da.

Auf dem Tisch saßen Sandras Puppen, und zwischen ihren Beinen standen die Porzellanschälchen, die mit angebrannten, gezuckerten Haferflocken gefüllt waren.

Mir fiel auf, dass meine kleine Schwester sehr dünn war, noch dünner als früher.

»Du musst mehr essen«, flüsterte ich in ihr Ohr. »Du magst doch Eierkuchen?«

»Wenn du rauskommst, werde ich dir eine ordentliche Lehrstelle besorgen«, sagte meine Mutter wieder. »Du wirst schon sehen, wir kriegen das alles wieder auf die Reihe. Ich habe Kontakte und Peri hat sogar Beziehungen.«

»Wer?«

Meine Mutter kicherte plötzlich. »Peri. Also eigentlich Peter.« Sie zeigte stolz auf ihren pickligen Freund, der mit einer Flasche Bier vor dem Fernseher hockte und auf den leeren Bildschirm glotzte. »Du wirst schon sehen, wenn du entlassen wirst, kümmern wir uns um dich. Er hat einen Trabi, er kann dich rumfahren zu den Bewerbungsgesprächen und so.«

Ich nickte – jedenfalls wippte ich mit dem Kopf, obwohl es mir vorkam, als hätte ich Watte in den Ohren. Ihre Stimme kam als Gesäusel bei mir an.

Das Einzige, was ich deutlich hörte, war: *Wenn du rauskommst, wenn du entlassen wirst ...*

Sie wollte mich also nicht hierbehalten. Das war viel zu riskant. Ihr musste klar sein, dass ich nicht freiwillig zurückgehen würde. Sie rechnete also damit, dass ich wieder geschnappt wurde. Das konnte ich ihr kaum verübeln. Ich rechnete ja selbst damit.

Als ich die Nase voll hatte, erhob ich mich, zog Sandra in die Küche, rührte hastig einen Teig zusammen und machte mir nicht die Mühe, die Splitter der Eierschale herauszufischen. Ich entzündete das Gas mit einem Streichholz, ließ die Schachtel in meiner Hosentasche verschwinden und klatschte etwas Margarine und schließlich den Teig in die Pfanne. »Siehst du? Es ist nicht schwer. Das schaffst du auch selbst.«

Als der erste Eierkuchen fertig war, griff Sandra in eine Dose und schaufelte Zucker auf ihn – als würde sie im Buddelkasten mit Sand spielen. Dann ließ sie sich von mir füttern, albern kichernd, immer wieder den Mund weit aufreißend, ein hungriges Vögelchen. In ihrem Gesicht klebten die Zuckerkörnchen wie Schnee.

Zum Abschied schenkte meine Mutter mir einen Fünf-Mark-Schein, ein paar schrumplige Äpfel und zwei trockene Brötchen, die schon etwas ledrig waren.

»Was willst du eigentlich mal werden?«, fragte sie noch, irgendwie verlegen. »Damit wir schon mal nach einer Lehrstelle für dich suchen können, mein ich.«

»Kosmonautin«, sagte ich spontan, ohne jede Erklärung.

Sie nickte, als wäre das ein normaler Berufswunsch, gab mir die Hand, wie jemandem, den sie nur flüchtig kannte.

Sandra fiel mir wieder um den Hals und drückte zu. Sie weinte ein bisschen und Rotz lief aus ihrer Nase.

»Wir sehen uns wieder«, sagte ich ihr und kämpfte gegen die

Tränen an, die plötzlich in meine Augen schossen. »Wir sehen uns bestimmt bald wieder.«

Sandra heulte jetzt richtig. Ich war wohl eine schlechte Lügnerin.

Gerade als ich schluchzend die Treppe hinunterlief und einen Blick aus dem Etagenfenster warf, sah ich sie kommen: Der Streifenwagen in Grün-Weiß bog beinahe gemächlich um die Ecke. Wie es schien, hielten die Volkspolizisten direkt vor dem Haus. Viel Mühe gaben sie sich ja nicht gerade.

Wenn ich wollte, könnte ich zu ihnen gehen, mir Handschellen anlegen und mich gemütlich ins nächstgelegene Durchgangsheim verfrachten lassen. Ruck, zuck wäre ich da, müsste mir keine Sorgen machen, wo ich die kommende Nacht schlief.

Aber ich wollte nicht. Jede Minute in Freiheit war ein verdammt kostbares Geschenk. Und das nächste D-Heim von hier war in Bad Freienwalde, das kannte ich schon zur Genüge. Man konnte von dort nicht entkommen, es gab so gut wie keine Chance. Beim Gedanken an die Gitter, die Mauer und die finsteren Zellen wurde mir übel.

Es tat mir nur leid, dass die Polizisten jetzt bei meiner Mutter klingeln und ihr dumme Fragen stellen würden. Wie kam das wohl bei Sandra an? Hoffentlich verplapperte sie sich nicht.

Ich hätte nicht herkommen sollen. Es war dumm von mir.

So schnell ich konnte, rannte ich die Stufen hinab. Zum Glück war die Kellertür nicht abgeschlossen. Ich drückte sie hinter mir zu, lauschte eine Sekunde. Mit einem gewagten Sprung tauchte ich in das Dunkel. Schlich den Gang entlang. Setzte über einen Haufen Kohlen hinweg, zog vorbei an den Holzbretterpforten, stolperte über einen Bierkasten, sodass die leeren Flaschen mir in die Nerven klirrten. Schob einen Augenblick später das Tor zum Hinterhof auf.

Ich blickte mich kurz um. Der Hof sah aus wie immer. Ein kleiner Junge spielte Ball mit sich selbst.

Ich stieg auf eine Mülltonne, aus der Rauch von noch glühender Asche quoll. Die verbeulte Tonne wackelte unter mir, und ich jonglierte einen Moment auf ihr, drehte mich zu dem Kind um und machte »Pscht« und legte den Zeigefinger auf meine Lippen.

Der Junge grinste mich verständnislos an.

Ich kletterte auf die Mauer und sprang ohne Rücksicht auf Verluste auf die andere Seite.

Davonzulaufen war nicht schwer. Nur wusste ich wieder mal nicht, wohin.

Also rannte ich Richtung Bahnhof.

Der nächste Fehler, wie sich bald herausstellen sollte.

Sebastian

Als er erwachte, fühlte er ein Kratzen in der Kehle. Seine Zunge kam ihm trocken vor, seine Lippe war aufgesprungen und brannte. Seine Mundwinkel waren eingerissen. *Durst*. Er hatte unglaublichen *Durst*!

Zum Abendbrot hatte es zwei halbe versalzene Schmalzstullen gegeben und einen Becher Tee, der lauwarm und süß war und ansonsten nach nichts schmeckte.

Es gab nicht einmal ein Waschbecken hier, keinen Wasserhahn, aus dem er einen Schluck trinken konnte.

Mühsam rappelte er sich auf, die Pritsche unter ihm knarrte leise, als würde auch sie allmählich wach werden.

Er fühlte sich müde, ausgelaugt, erschöpft. Ein paarmal war das Licht in der Zelle von außen angeschaltet worden. Immer wenn er gerade eingeschlafen war, wurde er wieder geweckt. Er hatte Geräusche an der Tür gehört. Wurde er beobachtet? Sicher wurde er beobachtet. Jemand schaute zu ihm herein, kontrollierte … ja, was? Ob er noch lebte?

Spärlich fiel das Tageslicht durch das Fenster, das mit einer Art Brett von außen halb verdeckt war. Er konnte es nicht so genau erkennen.

Der Schein, der durch die Gitter zu ihm drang, wirkte blass, kränklich, schwach, als hätte das Licht Mühe, zu ihm durchzudringen.

Sebastian ging zu dem Eimer, den es auch hier, in dieser engen dunklen Zelle gab, und pinkelte hinein. Er hörte dem Geräusch zu, und ehe er sich dessen bewusst wurde, fing er an zu summen. Eine Melodie aus seinem alten Leben. Der Lieblingssong seiner Mutter. Er hörte die näselnde Stimme von Bob Dylan, den sie so gemocht hatte.

Wie von selbst kamen erst Töne und dann Worte aus seinem Mund. Erstaunt nahm er seine Stimme wahr, die erst leise klang, heiser, und dann lauter wurde.

Sebastian brach ab, lauschte auf den Gang hinaus, räusperte sich und begann von Neuem.

Wie oft hatte er dieses Lied mit seiner Mutter gesungen? Sie spielte Gitarre, und sie sangen es gemeinsam – meist am Wochenende, wenn sie ein paar ruhige Augenblicke hatten: nach der *Flimmerstunde* am Samstag oder nach dem Frühstück mit aufgebackenen Brötchen und gekochten Eiern am Sonntag. Seine Mutter spielte nicht perfekt, und seine Stimme kippte manchmal, als hätte er den Stimmbruch noch nicht ganz überwunden. Aber das war egal.

Sie sangen zusammen: nicht nur den *Tambourine Man*, auch andere Songs von Bob Dylan und von Janis Joplin, von Joan Baez.

Warum hatte er nie Gitarre gelernt? Sie stand doch stets griffbereit im Wohnzimmer? Jetzt schien es ihm zu spät. Er hockte – warum auch immer – in einer Zelle, seine Hände waren Eisklumpen, seine Füße waren Eisklumpen, sein Herz war dabei, sich in einen Eisklumpen zu verwandeln, wenn er nicht aufpasste. Also sang er jetzt weiter – so weit, wie er sich an den Text erinnern konnte, den Refrain wiederholte er wieder und wieder.

Sebastian kam sich verloren vor. Er stand in der Mitte des Raumes und starrte die verschlossene Tür an. Wie spät mochte es sein? Wie lange musste er noch in diesem Drecksloch bleiben?

Und wozu?

Es kam ihm vor, als würde er am Ende einer Straße stehen: vor ihm nur Leere und hinter ihm tote Träume.

»Hey? ... Mister ... Tambourine ... Man?« Er dachte an die Dylan-Amiga-LP, die ganz oben in dem Schrank mit den Schallplatten gelegen hatte. Er sah seine Mutter, die die Scheibe andächtig aus der Hülle zog und auf den Plattenspieler legte. Er sah, wie die LP sich drehte, wie seine Mutter ihm zuzwinkerte, wie sie leise mitsang.

Er musste hier *raus*. Er würde sonst noch *durchdrehen*!

Sebastian schlug mit der Faust gegen die Tür, die Schläge klangen dumpf an dem schweren Metall, vollkommen wirkungslos. Er gab nicht auf, hämmerte mit beiden Fäusten.

»He! Hallo? Ist da jemand?«

Nach einer Weile – er wusste nicht, wie viel Zeit vergangen war – nahm er das Schlüsselgeräusch wahr. Und das Scharren – Metall zog über Metall, das mussten die Riegel sein. Bekam er jetzt Frühstück? Etwas zu trinken? Er musste seinem Aufseher sagen, dass er es in diesem Loch nicht mehr aushielt. Was hatte er denn verbrochen?

Den Mann, der eintrat, kannte er noch nicht. Er trug ganz normale Kleidung, Jeans und ein dunkles Hemd, keinen Trainingsanzug von der Armee. »Wer bist du denn?«, fragte er verblüfft.

Sebastian nannte seinen Namen.

»Tut mir leid, ich wusste nicht, dass hier unten ein Neuzugang, also ... Sonst wärest du längst ... Mein Name ist Herr Kettler, Rainer Kettler.« Er kam auf Sebastian zu und streckte ihm die Hand entgegen. »Macht man ja so, wenn man sich vorstellt.«

Sebastian sah ihn ungläubig an. »Ich hab keine Ahnung, was ich hier soll!«, entschlüpfte ihm. Zögernd erwiderte er den Händedruck.

Herr Kettler lachte rau auf. »Wem sagst du das?«

Täuschte sich Sebastian oder roch er tatsächlich einen Hauch von Alkohol? Einen ganz gewaltigen Hauch sogar.

»Nein, ehrlich. Ich gehöre hier nicht hin!«

»Was meinst du damit? Bist du was Besseres? Dies ist eine Übergangsstation. Die meisten, die hier sind, wurden irgendwo aufgegriffen. Es gibt immer einen Grund, warum man hier landet. Also: Wo gehörst du nicht hin?«

Der seltsame Unterton machte Sebastian stutzig. Vielleicht sollte er besser die Klappe halten?

»In ein Gefängnis«, hörte er sich sagen.

Herr Kettler seufzte. »Junge. Nun komm erst mal hoch zu den anderen. Die werden sich freuen, ein neues Gesicht zu sehen.«

Sebastian wusch sich im Waschraum, an einem Waschbecken mit kaltem Wasser, und löschte seinen Durst unter dem Wasserhahn.

Herr Kettler ließ ihn in Ruhe und wartete im Erzieherzimmer auf ihn.

Er wirkte beinahe nett. Vielleicht konnte Sebastian ja mit ihm reden und seine Lage erläutern? Seine Mutter war vor einem Jahr an Krebs gestorben. Seine Oma hatte man kürzlich in ein Altersheim gesteckt. Aber deswegen gehörte er in kein Heim. Und erst recht nicht hierher. Das musste ein Irrtum sein!

»Tja, Junge. Ich kann verstehen, dass du dich in diesem Durchgangsheim unwohl fühlst«, sagte Herr Kettler und seufzte tief.

Unwohl? Sebastian, der dem Erzieher jetzt gegenübersaß, hätte beinahe aufgelacht. Doch er musste aufpassen, dass er sich seine vielleicht einzige Chance, Gehör zu finden, nicht versaute. »Ich bin hier falsch«, sagte er mit einem leisen Anflug von Trotz.

»Na ja … Ich sehe im Moment leider keine Alternative. Die Jugendhilfe ist jetzt für dich verantwortlich und die haben dich hier eingewiesen. Deiner Großmutter wurde aufgrund ihres fortgeschrittenen Alters das Erziehungsrecht aberkannt. Natürlich bleibst du nur vorübergehend in dieser Einrichtung. Für dich wird nach einem

Platz in einem Normalheim gesucht. Sobald der gefunden wurde ...« Herr Kettler blätterte in der Akte und hielt plötzlich inne. »Moment mal ...« Er beugte sich dichter über das Papier. »Es gibt hier noch einen handschriftlichen Vermerk ... Was ist mit deinem Vater? Hier steht, der wohnt in Berlin?«

Sebastian nickte, obwohl er das nicht gewusst hatte. In Berlin also. Wieso hatte sein Vater ihn nie besucht? »Ich hab keinen Kontakt im Moment. Aber ... Vielleicht ...« Ihm versagte die Stimme. »Vielleicht kann er ja ...«, flüsterte er.

Herr Kettler tauchte plötzlich hinter dem Schreibtisch ab. Sebastian hörte, wie ein Schraubverschluss geöffnet wurde und es leise gluckerte.

»Meine Medizin«, murmelte Herr Kettler, als er wieder auftauchte.

Sebastian roch den Alkohol und schwieg.

»Ich werde mal mit Frau Pfeifer sprechen. Ich rufe sie heute noch an. Und dann sehen wir weiter.« Herr Kettler schob ihm in seiner geschlossenen Faust etwas über den Tisch.

Verwundert nahm Sebastian einen klebrigen Drops entgegen, der giftgrün leuchtete und nach Eukalyptus duftete. Der Mann schenkte ihm einen Bonbon? Sollte das etwa ein Trost sein?

»Ist besser, wenn du den noch *hier* lutscht. Bevor du zu den anderen kommst.«

Der Gruppenraum, in den Herr Kettler ihn schob, war auch nur eine Zelle, in der zwei Doppelstockbetten standen und wieder mal so ein komischer Pinkeleimer. Es roch, als wäre der Kübel schon bis oben hin voll.

Sebastian hörte, wie er eingeschlossen wurde, und sah in müde, blasse Gesichter. Drei Jungen saßen teilnahmslos auf Hockern herum. Niemand lächelte ihm zu. Keine Spur von Freude, dass ein Neuer kam. Ihm lag noch der Geschmack von Eukalyptus auf der

Zunge, und er hoffte plötzlich, dass die Jungs den Duft nicht bemerkten. Sie sahen alle aus, als hätten sie schon ewig lang keine Süßigkeit mehr bekommen.

»Ich bin Sebastian«, sagte er.

»Schön für dich«, antwortete ein Blondschopf, der nicht älter als zwölf oder dreizehn war, und verschränkte die Arme.

»Wen interessiert's?«, fragte ein Hagerer mit einem langen schmalen Gesicht.

Sebastian zuckte mit den Achseln.

»Wo kommst du her?«, fragte der Dritte, der rötliches Haar und eine Narbe über dem rechten Auge hatte.

»Eberswalde. Na ja, eigentlich aus Berlin. Nur das letzte Jahr habe ich in Eberswalde gewohnt.«

Der mit der Narbe nickte ihm zu. »Ich bin Nico. Du kannst da oben pennen, Sebastian.« Er zeigte auf die obere Etage eines der Metallbetten.

»Unser Küken hier im Stall heißt Jossi. Der Dürre da heißt Dog. Also nicht wie der Doktor, sondern wie der Dorfköter.«

Sebastian musterte den Hageren. Hatte Nico ihn nicht eben beleidigt? Aber Dog blickte immer noch gleichgültig vor sich hin. Nur die Stirn runzelte er ein wenig.

»Wie lange seid ihr hier schon drin?«

»Zwei Monate«, sagte Jossi.

»Halbes Jahr etwa«, brummte Dog.

»Bei mir sind's sieben Wochen«, antwortete Nico. »Genauer gesagt, siebeneinhalb.«

Sebastian biss sich auf die Unterlippe. »Ich dachte, man bleibt im Durchgangsheim nicht so lange. Ein paar Tage hat die Jugendfürsorgerin gesagt.«

Die drei Jungen sahen sich an, dann lachten sie gleichzeitig los. »Du bist ein richtiger Frischling, was?«, fragte Nico.

Sebastian zuckte mit den Achseln.

»Dann bist du kein Entweicher?«, fragte der Hagere.

»Entweicher?«

»Na, aus dem Werkhof abgehauen?«

»Nee. Man hat mich hierhergebracht, weil meine Oma ins Altersheim musste. Und weil meine Mutter … an Krebs gestorben ist.«

»Scheiße«, sagte Nico mitfühlend. »Ist ja übel.«

»Danke.«

»Und dein Alter?«

»Keine Ahnung. Weiß nicht, was mit dem ist. Er soll in Berlin wohnen …« Kurz blitzte eine Erinnerung in ihm auf: ein Mann, der auf ihn zuging, ihn hochhob und in die Höhe warf – bis in die Wolken, so war es ihm wohl damals vorgekommen. Vielleicht träumte er deshalb heute noch manchmal davon, dass er fliegen konnte.

»Na, mach dir mal keine Sorgen. Hier wird man sich gut um dich kümmern.« Nico grinste merkwürdig übertrieben, irgendwie gespenstisch. »Du wirst rund um die Uhr betreut und darfst, damit dir nicht langweilig wird, Lampenfassungen für den VEB Leuchtenbau zusammenschrauben, bis dir die Finger bluten. Mit der guten Küche und dem gemütlichen Bunker im Keller hast du ja schon Bekanntschaft gemacht. Beim sogenannten Freigang auf dem Hof wirst du mit Sport gedrillt. Hoffe, du hast Spaß an Liegestützen und Hockstrecksprüngen in Dauerschleife? Und jetzt würde ich dir raten, dein Bett zu bauen. Wenn der Schuhmacher sieht, dass du hier einfach so rumstehst, statt deine Pflichten zu erledigen, watschelst du als Ente die Treppe hoch und runter.«

Sebastian starrte Nico entgeistert an.

Wie kam er wieder raus aus diesem … diesem *Kinderknast*?

Katja

Ein kühler, kräftiger Wind wehte, und ich schielte zu den Wolken hinauf, die schnell davontrieben wie eine Herde Schafe, die ein Wolf verfolgt. Ich lief über einen Platz, tauchte zielstrebig durch das Steintor hindurch. Bis zum Bernauer Bahnhof war es nicht mehr weit.

Kaum war ich auf der anderen Seite des Tores angelangt, sah ich sie: Zwei Polizisten saßen im Streifenwagen und starrten mich an. Sofort wollte ich kehrtmachen, da bemerkte ich einen dritten Uniformierten, der auf mich zumarschierte. Ohne nachzudenken, wich ich zur Seite aus, rannte blindlings los, doch da versperrte mir die Stadtmauer den Weg. So ein Mist! Wie blöd! Ich war zwar eine geübte Kletterin, aber diese Mauer war einfach zu hoch.

»Kommen Sie mit!«, befahl der Polizist auch schon und packte mich am Arm.

Ich wandte mich halb nach ihm um. Es war ein junger, sportlicher Typ, und mal abgesehen von der Uniform sah er nicht übel aus.

Mit einem Ruck versuchte ich, mich zu befreien, doch sein Griff war fest und hart.

»Mach hier keine Sperenzchen«, knurrte er und drückte noch fieser zu. »Sonst setzt es was und das willst du nicht erleben!« Vielleicht hatten seine Kollegen ihn vor mir gewarnt: *Bei der musst du aufpassen. Eine, die immer wieder abhaut. Die Ausreißerqueen wird sie genannt.*

Er führte mich ab, der Streifenwagen kam uns ein Stück entgegen, als könnten wir nicht so weit laufen.

»Einsteigen!« Der junge Polizist schob mich routiniert in die grüne Minna.

Eine dicke Passantin schaute zu, blickte mich missbilligend an und schwenkte nervös ihren Dederon-Einkaufsbeutel hin und her. Freundlich warf ich ihr eine Kusshand zum Abschied zu und sie schüttelte empört ihren Dauerwellenkopf.

Meine Verhaftung dauerte kaum drei Minuten. Schon fuhren wir los. Ich saß in der Falle und die Handschellen klickten.

»Die sind zu eng«, beschwerte ich mich.

Aber sie beachteten mich nicht weiter.

Sie sprachen kein Wort, erklärten nicht, wohin wir fuhren.

Aber ich wusste es sowieso schon.

Bad Freienwalde. Wie harmlos das klang. Als könnte man frei durch einen Wald spazieren gehen, zwischendurch an einem See ein Bad nehmen. Bad Freienwalde klang nach Vogelgezwitscher und Blätterrauschen. Auch *Durchgangsheim* war ein Wort, von dem ich mich verschaukelt fühlte. Hier konnte man nirgendwo einfach so hindurchgehen. Alles war vergittert. Ständig klimperte und klirrte ein Schlüssel, wurde ein Gitter oder eine Tür auf- und zugeschlossen.

Trotzdem: Ich hatte Glück. Kettler hatte Dienst. Der einzige Erzieher, der mich nicht sofort anbrüllte, wenn ich von einer Flucht kam.

Herr Kettler verdrehte nur die Augen, seufzte, schrieb etwas in eine Akte und brachte mich auf die Einzelzelle in der Mädchenstation. Obwohl es noch nicht Abend war, gab er mir eine Decke. Und er schenkte mir sogar einen von seinen schmierigen Bonbons, die er immer gegen seine Alkoholfahne lutschte. Ich bedankte mich bei ihm. Nicht wegen dem Bonbon, sondern weil er mich nicht anschrie, keinen Schlüsselbund nach mir warf, weder Liegestütze noch Hockstrecksprünge von mir verlangte. Bevor er im D-Heim landete, war er Lehrer gewesen, allerdings aus dem Schuldienst entlassen worden, weil er ein paarmal sturzbetrunken zum Unterricht erschienen war. Das hatte er mir mal erzählt. Einfach so. Auch darin unterschied er sich von den anderen Erziehern: Er redete hin und wieder mit den Kindern und Jugendlichen, vertraulich, fast wie ein Kumpel, als wäre er einer von uns und irgendwie auch eingesperrt.

Ich legte mich auf die Pritsche – was normalerweise tagsüber nicht gestattet wurde – und deckte mich zu. Die Matratze roch nach Urin. Als hätte das Mädchen, das vor mir im Arrest gewesen war, eingepinkelt. Was nicht ganz unwahrscheinlich schien. Besonders die Kleineren, die neu kamen, pieselten oft in ihre Betten. Mama weg, Papa weg, der Bruder steckte in einer anderen Zelle, ebenso allein.

Eigentlich störte mich der Pissegeruch nicht sonderlich, solange die Matratze schon getrocknet war. Meist gewöhnte ich mich schnell daran und wenigstens hatte ich meine Ruhe. Jedenfalls vorerst.

Ich gab mich meinen Tagträumen hin. Dachte an den jungen Polizisten und stellte mir vor, dass er sich auf den ersten Blick in mich verlieben würde. Statt mich zu verhaften, half er mir über die Stadtmauer und kam selbstverständlich hinterhergeklettert. Er riskierte wegen mir einiges, sogar seinen Job.

Wir flüchteten mit Pferden, die wir unterwegs auf irgendeiner Koppel stahlen, kaperten an der Ostsee ein Boot, segelten zu einer einsamen Insel, die außer uns niemand kannte, und lebten dort unser abenteuerlich romantisches Leben. Glücklich bis zum Ende unserer Tage.

Ein Poltern und Krachen riss mich zurück in die Wirklichkeit. Jemand wummerte mit dem Schlüsselbund gegen die Tür.

»Hoch mit dir, aber dalli!«

Ein Auge glotzte durch den Spion. Ich konnte es nicht sehen und wusste dennoch, dass es da war. Schichtwechsel also. Ich musste eingeschlafen sein. Wie viel Zeit war vergangen? Die Riegel flogen mit lautem Geschepper auf.

Automatisch sprang ich von meinem Lager und stellte mich so gerade wie ein Zinnsoldat hin.

»So, sieh mal einer an, wen haben wir denn da?«, knurrte Maschine.

Ich antwortete nicht. Er wusste ja, wen er vor sich hatte.

»Unsere Dauerentweicherin ist mal wieder zu Besuch.« Er zeigte mir sein Pferdegebiss. »Du glaubst wohl, du kannst den ganzen Tag faulenzen, was?«

Maschine, der eigentlich Herr Schuhmacher hieß, war rot angelaufen. Das verhieß nichts Gutes. Andererseits war mir dieser Anblick schon fast vertraut.

Manche nannten Maschine auch Matschbirne. Weil er nicht der Hellste war und beim Brüllen immer spuckte.

»Nee«, sagte ich.

»Nee? Was heißt hier nee? Willst du frech werden?«

»Nee«, sagte ich wieder. »Ich wollte damit sagen, dass ich nicht den ganzen Tag faulenzen möchte.«

»Das wirst du auch nicht, das garantiere ich dir! In der Küche kannst du dich nützlich machen. Also, ab zum Kartoffelschälen!«

Ich schlug die Hacken zusammen und stand stramm. Ich wusste, dass Maschine so was mochte.

Der Erzieher schubste mich aus der Zelle und dann weiter vor sich her, als könnte ich nicht allein gehen. In meinen Schuhen fehlten die Schnürsenkel, die durfte man nicht mit in den Arrestraum nehmen, und so schlappte ich bei jedem Schritt gewissermaßen aus den Latschen.

»Trödle hier nicht rum!«, schrie Maschine mich an, sobald ich langsamer wurde.

Also tapste ich so gut es ging weiter vorwärts und beachtete Matschbirne so wenig wie möglich. Das war nicht ganz einfach, da er direkt hinter mir lief, mir in den Nacken schnaufte und vor sich hin fluchte.

In der Küche blubberte ein Tauchsieder, ein Mädchen wusch ab und klapperte dabei so laut mit dem Geschirr, als wollte sie es kaputt schlagen. Eine vielleicht 14-Jährige saß auf einer Bank und schälte Kartoffeln. Ich setzte mich neben sie und nahm eines der stumpfen Messer, mit denen wir hier arbeiten sollten. An der Wand tickte eine

Uhr, und ich sah, dass es noch früh am Morgen war. Ein endloser Tag lag vor mir.

Nach der zehnten oder zwölften Kartoffel beamte ich mich weg – so wie die Crew aus *Raumschiff Enterprise.* Meine Lieblingshelden Captain Kirk, Mr. Spock und Pille. Nicht auf einen fremden Planeten allerdings, sondern zurück auf das durchgesessene Sofa meiner Mutter. Spielte Sandra gerade mit dem Puppengeschirr? Dachte sie noch an mich? Sie fehlte mir. Und hoffentlich fehlte ich ihr auch.

Sebastian

Ein ohrenbetäubender Lärm riss ihn aus dem Schlaf.

Sein Herz raste. Was war los? Wo befand er sich?

Mühsam kam er hoch, schwang die Beine aus dem Bett und blickte in die Tiefe hinab. Gerade noch gelang es ihm, Halt zu finden.

Jemand schien draußen vor der Tür wie ein Besessener auf etwas zu hämmern. Oder gegen ein Gitter zu schlagen? War das so eine Art Alarm? Brannte es etwa? Aber in der Zelle roch es nur nach dem Kübel, der vermutlich mehr als voll war.

Er sah Dog, Nico und Jossi, die sich in ihren Schlafanzügen neben den Doppelstockbetten aufstellten. Sie sahen nicht besonders beunruhigt aus.

»Scheiße, was soll dieser Krach?«

»Wecken«, murmelte Jossi müde.

»Wie spät ist es denn?«, fragte Sebastian. Erst dann fiel ihm ein, dass niemand hier eine Uhr besaß.

»Sechs«, antwortete Nico trotzdem. »Komm runter, sonst gibt's gleich am frühen Morgen Ärger.«

»Der Neue muss den Leo rausbringen«, sagte Dog auf seine tranigmüde Art.

»Was ist ein Leo?«, fragte Sebastian, obwohl er es schon ahnte.

»Der Scheißeimer«, antwortete Dog ungerührt.

Jossi lachte.

»Jeder ist mal dran«, sagte Nico. »Ich zeig dir nachher, wo du den auskippen kannst.«

Die Geräusche kamen näher, die Tür sprang auf.

Plötzlich standen die drei Jungen stramm.

Sebastian sprang als Letzter von der Bettstatt und stellte sich gerade hin.

»Zelle zwölf mit vier Mann belegt, Nachtruhe ohne besondere Vorkommnisse beendet!«, brüllte Dog plötzlich.

Herr Schuhmacher sah sie missmutig an. »Zum Frühsport auf den Hof! Im Laufschritt, marsch! Ein bisschen Bewegung, ihr Trantüten!«

Auch das noch! Sebastian unterdrückte ein Stöhnen. Sport um diese Zeit. Die Augen klebten ihm fast noch zu vor Müdigkeit.

Der Erzieher scheuchte sie die Treppen hinunter, schloss die Tür zum Hof auf und jagte sie um den Platz. »Zehn Runden! Zehn Liegestütze! Zehn Strecksprünge! Zack, zack! Sonst werden es zwanzig!«

Sebastian versuchte mit den anderen Schritt zu halten. In seinem alten Leben spielte er in einem Fußballteam und war es gewöhnt, zu rennen. Aber dies hier war etwas anderes. Es fehlte das Lachen, das Spielen, der Zuruf, den Ball abzugeben. Vom Spaß ganz zu schweigen. Sie wurden getrieben, gehetzt. Der Erzieher schien darauf zu lauern, dass jemand einen Fehler machte.

»Hoch mit euch! Waschen gehen. Schön einer nach dem anderen. Und nicht wieder einschlafen!«

»Und du musst in den sauren Apfel beißen und den Kübel mitnehmen«, raunte Jossi schadenfroh, als sie in das Gefängnisgebäude hinein und die Stufen zu ihrem Gruppenraum hochrannten.

»Ich war heute Nacht gar nicht drauf«, wehrte sich Sebastian.

»Du kannst auch erst was auf die Mütze kriegen und dann den Kübel rausschaffen«, zischte Dog.

Sebastian blickte ihn verwundert an. Er hatte sich noch nie geschlagen. Vielleicht sollte er es ja mal ausprobieren? Aber Dog war einen Kopf größer und mit Sicherheit stärker als er. Sebastian würde sich mindestens eine blutige Nase oder eine dicke Lippe einfangen.

Als er vor dem Kübel stand, dachte Sebastian an die Kohlen, die er im Winter jeden Tag aus dem Keller seiner Oma geholt hatte, um damit die zwei Öfen in der kleinen Wohnung zu heizen. Schleppen war er gewöhnt. Nur der Inhalt war eben ein anderer. Ihm stieg der beißende Geruch in die Nase; er presste die Lippen zusammen und versuchte gleichzeitig, die Luft anzuhalten, als er den Eimer anhob.

Der Kübel war schwerer als gedacht. Sebastian ließ sich nichts anmerken und ging bis zur Tür. Etwas von der Flüssigkeit sickerte über den Eimerrand.

»Das machst *du* aber nachher sauber!«, sagte Jossi.

Sebastian achtete nicht auf ihn. Er hielt sich an Nico, der ihm den Weg wies, und versuchte, sich darauf zu konzentrieren, dass er nicht plemperte.

»So eine Sauerei, und wir kriegen dann alle den Ärger!«, beschwerte sich Jossi.

»Klappe!«, befahl Dog. »Heul nicht rum, du Memme.«

Er klang furchtbar gereizt und Jossi schwieg beleidigt und zog noch einen Flunsch, als sie im Waschraum ankamen.

Es gab ein einzelnes Klo, das mitten im Raum stand, ohne Trennwand oder sonstigen Sichtschutz.

»Da reinschütten«, sagte Nico.

Sebastian hob den Kübel an und kippte ihn ganz vorsichtig und langsam in das Becken.

Er war gezwungen hinzusehen und versuchte gleichzeitig, nicht so genau darauf zu achten, was da aus dem Eimer floss. Zwischendurch holte er notgedrungen Luft und hielt gleich wieder den Atem an. Einen Moment würgte es ihn und etwas Saures stieg ihm die Kehle hoch.

Die drei Jungen sahen ihm interessiert zu, als würde er ein kniffliges Kunststück aufführen.

»Du machst das gut für einen Anfänger«, lobte ihn Nico.

Sebastian fragte sich, ob er sich über ihn lustig machte. Ganz schlau wurde er nicht aus diesem Nico. Der Junge wirkte freundlich und gleichzeitig behandelte er ihn ziemlich von oben herab.

»Was palavert ihr herum?«, blaffte Schuhmacher sie an. »Waschen, Zähne putzen, anziehen, Küchendienst!«

»Wir sind gar nicht dran«, maulte Jossi.

»Wenn ich sage, ihr habt Küchendienst, dann habt ihr Küchendienst! Ist das klar?« Der Erzieher verpasste dem Blondschopf eine Kopfnuss.

Sebastian wusch sich gründlich die Hände. Ihm war immer noch etwas übel.

Stanken seine Finger nicht nach Urin? Die billige Kernseife, mit der sie sich hier waschen sollten, schäumte nicht mal richtig.

Für das Zähneputzen mussten sie sich in einer Reihe anstellen und bekamen je einen Klecks Zahnpasta auf die Bürste. Sebastian beugte sich so tief wie möglich über das Waschbecken und spuckte sich den minzigen Schaum auf die Handflächen, rieb sich den Gestank so gut es ging ab.

Erzieher Schuhmacher marschierte hinter ihnen und trieb sie zur Eile an.

»Jetzt mal ein bisschen Tempo! Nico, Dog und der Neue – ihr geht in die Küche und holt Geschirr und das Frühstück! Joseph, du wischst die Tische, bis sie glänzen! Dalli, dalli! Zack, zack!« Er klatschte in die Hände wie ein Zirkusdompteur.

Katja

Captain Kirk, Mr. Spock und Dr. Leonard McCoy, genannt Pille, stiegen aus ihrem Raumschiff und fanden sich unversehens auf einem braunen staubigen Planeten wieder. Alles roch nach Kartoffel. Die Erdhügel sahen wie gigantische Kartoffeln aus. Meterlange Sprossen wucherten in die Höhe. Aus einem Loch krabbelte eine Knolle mit Gesicht, ein Männchen, das aufgeregt etwas Unverständliches vor sich hin brabbelte. Der schlaue Spocky verstand das fremde Wesen natürlich sofort. Es gab böse Monster auf dem Planeten, die alles Kartoffelartige auffressen wollten. Unter der kargen Oberfläche lebten noch weitere Knollenkobolde und sie befanden sich in höchster Gefahr.

Die Tür knarzte, und ich hob leicht den Kopf, schälte die Kartoffel weiter, ohne richtig hinzusehen. Es gefiel mir nicht, aus meinem *Enterprise*-Wachtraum geweckt zu werden. Die Realität war weit ab von den unendlichen Weiten des Weltraums. Seit ich die Serie als Kind gesehen hatte, fragte ich mich, ob es ein anderes Leben da oben gab. Vielleicht war ja einer dieser Planeten von Wesen bevölkert, die verständnisvoller und schlauer waren als die Menschen? Die ihre Kinder liebten und beschützten und ihnen die schönen Dinge des Lebens zeigten? Ein Planet, auf dem ich mich nicht fremd in meiner Haut fühlte.

Drei Jungen traten ein. Es waren Dog und Nico, die mich mit flüchtigen Blicken streiften, und anscheinend ein Neuer, der verunsichert hinter ihnen her stolperte. Irgendetwas an ihm weckte meine Aufmerksamkeit. Er erinnerte mich an mich selbst, als ich das erste Mal nach Bad Freienwalde gekommen war. Ich hatte mich unglaublich verloren gefühlt, und ich sah, dass der Neue sich genauso fühlte.

Sein Gesicht hatte einen ernst erstaunten Ausdruck – wie Captain Kirk, wenn die Enterprise anfing zu wackeln und zu beben, weil sie von einem anderen Raumschiff angegriffen wurde. Ein sehr verunsicherter Kirk allerdings. Der Captain aus meiner Kindheit würde sich schnell etwas einfallen lassen, damit sie nicht mit Mann und Maus versenkt wurden.

Der Neue schien keine Ahnung zu haben, was ihn hier erwartete. Er wirkte beinahe ängstlich, blickte sich ratlos in der Küche um und sah dann mich an.

»Guten Morgen. Wo sind hier die Frühstücksteller?«, fragte er mich. In seiner Stimme schwang ein Ton mit, der mich aufhorchen ließ. Einen guten Morgen hatte mir schon ewig niemand gewünscht. Und das Wort Frühstücksteller sirrte wie eine fliegende Untertasse um mich herum. Das Geschirr, das hier benutzt wurde, war grauweiß, plump und zerkratzt – als hätte man es aus der Mitropa aussortiert.

Ich deutete mit dem stumpfen Messer auf einen hässlichen grauen Schrank. Es war verboten mit einem Jungen zu sprechen. Und den Jungen war es verboten, mit den Mädchen zu reden. Der Neue schien von den Gesetzen, die hier herrschten, nichts zu wissen.

»Ich bin übrigens Sebastian«, sagte er und streckte mir seine Hand entgegen, die seltsamerweise einen Hauch von Pfefferminz verströmte.

»Katja«, sagte ich schnell und zeigte ihm lächelnd den vulkanischen Gruß.

Er grinste irritiert, deutete ein Winken an und drehte sich zum Schrank um.

Ich löste nicht gleich den Blick von ihm – und bemerkte Schuhmacher zu spät. »Aufstehen, mitkommen!«, herrschte er mich an. »Du glaubst doch nicht ernsthaft, dass du hier zum Flirten bist? Offenbar sehnst du dich ja nach Zelle Nummer Drei?«

Ich zuckte mit den Achseln, erhob mich so langsam wie möglich. Einen Moment dachte ich daran, die Schuld auf Sebastian zu schieben. Schließlich hatte er mich angesprochen. Doch ich ließ es. Das Anscheißen lag mir nun mal nicht. Und der Junge wirkte einfach nur ahnungslos, unschuldig, verwundbar.

Der Erzieher packte mich am Arm und drückte zu. Es tat weh, aber ich lächelte jetzt erst recht. Während er mich aus der Küche zerrte, lächelte ich weiter, lächelte Sebastian zu. »Wir sehen uns!«, versprach ich ihm.

Sebastian nickte. Aber sein Gesicht wirkte auf einmal leicht grünlich. Als wäre ihm plötzlich speiübel. Er schwankte einen Moment, als würde die Erde unter ihm beben.

Die Pritsche in der Einzelzelle war mit einem Schloss an die Wand angekettet.

Hinlegen war nicht möglich. Der Erzieher gab mir auch den Hocker nicht, der noch draußen vor der Tür stand. Der Fußboden war zu kalt zum Sitzen. Ich musste stehen. Nur der stinkende Eimer leistete mir Gesellschaft.

Mal wieder glotzte ich die Wand an. Nach etwa einer halben Stunde blinkte der erste Stern. Ich starrte so lange auf ihn, bis er sich vermehrte und weitere kleine Sterne aus ihm schlüpften. Die Enterprise schwebte in Zeitlupe auf mich zu und landete genau vor meinen Füßen.

Spocky verzog die Augenbrauen, als er mich schon wieder in der Arrestzelle sah. Der Doktor seufzte und schüttelte den Kopf.

»Es ist nicht meine Schuld!«, sagte ich.

Captain Kirk drückte schnell noch ein paar leuchtende Knöpfe an Bord, drehte sich um und winkte mir zu, das Raumschiff zu betreten. Mir war schon klar, wohin er wollte. Wir mussten noch einmal auf den Kartoffelplaneten, um die Bewohner vor den Monstern zu retten.

Ich grinste vor mich hin, als ich ein leises Geräusch an der Tür hörte. Die Klappe des Spions wurde beiseitegeschoben. Wer auch immer hier hereinguckte, sah jemanden, der die Wand angrinste. Es war mir egal.

Mein Körper blieb stehen, und der andere Teil von mir, die Seele oder was es war, ging auf die Besatzung der Enterprise zu. Kirk verwandelte sich vor meinen Augen. Er sah jetzt aus wie … wie dieser Junge.

Sebastian

Es würgte ihn, als er sich das Brot in den Mund schob. Die Stullen waren hier mit einer billigen, ekelhaften Margarine und dünnflüssiger roter Marmelade bestrichen, in der er kein noch so winziges Fruchtstückchen entdeckte. Er konnte nicht mal erkennen, ob das ein Kirsch- oder Erdbeeraufstrich sein sollte. Sebastian mochte weder Margarine noch Marmelade. Nur das selbst gemachte Pflaumenmus seiner Oma liebte er. Einen Moment sah er die Bienen, die um den Baum mit den prallen Früchten herumsurrten, der in Eberswalde im Garten seiner Großmutter stand. Und er sah seine Oma mit dem frisch gebackenen, noch warmen Pflaumenkuchen neben ihrer Datsche stehen und ihn anlächeln. Wie aus einer anderen Welt stieg ihm der süße Duft in die Nase.

Obwohl er Hunger hatte, schnürte sich ihm die Kehle zu. Es gab für alle das Gleiche zu essen, dazu den muffig süßen Tee, den er schon kannte. Also zwang er sich, zu kauen und das geschmacklose Zeug hinunterzuschlucken.

Es befanden sich nur Jungen in dem Raum und abgesehen von leisen Schmatz- und Schlürfgeräuschen war nichts zu hören. Die Jungen schwiegen während der gesamten halbstündigen Frühstückszeit. Das Reden war bei Tisch verboten. Ein Erzieher, den Sebastian noch nicht kannte, stand neben der Tür und beobachtete sie wie ein Gefängnisaufseher.

Sebastian dachte an die Begegnung in der Küche. Warum hatte Schuhmacher diese Katja aus der Küche gezerrt? Was passierte jetzt mit ihr? Gern hätte er Nico gefragt, aber das musste er wohl auf später verschieben.

Ihm gegenüber saß Jossi. Er schaufelte die Stullen in sich hinein, und in seinen Mundwinkeln sammelte sich Marmelade, die er schließlich genüsslich ableckte. Auch auf seiner Nase klebte ein roter Klecks. Irgendwie wirkte er gerade wie ein Kindergartenkind. Dabei war er bei Weitem nicht der Jüngste in dem Raum. An einem Extratisch saßen Kinder, die nicht älter als fünf oder sechs Jahre sein konnten. Sie sahen allesamt blass und niedergeschlagen aus. Sebastian hatte noch nie so traurige Kinder gesehen.

Wieso mussten sie hier leben?

Wo waren ihre Eltern?

Es konnte ja kaum sein, dass die Jungen alle Waisen waren, oder?

Doch Sebastian verstand ja auch immer noch nicht richtig, warum man ihn hierhergebracht hatte. Er sollte – wie die Jugendfürsorge-Tante ihm mitgeteilt hatte – in ein *Normalheim* eingewiesen werden. Das bedeutete also zumindest, dass man ihn für *normal* hielt?

Nico und Dog waren aus dem Jugendwerkhof ausgerissen. Nach ihrer Flucht konnten sie eine Weile untertauchen, sodass ihre Plätze schon wieder belegt waren. Sie sollten jetzt in andere Werkhöfe kommen, wenn er das richtig verstanden hatte. Sebastian hatte in seinem bisherigen Leben weder mit Heimen noch mit Werkhöfen zu tun gehabt. Warum waren Nico und Dog dort gelandet? Hatten sie etwas angestellt? Er würde Nico später danach fragen.

Ihm fiel auf, dass Dog ihn die ganze Zeit anstarrte. Täuschte er sich oder lag da etwas Feindseliges in dem Blick?

Sebastian nahm sich vor, wachsam zu sein. Er durfte Dog keine Gelegenheit für einen Streit bieten. Nicht nur, weil er den Kürzeren ziehen würde, sondern weil er auch keinen Ärger mit den Erziehern provozieren wollte. Er musste zusehen, dass er so schnell wie möglich wieder hier rauskam.

Nach dem Frühstück rannten sie im Laufschritt die Treppe hinunter. Sebastian hörte Dog, der hinter ihm lief, knurren wie ein gereiztes Tier. Er drehte sich nicht um. Als der Erzieher die Tür zum Hof aufschloss, spürte Sebastian den Atem des Jungen in seinem Nacken. Im nächsten Moment trat ihm Dog mit voller Wucht in den Hacken.

»Oh, Verzeihung«, sagte Dog höhnisch. »War nicht mit Absicht.«

Sebastian biss die Zähne zusammen, um nicht zu stöhnen, und schluckte den Fluch hinunter, der ihm in der Kehle saß. »Schon gut«, brachte er hervor. Jetzt bloß nicht humpeln. Nur nicht auffallen und unangenehme Fragen beantworten müssen. Aber der Erzieher schien sich nicht darum zu scheren, wie sie sich zueinander verhielten.

Was hatte Dog für ein Problem?

Sie liefen an der hohen Mauer entlang über den Gefängnishof, betraten eine Baracke, die sich in der Mitte des Platzes befand.

Arbeitstische standen in einer großen dunklen Halle. Auf der einen Seite des Raumes arbeiteten die Jungen, auf der anderen die Mädchen. Es roch nach Metall und Schweiß. Kein einziges der Fenster war geöffnet und die dicke Luft staute sich.

Sebastian hielt Ausschau nach Katja. Doch er konnte sie nirgendwo entdecken.

»Sie ist nicht hier«, zischte Dog ihm zu. »Und das ist deine Schuld!«

»Wieso das denn?« So langsam stieg die Wut in ihm hoch. »Ich hab nichts gemacht!«

»Du hast mit ihr gesprochen«, sagte Dog. »Das reicht schon für Arrest. Jedenfalls, wenn sie antwortet und ein Erzieher das hört, der Katja sowieso schon auf dem Kieker hat.«

»Mal abgesehen davon, dass ich das nicht wusste … Das ist doch einfach idiotisch! Ich hab nur gefragt, wo diese blöden Teller stehen!

Und sie hat noch nicht mal geantwortet, jedenfalls nicht mit Worten. Sie hat eigentlich gar nichts gesagt, außer …«

»Außer?«, fragte Dog.

»Ihren Namen.«

Nico schlug Sebastian auf die Schulter. »Dog kommt aus dem gleichen Jugendwerkhof. Gerswalde, richtig? Ich glaub, er ist in Katja verknallt. Und, Sebastian, sie hat dich angelächelt. Vielleicht ist Dog jetzt ein bisschen eifersüchtig?«

»Quatsch!« Dog versetzte Nico einen derben Stoß gegen die Brust. »Ich mag es nur nicht, wenn sie durch so eine Blödheit in den Arrest muss!«

»Im Grunde ist fast jeder in Katja verliebt, der sie ein bisschen kennt«, meinte Nico. »Allein schon deshalb, weil sie immer wieder ausbricht und die Erzieher blöd aus der Wäsche gucken lässt.« Er lachte.

»Also auch eine Entweicherin«, murmelte Sebastian mehr zu sich selbst. »Scheint ja ein beliebter Sport zu sein.«

»Manchmal ist es tatsächlich Sport. Lebensgefährlicher Sport. Man klettert aus dem Fenster, seilt sich mit einem Bettlaken ab, springt auf das nächste Dach …«, erzählte Nico in aller Seelenruhe. »Alles sehr sportlich, wenn du mich fragst. Manchmal fast unmöglich. Doch Katja schafft es immer wieder, zu verduften.« Seine Worte klangen anerkennend, beinahe bewundernd. »Aber es gehört mehr zu einer erfolgreichen Flucht. Mut natürlich und … na ja … Fantasie. Du musst clever sein, um die Ecke denken können, die günstige Gelegenheit nutzen, die sich dir bietet, die Erwachsenen austricksen.«

Sebastian warf einen verstohlenen Blick zu den Fenstern. Sie waren ausnahmslos vergittert. Und selbst wenn man es schaffte, unbemerkt aus der Baracke zu kommen: Da waren die hohe Mauer mit den einbetonierten Scherben und die Schleusentore. Ohne eine Leiter hatte man keine Chance.

Kaum fünf Minuten später saßen sie an den Tischen und fummelten Metall- und Plastikteile zusammen. Sebastian, dem die kleinen Schrauben immer wieder aus der Hand rutschten, wurde langsam nervös.

»Was soll das eigentlich werden, wenn es fertig ist?«, fragte er genervt. Er hatte schon *Produktive Arbeit* gehasst, das langweiligste Schulfach, das er kannte, in dem er stundenlang am Fließband schuften musste – natürlich ohne einen Pfennig dafür zu bekommen – und jetzt sollte er solche Idiotenarbeiten machen?

»Lampenfassungen, sieht man doch«, sagte Dog und warf ihm einen giftigen Blick zu.

»Und wie lange müssen wir heute ackern?«

»Den ganzen Tag, und morgen geht's weiter«, antwortete Nico.

»Das darf doch wohl nicht wahr sein! Was ist mit Schule? Ich hab keinen Bock auf diesen Mist.« Sebastians Stimme war plötzlich laut geworden.

Eine Erzieherin, die die Mädchen beaufsichtigte, schaute zu ihnen herüber. »Ruhe da drüben!«, sagte sie scharf.

Nico zuckte mit den Achseln. »Schule haben hier nur die Jüngeren. Kannst Jossi fragen, wie toll das ist. Hauptfach ist Staatsbürgerkunde«, murmelte er leise. »Wir dürfen für den VEB Leuchtenbau schuften. Damit auch jedem hier drin ein Licht aufgeht.« Nico lachte. »Was ruft die Sonne, wenn sie abends untergeht?«, fragte er leise.

Sebastian zuckte mit den Achseln.

»Endlich im Westen!«

Sebastian grinste, aber er fühlte sich unbehaglich. Politische Witze – hier?

»Und weißt du, warum der Trabi Trabi heißt?«

»Nee.«

»Weil er so lahm ist. Sonst würde er ja Galoppi heißen.«

Sebastian wurde langsam mulmig zumute. Er sah den Erzieher,

der gerade zur Tür hereinkam und misstrauisch in die Runde blickte. Eigentlich waren die Witze ja harmlos, aber in einer Welt, in der man am Tisch zu schweigen hatte und mit Mädchen nicht reden durfte, war vermutlich nichts harmlos.

Musste Katja tatsächlich für ihn büßen? Wofür? Sie hatte nichts getan. Und er auch nicht.

Unruhig rutschte er auf seinem Hocker herum. Gab es eine Möglichkeit, ihr zu helfen?

»Wo steckt der Kettler eigentlich?«, fragte er Nico.

»Wieso willst du das wissen, vermisst du ihn?«

»Sehr witzig. Aber …«

»Aber?«

»Er wirkt anders als die übrigen Erzieher hier.«

»Du meinst, du bist für ihn nicht der letzte Dreck. Kein Abschaum, der hinter Gitter gehört«, sagte Nico, ohne eine Miene zu verziehen. »Der unterrichtet gerade Jossi und die anderen Kinder: Stabi, Mathe, Deutsch.«

»Willst du dich bei ihm einschleimen?«, fragte Dog. »Glaub mal ja nicht, dass du sein Motorrad putzen darfst!«

»Sein Motorrand putzen?« Sebastian verstand nur Bahnhof.

»An seine MZ lässt er nur mich, kapiert?«

Sebastian schwieg. Dann nickte er vorsichtshalber. Er spürte nicht das geringste Verlangen, das Motorrad von wem auch immer zu putzen. Herr Kettler hatte ihn aus dem Arrest befreit. Vielleicht konnte er ja auch Katja aus dem Bunker holen? Er sorgte sich nicht wirklich um sie. Er wollte nur nicht länger ein schlechtes Gewissen haben.

Zu Sebastians Überraschung kam der Erzieher nach der Mittagspause direkt auf ihn zu. Sein Gesicht verhieß nichts Gutes. »Mitkommen, und zwar sofort!«, befahl er barsch.

Katja

Ich war nicht mehr auf der Enterprise. Mein Tagtraum hatte einfach so aufgehört, das Raumschiff sich in Luft aufgelöst. Keine Spur mehr von Mr. Spock und den anderen Crewmitgliedern. Ich stand wieder vollkommen allein in dieser keimigen Zelle.

Meine Füße taten weh, und ich begann im Kreis zu gehen, versuchte, sie auszuschütteln. Bewegte auch die Arme und die Hände. Es kribbelte in ihnen, als wären sie eingeschlafen.

Viel Platz gab es hier nicht. Solange die Pritsche hochkant an der Wand stand, konnte ich immerhin kleine Schritte gehen – mal langsam wie eine Schnecke, mal schnell und geschäftig wie eine Ameise. Mal links herum, mal rechts herum. Notgedrungen führte mein Weg um den Eimer für die Notdurft, das Zentrum des Zellenuniversums. Das Im-Kreis-Gehen machte mich wirr im Kopf, doch das Stehen und Nichtstun, das Vor-sich-hin-glotzen und Warten, ließ sich noch schwerer aushalten.

Die Kälte kroch aus dem Betonboden hoch, kroch mehr und mehr in meine Glieder. Ich rannte schneller, schlug die Arme um meinen Körper. Und noch etwas anderes stieg in mir auf – ein hartes, kantiges Gefühl: eine unglaubliche Wut.

Mein Fuß trat im Vorbeilaufen wie von selbst gegen die Tür. Mit aller Kraft. Ein kurzes, halliges, lautes Peng!

Ich lauschte. Nichts passierte. Keine Schritte, die näher kamen. Kein Schlüsselklimpern. Vielleicht war Abendbrotzeit. Vielleicht war es auch schon später und alle hockten vor dem Fernseher und guckten die *Aktuelle Kamera*. Dreißig Minuten verordnete Langeweile, danach die Kontrollfragen der Erzieher. Jeden Abend der gleiche Mist.

Ich hatte keine Ahnung. Ich wusste nicht, wie viel Zeit vergangen war, und auch nicht, wie lange ich noch in der Zelle bleiben musste.

Ich wusste nur, dass ich hier rauswollte. Raus, raus, raus!, pochte es in meinen Schläfen. Nicht nur aus diesem Kerker, aus diesem Kinderknast, sondern weg von allem. So weit weg wie möglich. Koste es, was es wolle.

Vielleicht in den Westen. Es war nicht das erste Mal, dass mir dieser Gedanke durchs Hirn schwirrte. Auf einer meiner Fluchten war ich in Boltenhagen an der Ostsee gelandet, hatte auf den Horizont geguckt, an dem die weißen Fähren entlangglitten – von »da drüben« nach Schweden oder sonst wohin. Nur ein paar Kilometer schwimmen …

Aber erstmal musste ich von hier verschwinden. Ich brauchte also mal wieder einen Plan. Doch mir fiel nichts ein. Dieses Durchgangsheim war nicht von ungefähr ein Gefängnis. Für die Erzieher war es bequem, eine angenehme Lösung. Kinder hinter Gittern bedeuteten für sie, dass keines wegrennen konnte. So einfach. So praktisch.

Aus einem Heim oder Werkhof Flüchtende machten Arbeit, kosteten die eine oder andere Überstunde, bedeuteten Ärger und Stress. Man musste die Polizei einschalten, die Jugendhilfe, manchmal die Eltern. Es dauerte mal mehr, mal weniger lange, bis sie die Entweicher aufgriffen.

In dem Gefängnis hier mussten die Erzieher nur darauf achten, dass Gittertüren und Schlafräume zugeschlossen waren.

Aus Bad Freienwalde abzuhauen, war eine harte Nuss. Selbst für mich. Ich brauchte ein Raumschiff – oder etwas in der Art.

Ein Schatten taumelte über die Wand. Und ich hielt inne und schaute dem Treiben eine Weile verwundert zu.

Es war ein Insekt, eine kleine Motte, die um die Lampe kreiste. Ihr Schatten war riesengroß – als wollte sie mich beeindrucken. Wie war die in dieses Verlies gekommen?

Wie komm ich hier raus?, fragte ich sie in Gedanken. Vielleicht wusste sie ja einen Weg. Und ich musste sie nur dazu bringen, ihn mir zu verraten.

Dann knallten unvermittelt die Riegel – erst der eine, dann der andere.

Es gab nur einen Erzieher in dem Heim, der die Tür mit Geräuschen aufspringen ließ, die wie Schüsse klangen.

Maschine.

Mit seiner massigen Gestalt füllte er den Türrahmen aus.

Er starrte mich durchdringend an. Mit eiskaltem Blick.

Erst im zweiten Moment nahm ich wahr, dass er nicht allein kam.

Neben ihm stand Nico. Einen Teller mit zwei Schmalzstullen in der einen und den Becher Tee in der anderen Hand.

Nico wurde zu mir durchgelassen, doch er sagte nichts, durfte nichts sagen. Aber in seinen Augen flackerte es, oder war das der Schatten der Motte?

Ich spürte, als ich den Teller entgegennahm, noch etwas anderes: ein kleines Stück Papier. Er hatte es mir direkt unter den Zeigefinger geschoben.

Nico war ein geschickter Schmuggler von Kassibern. Doch im Beisein von Maschine Verbotenes weiterzugeben, dazu gehörte Mut. Dass Nico das Risiko nicht scheute, musste was zu bedeuten haben.

Die Tür krachte wieder zu und ich drehte mich langsam um und atmete ein paarmal tief durch.

Dann ging ich bis zum Mottengeflatter an der Wand. Faltete den Zettel auseinander.

Der Kassiber stammte gar nicht von Nico.

Sebastian

In der Kleiderkammer roch es nach verschwitzten Socken und Mottenkugeln. Sebastian sah verwaiste Koffer, Rucksäcke und Taschen herumstehen. In den Spinden lagen sortierte Kleidungsstücke. Abgesehen von Herrn Kettler und ihm war niemand hier.

Fragend blickte er in das Gesicht des Erziehers, das eben noch wütend ausgesehen hatte.

Herr Kettler wirkte jetzt entspannt, lächelte sogar.

»Entschuldige, dass ich dich so ruppig aus dem Essenraum geholt habe. Aber … Na ja, Freundlichkeit ist leider verdächtig in dieser Einrichtung. Verstehst du?«

Sebastian nickte. Doch eigentlich verstand er es nicht.

»Also … Die Jugendfürsorgerin hat die Adresse deines Vaters herausgefunden. Und ich habe Kontakt zu ihm aufgenommen.« Herr Kettler flüsterte jetzt.

»Sie waren bei ihm?«, entfuhr es Sebastian eine Spur zu laut.

Der Erzieher legte den Zeigefinger auf seine Lippen.

Sebastian fühlte plötzlich sein Herz schneller schlagen und beugte sich vor, um die unglaubliche Nachricht in sich aufzusaugen.

»Dein Vater lässt dich grüßen. Und … Er will dich aufnehmen. Allerdings … Es gibt womöglich Schwierigkeiten, weil …« Herr Kettler rieb sich nervös die Stirn. »Na … das kann er dir ja dann selbst erzählen. Fakt ist … er kommt morgen her. Und mit ein bisschen Glück holt er dich raus.«

Sebastian schwieg. Er konnte es kaum glauben: Sein *Vater*?

»Sind Sie sicher?«

Wann hatte er ihn das letzte Mal gesehen?

»Freust du dich denn nicht?«

»Doch. Es klingt nur so … unwahrscheinlich.« Er hat sich doch nie um mich gekümmert, dachte er.

»Ich versteh schon«, sagte Herr Kettler, als hätte er Sebastians Gedanken erraten. »Du darfst niemandem etwas sagen, hörst du? Sonst komm ich in Teufels Küche. Und das dürfte wirklich noch eine gewaltige Untertreibung sein.«

»Klar. Versprochen«, murmelte Sebastian.

»Gut. Ich verlass mich auf dich.«

»Warum tun Sie das?«, hörte Sebastian sich fragen. »Wieso helfen Sie mir?«

Herr Kettler seufzte tief. »Weil … weil meine Anwesenheit in diesem entsetzlichen Haus dann vielleicht nicht ganz sinnlos ist.«

»Die Jungs mögen Sie«, flüsterte Sebastian. »Sogar Dog.«

»Danke. Es gibt bloß auch genügend Leute, die mich nicht mögen.« Er lachte leise. »Die mich lieber heute als morgen loswerden wollen. Aber wir sollten jetzt besser wieder gehen, sonst fallen wir auf.«

»Eine Frage habe ich noch«, sagte Sebastian schnell. »Eine Bitte.«

Er erzählte von Katja. Von ihrer Bestrafung. Von der Zelle, in der sie jetzt vermutlich wegen ihm eingesperrt war.

»Ich muss sehen, was sich machen lässt, aber … Das ist nicht ganz einfach. Sie steht unter besonderer Beobachtung. Wegen ihrer ständigen Fluchten. Und ehrlich gesagt … es sieht nicht gut aus für sie.« Auf seine Gesichtszüge schienen sich mit einem Mal Schatten zu legen.

Sebastian schluckte. Es sah nicht gut aus? Hier sah nie etwas *gut* aus.

»Was soll das heißen?«, fragte er beunruhigt. »Wie meinen Sie das?«

Plötzlich waren Schritte zu vernehmen, ein hohles Klacken auf der Treppe, die Stimme einer Frau. Die Tür wurde geöffnet, das Licht knallte an. Eine Erzieherin trat ein, an ihrer Seite ein vielleicht zwölfjähriges Mädchen, das sich verschüchtert umblickte. Sie sah aus, als hätte sie geweint.

Die Frau warf ihrem Kollegen einen kurzen irritierten Blick zu.

»Hier hast du ein neues Hemd«, sagte Herr Kettler auf einmal laut und grüßte die Erzieherin mit einem Handzeichen. Dann griff er in ein Regal und reichte Sebastian ein zusammengefaltetes Kleidungsstück.

»Beim nächsten Mal meldest du dich eher, wenn etwas kaputtgeht! Und achte gefälligst besser auf die Sachen! Das ist schließlich Volkseigentum!« Er versetzte ihm einen leichten Schlag gegen die Schulter.

Nach der Mittagspause saßen sie wieder in der dunklen vergitterten Baracke und bauten Lampenfassungen zusammen. Sebastian fiel es schwer, sich zu konzentrieren. Dauernd fiel ihm etwas aus der Hand. Er war für diese Arbeit einfach nicht geschaffen. Und er sah nicht ein, warum er hier schuften sollte. Wieso saß er nicht in der Schule, schrieb Russischvokabeln von der Tafel ab oder löste Matheaufgaben? Was sollte er in diesem Affenstall?

Alles kam ihm irgendwie irreal vor. Auch was Herr Kettler ihm erzählt hatte. Sein Vater? Würde ihn morgen hier rausholen? Wirklich?

Herr Schuhmacher kam an seinen Tisch, zählte und kontrollierte die fertigen Buchsen in dem Karton. »Das sind zu wenige. Arbeite schneller!«, blaffte er. »Oder willst du lieber im Keller weiterbasteln?«

Sebastian sagte nichts dazu, er blickte nicht auf, versuchte, den Befehl an seine Finger weiterzugeben. Doch sie fühlten sich kalt an, wie eingefroren. Gehorchten seinem Willen nicht.

Etwas fiel klirrend auf den Fußboden.

»Hast du mich nicht verstanden? Stell dich nicht so dämlich an!« Herr Schuhmacher brüllte jetzt, als wäre Sebastian das Ding mit Absicht hinuntergefallen.

Statt zu antworten, beugte sich Sebastian nach unten, angelte nach dem verlorenen Teil. Doch es lag zu weit weg. Ohne den Erzieher eines Blickes zu würdigen, erhob er sich. Sebastian ging um den Tisch herum und hockte sich auf den Boden.

»Wer hat dir erlaubt, aufzustehen?«, zischte der Mann auf ihn herab.

»Ich wollte bloß …« Sebastian hielt jetzt das Metallstückchen in die Höhe.

»Du wolltest bloß? Ach, ich verstehe! Du hockst wie eine Ente da, gackerst wie eine. Dann mal raus mit euch, Jungs! Drei Runden Entengang für alle!« Spucke spritzte aus dem Mund des Erziehers. »Zack, zack!«

Es war kalt auf dem Hof, ein scharfer Wind wehte. Sebastian watschelte zusammen mit den anderen Jungen im Entengang um den Platz. Sie sollten die Hände im Nacken halten, durften sich nicht aufstützen. Unter seinen zerkratzten Arbeitsschuhen knirschte der Kies.

Er spürte die Wut in sich. Wut auf diesen Kerl, der in der Mitte stand und sie beaufsichtigte, der herumbrüllte und ihnen drohte. Und Sebastian fühlte noch etwas anderes. Nico, Dog und die übrigen wurden wegen ihm bestraft. Er war schuld. Schon wieder.

Sebastian schämte sich. Bisher hatte er nicht gewusst, dass er so ein Versager war. Starrten nicht alle zu ihm? Bedachten ihn mehr oder weniger verstohlen mit hasserfüllten Blicken?

In gewisser Weise hatte Schuhmacher sogar recht: Er stellte sich zu blöd an. Er machte alles falsch.

Dog auf der anderen Seite warf ihm einen bösen Blick zu. Nico, der hinter ihm watschelte, murmelte leise: »Mach dir nichts draus.«

Sebastian blinzelte die Tränen weg. Während der dritten Runde begannen seine Knie zu zittern. Aber er musste durchhalten, durfte nicht schlappmachen.

»Wie es aussieht, seid ihr aus der Übung!«, schrie der Erzieher. »Dann hängt mal noch eine Runde dran!«

»Mach dir nichts draus«, wiederholte Nico flüsternd, als sie sich im Waschraum den Dreck von den Händen schrubbten. »Maschine ist eben so. Kommt von der Armee. Es heißt, dass sie ihn da rausgeschmissen haben. Und jetzt reagiert er sich eben an uns ab.«

»Maschine?«

»So nennen ihn hier alle.«

»Tut mir leid«, murmelte Sebastian, »dass ihr wegen mir …«

»Vergiss es«, sagte Nico schroff. »Und falls du Katja ein Kassiber zukommen lassen willst … Ich bin heute der Kellner im Arrest.« Er zwinkerte ihm zu.

»Kassiber?«

Nico seufzte und verdrehte die Augen. Vorsichtig sah er sich in dem Raum um, ging zur Toilette und riss ein Stück von dem grauen Klopapier ab. Dann kramte er in der Hosentasche und hielt Sebastian ein paar abgebrannte Streichhölzer hin.

»Damit musst du auskommen.«

Katja

Verzei mi stand auf dem abgerissenen Fetzen. *Sebas.*

Der Mottenschatten flatterte an der Wand herum. Gab den Takt vor für das, was in meinem Kopf herumschwirrte: Verzeimisebas. Verzeimisebas.

Es kam mir vor wie eine Zauberformel. Etwas, das mich in eine andere Welt führen konnte. Eine Welt weg von hier.

Verzeimisebas. Bring mich weg. Weit weg. So weit wie möglich.

Die Schrift war hauchdünn. Schwarze Streichholzasche auf grauem Papier.

Verzeimisebas. Dabei kannte er mich doch gar nicht.

Täuschte sich in mir. Es gab nichts zu verzeihen. Ich war bloß eine Herumtreiberin. Ohne Ziel. Ich verlief mich immer nur, suchte in Irrgärten nach einem Ausweg. So lange, bis sie mich wieder aufgriffen. Einfingen. Einsperrten. Wie einen tollwütigen Hund.

Mein Kopf schlug wie von selbst gegen die Wand. Einen Moment funkelten Sterne. Aber das Raumschiff kehrte nicht zurück. Die Besatzung der Enterprise hatte die Nase voll von mir.

Ich konnte nichts für sie tun. Ihnen keinen neuen Planeten zeigen. War nur ein Staubkorn im Universum. Ich konnte nichts für mich selbst tun. Sah die Welt vor lauter Mauern nicht.

Irgendwann wieder die altbekannten Geräusche: Schlüssel, Riegel, Riegel.

Draußen hinter dem Fenster war es dunkel. Schlafenszeit. Fertig machen zur Nachtruhe. Sich ausziehen im Beisein von Maschine. Seine Blicke aushalten. Nachthemd anziehen.

Die Pritsche wurde von der Wand geschlossen und fiel krachend auf die Füße. Selbst das Bett war ein Gefangener, den man an- oder abkettete.

Die Anstaltsklamotten faltete ich zu Päckchen zusammen und legte sie sorgsam auf den Hocker vor der Tür.

Ich durfte einen Blick in den leeren Gang werfen. Die Zellentüren im Mädchentrakt waren schon verschlossen. Durfte die Matratze nehmen. Wieder in die Zelle treten. Die Matratze auf das Bretterbett legen.

»Übrigens«, sagte Maschine, und in seinem Gesicht zeigte sich ein breites Grinsen. »Dein Werkhof hat sich gemeldet. Die wollen dich nicht zurück. Der Direktor hat deine Verlegung beantragt. Du kommst nach Torgau. Mit dem nächsten Transport, der von hier losfährt. Von da kannst du nicht mehr entweichen. Der geschlossene Jugendwerkhof ist Endstation für Leute wie dich.«

Seine Zähne sahen nicht gut aus, gelb-braun und bröselig. Er sollte nicht so viel rauchen. Er sollte mal zum Zahnarzt gehen.

Torgau also. Aha. Die, die zurückkamen, redeten nicht darüber. Sie sahen aus wie Gespenster und schwiegen. Kurz geschnittenes Haar, leere Blicke. Blasse Gesichter – wie hinter einem grauen Schleier verborgen. Kein Lächeln, kein Weinen fand sich in diesen Mienen. Einfach nichts.

»Wie ist es in Torgau?«, hatte ich mal eine Rückkehrerin gefragt.

»Wie in der Hölle«, hatte sie kaum hörbar geantwortet.

Das Knallen der Tür hallte in mir nach. Die Worte hallten in mir nach. Das Licht verschwand und das Geflatter der Motte an der Wand.

Es war finster. Ich lag allein in dieser Finsternis.

Alles, was ich besaß, war die Zauberformel in meinem Kopf: *Verzeimisebas.*

Sebastian

Als er in den Schlafraum ging, hörte er Schritte, die ihm folgten. Sebastian scherte sich nicht weiter darum. Vor dem Einschluss zur Nachtruhe standen die Türen im Jungentrakt offen – so hatten die Erzieher freie Sicht auf das Geschehen. Nur die Arrestzellen und die Etagengitter blieben zugeschlossen.

Sebastian musste an Katja denken. Hatte Nico ihr den Zettel geben können? Er schien noch nicht von seinem Rundgang zurück zu sein. Und er fragte sich, ob er sie überhaupt noch einmal wiedersehen würde, sollte er tatsächlich morgen abgeholt werden.

So richtig glauben konnte er allerdings nicht daran. Auf seinen Vater war bisher kein Verlass gewesen, wieso sollte er sich ausgerechnet jetzt um Sebastian kümmern? Je länger er darüber nachdachte, umso unwahrscheinlicher erschien es ihm, dass ausgerechnet der Mann ihm helfen sollte, der ihn im Stich gelassen hatte.

Plötzlich grätschte ihm jemand von hinten zwischen die Beine. Ehe er sich's versah, stolperte er, fiel hart auf den Boden, ein Schmerz schoss durch sein Knie, und im gleichen Moment flog ihm eine Decke über den Kopf. Panik durchflutete seinen Körper. Sein Herz raste, er versuchte, sich zu befreien, um sich zu schlagen. Tritte trafen ihn, Tritte in den Magen, in die Rippen, den Rücken, den Unterleib, den Hintern. Er wollte schreien, doch jemand, den er nicht sah, drückte ihm den Mund zu. Ein Stück stinkende Wolldecke geriet ihm zwischen die Lippen, und er spuckte, keuchte, holte angestrengt durch die Nase Luft, wand sich hin und her, wehrte sich, so gut er konnte. Schon wieder trat jemand in seinen Bauch, dass ihm die Luft wegblieb. Verzweifelt versuchte er, sich einzurollen. Dann, plötzlich, ließen sie von ihm ab, rannten weg.

Die Decke wurde von seinem Gesicht gezogen. Er japste, schlug um sich.

»He, he, ich bin's«, sagte eine Stimme.

Erst nach einer Weile erfasste er, dass es Nico war, der sich über ihn gebeugt hatte. Sebastian hustete und rang nach Atem – etwas sehr Schweres drückte sich von seiner Brust aus nach oben, schien in seinem Hals stecken zu bleiben. Er keuchte und er wurde es nicht los.

»Mann, Scheiße. Oh Mann«, hörte er Nico fluchen.

Dann nahm er ein Schluchzen wahr.

Als er den Kopf wandte, sah er Jossi, der weinte wie ein kleines Kind. »Ich halt das nicht mehr aus, ich halt das alles nicht mehr aus«, jammerte er. »Das ist doch einfach nur noch … *zum Kotzen!*«

»Schon gut«, murmelte Sebastian und versuchte hochzukommen. »Nicht eure Schuld.«

Nico half ihm auf und stützte ihn. »Kannst du aufstehen? Ist doch nichts gebrochen, oder?«

Sebastian schüttelte den Kopf, obwohl er sich nicht sicher war, atmete tief ein und fühlte auf einmal die Schmerzen wie eine Welle, die ihn überflutete.

»Leg dich einfach hin. Kannst unten pennen«, murmelte Nico.

»Okay … Danke«, stieß er hervor und schob sich auf die untere Etage des Doppelstockbettes.

Kurz vor Einschluss erschien Dog und warf sich wortlos auf sein Lager.

Er sagte kein Wort und auch Nico und Jossi blieben stumm. Es war ein lauerndes Schweigen. Ein Schweigen, das alles sagte und nichts.

Die Tür krachte zu und wurde verriegelt, der Schlüssel drehte sich mit einem schnarrenden Geräusch. Das Licht wurde von außen gelöscht.

Sebastian fiel in einen tiefen Schlaf. Vielleicht wurde er aber auch ohnmächtig.

Er hätte es später nicht sagen können.

Katja

Als ich aufwachte, taten mir alle Knochen weh von dem Bretterbett mit der abgewetzten Strohmatratze. Den Zauberzettel von Sebastian hielt ich noch in der Hand. Bisher hatte er nichts Magisches bewirkt. Alles schien beim Alten.

Wie immer bestimmten andere über mein Leben, und die Erwachsenen taten so, als wäre all das Schreckliche für mich das Allerbeste.

»Wir wollen nur das Beste für dich, Mädel!«

Diese Lüge begleitete mich fast schon mein ganzes Leben.

Ich warf einen Blick zum Spion und hoffte, dass gerade niemand durchguckte. Dann schlich ich mich zum Eimer, hob den Deckel und pinkelte schnell.

Jedes Mal hatte ich das Gefühl, dabei beobachtet zu werden. Am Schlimmsten war es, wenn ich meine Regel bekam und den Erzieher um Binden bitten musste. Für uns gab es die billigsten. Von manchen Mädchen wurden die harten, wund machenden Dinger auch Surfbretter genannt.

Ich schämte mich. Ich schämte mich, wenn ich unter dem Auge des Türspions pinkeln musste, ich schämte mich, wenn ich um jede »Damenbinde« betteln musste. Aber es war mehr als nur ein Schämen. Es war eine Schmach. Ein Wort, das klang wie aus dem Mittelalter. Aber so lebten wir hier: wie im Mittelalter. Als gäbe es auf der Welt noch keine Betten mit Lattenrost, keine Matratzen aus Schaumstoff oder mit Federkern, keine Toiletten mit Spülung.

Die Matratzen waren alt und vergammelt, stanken nach Urin, Menstruationsblut und Schimmel – und nach dem, was sie uns antaten.

Die Schmach war etwas, das tief in mir lag, das ich nicht mehr loswurde. Hier drin in diesem Kinderknast schon gar nicht. Mir blieb nur übrig, zu warten – darauf, dass ich aus dem Arrest entlassen wurde, darauf, dass sie mich in den Jugendwerkhof zurückverfrachten würden und darauf, dass ich wieder fliehen konnte. Darauf, dass ich endlich achtzehn wurde.

Mit achtzehn mussten sie mich gehen lassen.

Doch bis dahin konnte noch viel passieren. Torgau. Hatte mir Maschine tatsächlich damit gedroht? Oder war das ein böser Traum gewesen?

Etwas war an diesem Morgen anders. Es kam mir vor, als wäre es später als sonst. Ich hatte keine Uhr, aber das Licht, das allmählich heller wurde, und mein knurrender Magen sagten mir, dass die Frühstückszeit längst vorbei war. Sofort stellte ich mir vor, dass dieses Durchgangslager evakuiert worden war. Der Atomkrieg war ausgebrochen oder eine schreckliche Seuche. Und man hatte alle Insassen weggeschafft – und nur mich vergessen.

Nach einiger Zeit hörte ich draußen jemanden die Riegel aufziehen, ein Schlüssel klimperte gegen das Schloss und fiel auf den Boden. Ich lehnte meinen Kopf an die Tür. Hörte ein Fluchen. Dann ein Kratzen über Metall. Fand Herr Kettler das Schlüsselloch nicht?

Einen Moment später sah ich in sein aufgedunsenes Gesicht. Seine Fahne war so stark, dass ich mich fast selbst leicht beschwipst fühlte.

Ich stellte mich gerade hin, so wie es Vorschrift war: »Melde Zelle Drei, Nachtruhe beendet, keine besonderen Vorkommnisse!«

Herr Kettler winkte ab, taumelte ein wenig hin und her und dann vor und zurück. »Sch… schon gut, Mädel. Kannst … kannst wieder … rrraus.«

Ich nickte. »Danke«, murmelte ich.

»Bedank dich … bei deinem neuen … Freund.«

»Welchem neuen Freund?«, fragte ich, trat auf den Flur und holte den Hocker mit meiner Kleidung in die Zelle.

Herr Kettler antwortete nicht. Er wandte sich ab, und ich hörte seine schweren Schuhe, die mit ihm davonschlurften.

Zum Glück sah er nie dabei zu, wenn ich mich umzog. Dennoch beeilte ich mich, aus dem Nachthemd zu schlüpfen und die Anstaltskleidung überzuziehen.

Von welchem neuen Freund hatte er gesprochen? Meinte er Sebastian?

Im Nu war ich fertig, stand wieder mal sinnlos herum und wartete.

Es war nicht erlaubt, die Zelle allein zu verlassen. Der Gang mit dem Leo zur Toilette, das Waschen und Zähneputzen erfolgten unter Aufsicht.

Das Frühstück schien für mich heute auszufallen, wenn sich Herr Kettler nicht doch noch daran erinnern sollte, dass ich bisher nichts bekommen hatte.

Aber der Erzieher kehrte nicht zurück. Ich trat auf den Gang hinaus und blickte mich verwundert um. Die Mädchenetage war leer. Auch von oben, aus dem Bereich der Jungen, hörte ich keine Geräusche. Wie es aussah, waren alle bereits arbeiten oder im Schulraum auf dem Dachboden.

»Herr Kettler?«, rief ich in den Gang.

Nichts. Keine Antwort.

Dass der Erzieher schon am Morgen angetrunken zur Arbeit erschien, war nichts Ungewöhnliches. Aber normalerweise vergaß er nicht zu tun, was er tun musste.

Vorsichtig schlich ich mich auf den Gang hinaus. Ich hatte keine Lust, erwischt und bestraft zu werden. Aber ich musste wissen, was los war.

Das Etagengitter stand offen. Herr Kettler musste vergessen haben, abzuschließen.

Völlig ungehindert spazierte ich die Stufen hinab.

Die Tür zum Hof … Ich drückte die Türklinke und konnte es kaum fassen. Sie gab tatsächlich nach! Mein Herz pochte auf einmal einen wilden Takt. Vorsichtig spähte ich durch den Spalt. Lauschte. Es war ruhig. Vögel zwitscherten in meine angespannten Nerven. Es nieselte, und als ich mich weiter vorwagte, fiel ein Tropfen auf mein Gesicht.

Was, wenn mich jemand ertappte? War das schon eine Flucht? Und wenn ich behauptete, ich hätte nach Herrn Kettler gesucht? Niemand würde mir glauben. Noch nicht einmal er selbst. Man hatte in der Zelle zu stehen und zu warten. Man ging nicht einfach so spazieren und hielt Ausschau nach einem Erzieher, der irgendwo betrunken seinen Dienst absolvierte.

Aber normalerweise standen die Türen hier auch nicht offen.

Natürlich waren die hohen Schleusentore geschlossen. Das wäre ja nun auch zu schön und zu einfach gewesen. Auf dem Hof parkten das Motorrad von Herrn Kettler und ein Lieferwagen, den ich hier noch nie gesehen hatte, ein dunkler Barkas.

Die Fenster des Fahrzeugs waren mit etwas verhangen, mit Gardinen? Oder waren die Scheiben weiß getönt?

Ein Schreck durchfuhr mich. Es war ein Leichenwagen. Wer war gestorben?

Plötzlich hörte ich Geräusche aus dem Gebäude hinter mir. Eine Tür knallte. Schritte polterten.

Ohne nachzudenken, lief ich los. Quer über den Hof, bis an den B 1000 heran. Riss ohne Hoffnung an der Hecktür. Sie öffnete sich! Und ich sah … oh Gott, tatsächlich – einen Sarg!

Etwas drehte sich in mir, mein Magen krampfte sich zusammen. Jetzt war ich froh, dass ich nichts gegessen hatte. Ich schlüpfte in den Wagen und zog die Tür zu.

Ein paar Sekunden starrte ich den Sarg an.

Wenn da nun …

Draußen erklangen Stimmen. War das Maschine? Wenn Schuhmacher mich erwischte, war ich geliefert. Ich würde aus dem Bunker nicht mehr rauskommen. Oder er würde mich höchstpersönlich sofort nach Torgau schaffen.

Direkt in die Hölle.

Es blieb mir keine Wahl. Meine Hände zitterten, als ich den Sargdeckel anhob. Es waren nicht nur die Hände … Mein ganzer Körper schüttelte sich. Was tat ich hier? Ich zitterte und starrte in den Sarg hinein … und er war … leer.

Sebastian

Es war kein gewöhnliches Erwachen. Er kam zu sich, öffnete die Augen, blinzelte, fühlte die Schmerzen pochen. Wo befand er sich? Was war passiert?

Im Flur klapperte jemand mit dem Schlüssel. Mühevoll schob er sich aus dem Bett. Das Ächzen, das ihm in der Kehle steckte, schluckte er herunter. Er saß immer noch in diesem Albtraum-Haus fest.

Als der Erzieher in den Gruppenraum trat, versuchte Sebastian strammzustehen, sich nichts anmerken zu lassen. Er musste die Klappe halten, verpetzen kam nicht infrage. Anscheißen hieß das hier. Und jeder Anscheißer wurde geächtet, gemieden, beschimpft oder Schlimmeres. Auf keinen Fall wollte Sebastian so ein Verräter sein.

In seinem Gesicht war nicht die geringste Spur zu erkennen. Die Schläger hatten gewusst, was sie taten. Er blutete nicht und seine Knochen schienen noch heil zu sein. Von den blauen Flecken, die seinen Leib übersäten, wusste nur er.

Dog rasselte die Meldung herunter, und Sebastian vermied es, ihn anzusehen. Stattdessen biss er die Zähne zusammen und starrte mit festgefrorener Miene Richtung Wand. Er ging davon aus, dass Dog einer der Schläger gewesen war und vermutlich das Ganze angezettelt hatte. Doch warum? Was hatte Sebastian ihm getan? Die Regeln, die hier galten, so viel war ihm klar, waren andere als die, die er von »draußen« kannte. Dog war nun mal der Stärkere, also herrschte er über die Schwächeren. Er brauchte keinen Grund. Eigentlich ganz einfach.

Die Kälte biss in seine Brust, seinen Bauch, seine Arme und Beine, die durch den dünnen Stoff kaum geschützt waren. Die Jungen liefen, wie üblich um diese Zeit, auf dem Hof herum. Welcher Idiot hatte eigentlich den Frühsport erfunden? Bei jedem Schritt spürte er die Schmerzen, jeden Faustschlag, jeden Fußtritt der vergangenen Nacht.

Die Sonne ging gerade auf. Es war eiskalt und auf dem grauen Metall der Schleuse zeichneten sich Spuren ab wie Adern aus Eis. Etwas Schönes in all dem Hässlichen …

Immer wenn Sebastian an dem Tor vorbeihetzte, betrachtete er das Muster – erstaunt und fasziniert. Es sah aus wie eine Geheimschrift, wie eine Botschaft, die er entschlüsseln musste. Er hielt sich daran fest, versuchte, alles andere auszublenden.

Als er die fünfte Runde rannte, begann die Schleuse, sich zu bewegen. Allmählich schob die Metallwand sich auf. Das war ungewöhnlich. Normalerweise öffnete sie sich nicht, wenn sie Sport machten oder über den Hof zur Arbeit gingen. Sebastian stoppte kurz in der Bewegung.

»Renn weiter!«, schnaufte jemand hinter ihm. Dog.

Sebastian verspürte einen Moment heftigen Zorn in sich aufsteigen. Am liebsten hätte er sich umgedreht und Dog eine verpasst.

Aber er bezwang seine Wut.

Herr Schuhmacher blickte weder zu ihm noch zu Dog. Er starrte den Wagen an, der jetzt langsam auf den Hof rollte. Unter den Reifen knirschte der Splitt. Ein Barkas. Irgendetwas Unheimliches ging von ihm aus. Vielleicht ein Transporter für Jugendliche, die in einen Jugendwerkhof gebracht werden sollten?

Dann entdeckte Sebastian die unscheinbare Aufschrift: *VEB Bestattungswesen.*

Ein Leichenwagen? Hier?

Die Jungen warfen sich überraschte Blicke zu. Automatisch schauten sie in die Runde. Fehlte etwa jemand?

Sebastian musste an Katja denken. Wenn sie nun …? Ach, Unsinn!

Trotzdem wurde ihm einen Augenblick lang schwindlig.

Der Mann, der hinter dem Lenkrad saß, starrte direkt zu ihnen herüber. Oder bildete er sich das ein?

Herr Schuhmacher bellte plötzlich Befehle, trieb sie zusammen und schickte sie in das Haus zurück.

Der Frühsport wurde vorzeitig beendet. Sebastian wandte sich an der Tür noch einmal um.

Das Metalltor war schon wieder geschlossen.

Der Fahrer stieg aus dem Wagen. Sebastian versuchte, genauer hinzusehen. Das Stoppelhaar und etwas in dem Gesicht kamen ihm bekannt vor. Aber sein Vater würde wohl kaum mit Leichenwagen hier erscheinen, oder?

Herr Schuhmacher schloss in aller Eile die Gitter auf, scheuchte sie die Stufen hinauf und ließ sie im Gruppentrakt im Flur antreten.

Wie üblich schnauzte er herum, nur dass er diesmal darauf verzichtete, den einen oder anderen Jungen herauszupicken und ihn wegen einer angeblichen Verfehlung anzuschreien. Er schimpfte nur allgemein über ihre schlaffe Körperhaltung und schickte sie dann zum Frühstück.

Mechanisch gehorchten sie, liefen wie aufgezogen zum Gemeinschaftsraum, setzten sich schweigsam an den Tisch, kauten lustlos auf dem Brot herum, tranken ihr braunes Getränk.

Wer war der Mann? Wieso fuhr ein Leichenwagen auf dieses Gelände? Sebastian hätte sich gern mit den anderen unterhalten. Sogar mit Dog, der schließlich schon länger hier war und sich auskennen musste. Doch sie waren zum Schweigen verdonnert.

Etwas polterte, und es klang laut in dieser zwanghaften, unnatürlichen Stille.

Sebastian hob den Kopf.

Herr Kettler scherte sich nicht um den Stuhl, den jemand umgeworfen hatte. Er kam direkt auf ihn zu. »Komm mit!«, sagte er barsch. »Beeil dich.« Er stieß die Worte heraus, als kostete es ihn Mühe.

Sebastian roch den Alkohol und fragte lieber nicht nach.

Der Erzieher packte ihn am Arm und er zuckte zusammen vor Schmerz.

»Was ist?«

»Nichts.«

»Gut. Wir holen deine Sachen. Dein Vater ist da.«

Sebastian schluckte. Also doch. »Ich wusste nicht … Ich hab einen Wagen gesehen, einen … Leichenwagen.«

»Stimmt. Das ist er. Dein Vater arbeitet auf einem Friedhof, soweit ich informiert bin. Er ist direkt von der Arbeit gekommen.«

In Sebastians Ohren rauschte es jetzt. War das real? Oder schwamm er noch in der Bewusstlosigkeit und träumte diesen Mist? Ein Totengräber holte ihn ins Leben zurück?

Er musste grinsen.

Benommen lief er neben Herrn Kettler her. Stufe für Stufe. Gitter für Gitter. Auf dem Dachboden durfte er sich umziehen, bekam seine alte Kleidung wieder. Sebastian roch an seiner Jacke. Sie hatte längst den Mief dieser Anstalt angenommen. Sie stank nach Knast, als wäre sie auch gefangen.

»Sieh zu, dass du nicht wieder hier reinkommst«, sagte der Erzieher, als wäre das alles Sebastians Schuld gewesen. »Nie wieder! Versprichst du mir das?«

»Ist gut«, antwortete er heiser und räusperte sich. Kam er wirklich raus? Vielleicht war ja alles ein Irrtum. Herr Kettler hatte eindeutig einen über den Durst getrunken.

Der Mann, der sein Vater sein sollte, stand bewegungslos in der Mitte des Büros. Er sah Sebastian entgegen, ohne zu lächeln. Dann kam er langsam auf ihn zu.

»Hallo, Junge«, sagte er, als habe er den Namen seines Sohnes vergessen.

»Sie müssen hier noch unterschreiben und hier«, sagte Herr Kettler und wedelte nervös mit Papieren vor der Nase des Besuchers herum.

Der Mann schien ihn nicht zu hören. Er schaute Sebastian in die Augen. Sein Gesicht wirkte müde, seine Pupillen waren klein wie Stecknadelköpfe. »Ich bin gekommen, um dich zu holen.«

Sebastian schwieg. Er wollte nichts wie weg hier. Doch jetzt standen sie sich gegenüber wie Schaufensterpuppen.

»Es wäre gut, wenn Sie sich beeilen könnten. Im Moment ist die Situation günstig. Es ist jemand als vermisst gemeldet und alle sind auf der Suche nach dem Mädel.« Herr Kettler stieß ein komisches Lachen aus. Er drückte dem Besucher einen Kugelschreiber in die Hand. »Sie sollten wirklich keine Zeit verlieren.«

Mit ungelenken Bewegungen unterschrieb der Mann die Papiere und gab den Stift zurück.

Herr Kettler schob sie jetzt zur Tür hinaus. Es war das Büro des Heimleiters, das sie verließen, und Sebastian fiel auf, dass er den Chef dieser Anstalt nie zu Gesicht bekommen hatte.

»Los, los!«, drängelte der Erzieher. »Die Etagengitter habe ich offen gelassen. Ich sage der Wache Bescheid, dass sie das Tor sofort aufmachen soll!«

Sebastian kam langsam der Verdacht, dass Herr Kettler eigenmächtig handelte.

Würde er Ärger bekommen? Seinen Job verlieren? Aber er wollte jetzt nicht darüber nachdenken.

Er ging zögernd, sich nach allen Seiten umblickend, über den Hof, als rechnete er damit, dass Maschine von irgendwo kommen und sich auf ihn werfen würde.

Sebastian stieg in das Auto und schob sich auf den Beifahrersitz.

Es kam ihm wie eine Ewigkeit vor, bis sein Vater endlich neben ihm Platz nahm.

»Kann's losgehen?«, murmelte der Mann, als wäre er ein Taxifahrer.

Herr Kettler schlug die Tür zu, klopfte an die Scheibe und winkte. »Mach's gut, Junge! Viel Glück!«

Sebastian hörte die Stimme, als wäre sie schon weit weg, und hob langsam die Hand. Ihm fiel ein, dass er sich gar nicht von den anderen verabschiedet hatte.

Und war es Katja, die sie suchten?

Katja

Die Finsternis umhüllte mich, um mich herum war nur Schwarz. Ich bekam schlecht Luft in diesem Kasten und gab mir Mühe, gleichmäßig zu atmen. Bloß keine Panik!

Der Barkas war losgefahren, ruckelte über das Kopfsteinpflaster von Bad Freienwalde.

Wohin die Reise wohl ging?

Meine Hände lagen gefaltet auf meinem Bauch – wie bei einer Toten. Die Unterlage war unbequem, aber nicht so hart wie die Pritsche in der Einzelzelle.

Nur keine Panik, dachte ich wieder, das ist bloß ein Versteck.

Doch die Panik war längst da und hielt sich treu an meiner Seite. Packte mich. Hielt mich fest. Umklammerte meinen Hals.

Das Atmen verwandelte sich in ein Keuchen.

In Gedanken schob ich die Angst mit aller Kraft weg. Einatmen, ausatmen. Muss hier verschwinden … aus diesem Heimgefängnis fliehen. Einatmen, ausatmen. Ich hatte jeden Grund, abzuhauen. Es blieb mir gar keine andere Wahl. Ein … aus …

Und nun … lag ich tatsächlich … in einem … Sarg. Mein Herz klopfte wie verrückt. Auf meiner Haut kribbelte es und Schweißtropfen traten mir auf die Stirn. Mein ganzer Körper bebte. Nie zuvor hatte ich mich so lebendig gefühlt.

Ich hob den Deckel an. Durch einen winzigen Spalt blickte ich in das Innere des Wagens.

Ein dunstiger Lichtschimmer drang durch die milchigen Scheiben.

Ich erkannte eine Schaufel, eine Gartenschere und einen Kasten mit Werkzeug auf dem Boden des Fahrzeugs.

Die Fahrerkabine lag zum Glück hinter einer Blechhaut verborgen. Gedämpft hörte ich eine Stimme. Wenn der Mann nicht gerade Selbstgespräche führte, war er also nicht allein.

Ich hoffte nur, dass wir keine Leiche abholen würden und die trauernde Familie feststellen musste, dass der Sarg schon besetzt war.

Sobald wir anhielten, würde ich fliehen. Ich dachte an Boltenhagen, sah mich nachts am Ufer stehen, die Füße schon im Wasser, das gar nicht so ferne Ziel vor Augen.

Der Deckel schob sich wie von selbst wieder zu.

Ich schloss die Augen, riss sie wieder auf. Kein Unterschied.

Der Sargdeckel über mir klapperte.

Es war ein beinahe rhythmisches Geräusch. *Tock tock. Tock tock. Tock tock.*

Wie die Knochen eines Gerippes, die in einer Gespensterbahn vor sich hin rasselten.

Ich dachte an meine kleine Schwester. An unseren letzten gemeinsamen Besuch auf einem Rummel, der mir vorkam wie aus einem anderen Leben. An ihr fröhliches, mit Zuckerwatte verklebtes Gesicht. An ihr helles Lachen, als sie in der Losbude so ein Mini-Geduldsspiel gewonnen hatte. Man musste die Plastikmaus in das Mauseloch bekommen. Natürlich saß eine gierige Katze direkt daneben.

In die Geisterbahn traute sich Sandra nur an meiner Hand. Die Angst konnte schön sein, wenn man sie gemeinsam überwand. Aber sie war auch heimtückisch. Und wenn ich allein war, kam sie immer wieder.

Die fette Katze Angst saß vor meinem Mauseloch und wartete, dass ich herauskam. Dass sie mich fressen konnte.

Der Deckel machte weiter Krach.

Auf zu, auf zu … Das Klappern fing an, mich zu nerven. Auch das Werkzeug klimperte.

Plötzlich bremste der Wagen abrupt.

Ich hielt den Atem an, lag mucksmäuschenstill da und lauschte. Eine Tür klappte zu.

Dann hörte ich schwere Schritte.

Als die Hecktür aufgerissen wurde, erstarrte ich. Holte der Fahrer jetzt den Sarg heraus?

Etwas klirrte leise und der Mann fluchte. Dann bewegte sich der Sargdeckel ein winziges Stück, und ich machte mich darauf gefasst, aufzuspringen, den Überraschungsmoment zu nutzen, dem Fremden einen Stoß zu versetzen, davonzurennen.

Doch ich nahm nur leise metallisch klingende Geräusche wahr, die ich nicht zuordnen konnte. Der Mann murmelte vor sich hin, aber ich verstand kein einziges Wort.

Was machte er da?

Wieder hörte ich das Schlagen von Türen. Was auch immer er getan hatte – viel Zeit hatte er nicht dafür gebraucht.

Die Fahrt ging weiter. Ich wurde durchgeschüttelt, doch etwas war anders.

Das Klappern hatte aufgehört.

Automatisch tastete ich mit der Hand nach oben und drückte gegen den Deckel.

Er rührte sich nicht.

Verdammt!

Ich versuchte es ein zweites Mal. Diesmal nahm ich beide Hände.

Nichts.

In meinen Füßen kribbelte es, sie waren eingeschlafen, langsam schob ich die Knie gegen das Holzbrett über mir, stemmte sie mit aller Kraft gegen das Hindernis.

Aber es bewegte sich keinen Millimeter.

Wieder einmal war ich gefangen. Nur dass ich diesmal in einer Totenkiste lag. Lebend. Putzmunter. Mit rasendem Puls.

Ich hockte in der Falle.

Wie lange reichte der Sauerstoff?

Nach einer Weile bemerkte ich ein Blinken. Sterne funkelten über mir. Das unendliche Weltall.

Ich wartete auf die Enterprise. Aber sie kam nicht.

Captain Kirk, Mr. Spock und der Doktor hatten Besseres zu tun, als mich zu retten.

Sebastian

Mit dem Leichenwagen in die Freiheit zu fahren, fühlte sich merkwürdig an. Er konnte es noch nicht ganz glauben, was hier passierte. Sebastian grinste vor sich hin. Er hatte Glück. Das Glück war zu ihm zurückgekehrt.

Dieses Glück saß hinter dem Lenkrad, zündete sich eine Zigarette an und warf die leere Schachtel aus dem Fenster. Dieses Glück sah müde aus und schwieg die meiste Zeit.

Nur einmal wurde Sebastian etwas gefragt: »Hast du Hunger? Im Handschuhfach liegt eine Schrippe mit Salami.«

Sebastian aß langsam. Das Brötchen war wunderbar frisch, die Wurst schmeckte, als hätte er sie gerade vom Fleischer geholt.

Er. Sein Vater. Wieso kam er erst jetzt?

Wo war er gewesen, als *sie* starb?

Sebastian fühlte Tränen in sich aufsteigen und biss ein großes Stück von dem Brötchen ab. Beinahe ohne zu kauen schluckte er, kämpfte gegen diese plötzliche Traurigkeit an. Er wollte jetzt nicht an seine Mutter denken, er wollte nicht heulen müssen vor diesem … Fremden.

»Hörst du das auch?«, fragte sein Vater.

Sebastian zuckte mit den Schultern. Dann nahm er ein Geräusch wahr.

Etwas klapperte hinter ihnen im Laderaum des Transporters. Bisher hatte Sebastian nicht darauf geachtet. Er war froh über jeden Kilometer, den sie von Bad Freienwalde wegfuhren. Richtung Berlin. Endlich. Er liebte seine Oma, aber er hatte sich in Eberswalde nie wohlgefühlt. Alles kam ihm dort zu eng, zu begrenzt vor. Ihm fehlte Berlin, ihm fehlten der Alex mit seinem bunten Treiben, den Punks, den Skatern und Breakdancern, mit dem Fernsehturm, der Weltzeituhr und dem Springbrunnen, ihm fehlten die Karussells im Plänterwald, die Kinos, die Buch- und Schallplattenläden und die finsteren verqualmten Eckkneipen. Sogar das Fernsehstudio in Adlershof, in dem seine Mutter gearbeitet und in das sie ihn ab und zu mitgenommen hatte, vermisste er. In seiner Eberswalder Schulklasse hatte er in dem einen Jahr nie richtig Anschluss gefunden. Oft radelte er nach dem Unterricht allein zum Finowkanal oder in den Wald, hielt Ausschau nach Raubvögeln oder sammelte Beeren im Sommer und Pilze im Herbst. Oder er half seiner Großmutter im Garten. Sie liebte Blumen und redete mit ihnen. Und sie konnte stundenlang auf der Bank sitzen und dem Gesang der Vögel lauschen. Manche Vögel kamen immer wieder zu ihr – ein Rotkehlchen und zwei Elstern waren Dauergäste und ließen sich auf dem Pflaumenbaum nieder. Wie glücklich seine Oma gewesen war, wenn sie sie gesehen hatte.

Wie erging es ihr jetzt? Im Altersheim?

»Junge? Hörst du das denn nicht?«

Ehe Sebastian antworten konnte, stoppte der B 1000 abrupt am Rand der Landstraße. Wortlos und, wie es schien, irgendwie wütend sprang sein Vater aus dem Wagen und lief nach hinten. Offenbar schien ihn der Krach sehr zu stören.

Sebastian rieb sich die Augen, holte ein paarmal tief Luft. Er berührte das Lenkrad, das noch warm war von der Hand seines Vaters. Was auch immer hier passierte – sein Leben änderte sich gerade. Schon wieder.

Keine fünf Minuten später fuhren sie weiter. Es klapperte nicht mehr.

»Es war der Sarg, ich hab ihn zugeschraubt.«

Sebastian nickte. »Du arbeitest also auf dem Friedhof?«, fragte er. Das Wort Totengräber spukte ihm im Kopf herum.

»Ja. Bin froh, diesen Job bekommen zu haben.«

»Es macht dir also ... Spaß?«

»Man ist viel an der frischen Luft.«

Das klang, als wollte sein Vater ausweichen.

Nun gut, Sebastian würde Zeit haben, mehr herauszufinden. Vorausgesetzt ... sein Vater würde ihn aufnehmen. Und Frau Pfeifer von der Jugendhilfe fand nicht irgendwelche Gründe, dies zu verhindern.

Das Wort *Vater* zu denken, kam ihm seltsam vor. Es wog schwer und fühlte sich fremd an. In seinem bisherigen Leben war er ohne einen Vater ausgekommen – wenn auch nicht gerade freiwillig.

Aber ihm fiel kein anderes Wort ein.

Etwa eine halbe Stunde später hielten sie erneut, diesmal an einem Dorfkonsum. »Ich geh mal schnell Zigaretten holen«, murmelte sein Vater. Dann sah er Sebastian fragend an. »Brauchst du irgendwas?«

Sebastian dachte kurz nach. »Was Süßes vielleicht«, sagte er.

Sebastian sprang aus dem Wagen und sah der Gestalt nach, die breitbeinig zum Lebensmittelladen stapfte. Er konnte es immer noch nicht fassen, dass er hier stand. Unbeaufsichtigt. Ohne jede Kontrolle. Frei? Wenn er wollte, könnte er jetzt einfach gehen.

Aber das war natürlich Quatsch. Erstens wusste er nicht, wohin, und zweitens musste er seinem Vater eine Chance geben. Schließlich hatte der ihn aus diesem komischen Knast geholt. Also lag ihm etwas an seinem Sohn?

Sebastian hörte schon wieder ein Klappern aus dem Laderaum und gerade als es anfing, ihn zu nerven, fiel ihm auf, dass es sich ganz anders anhörte als vorhin. Auch fuhren sie ja gar nicht. Wie konnte der Sarg da klappern?

Zögernd ging er um das Fahrzeug herum. Es war jetzt deutlicher zu hören und klang … klang nach einem Klopfen! Sebastian fühlte, wie sich die Härchen auf seinen Armen aufrichteten.

Das Geräusch wurde lauter und schien sich plötzlich in ein Hämmern zu verwandeln. In ein irgendwie verzweifeltes Hämmern.

Sebastian wich das Blut aus dem Gesicht. Er warf einen Blick zum Konsum hinüber, aber sein Vater war noch nicht wieder herausgekommen. Durch das beinahe leere Schaufenster konnte er sehen, dass an der Kasse eine lange Reihe von Leuten anstand.

Hörte er da eine Stimme?

Er schnappte nach Luft und seine Beine setzten sich wie von selbst in Bewegung.

Mit einem Ruck riss Sebastian die Hecktür auf. Er sah sich selbst dabei zu und dachte nicht darüber nach, was er tat. Jemand war in Not und er musste handeln.

Das Pochen kam aus dem Sarg. Die *Stimme* kam aus dem Sarg. »Hilfe! Helfen Sie mir bitte! Ich muss hier *raus*!«

Sebastian erstarrte. Die Worte klangen dumpf, aber höchst lebendig. »Katja?«, fragte er ungläubig. Träumte er?

Einen Moment wurde es still. Sebastian kroch in den Wagen, bewegte sich auf den Sarg zu und legte die Hand auf das Holz. Es pochte wieder. Wie ein schneller Herzschlag.

»Machen Sie das Ding auf! Ich ersticke hier drin noch!«

»Ich glaub, ich spinne. Katja?«

»Ja! Wer zum Teufel ist da?«

»Ich bin's! Warte einen Moment!«

Sebastian tastete nach den Schrauben. Sie waren fest angezogen. Keine Chance, sie mit bloßen Fingern zu lösen.

»Ich krieg bald keine Luft mehr.«

»Warte kurz. Ich helfe dir.«

Etwas wie ein Schniefen oder Schluchzen war zu hören.

»Keine Panik.« Er versuchte, den Deckel anzuheben. Aber er bewegte sich nicht, keinen einzigen Zentimeter. »Ich muss nur dieses Ding aufkriegen«, brachte er heraus.

»Ich glaube, da ist irgendwo ein Werkzeugkasten«, keuchte Katja.

»Du bist abgehauen«, stellte Sebastian fest. Er tastete auf dem Boden herum und stieß tatsächlich auf ein Metallkästchen. »Du bist einfach … hier … sozusagen … eingebrochen.« Beinahe widerwillig stieg ein Lachen aus seiner Kehle.

Katja sagte nichts dazu. Wozu auch? Die Antwort lag auf der Hand beziehungsweise in einem Sarg.

»Ich hab ihn!« Sebastian seufzte erleichtert und hielt triumphierend den Schraubenzieher hoch.

Als er zwei oder drei Minuten später den Sargdeckel anhob, grinste ihm Katja entgegen.

Katja

Ein Gesicht tauchte über mir auf und ich lächelte es an und sog endlich wieder Sauerstoff tief in mich hinein.

Die Enterprise war doch noch gekommen. Sie schwebte weit oben, zwischen den Sternen, der hellste Punkt im All. Und Captain Kirk redete mit mir und blickte besorgt auf mich herab. Er würde mir helfen, ich musste nicht in einem Sarg ersticken.

»Gott sei Dank«, sagte ich. Meine Stimme klang heiser, als hätte ich ewig nicht gesprochen, und das Gesicht veränderte sich, als sich meine Augen an die Helligkeit gewöhnten. Ich blinzelte ein paarmal. Es war gar nicht Captain Kirk.

»Sebastian«, fügte ich etwas verwundert hinzu.

»Was machst du …« Er schien genauso verwirrt zu sein wie ich. »Ich meine, wie bist du ausgerechnet … ausgerechnet hier …?«

Er starrte mich an wie eine Erscheinung. Und vielleicht war ich ja auch eine. Eine Außerirdische. Versehentlich aus dem Weltraum geplumpst. Direkt in einen Sarg. Das schaffte auch nur ich.

Ich setzte mich auf und sah ihn an. »Das ist wohl Schicksal. Geplant hatte ich das nicht. Ich musste einfach nur da weg. Kapiert?« Das letzte Wort klang aggressiv. Eigentlich wollte ich das nicht und erschrak fast selbst.

Sebastians Miene blieb unverändert. Er nickte mir zu. »Verstehe.« Dann zog er hastig seine Jacke aus. »Schieb die unter den Deckel, damit es nicht klappert, okay?« Er sprach so leise, dass ich ihn kaum verstehen konnte.

»Okay«, murmelte ich und wollte noch etwas fragen, aber er legte seinen Zeigefinger auf die Lippen, bewegte sich rückwärts von mir weg und verschwand auf einmal wieder aus dem Fahrzeug.

Ich hielt seine Jeansjacke in der Hand, die ein wenig nach Rauch roch und – wenn ich mich nicht täuschte – ein wenig nach ihm. Ich hielt meine Nase an den Stoff und versuchte, am Zigarettenmief vorbei den eindeutigen Beweis seiner Existenz einzuatmen.

Aber plötzlich ruckte es, wir fuhren weiter und ich beeilte mich, die Jacke so einzuklemmen, dass es kein Geräusch mehr gab. Ich sollte also leise sein. Der Fahrer durfte keinen Verdacht schöpfen. Wer war der Mann? Ein Erzieher? Hätte ich die Stimme dann nicht erkennen müssen? Und ein misstrauischer Erzieher würde längst überall herumschnüffeln und mich in fünf Minuten entdecken.

Wieso hatte ich Sebastian nicht gefragt, wohin wir fuhren? Aber er war wie ein Gespenst aufgetaucht und gleich wieder verschwunden. Es blieb mir nichts anderes übrig, als zu warten.

Ich lag immer noch in einem verdammten Sarg. Mein Rücken tat mir weh, mein Nacken kam mir steif vor und in meinen Füßen kribbelte es. Außerdem knurrte mein Magen und meine Kehle brauchte dringend einen Schluck Wasser. Doch ich fühlte mich besser als vorhin. Ich besaß jetzt wieder etwas, was ich vorher nicht besessen hatte.

Ich brauchte eine Weile, um darauf zu kommen, was es war.

Vielleicht glomm da nur ein Funken, doch ich fühlte es auf einmal deutlich: Hoffnung.

Ich hatte wieder Hoffnung.

VERBORGEN

Sebastian

Das Haus, das sie betraten, lag im Hinterhof und machte einen düsteren Eindruck. Es sah noch heruntergekommener aus als die anderen Altbauten im Prenzlauer Berg. Risse durchzogen das Gemäuer, die Löcher, die der abbröckelnde Putz hinterlassen hatte, waren faustgroß, eine Fensterscheibe im Treppenhaus war kaputt.

Sebastian spürte den Wind auf seiner Haut, als er daran vorbeilief. Unwillkürlich dachte er an die helle große Neubau-Wohnung in Berlin-Köpenick, in der er mit seiner Mutter gelebt hatte – mit Bad und Zentralheizung und nur ein paar Fahrradminuten weit weg vom Müggelsee.

Hier roch es nach Katzenpisse, kaltem Eintopf und nach dem Klo, das sein Vater ihm zeigte, als sie die schmutzigen Stufen hinaufstiegen. Die Toilette befand sich in einer Kammer und wurde von mehreren Mietern genutzt. Als Sebastian schnell pinkeln ging, stellte er fest, dass es weder eine Heizung noch ein Waschbecken in dem engen Raum gab. Der Riegel war zu abgenutzt, um noch zu schließen, und wer seine Ruhe haben wollte, musste die Tür notgedrungen irgendwie zuhalten.

Sebastian zuckte mit den Achseln, zog an der Kette und spülte. So war das eben. Sein altes Leben war vorbei. Sein altes Leben war mit seiner Mutter gestorben und lag auf dem Friedhof. Sie fehlte ihm, sie fehlte ihm ganz furchtbar, doch er konnte das, was passiert war, nun mal nicht ändern. Außerdem hatte er gerade andere Sorgen. Wo konnte er Katja verstecken?

Dass er sich um sie kümmern musste, stand für ihn fest. Er fühlte sich immer noch etwas schuldig. Wegen ihm war sie in die Arrestzelle gekommen. Und außerdem: Wer sollte ihr sonst helfen? Wenn er es nicht tat, würde sie erwischt und zurückgebracht werden und wieder im Bunker landen. Und ein zweites Mal wollte er dafür nicht verantwortlich sein.

Sein Vater wartete vor dem stinkenden Klo auf ihn und sie gingen bis ganz nach oben.

Die eine Tür war nur angelehnt und stand einen Spalt auf. Sebastian spähte ins Halbdunkel. Er nahm allerlei Gerümpel und eine Wäscheleine wahr, an der weiße Bettbezüge und Laken hingen. Durch eine offene Luke strömte die kalte Luft. Der Dachboden also.

Vor der anderen Tür standen leere Schnaps- und Weinflaschen und ein mit Asche gefüllter Eimer.

Ein Namensschild gab es nicht und wie es aussah auch keine Klingel.

»Hier wohnst du also«, sagte Sebastian, als sie den Flur betraten. Verdreckte Arbeitskleidung hing an den Garderobenhaken und ließ nicht viel Platz. Sebastian bewegte sich vorsichtig, als würde er auf einem Seil balancieren. Er lief an einer Schüssel vorbei, die auf dem Boden stand und Regentropfen auffing, die ungehindert durch das Dach fielen.

Die Tür zur Küche stand offen und sein Vater holte sich ein Bier aus dem Kühlschrank und öffnete die Flasche mit den Zähnen. Schaum sprudelte hervor, lief über seine Hand und tropfte auf den Boden. Sein Vater trank und schob ihn wie nebenbei in ein Zimmer. Sebastian blickte sich in dem kleinen dunklen Raum um. Es gab nicht viel zu entdecken: ein vollgestopftes Bücherregal, ein Schallplattenspieler und ein Tonbandgerät, ein Kofferfernseher mit Teleskopantenne, ein taubengraues Sofa, zwei einfache Stühle, eine Holzkiste, die als Tisch diente. Sein Vater stellte die leere Flasche auf die Kiste und rülpste.

»Sorry. Ich bin nicht gewöhnt, dass hier jemand außer mir ist.«

»Schon gut.«

»Nebenan ist noch ein Zimmer, da kannst du rein.«

Sebastian folgte seinem Vater schweigsam. Das Zimmer war eher eine Kammer, in der sich ein Bett, ein fleckiger, abgewetzter Teppich, ein kleiner Ofen, ein schmaler Schrank und ein Nachttisch befanden. An der Wand hingen ein paar vergilbte Plakate aus dem *Filmspiegel*.

Sollte er sich jetzt bedanken? Dass er bei seinem *Vater* wohnen durfte?

»Du kannst das Bett nehmen, ich schlaf auf dem Sofa.«

Sebastian nickte und räusperte sich. »Ist gut.«

Er sah seinen Vater an. Sein Gesicht wirkte steinern, die Augen waren mürrisch zusammengezogen. Ihre Blicke begegneten sich, aber die Miene des Mannes veränderte sich nicht.

»Ist noch was?«

Ihm fiel Katja ein. Sie wartete sicher schon auf ihn und er sollte keine Zeit verlieren.

»Kann ich den Schlüssel haben?«, fragte er schnell.

»Ich muss erst einen zweiten machen lassen«, murmelte sein Vater. »Wenn du willst, gebe ich dir einen Dietrich.«

»Ich meinte für den Barkas.«

Sein Vater streifte ihn mit einem verwunderten Blick. »Du willst doch nicht damit abhauen, oder? Der Wagen gehört mir nicht.«

»Nee. Ich hab nur meine Jacke vergessen.« Sebastian lachte nervös. »Ich kann nicht Auto fahren.«

Das Gesicht seines Vaters blieb misstrauisch.

»Na schön«, sagte er schließlich.

Katja war in dem Sarg eingeschlafen und Sebastian musste sie erst wach rütteln.

»Guten Morgen, Schneewittchen.« Er lachte leise.

»'tschuldige«, murmelte sie schlaftrunken. »Das ist … mir ja jetzt echt peinlich, dass ich in diesem Ding …«

»Es gibt einen Dachboden«, unterbrach Sebastian sie. »Da kannst du dich erst mal verstecken. Geh einfach in das Haus und tu so, als würdest du dort wohnen, okay?«

Über ihr Gesicht huschte ein Grinsen. »Ich bin nicht zum ersten Mal auf der Flucht. Aber danke, Sebastian. Danke, dass du mir hilfst …«

»Am besten ist, du gehst vor. Wir sollten nicht zusammen gesehen werden. Ich bring dir nachher was zu essen.«

»Alles klar.« Sie schob sich aus dem Sarg und strich durch ihr verfilztes Haar. »Was zu trinken wäre auch gut, Kumpel, und 'n Kamm.« Sie lachte, aber es klang nicht besonders fröhlich. Ihre Stimme wirkte angespannt.

»In Ordnung.« Sebastian spähte durch den Türspalt nach draußen. »Ich denke, die Luft ist rein. Geh einfach. Und lass dir nichts anmerken.« Er sah sie an. Erst jetzt bemerkte er, wie blass sie war – leichenblass.

»Alles klar«, sagte sie wieder, obwohl eigentlich überhaupt nichts klar war. »Bis später.«

Umständlich kroch sie aus dem Fahrzeug. »Glaub, meine Gelenke sind eingerostet«, flüsterte sie und hob die Hand.

Sebastian lächelte flüchtig und erwiderte ihr Winken. Dann verschloss er den Sarg und schraubte ihn wieder zu. Eine Schraube fehlte. Er suchte danach, aber er konnte sie nicht finden.

»Auch egal«, murmelte er vor sich hin. »Wird schon schiefgehen.«

Konnte er sich auf Katja verlassen? Er kannte sie doch kaum.

Und wenn sie sie erwischten, war er mit dran. Da brauchte er sich nichts vormachen. Das, was er tat, war … gefährlich, *übelst* gefährlich.

Er musste sich etwas einfallen lassen, um Katja so zu verstecken, dass niemand sie entdeckte. Und er musste sich etwas einfallen lassen, um sich selbst zu schützen. Nur was?

Katja

Auf einem Boden ist der Himmel nicht weit weg.

Zur Not konnte man aufs Dach flüchten, sich hinter einem Schornstein verstecken. Und dort abwarten, bis die Volkspolizisten, oder wer auch immer einem auf den Fersen war, wieder verschwanden.

Aber anders als sonst, wenn ich auf Trebe war, hatte ich anscheinend einen Helfer. Diesmal musste ich nicht herumirren und nach Essbarem suchen.

Sebastian stand mir zur Seite, wenn ich auch nicht verstand, warum. Er brachte sich damit in Gefahr. Wenn sie mich hier erwischten, würde er mit mir auf dem nächsten Polizeirevier landen. Vielleicht sollte ich doch verschwinden?

Ich hielt mich in einer Ecke hinter einem Schrank versteckt. Durch das Dachbodenfenster fiel ein grauer Streifen Licht auf einen Stapel vergilbter Zeitschriften. Die meisten waren langweilig: einige uralte *FF-Dabei* mit dem Programm des DDR-Fernsehens vom letzten Jahr, die Fußballzeitung *Fuwo* oder Exemplare der Illustrierten *Für Dich*. Ich stöberte nach Zeitschriften aus dem Westen, aber die gab es natürlich nicht. Nach einer Weile entdeckte ich ein Magazin, das aus den Sechzigerjahren stammte. Aber es roch gut, irgendwie vertraut, und die Karikaturen beruhigten mich eigenartigerweise. Schließlich zog ich ein Magazin nach dem anderen aus dem Stapel. Es fanden sich ein paar Geschichten in den Heften, die vielversprechend klangen, gelegentlich sogar nach Abenteuern und fremden Ländern, aber zum Lesen war ich zu nervös. In jeder Ausgabe befand sich mindestens eine nackte Frau, die in schönen Landschaften, in kalt wirkenden Städten oder sonst wo posierte. Bei den Jungs im Werkhof waren diese Hefte, die ziemlich schwer zu bekommen waren, heiß begehrt, egal aus welchem Jahr sie stammten. Hier trug der Nackedei allerdings einen sorgfältig mit Kugelschreiber gezeichneten Bikini.

Ich musste grinsen und blätterte weiter. Als ich das fast vollständig ausgefüllte Kreuzworträtsel betrachtete und versuchte, die wenigen noch fehlenden Wörter herauszufinden, hörte ich plötzlich Schritte.

Ich erstarrte. Suchten die nach mir? Jetzt schon? Wieso hatte ich mir nicht ein besseres Versteck einfallen lassen?

Etwas fiel klirrend zu Boden. Ein Schlüssel? Mein Puls raste. Einen irren Moment lang war ich überzeugt, dass Maschine mich holen kam. Er würde mir Handschellen anlegen oder eine Knebelkette und mich wieder zurückbringen.

»Katja?«

Sebastian bog um die Ecke und lächelte mich an.

Einen Augenblick lang verharrte ich noch in meinem Totstellreflex. Dann endlich beruhigte sich mein Herz und ich lächelte zurück.

Er brachte mir eine Decke, ein Kissen und einen Dederonbeutel mit Blümchenaufdruck voller Lebensmittel. Wir setzten uns auf die Decke, und ich packte alles aus: Brot, schon in etwas schiefe Scheiben geschnitten, zwei hart gekochte Eier, eine halbe Teewurst, eine Tüte Salzstangen und eine Vita-Cola.

Ich pellte ein Ei ab und aß hastig, schlang es mit nur zwei Bissen hinunter, während Sebastian mir dabei zusah. Es war mir ein bisschen peinlich.

»Ich bin hungrig wie ein ausgehungertes Krokodil«, sagte ich entschuldigend und riss mit einem Ruck die Tüte auf. Es regnete Salzstangen und wir lachten. »Willst du nichts essen?«

Er schüttelte den Kopf.

»Du hast mich vorhin fast zu Tode erschreckt«, murmelte ich und knabberte an einer Salzstange. »Wir sollten irgendein Zeichen verabreden, damit ich weiß, dass du es bist.«

»Soll ich klopfen? Vielleicht dreimal schnell, dreimal langsam?«

»Weiß nicht. Das fällt vielleicht dann doch auf, wenn du dauernd an die Tür eines theoretisch unbewohnten Dachbodens klopfst.«

»Ich könnte pfeifen«, schlug er vor. »Eine Melodie für alles okay und eine andere, um dich zu warnen.«

»Pfeif mal«, sagte ich.

Sebastian spitzte die Lippen und ich erkannte die Melodie von einem Kinderlied.

»*Kam ein kleiner Teddybär*?« Ich lachte und dachte an Sandra, die das Lied manchmal voller Inbrunst sang.

Sebastian nickte. Seine Wangen färbten sich rot. »Das ist das Erste, das mir eingefallen ist.«

»Okay, prima, das kenne ich gut«, sagte ich schnell. »Und welches nehmen wir für Gefahr?«

Sebastian kratzte sich den Kopf. »Das ist schwerer.«

»Es sollte gut unterscheidbar sein. Irgendwas, das wie ein Alarmzeichen klingt …«

»So was wie … Völker hört die Signale?«, fragte Sebastian.

»Genau. Ein Kampflied der Arbeiterklasse ist perfekt.«

»Verkohlst du mich?«

»Nur ein bisschen.«

»Brauchst du sonst noch was?«

Ich schwieg eine Weile und blickte auf das aufgeschlagene Magazin hinab, die nackte Frau im Kugelschreiberbikini streckte sich der Sonne an der Ostsee entgegen.

»Ja. Ich brauch noch was.«

Sebastian sah mich abwartend an. Ich staunte über seine Geduld. Über den neugierigen Ausdruck in seinen Augen. Als wäre dies alles nur ein Spiel.

»Und?«, fragte er schließlich.

»Freiheit«, sagte ich leise. »Ich brauche meine Freiheit.«

Er schwieg. Und auf einmal sah er verdammt traurig aus.

Sebastian

»Deine Mutter und ich, wir hatten uns irgendwann nicht mehr besonders …«

Sebastian trank von dem Tee, der bitter schmeckte und ungesüßt war. Er aß mehr aus Höflichkeit ein halbes Marmeladenbrötchen.

»… viel zu sagen«, brachte sein Vater schließlich heraus. »Wir waren zu verschieden. Deshalb haben wir damals, als du noch sehr klein warst, beschlossen, dass jeder seiner eigenen Wege geht.« Er sprach langsam und holte tief Luft, als würden ihn die Worte quälen oder als hätte ihn die Erklärung zu sehr angestrengt.

Sebastian nippte an dem schwarzen Tee. An der Oberfläche des Getränks bildete sich ein öliger Film.

»Und schließlich haben wir uns aus den Augen verloren.«

Sebastian pustete den Ölfilm beiseite, bevor er trank. Über den Becherrand beobachtete er den Mann, der ihm gegenübersaß. Er empfand nichts. Müsste er nicht etwas für ihn empfinden? Irgendwie wartete er darauf, dass sein Vater etwas sagte wie: »Ich freu mich wirklich, dass du hier bist. Fühl dich wie zu Hause, ja?«

Stattdessen murmelte er: »Brauchst du … Zucker? Der Tee schmeckt ein bisschen …«

Scheiße, beendete Sebastian den Satz in Gedanken.

Sein Vater steckte sich die nächste Zigarette an.

»Nein, danke.« Du hast auch mich aus den Augen verloren, dachte Sebastian. Sollte er diesen Satz aussprechen? Schließlich hätte ihn sein Vater auch weiter schmoren lassen können in diesem … Er sah die Gitter wieder vor sich. Den ersten Riegel, den zweiten. Die Holzpritsche. Den Kübel. Das idiotische Guckloch in der Tür, durch das jederzeit ein Erzieher glotzen konnte. Musste er nicht dankbar sein? Andererseits wäre er nie dort gelandet, wenn sein Vater früher auf die Idee gekommen wäre, dass er noch einen Sohn hatte. Sebastian sprach den Satz aus. Zögernd, leise, irgendwie hölzern: »Du hast auch mich aus den Augen verloren.«

Das Gesicht seines Vaters verfinsterte sich, als hätte jemand das Licht im Raum ausgeknipst. Er starrte auf den nicht besonders sauberen Boden. Etwas Asche fiel von seiner filterlosen Zigarette. Er schien es nicht zu bemerken. Einen Moment herrschte Schweigen.

»Deine Mutter war der Meinung, dass es besser wäre, wenn … jeder Kontakt vermieden wird.«

»Warum?«

»Sie wollte dich schützen.«

»Und wovor?«

»Vor Ärger, nehme ich an.«

»Ärger? Mit wem?«

Sein Vater hob den Blick und starrte die Lampe an. Sebastian bemerkte erst jetzt, dass sie flimmerte. »Das erzähle ich dir ein anderes Mal.« Seine Stimme klang jetzt anders, heiser.

Und wieso bist du nicht zu ihrer Beerdigung gekommen? Doch diese Frage behielt Sebastian für sich.

Er sah sich mit seiner Oma an diesem Grab auf dem Friedhof in Adlershof stehen. Sie hielt sich dicht bei ihm, aber sie berührten sich nicht. Jeder stand in seiner eigenen Welt. Irgendwie verloren … Nur ein paar Kollegen von seiner Mutter waren noch erschienen. Und die Frau von der Jugendhilfe, die ihm damals noch fremd war.

Sein Vater stand auf und betrachtete das Flackern der Lampe. Die Glühbirne schien einen Wackelkontakt zu haben. Er starrte direkt in das unruhig zuckende Licht hinein. Ein seltsamer Ausdruck lag in seinen Augen.

Irgendetwas stimmte nicht mit ihm.

»Ich muss jetzt zur Arbeit«, murmelte er. »Genieß den freien Tag, solange du kannst.«

Solange du kannst?

»Was meinst du?«

»Na, ab morgen gehst du wieder zur Schule.« Sein Vater warf sich eine Jacke über, die irgendwie zerschlissen aussah und wie alles hier nach Zigarettenqualm roch, und klimperte mit dem Schlüssel. Er schien es plötzlich eilig zu haben.

Sebastian folgte ihm in den Flur, winkte ihm flüchtig zu und lauschte an der Wohnungstür, bis die Schritte im Treppenhaus verhallten.

Wie hatte Katja wohl die Nacht verbracht? Es war ziemlich kalt auf dem Dachboden. Arschkalt, um genau zu sein. Einen Ofen gab es da natürlich nicht.

Er musste nachsehen, nach ihr sehen, jetzt sofort.

Die Dielen knarrten unter seinen Füßen, ansonsten hörte er keinen Laut, als er sich hineinschlich.

Er pfiff leise das Teddybärenlied, ging auf Zehenspitzen an der Wäscheleine mit den Bettlaken vorbei und lauschte angestrengt. Alles, was er hörte, war das Summen einer fetten Fliege. Der Brummer surrte um ihn herum, als wollte er ihn ein Stück begleiten.

Katjas Sachen, ihre Decke, die paar Lebensmittel konnte er nicht entdecken. Sie war doch nicht etwa … abgehauen?

Plötzlich kreischte eine Stimme direkt in sein Ohr und im nächsten Moment spürte er einen Schlag auf den Rücken. Er fuhr herum, die Hände zu Fäusten geballt.

Katja lachte ihn an. »Hab ich dich erschreckt?«

»Verdammt noch mal, spinnst du?«

»Ja«, antwortete sie grinsend, »manchmal schon. Ist dir das nicht klar?«

»Doch, spätestens jetzt.« Sein Atem ging immer noch schnell. »Ich hätte dir fast eine reingehauen!«

»Tut mir leid, ich wollte dich nicht erschrecken. Wollte ich schon, aber nicht *so*«, sagte sie zerknirscht. Ihr Mund verzog sich zu einem schiefen Grinsen.

Sebastian nickte und versuchte, sich zu beruhigen. Es war nichts passiert, alles in Ordnung. Kein Grund, auszurasten. Wieso war er so nervös?

»Du kannst mit rüber in die Wohnung kommen. Mein Alter ist arbeiten«, sagte er schroff.

»Prima. Würdest du mir bitte die Haare schneiden?«

»*Was*?« Beinahe hätte er schon wieder *Spinnst du?* gefragt.

»Kurz, so kurz wie möglich. Am besten einen Jungenhaarschnitt.«

Sebastian musterte sie, betrachtete ihr Gesicht, das sanft und trotzig zugleich aussah – ihre dunklen, glänzenden Augen, die geschwungenen Lippen, die Grübchen in den Mundwinkeln, wenn sie – so wie jetzt – spöttisch lächelte. Du wirst nie wie ein Junge aussehen, dachte er.

»Hast du noch genug Essen?«

»Ein bisschen, gut versteckt in den Ecken.«

»Hoffe, hier gibt's keine Mäuse«, murmelte er.

»Ein Mäuschen zur Gesellschaft wäre aber nicht schlecht«, meinte Katja. »Es ist furchtbar langweilig so allein.« Sie klang wie ein schmollendes kleines Kind.

Einen Moment fragte er sich, ob er ihr etwa jetzt noch ein Haustier besorgen musste. Vielleicht eine Katze, an die sie sich nachts ankuscheln konnte?

»Hast du sehr gefroren heute Nacht?« Kurz durchzuckte ihn der Wunsch, nach ihren Händen zu greifen, sie zu wärmen.

Katja schüttelte den Kopf. »Bin ich doch gewohnt. In den Zellen, in denen ich schon schmoren musste, ist es kälter.«

»Stimmt auch wieder.«

Vorsichtshalber ging Sebastian voraus, warf einen Blick in den Hausflur. Alles war ruhig. Es schien ihm fast zu still.

Was tat er hier eigentlich? Einen Menschen verstecken? Jemanden, der von der Polizei gesucht wurde? Machte er sich strafbar? Er hatte keine Ahnung.

Ein paar Minuten später saßen sie in seinem Zimmer, und er stutzte mit einer stumpfen Schere Katjas Haare – vorsichtig, Strähne für Strähne. Es kam ihm seltsam vor, ihr Haar zu berühren. »Auf alle Fälle werden sie kürzer, länger können sie ja auch nicht werden«, sagte er nervös.

Ob Katja den Schnitt am Ende als Frisur oder doch eher als Körperverletzung bezeichnen würde, wusste er noch nicht so richtig. Zum Glück gab es hier keinen Spiegel, in dem sie ihn beobachten und seine Schöpfung verfolgen konnte.

»Wichtig ist nur, dass ich *anders* aussehe«, erklärte sie.

»Das wirst du bestimmt.« Sebastian seufzte. »Aber wieso … warum willst du wie ein Junge wirken?«

»Liegt das nicht auf der Hand? Damit man mich nicht gleich erkennt, wenn ich draußen herumlaufe.«

Sebastian stoppte in der Bewegung und die Schere schwebte über Katjas Kopf. »Das ist jetzt nicht dein Ernst, oder? Du kannst doch nicht einfach so in der Gegend herumspazieren!«

»Und was ist, wenn ich aufs Klo muss? Wenn mich jemand sieht?«

Daran hatte er tatsächlich noch nicht gedacht. Er kam sich etwas blöd vor. »Ich kann dir einen Eimer geben«, murmelte er.

»Na, vielen Dank auch.« Sie schüttelte sich. »Nicht schon wieder so 'nen Kübel! Ich war nachts zweimal auf eurem Klo. Keine Sorge, ich hab aufgepasst und die Tür zugehalten. Zum Glück kam niemand. Aber es wäre besser, wenn ich auf den ersten Blick jemand zu sein scheine, der hier zu tun hat. Ein Handwerker oder so. Kannst du mir einen Arbeitsanzug besorgen?«

»Oh Mann«, sagte er leise. Er konnte sich beim besten Willen immer noch nicht vorstellen, dass eine verkleidete Katja wie ein Kerl aussehen würde. »Wo soll ich den herkriegen?«

»Von deinem Vater? Er arbeitet doch auf einem Friedhof?«

Sebastian seufzte. »Klauen ist Diebstahl.«

»Aber Borgen nicht. Du kannst ja irgendeine Ausrede erfinden.«

»Hm.« Er schnitt die letzte Franse ab, die länger aussah als die anderen, und sammelte die Haarbüschel ein, die auf den Dielen lagen. Und wohin damit? Er sah sich um und sein Blick fiel auf den kleinen Ofen. Er musste ohnehin noch heizen.

Katja strich sich vorsichtig über den Kopf. »Perfekt«, sagte sie. »Jetzt brauche ich nur noch einen Blaumann und ein Käppi.«

»Und vielleicht noch einen Bart?« Sebastian hielt ihr ein paar Strähnen unter die Nase. »Mit Bart siehst du gleich viel männlicher aus.«

Zu seiner Verwunderung lachte sie nicht. »Gar keine schlechte Idee.«

Gerade als er ihr erklären wollte, dass das nur ein Scherz gewesen sei, klopfte es.

Sebastian fuhr zusammen. Er tauschte Blicke mit Katja.

»Wer ist das?«, flüsterte sie.

»Keine Ahnung.«

Ihre Augen weiteten sich. Sie glitt vom Stuhl und kroch im Nu unter das Bett.

Es klopfte noch einmal, diesmal energischer.

Er blieb einfach stehen und wartete darauf, dass der unwillkommene Besuch wieder gehen würde. Keine Polizei, dachte er, *bitte keine Polizei.*

Aber die Genossen Volkspolizisten hätten doch sicher schon längst gerufen, oder?

Die Tür quietschte leise und Schritte klackten durch den Flur.

Mist! Er hatte nicht abgeschlossen. Wer an der Wohnungstür die Klinke drückte, konnte einfach so hereinspazieren.

»Hallo? Ist jemand zu Hause?«

Eine Frauenstimme. Und sie kam ihm bekannt vor.

Sebastian erblickte einen Fuß, der unter dem Bettrand hervorschaute. Genau genommen, sah er sogar Katjas Zeh. Ihr Strumpf hatte Löcher. »Ich komme!«, rief er und versetzte ihr einen leichten Tritt gegen die Ferse.

Frau Pfeifer starrte ihm argwöhnisch entgegen. »Da bist du ja! Hast du mich nicht klopfen gehört?«

»Ich hatte gerade ... Kopfhörer auf«, brachte er hervor. »Was machen Sie denn hier?«

»Nach dem Rechten schauen«, gab sie schnippisch zurück. Sie reckte den Hals wie eine Giraffe. »Wo ist dein Vater?«

»Arbeiten.«

»Und wieso bist du nicht in der Schule?«

»Ich geh morgen wieder. Mein Vater musste mich erst ... ähm, ummelden. Aber ... Wieso sind Sie hergekommen?«

»Ich wollte nach dir sehen, Sebastian. Schauen, ob alles in Ordnung ist.«

»Das ist es«, sagte er. »Alles bestens!«

»Das freut mich zu hören. Wirklich.« Frau Pfeifer lächelte seltsam. »Ach übrigens: Als du entlassen worden bist, ist ein Mädchen entwichen. Sie suchen nach ihr, ein ernster Fall, ein *sehr* ernster Fall: Katja Fröbel. Kennst du sie?«

Er schüttelte schnell den Kopf.

»Angeblich soll sie nach Leipzig geflüchtet sein, glaubt jedenfalls die Polizei, aber ... Na, jedenfalls dachte ich, schau ich doch mal, was der Sebastian macht.«

Frau Pfeifer zeigte ihm ihre Zähne.

Sebastian wich ein Stück vor ihr zurück. »Hier ist alles in Ordnung.«

»Prima! Aber ich würde mich gern selbst davon überzeugen. Hast du ein eigenes Zimmer?«

»Natürlich.«

»Zeigst du es mir?«

Die Jugendfürsorgerin stand jetzt so dicht vor ihm, dass ihm ihr aufdringliches Parfum direkt in die Nase stieg. Irgendwie roch es scharf nach Insektenspray, trieb ihm Tränen in die Augen und er musste blinzeln.

»Es ist … nicht aufgeräumt.«

»Das macht nichts, Junge. Was denkst du, was ich schon alles gesehen habe.« Sie winkte ab und lachte komisch. »In manche Wohnungen müsste man eigentlich erst mal die Schädlingsbekämpfung schicken.« Angewidert verzog sie das Gesicht. »Schaben, die in der Küche herumwuseln, Flöhe, die aus den Betten springen, Motten und Maden …«

Einen Moment kam ihm der Gedanke, dass sich Frau Pfeifer vielleicht tatsächlich mit einem Mittel gegen Insekten eingesprüht hatte.

»Warum gehen wir nicht erst in die Küche und ich koche Ihnen einen Kaffee?« Er machte eine einladende Handbewegung und quälte sich ein Lächeln auf die Lippen.

Frau Pfeifer schien zu überlegen. »Später gern, ein klein wenig später, aber zunächst …«

Etwas polterte in seinem Zimmer.

Die Fürsorgerin warf ihm einen verwunderten Blick zu. Ohne ihn zu fragen, öffnete sie einfach die Tür.

Von Katja war zum Glück nichts zu sehen.

Sebastian hob die Schere auf, die auf den Boden gefallen sein musste. Er warf einen schnellen Blick unter das Bett. Nichts. Da war niemand.

Doch das Fenster stand offen. Und die Gardine bewegte sich leicht.

Katja

War ja klar, dass sie mich suchten. Aber dass sie so schnell kommen würden, hätte ich nicht gedacht. Der Wind pfiff mir ins Gesicht, und ich betete zu einem mir unbekannten Gott, an den ich sowieso nicht glaubte, dass das Fensterbrett, auf dem ich stand, hielt. Es war schmal und der Putz bröckelte unter meinen Füßen und rieselte wie Eis hinab. Ich versuchte, nicht hinunterzublicken, und lauschte unwillkürlich dem Klacken, wenn die Steine auf dem Beton landeten. Sie brauchten eine Weile, ehe sie aufschlugen. Dann hörte ich in dem Zimmer eine Frau reden und Sebastian antworten. Was sie sagten, verstand ich nicht. Die Straßengeräusche schallten herüber, schwappten wie eine Welle in den Hinterhof. Das Gekreische einer Straßenbahn mischte sich mit dem Geknatter von Trabis und Mopeds oder was auch immer da hinter den maroden Häuserwänden herumfuhr.

Wie ein Idiot stand ich auf dem Sims und hoffte, dass niemand mich sah. Natürlich bereute ich jetzt, dass ich nicht in meinem Dachbodenversteck geblieben war. Früher oder später würde man mich entdecken, früher oder später würde ich wieder im D-Heim landen, früher oder später würden sie mich in die Hölle nach Torgau schaffen, in den geschlossenen Jugendwerkhof, die absolute Endstation.

Mein Herz schlug schneller, als ich ein Geräusch hörte, das wie Riegelknallen klang, und ich blickte jetzt doch in die Tiefe. Jemand hatte den Deckel der Mülltonne zugeworfen. Ein kleiner Mann mit zementfarbenen Haaren. Zum Glück sah er nicht hoch, sondern schlurfte mit dem Eimer in der Hand zurück zum Hauseingang.

Ich sah in den grauen Himmel hinauf und fragte mich, wo die Enterprise eigentlich blieb. Captain Kirk, Pille und Spocky und der ganze Rest der Crew. Sie mussten doch sehen, dass auf diesem Planeten etwas nicht stimmte. Dass hier ein komisches Wesen am Rand einer Klippe stand und Hilfe brauchte.

Unten schepperte es wieder. Diesmal war eine dicke Frau in Kittelschürze an den Tonnen, und als sie sich umdrehte, warf sie einen Blick nach oben, blickte mir direkt in die Augen – so kam es mir jedenfalls vor. Doch dann guckte sie woandershin und watschelte davon.

Der Wind zerrte an meinen stoppligen Haaren, griff mir mit kalter Hand in den Nacken. Ein leichter Nieselregen begann zu fallen, und ich fragte mich, was jetzt werden sollte. Alles erschien mir aussichtslos. Ich sah auf meine nackte Zehe hinab, die aus dem dreckigen Strumpf ragte, und der Anblick machte mich noch trauriger. Nicht einmal meinen Füßen hatte ich etwas zu bieten. Der große Zeh wirkte so verloren, wie ich mich fühlte.

Ich hätte auf dem Dachboden bleiben sollen.

Alles, was ich tat, war falsch, fühlte sich falsch an.

Ein großer Brocken löste sich unter meinem Fuß und fiel in die Tiefe.

Doch dann hörte ich es: ein Pfeifen. Das alberne Teddybärenlied. Und auf einmal sah ich seine Hand – er hielt sie mir hin und sagte: »Komm! Komm schon! Was machst du da draußen? Komm endlich rein!«

Sebastian

Er griff nach ihrer Hand, die sich kalt anfühlte, kalte, dünne Finger. Zog vorsichtig, dirigierte Katja zurück in sein Zimmer. Ihm war fast das Herz stehen geblieben, als er sie dort stehen sah auf dem schmalen, wackligen Fensterbrett.

»Hör mal zu«, sagte er, als sie vor ihm stand, in Sicherheit, auf dem zerschlissenen Flickenteppich. »Mach das bloß nie wieder!«

»Was denn?«

»Das da!« Er deutete auf das Fenster. »Du hättest abstürzen können!«

»Bin ich aber nicht.« Sie sprach tonlos, beinahe gleichgültig. Als wäre das, was sie getan hatte, nichts Besonderes. Als wäre es nicht der Rede wert, sich mal eben in Lebensgefahr zu begeben.

»Versprich es mir einfach«, forderte er gereizt.

»Okay.«

»Okay?«

»Ich verspreche es.« Sie streckte zwei Finger in die Luft und verdrehte die Augen. Überzeugend sah das nicht gerade aus.

»Ich muss morgen wieder in die Schule. Mach bloß kein Blödsinn, wenn ich weg bin.«

»In Ordnung.«

»Ich verlass mich auf dich.«

Und vielleicht ist das ein Fehler, dachte er.

Eine Minute später saßen sie auf dem Bett in dem winzigen Zimmer. Sebastian pulte nervös kleine weiße Federn aus dem Kopfkissen. Das Bettzeug war schon ziemlich marode. Wie alles hier in der Wohnung seines Vaters.

»Diese dämliche Fürsorgerin mischt sich einfach in alles ein!«, sagte er empört.

»Das kenn ich«, meinte Katja. »Was denkst du, wie oft die Jugendhilfe bei mir zu Hause war. Früher ... also, bevor ich ins Heim und dann in den Jugendwerkhof kam.«

Sebastian sah sie von der Seite an. Er traute sich nicht zu fragen, warum sie da hineingeraten war.

Katja bewegte sich hin und her und das Bett knarrte und ächzte. Sie wollte sich an die Wand lehnen, doch eines der Filmplakate kam ihr entgegen. Ein vergilbtes Poster von einem Western. Irgendein Klassiker. Sie zog es gerade und bohrte die Reißzwecke tiefer in die Tapete.

»Vermisst du deine Familie?«, fragte er schließlich leise.

»Klar. Meine kleine Schwester vermisse ich wie verrückt. Mit meiner Mutter ist es ... wie soll ich sagen ... schwierig.«

»Wie alt warst du, als du ins Heim kamst?«

»Zwölf. Ich bin ein paarmal von zu Hause abgehauen. Und dann haben sie mich eines Tages in ein Auto verfrachtet. Zwei Kerle, die ich überhaupt nicht kannte. Ich dachte, die entführen mich und bringen mich jetzt um, aber sie haben mich nur stundenlang durch die Gegend gekarrt und dann in ein Spezialkinderheim gebracht.« Sie lachte, aber in ihrer Stimme schwang etwas mit, das ihm wehtat.

»Scheiße.«

Sie schwiegen eine Weile.

»Keiner hat gefragt, warum ich mich draußen rumtrieb. Sie haben mich einfach eingesackt und in dieses Heim gesteckt.«

»Warum hast du dich rumgetrieben?«

»Frag lieber nicht.« Sie seufzte. »Hatte was mit dem neuen Freund meiner Mutter zu tun. Er war … aufdringlich. Immer wenn ich irgendwo war, kam er mir nach. Nur auf dem Klo hatte ich meine Ruhe, aber nur weil es da einen Schlüssel gab und ich mich einschließen konnte.«

Sebastian schluckte. Was sollte er sagen? Dass es ihm leidtat? Er wusste die richtigen Worte nicht.

»Wenn die Jugendhilfe dich erst mal im Griff hat, lässt sie dich nicht so schnell wieder los. Sie ist wie eine Krake«, sagte Katja, umschlang ihren Hals und tat so, als würde sie sich selbst würgen. Sie ächzte und streckte die Zunge heraus. »Ich will dir aber keine Angst machen.«

»Tust du nicht.«

Sie nickte ihm zu und lächelte. »Ich weiß. Freust du dich auf die Schule?«

»Nee. Kein bisschen.«

Sebastian sah auf ihre dünnen, langen Finger und fragte sich, ob sie noch so eiskalt waren wie vorhin, als sie da draußen auf dem Fensterbrett gestanden hatte. Er runzelte die Stirn.

»Was ist?«

»Tu das nie wieder. Klettre nie wieder da raus.« Einen Moment dachte er daran, nach ihrer Hand zu greifen. Aber er ließ es.

»Freundschaft!«, rief die Lehrerin betont munter ins volle Klassenzimmer und zog Sebastian vor die Tafel, als wäre er ein besonderes Unterrichtsobjekt.

»Freundschaft«, nuschelten die Jungen und Mädchen, die mehr oder weniger gerade neben den Tischen standen.

Sebastian sagte nichts. Als Neuankömmling musste er ja den FDJ-Spruch noch nicht mitbrabbeln, oder?

Hier begrüßte man sich also genauso wie in der Schule in Eberswalde. Und es kam ihm genauso idiotisch vor. Was sollte dieses ewige *»Freundschaft«* bedeuten? Freundschaft mit wem? Die Lehrerin sah nett aus mit ihrem strahlenden Lächeln und in ihrem etwas unförmigen orangeroten Mohairpullover, in dem sie wirkte wie ein großer plüschiger Teddy. Doch sie wollte garantiert nicht die Freundin ihrer Schüler sein und umgekehrt schon gar nicht. Was sollte also dieses Wort?

»Ihr könnt euch setzen. Wie ihr seht, habe ich hier an meiner Seite einen neuen Mitschüler.«

Es war seltsam, wieder in einer Schule zu sein. Sebastian atmete den süßlichen Parfumduft von Frau Riedmaier ein, die Klasse starrte ihn schweigend an. Sie kam ihm vor wie ein Wesen mit vielen verschiedenen Köpfen. Er blickte über sie hinweg die Wandzeitung an, ohne auch sie wirklich wahrzunehmen.

»Willkommen in unserer Polytechnischen Oberschule, Sebastian! Ich hoffe, du lebst dich schnell in dein neues Klassenkollektiv ein.« Sie lächelte, als hätte er im Lotto gewonnen. »Sebastian ist gerade erst nach Berlin gezogen«, fuhr sie fort. »Seid bitte nett zu ihm und helft ihm, wenn er Fragen hat.«

Er fühlte eine Gänsehaut auf dem Rücken. Er brauchte keine Hilfe und was sollte er fragen? Wo hier das Klo war? Das würde er schon finden. Immer der Nase nach.

»Kannst du dich bitte kurz vorstellen?«, fragte sie ihn.

Auch das noch. Was sollte er über sich berichten? Dass seine Mutter tot war? Dass er in einer heruntergekommenen Wohnung lebte – bei seinem Vater, den er kaum kannte? Oder dass er ein Mädchen auf seinem Dachboden vor der Polizei versteckte? Unwillkürlich musste er grinsen.

»Also, ich bin Sebastian, aber das wisst ihr ja schon.«

Ein paar Mädchen kicherten.

»Ich war zuletzt in Eberswalde in einer Schule, weil ich da gewohnt habe. Aber eigentlich komme ich aus Berlin. Ich hab mal in Köpenick gelebt, bevor … bevor ich umziehen musste.« Mehr fiel ihm nicht ein. Er spürte, dass die Lehrerin darauf wartete, dass er fortfuhr. Ihm wurde leicht übel, als er daran dachte, wo er in Wirklichkeit *zuletzt* gewesen war.

»Möchtest du noch etwas über dich erzählen? Zum Beispiel über deine Hobbys?«

Einige in seiner neuen Klasse fingen an zu tuscheln. Wenn er jetzt hier ein falsches Wort sagte, war er gleich unten durch. »Ich geh im Sommer gern schwimmen«, murmelte er. »Ich mag Radfahren, Fußball …« Er zuckte mit den Schultern.

»Sehr schön, dann setz dich bitte neben …« Die Lehrerin warf einen prüfenden Blick in die Runde. Es waren ohnehin nur drei Plätze frei. Nicht viel Auswahl.

»Neben Sabine.«

Sie zeigte auf ein Mädchen in Schwarz. Sie trug schwarze Klamotten und auch ihre Haare waren schwarz. Ihre Lippen wirkten dunkel und verschmiert, als hätte sie gerade Blaubeeren gegessen.

Er nickte ihr zu, als er sich auf den freien Stuhl am Fenster niederließ. Doch sie beachtete ihn nicht. Sein Blick fiel auf ihre Hände, auf ihre schwarz lackierten Fingernägel. Sie hielt ein Buch unter der Bank versteckt und las darin.

Er musste also nicht mit ihr flüstern und Interesse heucheln. Auch gut. Er wollte diesen ersten Schultag nur irgendwie überstehen. Die Peinlichkeiten hatte er hinter sich. Hoffte er.

Doch er täuschte sich.

»Kommst du mal bitte mit mir mit?«, fragte Frau Riedmaier nach Unterrichtsschluss.

Ihr Lächeln wirkte angestrengt und der Parfumduft schien verflogen zu sein.

Die Lehrerin ging schnell vor ihm her, ihre Schuhe klackten einen strengen Takt, der nicht zu ihrem flauschigen Pullover passte, und ihm wurde unbehaglich zumute. Was war denn jetzt los? Warum konnte er nicht einfach nach Hause gehen?

Sie klopfte am Büro des Schuldirektors. Vielleicht sollte Sebastian einfach noch einmal offiziell begrüßt werden?

Als Frau Riedmaier die Tür öffnete, sah sie ihn nicht an, sondern sagte bloß: »Du wirst bereits erwartet.«

Er trat ein und sie blieb draußen und drückte die Tür hinter ihm zu. Sie hatte nicht mal *Tschüss* gesagt.

Mit einem nervösen Kribbeln im Bauch lief Sebastian durch das Vorzimmer an der Sekretärin vorbei, die ihn schweigend an den Nachbarraum verwies. Der Direktor saß an einem wuchtigen Schreibtisch und blätterte in einem Hefter herum. Seine Halbglatze glänzte, die Stirn sah verschwitzt aus. Er trug die gleiche dunkel umrahmte Brille wie der Staatsratsvorsitzende Erich Honecker, dessen Bild akkurat gerade an der Wand hing. Das Parteiabzeichen am grau karierten Sakko des Schulleiters blinkte im Neonlicht, als hätte er es frisch poliert.

»Ich habe gehört, du kommst aus einem Durchgangsheim«, sagte der Mann unverblümt und warf Sebastian einen missbilligenden Blick zu. »In deiner Akte steht, dass du dich kurz vor der Einweisung in einen Jugendwerkhof befunden hast.«

Sebastian zuckte zusammen. »Das stimmt nicht!«, entgegnete er. »Ich sollte in ein Normalheim. Aber das war dann nicht mehr nötig.«

»Hier steht etwas anderes. Und du willst doch nicht sagen, dass die Genossin der Jugendhilfe lügt?«

»Ja. Nein. Ich meine, das … muss ein Irrtum sein.«

»Wie auch immer. Wenn es nach mir gehen würde, wärest du überhaupt nicht an unserer Schule«, sagte der Mann trocken. »Dann wärest du da, wo du und deinesgleichen hingehören.«

Sebastian verschlug es die Sprache. Der Direktor hatte ihm keinen Platz angeboten und er stand vor ihm wie ein Angeklagter.

»Aber jetzt bist du ja bei uns. Und natürlich geben wir jedem eine zweite Chance. Die sollst du auch bekommen. Es hängt natürlich an deinem Verhalten, ob du hierbleiben kannst. Das verstehst du doch? Schüler, die Ärger machen, brauchen wir an unserer POS nicht.«

»Ich mache keinen Ärger«, antwortete Sebastian trotzig. Er spürte die Wut, die in ihm aufsteigen wollte. Wovon redete der Direktor überhaupt? Er kannte Sebastian doch gar nicht.

»Das werden wir sehen. Und wie gesagt: Du kannst dich bewähren.«

Bewähren? Was hatte er denn getan? Und was erwartete dieser Vollidiot von ihm? Dass er Altstoffe sammelte und dabei fröhliche FDJ-Lieder sang?

»Kann ich jetzt gehen?«

»Nicht so eilig, Sebastian. Nebenan wartet noch jemand, der mit dir reden möchte.«

Die Stimme des Direktors klang auf einmal merkwürdig anders, irgendwie frohlockend. Er griff nach dem Telefonhörer und sprach offenbar mit der Sekretärin nebenan. »… kann bitte reinkommen. Ja, jetzt gleich.«

Wer sollte das denn sein? Doch nicht etwa schon wieder diese Jugendfürsorgerin?

Sebastian verspürte nicht die geringste Lust, der Frau zu begegnen und ihre Moralpredigten anzuhören. Es war schwer genug gewesen, sie loszuwerden, und sie hatte gedroht, dass sie wiederkommen würde. Aber so schnell?

Doch es war ein Mann, der eintrat. Er war elegant gekleidet, groß und gerade, als würde er auf seine Körperhaltung besonders achten. Der Direktor erhob sich aus dem Sessel und bot ihn seinem Gast an. »Möchten Sie einen Kaffee? Meine Sekretärin kann Ihnen einen bringen, wenn Sie möchten.«

»Danke, nicht nötig.« Der Besucher beachtete den Schulleiter kaum. Er lächelte Sebastian an und gab ihm die Hand. »Hallo, Sebastian, schön dich kennenzulernen. Ich würde mich gern ein bisschen mit dir unterhalten, in Ordnung?« Er deutete auf einen Stuhl, als wäre er in diesem Raum zu Hause, und Sebastian setzte sich zögernd.

Die Halbglatze des Direktors glänzte jetzt noch ein bisschen mehr und sein Gesicht war rot angelaufen. Mit einem seltsamen Lächeln schob er sich zur Tür hinaus.

Was wurde hier gespielt? War der Mann ein Erzieher aus einem Jugendwerkhof? Das kam Sebastian unwahrscheinlich vor. Aber ausschließen konnte er es nicht. Er hätte ja auch nie damit gerechnet, in einem Kinderknast eingesperrt zu werden – und doch war er genau da gelandet.

»Gefällt dir deine neue Schule?«

Sebastian zuckte mit den Schultern. »Das ist mein erster Tag hier.«

Der Mann runzelte die Stirn und starrte ihn an. Sebastian senkte den Blick. Hatte er etwas Falsches gesagt?

»Ich dachte, wenn man aus einem Heim kommt, ist man gewissermaßen dankbar für eine neue Chance. Oder nicht?«

Sebastian rutschte unbehaglich auf dem Stuhl umher.

»Doch. Ich bin … Ich meine, es gefällt mir so weit ganz gut. Die Klassenlehrerin ist nett. Wirklich. Ich bin froh … wirklich froh … in dieser Schule … sein zu können.«

Wieso stammelte er plötzlich?

»Schön, das freut mich, Sebastian. Du musst wissen, ich bin heute extra hergekommen, um nach dir zu sehen, nach dem Rechten zu sehen. Zu schauen, ob alles in Ordnung ist.«

»Sind Sie ein Kollege von Frau Pfeifer?«

Der Mann schüttelte den Kopf. »Ich bin nicht von der Jugendhilfe. Ich komme von einem anderen Organ. Ich bin für die Sicherheit zuständig.«

»Die Sicherheit?« Sebastian verstand nur Bahnhof. »Geht es um eine Brandschutzbelehrung?«, fragte er verwirrt.

»Nein, obwohl der Brandschutz natürlich auch wichtig ist. Es geht um die Sicherheit unseres Staates. Es gibt gewisse Dinge, die ich gern mit dir bereden würde.«

»Sie meinen, Sie sind von der Stasi?«, platzte Sebastian heraus.

»Wir bevorzugen den Begriff MfS. Ministerium für Staatssicherheit.« Er zückte eine Karte, klappte sie auf und hielt sie ihm für den Bruchteil einer Sekunde unter die Nase. »Aber ja. Ich merke schon, du bist …« Er steckte den Ausweis wieder ein und hob den Zeigefinger, blinzelte Sebastian an und lächelte. »Du bist ein cleverer Schüler, das gefällt mir.«

»Und Sie wollen mit *mir* sprechen?« Worum ging es hier? Wussten sie bereits von Katja?

»Ich verstehe, dass du nachfragst. Das ist sicher auch eine merkwürdige Situation für dich, was?« Der Mann lachte. »Da kommt so ein Typ und erzählt dir, er wäre von der Geheimpolizei und müsste unser Land, die DDR, beschützen. Das klingt wie aus einem schlechten Krimi, oder?«

Unwillkürlich grinste Sebastian. »Irgendwie schon.«

»Kann ich mir denken, Junge. Das würde mir an deiner Stelle genauso gehen.« Das Gesicht seines Gegenübers wurde wieder ernst. »Wir müssen einen gewissen Sachverhalt klären, der tatsächlich die Sicherheit unseres Staates berührt.«

Sebastian schluckte. Er spürte sein Herz wummern. Hatten sie Katja etwa erwischt? War Frau Pfeifer ihnen auf die Schliche gekommen? »Worum ... worum geht es denn?«, murmelte er.

Der Mann beugte sich ein Stück vor und betrachtete Sebastian besorgt. »Also schön, was ich dir jetzt sage, ist streng vertraulich.« Seine Stimme war leiser geworden und er warf einen Blick zur Tür. »Weißt du, dass dein Vater im Gefängnis gewesen ist?«, fragte er.

Sebastian schwieg. Etwas Bitteres legte sich auf seine Zunge und er schluckte. Schließlich schüttelte er den Kopf.

»Dachte ich mir. Und ich dachte mir auch, dass ein Junge wie du, ein Sohn einer verdienten Genossin, die Wahrheit erfahren sollte.«

»Sie kannten meine Mutter?«

»Nicht direkt. Aber ich habe viel von ihr gehört. Viel Gutes.«

Sebastian musterte den Mann jetzt genauer. Er trug ein modernes schlammgrünes Kordhemd, kein Parteiabzeichen, und in seinem Gesicht lag ein Ausdruck von echtem Bedauern. »Es tut mir sehr leid, dass du deine Mutter verloren hast, Sebastian. Das muss sehr schmerzhaft für dich sein. Alle im Fernsehstudio in Adlershof mochten sie. Ich kann dir sagen, dass sie vermisst wird. Niemand, der sie gut kannte, wird sie je vergessen.«

Sebastian holte tief Luft. Er hatte keine Ahnung, was er dazu sagen sollte. Also schwieg er und atmete geräuschvoll aus. Dieser Mann schien einiges zu wissen über Sebastians Familie.

»Was ist denn mit meinem Vater? Wieso war er denn ...«

»Bei unserem nächsten Treffen kann ich dir mehr erzählen. Aber nicht hier, das verstehst du sicherlich«, sagte er mit verschwörerischem Lächeln, das über sein Gesicht huschte und gleich wieder verschwand.

Sebastian runzelte die Stirn. Sein Vater war also im Knast gewesen. Wieso wusste er nichts davon?

»Aber eines muss klar sein: Das, was ich dir erzählt habe und was wir in Zukunft bereden werden, ist streng vertraulich«, sagte sein Gegenüber ernst. »Du darfst zu niemandem etwas sagen, weder zu deinem Vater noch zu deinen Freunden noch zu irgendwem sonst.«

Sebastian schwieg. Natürlich würde er niemanden erzählen, dass sein Vater im Knast gewesen war.

»Das verstehst du doch?«

Er zuckte mit den Achseln. »Ich kapiere nicht ganz, worum es überhaupt geht.«

»Das erfährst du, wenn wir uns wiedersehen. Dann erzähle ich dir alles Weitere. Einverstanden?«

Sebastian zögerte einen Moment. Dass mit seinem Vater was nicht stimmte, hatte er ja schon geahnt. Jetzt hatte er eine Chance, herauszufinden, was mit ihm los war.

Und noch etwas machte ihn neugierig: Was wollte die Stasi mit ihm besprechen? Das *Ministerium* für Staatssicherheit. Die kamen ausgerechnet zu ihm? Wieso?

»In Ordnung. Kann ich jetzt gehen?«

»Natürlich, sofort. Du musst nur schnell noch eine Schweigeverpflichtung schreiben.«

»Wieso das?«

»Das ist nur eine Formalität. Danach kannst du nach Hause.«

Er reichte ihm ein Blatt und einen Stift und beugte sich über ihn. »Oben rechts notierst du bitte Ort und Datum.«

Er kam noch ein Stück näher, und Sebastian nahm seinen Atem in seinem Nacken wahr, während er ihm die Erklärung diktierte.

»Ich verpflichte mich hiermit, dass ich mit keiner Person über den Kontakt zum MfS und über das Besprochene und Gehörte reden werde.«

Sebastian schrieb und kritzelte hastig seine Unterschrift.

»Sehr gut.« Der Mann reichte ihm die Hand, und als Sebastian loslassen wollte, spürte er den Griff plötzlich härter werden. »Und zu keinem ein Wort. Ich verlasse mich da auf dich.«

Er zwinkerte ihm zu, hielt noch einen Moment seine Finger fest gedrückt.

Katja

Der Arbeitsanzug war mir immer noch zu groß. Ich hatte die Ärmel umgekrempelt und die Hosenbeine mühsam mit der stumpfen Schere gekürzt, doch er passte in der Mitte nicht. Der Bund, in den mein Hintern gehörte, saß mir in den Kniekehlen.

Ich starrte in den fleckigen Spiegel und sah ein Mädchen mit absurdem Haarschnitt, die in einem blauen Sack steckte. Das Gesicht unter dem schiefen Pony wirkte blass und müde.

War das wirklich ich? Diese fremde, traurige Gestalt? Der jetzt auch noch Tränen über die Wangen liefen?

Sebastian saß in seiner Schule. Und ich durfte den Dachboden nicht verlassen. Das musste ich ihm versprechen. Ich verließ mich auf Sebastian, und er verließ sich darauf, dass ich keinen Blödsinn machte.

Es gab hier kein Licht, keine Heizung und niemanden, mit dem ich reden konnte.

Der blaue Anzug war für die Katz. Er würde mich nur verdächtig machen, wenn ich damit herumlief. Ich brauchte eine andere Verkleidung, eine, die mich glaubwürdig und unschuldig aussehen lassen würde.

In einer Ecke standen ein paar Kisten und Koffer herum. Es konnte ja nicht schaden, einen Blick hineinzuwerfen. Auch brauchte ich etwas zu tun. Sonst würde ich noch irre werden.

Im ersten Koffer lag Spielzeug. Verstaubte Kuscheltiere, Puppen, denen Beine und Arme fehlten, und Autos ohne Räder. Ganz unten fand ich einen Pittiplatsch.

Er steckte in einer Plastiktüte und sah aus, als wäre er am Ersticken.

»Ach du meine Nase, was machst du denn hier?« Ich befreite ihn sofort und er streckte mir freundlich die Zunge heraus.

Im nächsten Koffer waren vergilbte Fotos und Familienalben. Ich schaute sie nicht an. In einer Kiste fand ich ausgelatschte Schuhe und dreckige Gummistiefel, in der daneben einen zusammengelegten Klappstuhl und eine Luftmatratze ohne Luft. Immerhin. Dinge, die ich vielleicht noch gebrauchen konnte.

Endlich entdeckte ich Kleidung in einem der Koffer. Das meiste waren Kindersachen, aber ich kramte auch einen hässlichen grauen Mantel, zwei weiße Kittel, ein FDJ-Hemd, ein Kopftuch, einen Schal und zwei Mützen hervor. Eine gute Basis, um sich zu verkleiden. Mit einem FDJ-Hemd wurde man wahrscheinlich sogar am Alex von keinem Polizisten angehalten. Und noch besser: Im weißen Kittel konnte man halbwegs unauffällig durch ein Krankenhaus streifen zum Beispiel. Auch in Krippen und Kindergärten liefen die Erzieherinnen in dieser schlichten Kleidung herum. Nicht zu vergessen die Verkäuferinnen in Drogerien und Kaufhallen sowie die Köchinnen und Küchenfrauen in Kantinen oder Gaststätten. Etwas Besseres, als weiße Kittel zu finden, konnte mir gar nicht passieren.

Ich zog mich um, warf den untauglichen Arbeitsanzug in eine Truhe und stellte mich in der geborgten Kleidung vor den blindfleckigen Spiegel.

Der Kittel war mir etwas zu groß, aber über dem Pullover passte er fast wie angegossen. Wie eine unauffällige graue oder genauer gesagt weiße Maus sah ich darin aus. Genau so wie ich es wollte.

Mein Gesicht lächelte mich an. Ich wusste schon nicht mehr, warum ich eben noch geheult hatte. Ich würde mit Sebastian reden.

Irgendeinen Weg musste es doch geben, hier ab und zu mal rauszukommen.

Schritte tappten die Treppe herauf, leise Schritte, als würde die Person sich anschleichen. Ich hörte das Knarren der Stufen und schon quietschte die Tür.

Gerade noch im letzten Moment huschte ich hinter den wuchtigen Kleiderschrank. Legte mich flach auf den Boden. So konnte ich durch einen schmalen Spalt unter dem Schrank die Füße erkennen. Sie steckten in Puschen, in roten Pantoffeln mit komischen weißen Bommeln.

Jemand summte vor sich hin. Es war eine Frauenstimme. Eine Wäscheklammer fiel klappernd auf den Boden. Die Frau ächzte leise und murmelte verärgert. Kurz sah ich ihre Hand, die nach der Wäscheklammer griff.

Etwas kribbelte in meiner Nase. Jetzt bloß nicht niesen! Ich drückte die Nasenflügel mit Daumen und Zeigefinger zu und atmete so leise ich konnte durch den Mund. Die Frau war plötzlich still. Lauschte sie?

Hatte ich irgendein Geräusch gemacht?

Doch dann summte die Frau wieder ihr Volkslied oder was es war. Eigentlich klang es nicht wirklich nach einer Melodie.

Nach etwa fünf Minuten ging sie. Glück gehabt.

Sebastian kam später, als ich gedacht hatte. Er brachte mir etwas zu essen und zu trinken, Brot, Würstchen, sogar ein Stück Streuselkuchen und eine Flasche Limonade, aber er wirkte irgendwie abwesend. Sah mich gar nicht richtig an.

»Du bist so still. Alles in Ordnung? Ist irgendwas?«

Hast du die Nase voll von mir?, dachte ich.

Er schüttelte den Kopf. »Neue Schule, neue Lehrer, neuer Stress«, murmelte er. »Ich häng ein bisschen durch. Sonst ist nichts weiter.«

»Du wirst doch nicht krank? Siehst ein bisschen blass aus, würde ich sagen.«

»Nee, alles paletti. Es ist nur, der Direktor hat mich einbestellt, weil ich im Heim war. Der scheint zu glauben, ich sei ein … Unruhestifter oder so. Er hat gemeint, ich gehöre in einen Jugendwerkhof.«

»Echt jetzt? Der hat doch 'n Ding an der Murmel.«

»Das kannst du laut sagen. Na, drauf geschissen.« Sebastian winkte ab und lächelte schwach. »Brauchst du noch was? Dann sag's gleich. Ich muss schon wieder los, Katja. Tut mir leid.«

»Kann ich mitkommen?«

»Auf keinen Fall!«

»Und wenn ich mich verkleide?« Ich dachte daran, ihm meine Fundstücke zu präsentieren, aber er sah gerade nicht so aus, als wollte er sich alte, nach Mottenkugeln stinkende Sachen ansehen.

»Nein, kommt nicht infrage«, murmelte Sebastian. »Außerdem will ich nicht in die Disco oder ins Kino oder so, sondern nach Eberswalde, meine Oma im Altersheim besuchen.«

»Das ist mir egal. Hauptsache hier raus!«

Sebastian schüttelte den Kopf. »Wenn uns jemand auf der Straße zusammen sieht, ist das schon mal Kacke.«

»Wir können ja getrennt gehen, steigen in die S-Bahn, sitzen aber nicht zusammen. In Berlin fällt das nicht auf.«

Aber Sebastian hörte mir schon nicht mehr zu. Er sah nur noch schlechter gelaunt aus. Vor seinem Gesicht hing etwas wie eine graue Wolke. Sein erster Tag in der neuen Schule musste echt mies verlaufen sein. Oder lag es an mir? Hatte er schon genug davon, sich um mich kümmern zu müssen? Mich zu verstecken? Und sich selbst in Gefahr zu bringen?

Ich brauchte jemanden zum Reden und ich wollte gern mehr wissen über Sebastian. Aber wie sollte das gehen, wenn ich in einer Art Stall lebte? Wie ein Kaninchen gefüttert wurde und nie rausdurfte?

Als er weg war, zog ich mir das FDJ-Hemd, den Kittel und den grauen Mantel an, setzte die Mütze auf und wickelte den Schal um mein halbes Gesicht.

Die Strecke kannte ich wie meine Westentasche – na jedenfalls fast. Eberswalde war nicht weit weg von Bernau, wo ich eigentlich wohnte, wenn ich mal nicht gerade in einem Heim oder Jugendwerkhof festsaß.

Irgendwie kam ich da schon hin.

Als ich mich aus dem Haus schlich, sah ich am Rand der Straße einen Jungen, der auf einem Motorrad saß und auf jemanden zu warten schien. Er trug einen Helm und ich konnte sein Gesicht nicht erkennen. Doch etwas an seiner Art kam mir bekannt vor.

Sebastian

»Die Besuchszeit ist bereits vorbei«, sagte eine kleine stämmige Schwester mit Dauerwelle und sah ihn missbilligend an. »Da hättest du früher erscheinen müssen.«

Sebastian betrachtete die Frau verblüfft. Sie wollte ihn doch nicht ernsthaft davon abhalten, seine Oma zu besuchen? Er hatte ewig gebraucht, um überhaupt herzukommen!

»Früher ging nicht. Ich hatte Schule und bin gleich … Ein Zug ist ausgefallen und der nächste kam zu spät. *Bitte*, ich komme extra aus Berlin und muss meine Großmutter unbedingt sehen!«

Die Frau, die breitbeinig vor ihm und der Treppe stand, die er nur hochgehen musste, um seine Oma zu besuchen, runzelte die Stirn. »Wie ich bereits sagte, Junge, oder hast du was mit den Ohren, die Zeit ist vorbei. Unsere Veteranen sitzen gerade im Speisesaal und essen Abendbrot.« Sie trug einen bis zum Hals zugeknöpften Mantel und schlenkerte mit ihrer Handtasche herum, als wollte sie ihn damit schlagen, damit er endlich wieder verschwand.

Sebastian nickte. »Das ist gut, da kann ich mich dazusetzen und ein bisschen mit ihr reden und dann gehe ich wieder, versprochen.«

Er kam sich wie ein kleines Kind vor, das um ein Eis bettelte.

»Das ist nicht gestattet. Du kannst ein anderes Mal wiederkommen.« Sie stellte sich auf die erste Stufe und überragte ihn nun ein Stück. »Auf Wiedersehen!« Sie stemmte die Hände in die Hüften.

»Aber …«

»Und außerdem habe ich jetzt Feierabend«, fiel sie ihm ins Wort. »Wenn du morgen eine Stunde früher kommst, bringe ich dich zu ihr.«

»Sie brauchen mich nicht bringen, ich kann allein laufen. Den Weg finde ich schon.«

»Das ist nicht gestattet«, sagte sie wieder, und die Frau kam ihm jetzt vor wie eine sprechende Puppe, die auf Knopfdruck immer die gleichen Worte plapperte. Er dachte daran, sich einfach an ihr vorbeizudrängeln. Aber das ging natürlich nicht. Sie würde die Polizei rufen. Und die würden ihn ins nächste Durchgangsheim bringen, wenn er Pech hatte. Und was sollte dann aus Katja werden?

Gerade als er an sie dachte, nahm er eine junge Frau auf der Treppe wahr, die am Arm eines alten, verwirrt aussehenden Mannes hing. »Nicht hier lang! Wir müssen zurück zum Essensraum«, rief sie laut, fast theatralisch.

Sebastian rieb sich die Augen. Vielleicht war das ja ein Traum oder wurde er allmählich verrückt?

Die Stimme gehörte Katja, auch wenn sie falsche Klamotten trug. Ein Kopftuch, das ihr Haar und ihre Ohren verdeckte, eine weiße Kittelschürze, darunter ein blaues Hemd – war das etwa eine FDJ-Bluse? Normalerweise hätte er jetzt laut losgelacht.

»Wer sind Sie denn, junges Fräulein?«, fragte die Dauerwellen-Frau.

»Praktikantin Gabriele, aber Sie können mich Gabi nennen. Mein erster Tag heute«, rief sie. »Ich soll auf den Herrn hier aufpassen. Er geht doch einfach immer wieder stiften. Dabei hat er seine Leberwurststulle noch nicht gegessen. Aber, wenn ich schon ... Ich meine ... Wenn Sie es erlauben, kann ich den jungen Mann da zu seiner Oma bringen. Dann können Sie Ihren wohlverdienten Feierabend antreten.«

Katja sprach komisch. In einer anderen Stimmlage, als er von ihr gewohnt war. Vielleicht irrte er sich und sie war es doch nicht? Aber die Art, wie sie ihn für einen Moment ansah, dieses schiefe Lächeln ...

»Nur ein paar Minuten«, murmelte Sebastian.

»Also schön, aber nicht länger! Und Sie, junges Fräulein, sind für ihn verantwortlich und begleiten ihn nach zehn Minuten wieder hinaus!«

»Aber klar«, sagte Katja mit der falschen Stimme.

Sebastian starrte sie bewundernd an. Sie besaß Talent. Sie sollte Schauspielerin werden.

Die Frau seufzte tief, als wäre ihr alles zu schwer. Dann gab sie den Weg endlich frei, und Sebastian zwang sich, ruhig zu gehen, während er die Treppe hinaufstieg.

Keine Panik auf der Titanic, das Wasser reicht für alle, dachte er nervös, und lächelte Katja zu, als würde er sie das erste Mal in seinem Leben sehen.

»Was machst du denn hier?«, knurrte er sie leise an.

»Das würde ich auch gern wissen«, sagte der Rentner, bei dem sie sich eingehakt hatte.

»Nun gehen wir mal alle gemeinsam schön gemütlich in den Speisesaal«, wies Katja an, diesmal ohne ihre Stimme zu verstellen.

Sebastian sah seine Großmutter sofort. Sie saß mit einer anderen alten Frau an einem Tisch, aber sie wirkte, als wäre sie vollkommen allein. Ihr Gesicht sah so einsam aus. Es schnürte ihm die Kehle zu.

Er schluckte, holte tief Luft, legte sich ein Lächeln auf die Lippen und ging allmählich, Schritt für Schritt, auf sie zu.

»Hallo, Oma«, sagte er.

Seine Großmutter blinzelte ihn an, als wäre er ein Geist.

»Es tut mir … leid … dass ich … nicht eher kommen konnte«, stammelte er.

»Basti? Bist du's?« Sie sah ihn immer noch an, als könnte er sich gleich wieder in Luft auflösen. Aber dann hob sie wie in Zeitlupe die Arme und streckte sie nach ihm aus.

»Ja, ich bin's.« Jetzt lachte er wirklich. Nur seine Oma durfte ihn so nennen.

Er beugte sich zu ihr, umarmte sie lange und atmete ihren Duft ein. Sie trank Tee zum Abendbrot, wie es aussah, aber sie roch trotzdem nach Kaffee. Nach Kaffee und Zigaretten. So wie immer. Er fühlte sich wie in einer Wolke. Ihm wurde warm, und er zog die Jacke aus, hängte sie über die Stuhllehne und setzte sich wie selbstverständlich an den Tisch.

»Das ist wunderbar, dass du mich besuchen kommst. Ich hab dich vermisst, weißt du?«

Er griff nach ihren Fingern, die ihm zerbrechlicher vorkamen als früher.

»Ich dich auch, Oma.«

Auf ihrem Teller lag eine halbe, mit grauer Schmierwurst bestrichene Stulle. Sie schien nur einmal von dem Brot abgebissen zu haben.

»Bist du fertig mit Essen? Können wir in dein Zimmer gehen?«, murmelte er in ihr Ohr. »Ich muss mit dir reden.«

Er hörte ein auffälliges Räuspern, blickte auf und bemerkte, dass Katja ihm Zeichen gab.

Sie deutete mit dem Kinn auf eine Schwester, die zu ihnen hinübersah.

»Ich lenke sie ab, okay?« Sie hielt immer noch den verwirrt dreinblickenden alten Mann am Arm fest.

Sebastian nickte. Seine Großmutter nahm ihn an die Hand – als wäre er wieder der kleine Junge, der mit ihr durch den Eberswalder Wald spazieren ging und nach Pilzen Ausschau hielt.

»Hast du eine Freundin, Basti?«, fragte sie und musterte Katja. »Das ist schön. Sie ist hübsch.«

Sebastian fühlte, wie er rot anlief. »Zeig mir mal dein Zimmer, Oma.«

Die Schwester, die gerade mit einer Kanne von Tisch zu Tisch lief und Tee nachschenkte, reckte den Hals und starrte ihn an.

»Ach, ist Ihnen schlecht?«, rief Katja plötzlich in diesem komischen hohen Tonfall. »Dann setzen Sie sich doch bitte. Vielleicht möchten Sie ein Glas Selter?« Sie drückte den Mann etwas unsanft auf den Stuhl, auf dem eben noch Sebastians Oma gesessen hatte.

»Ist Ihnen übel? Brauchen Sie einen Arzt?«

»Mir geht es bestens, jetzt, wo Sie mich loslassen, Fräulein«, brummte er.

»Was ist denn hier los?«, fragte die Frau und kam mit energischen Schritten näher. »Geht es Herrn Holder nicht gut? Und Sie sind …?«

»Die neue Hilfskraft. Ich bin als Springer in verschiedenen Feierabendheimen eingesetzt«, erklärte Katja hastig. »Und der alte Herr hier hat … einen kleinen Schwächeanfall, glaub ich«, hörte Sebastian sie noch sagen. »Oder hat Herr Holder eine Lebensmittelvergiftung? Vielleicht sollten wir die grün schimmernde Leberwurst besser abräumen?«

Sebastian warf im Vorbeigehen einen Blick auf die mit Wachstuch überzogenen Tische. Die Wurst auf den Tellern sah wirklich nicht besonders frisch aus.

Seine Großmutter führte ihn einen dunklen Gang entlang. Er fühlte ihre Hand in seiner, und es kam ihm vor, als wäre seine Oma geschrumpft. Sie schien ihm kleiner als früher, irgendwie in sich versunken. Zerbrechlich, dachte er.

»Es ist wirklich schön, dass du mich besuchen kommst, Basti«, sagte sie, als sie in einem kleinen schmucklosen Zimmer saßen. »Ich muss dir ein Geheimnis verraten«, flüsterte sie.

»Ein Geheimnis?«, fragte er beunruhigt.

»Ich bin nicht freiwillig hier. Ich bin in dieses schreckliche Haus entführt worden. Sie haben behauptet, deine Mutter hätte meine Einweisung in dieses idiotische Altersheim beantragt, aber das glaube ich nicht. Sie hat nie davon gesprochen.«

Sebastian seufzte und legte den Arm um ihre Schultern. Er war sich nicht sicher, ob seine Mutter nicht einmal doch so etwas erwähnt hatte. Zumindest ihm gegenüber: *Was wird mit Oma, wenn ich nicht mehr bin?*

So etwas in der Art hatte sie doch gesagt? Und er hatte sie getröstet und ihr versprochen, dass er sich um seine Großmutter kümmern würde. Immer.

Er sah auf einmal das traurige Lächeln seiner Mutter wieder vor sich, hörte deutlich ihre Stimme. *Das ist lieb von dir. Aber … vielleicht ist es besser, einen Heimplatz zu suchen.* Waren das ihre Worte gewesen? Ungefähr jedenfalls?

»Ich möchte hier nicht sein, Sebastian«, sagte seine Großmutter.

»Kann ich verstehen, Oma. Mich haben sie auch in ein Heim verfrachtet. Doch dann …«

Sie sah ihm aufmerksam in die Augen. »Geht es dir gut, Basti? Was ist passiert?«

Wie sollte er ihr von diesem Gefängnis erzählen? Von den Zellen, den Gittern, dem stinkenden Kübel?

Unmöglich.

»Mein Vater hat mich da rausgeholt«, antwortete er knapp und wartete auf ihre Reaktion.

Seine Großmutter nickte. »Dann ist er doch nicht so ein Tunichtgut, wie deine Mama immer behauptet hat.«

»Er hat mich bei sich aufgenommen. Doch ich kenne ihn kaum«, wich Sebastian aus. »Und ich habe gehört … dass er im Gefängnis war, stimmt das? Weißt du etwas darüber?«

Einen Moment herrschte Stille. Seine Oma sah zum Fenster hinüber, vor denen gelbe, zerschlissene Gardinen hingen.

Dann beugte sie sich dicht zu ihm und sagte leise in sein Ohr: »Das war politisch, Basti. Das zählt nicht. Also, ich meine … Er hat nichts verbrochen.«

»Politisch? Was meinst du damit?« Ein Schmerz pochte plötzlich in seinem Hinterkopf.

»Sie haben ihn geholt. Bei Nacht und Nebel. Das meine ich damit.«

»Wer?«

»Die Geheimen.« Sie flüsterte und ihm lief ein Schauer über den Rücken.

Sebastian dachte an den Besucher im Amtszimmer des Direktors. Der Typ vom MfS hatte ihn im Unklaren gelassen und nur seltsame Andeutungen gemacht, aus denen er nicht schlau geworden war. Der Mann wollte sich unbedingt ein zweites Mal mit Sebastian treffen, um »alles Weitere« mit ihm zu besprechen. Wenn er herausfinden wollte, was das war, musste er wohl oder übel hingehen.

Auch davon konnte Sebastian seiner Großmutter nichts erzählen. Nicht nur weil er eine Schweigeverpflichtung in dem Büro hatte unterschreiben müssen. Er wollte ihr keine Angst machen. Nur wissen, was sie wusste – über seinen Vater.

»Aber irgendwas muss er doch gemacht haben?«

Seine Großmutter seufzte tief. »Mehr kann ich dir leider nicht sagen. Deine Mutter war da recht einsilbig, wenn es um ihn ging. Warum fragst du ihn nicht selbst, Basti?«

Sebastian schwieg. Seine Oma hatte recht. Er musste ihn fragen. Doch sein Vater hatte ihm bisher nichts über seine Haft erzählt.

Und wie konnte Sebastian ihn fragen, wenn er diese Information über ihn von der Stasi bekommen hatte?

Der Mitarbeiter des MfS hatte ihm diktiert, dass er mit keinem Menschen über den Kontakt zur Stasi, das Erzählte und Erfahrene sprechen durfte. In den Worten schwang eine unausgesprochene Drohung mit. Was, wenn er sein Versprechen brach? Wenn er wem auch immer davon erzählte? Kam er dann in den Jugendwerkhof? Da wollte er auf keinen Fall hin!

»Weshalb so ernst, Basti? Wo ist eigentlich deine Freundin?«

Er zuckte mit den Schultern. »Sie ist nicht … Also, ich meine … wir kennen uns noch nicht so lange.«

Sebastian sah ein sanftes Leuchten in den Augen seiner Oma aufglimmen. »Erzähl keinen Stuss, mein lieber Basti«, sagte sie. »Ich seh doch, wenn mein Lieblingsenkel sich verguckt hat.«

»Ich bin dein einziger Enkel.«

»Und mein Liebling.«

Katja

Sebastian war noch nicht wieder aufgetaucht.

Ich entdeckte seine Jacke, die im Speisesaal über einem Stuhl hing. Nahm einen der Papieruntersetzer, die auf den Tischen lagen, borgte mir kurzerhand einen Stift von Herrn Holder, der noch hier herumsaß, als hätte man ihn vergessen, und der gerade ein Kreuzworträtsel lösen wollte.

Hastig kritzelte ich für Sebastian eine Nachricht, die eigentlich keine war: *Bin schon mal los. Bis später.*

»Danke«, murmelte ich und reichte Herrn Holder den Kugelschreiber zurück.

»Umgangssprachlich für Gefängnis?«, fragte er mich. »Erster Buchstabe ist ein K.«

»Knast«, sagte ich.

»Falsch.«

»Dann Kittchen.«

»Du kennst dich aus, was, Fräulein?«

Statt zu schreiben, blinzelte er mir zu.

Während ich das Papier in Sebastians Jackentasche steckte, dachte ich an den Kassiber, den er mir hatte zukommen lassen, als ich im Arrest hockte. *Verzeimisebas*. Den Zettel besaß ich noch. Ich trug ihn immer bei mir. Er lag unter der Einlegesohle in meinem Schuh – als würde er dort wohnen. Wahrscheinlich war die Streichholzschrift längst verwischt, aber das war mir egal. Das kleine Erinnerungsstück begleitete mich auf Schritt und Tritt.

Draußen warfen die Laternen ein düsteres orangebraunes Licht auf das Kopfsteinpflaster. Suchend blickte ich mich um. Das Motorrad parkte unter der Straßenlampe, die nicht brannte, in der einzigen dunklen Ecke, wie mir sofort klar wurde.

Die Glut einer Zigarette leuchtete auf, und ich lief schnell, aber nicht zu schnell darauf zu.

Der Motorradfahrer grinste mir entgegen und strich sich das rötliche Haar aus der Stirn. Einen Moment erkannte ich im Halbdunkel seine Narbe über der rechten Augenbraue.

»Da bist du ja endlich«, sagte er leise und bot mir seinen Glimmstängel an. Nervös nahm ich ein paar tiefe Züge und schnipste dann die Kippe auf die Straße.

»Woher wusstest du, wo du nach mir suchen musst?«

»Ich kann eins und eins zusammenzählen, wie du weißt.« Er lachte trocken. »Ihr zwei seid zeitgleich verschwunden. Und aus Kettler herauszubekommen, wo Sebastians Papa wohnt, war nicht besonders schwer. Ich musste allerdings eine Weile warten, ehe ich dich an dem Haus endlich mal auftauchen sah.«

Ich nickte anerkennend. Nico, der Fuchs. Er hatte mich also ohne große Probleme gefunden. Allerdings wusste ich nicht so richtig, was ich davon halten sollte. Natürlich freute ich mich, ihn zu sehen. Und noch mehr, dass er sofort bereit war, mich sonst wohin zu fahren. Aber wie sicher war mein Versteck? Wie lange würde es dauern, bis die Polizei auf den gleichen Gedanken kam wie er? Und außerdem: Wie ich Nico kannte, war er nicht legal aus dem Durchgangsheim entlassen worden. Das bedeutete, er wurde ebenfalls gesucht. Und woher stammte eigentlich das Motorrad?

Nico sah mir lauernd ins Gesicht. Dann grinste er. »Falls du dich gerade fragst, warum die Bullen noch nicht auf deine Spur gekommen sind: Kettler hat sie auf eine falsche Fährte gelockt. Als sie im D-Heim auftauchten, hat er was davon erzählt, dass du nach Leipzig wolltest.«

Ich spürte plötzlich etwas Warmes in meiner Brust und einen Moment verschlug es mir die Sprache. Dann räusperte ich mich. »Kettler. Er hat mich immer mal aus dem Arrest geholt.«

»Ich weiß. Mich auch. Jeden von uns. Sogar Dog.«

»Ist es okay, wenn wir noch einen kurzen Abstecher machen?«, fragte ich, als ich mich hinter ihn auf den Sitz schob. »Meine kleine Schwester und meine Mum wohnen nicht weit weg.«

»Klar. Aber bist du sicher, dass die dich da nicht gleich wieder einfangen?«

»Nee, bin ich nicht. Hast du Angst?«

Nico lachte bloß, und ich nannte ihm die Adresse meiner Mutter.

»Dann halt dich mal gut fest.«

Ich legte meine Hände auf seine Kunstlederjacke, die mir vorkam wie eine zweite Haut. Glatt und robust.

Der Fahrtwind fuhr mir plötzlich scharf ins Gesicht und ich

versteckte mich nicht hinter Nicos Rücken, sondern atmete ihn so tief ein, wie ich konnte. Fühlte mich lebendig, beinahe frei in diesem Moment.

Meine Fluchten waren das, was mich am Leben erhielt.

Sebastian

Es dunkelte bereits, als er auf die Straße trat.

Ein Motorradfahrer fuhr mit seiner Beifahrerin in schnellem Tempo an ihm vorbei. Aus dem Auspuff waberte eine Dreckwolke. Außer dem knatternden Motorengeräusch war nichts zu hören. Wo steckte bloß Katja schon wieder?

Erst tauchte sie unvermittelt im *Feierabendheim* seiner Großmutter auf und jetzt konnte er sie nirgends finden.

Sebastian hoffte nur, dass sie nicht erwischt und mitgenommen wurde.

Er dachte daran, einfach nach Hause zu gehen. In sein altes Zuhause, die Wohnung seiner Oma. Doch dann fiel ihm ein, dass dort wahrscheinlich längst Fremde lebten.

Schließlich schlug er den Weg zum Bahnhof ein. Vielleicht wartete Katja dort.

Auf dem Bahnsteig ging er an den Reisenden vorbei und musterte sie unauffällig; unruhig lief er hin und her, sah in die Gesichter, die sich unter Mützen und hinter Schals versteckten. Keines gehörte ihr.

Vielleicht trampte sie ja zurück?

Doch auch als er später das komische Teddybärenlied pfeifend den Dachboden betrat, schlug ihm nur Stille entgegen. Die Luft roch nach einer Mischung aus Staub und Feuchtigkeit. Nicht nach der Anwesenheit eines Menschen. Nicht nach einem Hauch von Katja.

Vorsichtshalber sah er im Kleiderschrank nach. Aber dort fand er nur die Decke, die er ihr gebracht und in die sie ihre Sachen eingewickelt hatte. Er legte eine Tüte *Knusperflocken* auf das Bündel – ihre Lieblingssüßigkeit, wie er indessen wusste. Sie hatte bestimmt Hunger, wenn sie zurückkam.

Und wenn sie nicht wieder auftauchte?

Vielleicht war sie ja abgehauen? Oder saß wieder hinter Gittern?

Beim letzten Gedanken wurde ihm kurz schwindlig, und er taumelte auf den Dielen, die unter ihm knarrten, hielt sich an einem Balken fest. Dann schüttelte er den Kopf. Katja war clever. Sie würde sich nicht so mir nichts, dir nichts erwischen lassen.

»Sie wird schon zurückkommen«, flüsterte er in die Leere.

Und wenn nicht?

Als er den Flur betrat, hörte er Stimmen aus dem Wohnzimmer. Sein Vater hatte also Besuch. Sollte er eintreten und Hallo sagen? Er wusste immer noch nicht, wie er sich seinem Erzeuger gegenüber verhalten sollte. Schon komisch.

In der Küche fand er eine angebrochene Flasche *Goldbrand*. Genauer gesagt, war die Flasche fast leer. Also ist ein Saufkumpan gekommen, dachte Sebastian abfällig. Dem brauchte er bestimmt nicht artig die Hand geben. Den leeren Bier-, Wein- und Schnapsflaschen, die vor der Wohnungstür und in der Küche in der Ecke hinter der Tür standen, hatte er bisher nicht viel Beachtung geschenkt. Doch wenn er darüber nachdachte, ging ihm auf, dass der Mann, bei dem er jetzt lebte, reichlich Alkohol trank. Sebastian hatte ihn jedoch noch nie betrunken erlebt. Weder lallte er und schon gar nicht wurde er aggressiv.

Sebastian nahm die Flasche Schnaps, schraubte sie auf und roch an ihr. Dann setzte er sie vorsichtig an seine Lippen und trank einen Schluck. Das Gesöff brannte auf seiner Zunge und in seiner Kehle. Er wollte wissen, was sein Vater schmeckte, was er daran so toll fand. Aber es erschloss sich ihm nicht.

Sebastian zuckte mit den Achseln, stellte den *Goldbrand* zurück und ging in sein Zimmer, ohne das Licht einzuschalten. Er warf sich auf das knarzende Bett und starrte die Streifen der Autoscheinwerfer an, die über die Decke wanderten.

»Wo bist du nur?«, murmelte er leise.

Eine Weile lauschte er angestrengt auf Geräusche auf der Treppe. Vielleicht würde sie ja pfeifen, wenn sie kam? Ihm irgendein Zeichen geben?

Irgendwo weiter unten im Haus knallte eine Tür. Sonst blieb es still.

Es fehlte ihm, dass er nicht noch ein paar Worte mit Katja reden konnte. Er hätte gern gewusst, wie sie so schnell nach Eberswalde kommen konnte. Außerdem wollte er sich bei ihr bedanken. Sie hatte ihm geholfen. Und dann lief sie mir nichts, dir nichts davon. Sie raubte ihm noch den letzten Nerv! Es schmerzte ihn, dass sie einfach so abhaute. Es war kein schlimmer Schmerz, es brannte eher wie der Schnaps in seiner Kehle. Nur dass es nicht der Hals war, der wehtat.

Vermisste er sie etwa?

Hatte seine Großmutter recht? War er in Katja verknallt?

Erst am nächsten Tag auf dem Weg zur Schule entdeckte er den Zettel in seiner Jackentasche.

Sebastian blieb mitten auf dem Gehweg stehen und las die mickrige Nachricht.

Bin schon mal los. Bis später.

Der musste von Katja sein. Wann genau sollte dieses Später sein?

Und wenn sie nun doch erwischt worden war? Und bei der Polizei verriet, wo sie die ganze Zeit gesteckt hatte?

Aber es schien ihm sinnlos, über dieses Risiko nachzudenken. Er hatte sich nun mal darauf eingelassen. Mehr, als ihm lieb war, beunruhigte ihn, dass er nicht wusste, ob es ihr gut ging.

Aus den Augenwinkeln nahm er einen Lada wahr, der langsam an ihm vorbeifuhr.

Der Fahrer drehte sich in seine Richtung, winkte ihm kurz zu, und Sebastian nickte verwirrt. Dann fiel ihm ein, wer das war. Und dass er heute Nachmittag ja noch einen Termin mit diesem Mann von der Stasi hatte. Dann konnte er wenigstens herausfinden, was mit seinem Vater los war.

Weil Bio ausfiel, begann der Schultag mit einer doppelten Stunde Sport.

Bei den Liegestützen begannen seine Arme plötzlich zu zittern. Was war los mit ihm? Er ließ sich auf den staubigen Boden der Turnhalle fallen und lag eine Weile da und atmete nur. Sebastian dachte an die Liegestütze in Bad Freienwalde, mit denen sie jeden Morgen getrietzt wurden. Er hatte den Geruch des Leo plötzlich wieder in seiner Nase. Wie konnte das sein?

Ein Pfiff ertönte und ließ ihn zusammenfahren.

»He! Machst du schon Mittagspause? Weitermachen, aber dalli! Zack, zack!«

Sebastian sah auf einmal Maschine vor sich. Der Sportlehrer musste verwandt mit dem Erzieher im Durchgangsheim sein. Der Tonfall war fast der gleiche.

Er versuchte, sich zusammenzureißen. Brachte noch gerade so drei Liegestütze zustande.

Aber er fühlte, dass seine Knie weich wurden, als er sich erhob.

Die Jungen aus seiner Klasse beobachteten ihn, tuschelten hinter vorgehaltener Hand.

Das Wort »Schlappschwanz« verstand er.

Sebastian wurde als Letzter in die Handballmannschaft gewählt und saß dann die meiste Zeit auf der Auswechselbank. Er döste vor sich hin. Dachte an Katja. Verfluchte diesen Unterricht, in dem er ausgegrenzt wurde. Irgendwann gab er auf, dem Spiel zu folgen.

Der Sportlehrer brüllte ihn an, der Direktor wollte ihn hier nicht haben und seine Klassenkameraden ebenso wenig, wie es schien. Sie kannten ihn nicht und sie wollten ihn nicht kennenlernen.

In der dritten Stunde hatten sie Deutsch, und dass sie sich in Vorbereitung auf die Prüfung mit Grammatik beschäftigen sollten, machte den Tag auch nicht besser. Grammatik war eine überflüssige Erfindung, um Schüler zu quälen. Man sollte einfach so sprechen und schreiben, dass es verständlich blieb.

Die schwarz gekleidete Sabine saß neben ihm und blätterte unter der Bank ab und zu eine Seite um.

»Was liest du da?«, fragte er leise.

»Ein Buch«, antwortete sie, ohne aufzublicken.

»Ach nee.« Einen Moment verspürte er den Drang, ihr ihren Schmöker wegzunehmen.

Die Wut in ihm köchelte vor sich hin. Doch er beherrschte sich. In seiner Situation durfte er nicht auffallen.

In seiner Situation?

Außenseiter. Fremdling. Heimkind. Halbwaise. Sohn eines Knackis und Alkoholikers.

Nach Ansicht des Schuldirektors gehörte er in den Jugendwerkhof. Warum auch immer.

Vielleicht wussten seine Klassenkameraden ja Bescheid über ihn? Dass er aus einem Heim kam?

Der Lada war nicht zu übersehen. Der Wagen parkte auf seinem Weg nach Hause, nur ein paar Meter von der Schule entfernt.

Ein kurzes Hupen signalisierte ihm, dass er entdeckt worden war. Es war zu spät. Selbst wenn er gewollt hätte, konnte er sich nicht mehr drücken.

Er versuchte, klar zu denken. Aber irgendetwas hielt ihn davon ab. Wie eine Nebelwolke umhüllte ihn eine merkwürdige Leere. Er ging gerade zur Stasi. Zur Staatssicherheit. Zu den Überwachern. Und sein Vater hatte wegen etwas Politischem im Knast gesessen.

Die Beifahrertür sprang auf und Sebastian warf einen fragenden Blick in das Innere des Fahrzeugs. Es sah sauber aus, wie neu. Zögernd blieb er an der offenen Wagentür stehen. »Na komm schon, Junge. Steig ein. Wir sind verabredet, oder?« Der Mann klang nicht unfreundlich, nur etwas ungeduldig. Er musterte ihn kurz, als Sebastian sich mechanisch auf den Sitz schob und die Schulmappe zwischen die Knie klemmte.

»Wo fahren wir hin, Herr …?« Hatte der Mann eigentlich schon seinen Namen genannt? Er konnte sich nicht erinnern.

»Möller. Ich heiße Herr Möller«, antwortete er. »Hatte ich das nicht schon erwähnt? Wenn nicht, entschuldige bitte.«

Sebastian hätte beinahe aufgelacht. Die Stasi bat ihn um Verzeihung?

Sie verließen den Prenzlauer Berg und fuhren durch Mitte, die Spitze des Fernsehturms stach in den Himmel.

Unauffällig sah er sich in dem Auto um. Nicht mal seine Mutter hatte so einen edlen Wagen gefahren. Ein Gefühl der Neugierde stieg in ihm hoch. Wieso wurde er durch die Stadt chauffiert, als wäre er … als wäre er was *Besonderes*? Er schaute durch die Windschutzscheibe, die makellos sauber war. Sie zuckelten hinter einem Lkw am *Palast der Republik* vorbei.

»Hier hab ich mal die Puhdys gesehen«, sagte Herr Möller stolz. »Magst du die Puhdys?«

»Nee.«

»Und Karat?«

»Schon besser.«

»Ja, die mag ich auch lieber. *Über sieben Brücken musst du gehn …* Wie geht es noch mal weiter?«

»*Sieben dunkle Jahre überstehn*«, sagte Sebastian automatisch.

»Ach ja, richtig. *Sieben Mal wirst du die Asche sein, aber einmal auch … einmal auch …*«

»*Der helle Schein*«, ergänzte Sebastian.

»Klingt irgendwie philosophisch, findest du nicht?«

Sebastian zuckte mit den Achseln. Er mochte den Song, seine Mutter hatte ihm die Platte von Karat sogar mal zum Geburtstag geschenkt, doch er verspürte nicht die geringste Lust, sich mit dem Mann zu unterhalten.

»Ich muss mal schauen, wann die Band wieder auftritt, und mir Tickets besorgen. Ich komme meist gut an Konzertkarten ran. Was hörst du denn gern?«

»Verschiedenes.«

»Verstehe.«

»Bob Dylan«, antwortete Sebastian.

»Bob Dylan? Das ist erstaunlich in deinem Alter. Ich dachte, Jungs wie du mögen vor allem Depeche Mode und Michael Jackson?«

»Dylan ist der Lieblingssänger meiner Mutter … Gewesen.«

Wieso erzählte er davon? Sebastian sah aus dem Fenster zum Himmel hinauf.

Es war ein stürmischer Tag. Die Wolken rannten davon.

Es war kaum zu glauben, doch der Herr von der *Firma*, wie die Stasi im Volksmund genannt wurde, parkte den Lada vor einem Jugendklub. Sebastian war hier zwei-, dreimal gewesen. Früher – als die Welt noch in Ordnung war und seine Mutter noch lebte.

Um diese Zeit war da natürlich nichts los. Sebastian wurde etwas mulmig zumute, aber die Sache wurde gleichzeitig auch immer interessanter. Geheimdienst. Geheimpolizei. *Ministerium für Staatssicherheit*. Und die trafen sich ausgerechnet mit *ihm*?

Die Tür war zugeschlossen, doch Herr Möller besaß einen Schlüssel. Als würde er hier jeden Tag ein und aus gehen.

»Junge, du besitzt doch einen klaren sozialistischen Standpunkt, oder?«, fragte er fünf Minuten später.

Sebastian antwortete nicht.

»Deine Mutter war eine verdiente Genossin, die dich sicher gut erzogen hat, und wie ich schon sagte: Es tut mir wirklich leid, dass du so einen Verlust erleiden musstest.«

Seine Stimme klang mitfühlend.

Sie hockten in einem kleinen, muffigen Raum auf einem schmalen, staubigen Sofa, an einem zerschrammten Couchtisch. Sebastian sah zum Fenster. Die Gardine aus dickem rostbraunem Stoff war zugezogen, der Blick nach draußen versperrt. Auch würde niemand hereinsehen können. Nicht der kleinste Streifen Tageslicht drang zu ihnen.

Herr Möller lächelte ihn gespenstisch an. Das mulmige Gefühl wurde stärker, und er wandte den Blick ab und sah sich nach etwas Harmlosem um, das ihn beruhigen konnte.

An den Wänden hingen Plakate von Bands, die in dem Veranstaltungssaal des Klubs aufgetreten waren und von denen Sebastian die meisten nicht kannte oder nicht ausstehen konnte. Nur *City* mochte er. *Am Fenster* war einer der wenigen Ostsongs, der die Tanzflächen in den Discos tatsächlich füllte. Siebzehn Minuten lang einfach nur dem Rhythmus folgen, herumhüpfen, ausgelassen sein. *»Flieg ich durch die Welt!«*, sangen die Tanzenden, sang auch er manchmal mit.

Durch welche Welt eigentlich?

»Du glaubst doch an den Sozialismus?«

Sebastian unterließ es gerade noch so, mit den Achseln zu zucken.

Konnte man an den Sozialismus *glauben*? So wie manche an den lieben Gott glaubten?

Und wen sollte man dann anbeten? Marx oder Honecker?

»Also als die bessere Gesellschaftsordnung, meine ich.«

»Die bessere nur?«, rutschte ihm heraus. Er wollte einen Witz machen, aber Herr Möller nahm seine Frage ernst.

»Ja, die bessere. Die *beste* ist der Kommunismus«, belehrte er. »Der Sozialismus ist nur eine Vorstufe.«

»Ach so«, sagte Sebastian matt. Was waren denn das für idiotische Phrasen? Da war ja sogar sein Staatsbürgerkundeunterricht spannender. »Soll das heißen, wir üben noch?« Er hörte sich selbst sprechen und fragte sich, ob es ratsam war, den Mann zu provozieren.

»Sozusagen«, lautete zu seiner Überraschung die prompte Antwort. »Für den Aufbau des Kommunismus brauchen wir kluge Leute. Menschen mit Durchblick und Verstand. So wie es deine Mutter war. Und auch du bist was Besonderes, Junge. Das spüre ich. Ich denke, wir wären ein gutes Team!«

Sebastian starrte ihn an. Meinte er das etwa ernst?

»Zigarette?«

Sebastian fummelte sich eine Club aus der angebotenen Schachtel. Er gab sich Mühe, nicht unhöflich zu sein. Schließlich musste er endlich herausbekommen, was mit dem Mann los war, bei dem er jetzt wohnte.

»Mein Vater war also … im Gefängnis?«

»So ist es.«

Sebastian rauchte nervös ein paar Züge und wartete darauf, dass Herr Möller etwas erklärte.

»Dein Vater ist vor einigen Monaten aus dem Strafvollzug entlassen worden.«

Sebastian versuchte, tief Luft zu holen, aber irgendetwas kratzte in seiner Kehle, und er keuchte und japste nach Luft.

»Beruhige dich, mein Junge. Deswegen sitzen wir jetzt hier. Du und ich. Um ihm zu helfen. Bei der Wiedereingliederung in die Gesellschaft, begreifst du?«

So langsam wurde Sebastian klar, warum seine Mutter nie über seinen Erzeuger hatte sprechen wollen.

»Warum war er denn … Also ich meine …«

»Nun ja, er hat gegen die Gesetze der DDR verstoßen und dafür gebüßt. Deshalb kommt es jetzt darauf an …«

Sebastian dachte an das, was seine Großmutter ihm neulich erzählt hatte. »Er war also wegen was Politischem im Knast … ich meine … in Haft?«

Herr Möller richtete sich abrupt auf. »Politische Gefangene gibt es nicht in der DDR, Sebastian. Es gibt nur Straftäter.« Seine Ansage war klar und kühl, klang jedoch nicht wütend. »Aber wenn du damit fragen willst, ob sich dein Vater staatsfeindlich verhalten hat, muss ich das leider bejahen.«

Sebastian schwieg. Wenn er keinen Ärger haben wollte, musste er wohl jetzt die Klappe halten.

»Dein Vater hat dem Staat geschadet und er wurde verurteilt. Aber jeder hat eine zweite Chance verdient. Auch jeder Verbrecher.« Herr Möller machte eine Pause und warf ihm einen prüfenden Blick zu. Bei dem letzten Wort war Sebastian zusammengezuckt, doch das konnte der Mann unmöglich gemerkt haben, oder?

»Natürlich muss man auf gefährdete Menschen besonders aufpassen. Das siehst du doch ein?«

»Klingt erst mal logisch«, murmelte Sebastian ausweichend.

»Richtig. Und ich könnte mir vorstellen, dass du deinem Vater helfen möchtest?«

»Ich kenne ihn doch kaum.«

»Noch nicht. Das wird sich ja ändern. Schließlich wohnst du jetzt bei ihm oder gefällt es dir da nicht? Willst du lieber wieder ins Heim?«

Sebastian spürte eine Gänsehaut auf dem Rücken.

»Es ist nötig, dass wir auf ihn aufpassen und schauen, ob er seine Fehler wiedergutmacht. Wie ich dir ja schon erläutert habe: Es geht um die Wiedereingliederung in die sozialistische Gesellschaft, zu der wir ja alle gehören, oder nicht?«

Sebastian nickte unbestimmt und ehe er sich versah, hielt er die nächste Zigarette in der Hand.

Im Gesicht des Mannes zeigte sich jetzt ein zufriedenes Lächeln. »Ich wusste, dass du ein cleverer Junge bist.«

Katja

Meine Mutter stand im Halbdunkel, als wäre das Licht in ihrer Wohnung kaputt. Ich sah trotzdem sofort, dass sie ein blaues Auge hatte.

Scheiße. Es war nicht gerade das erste Mal, dass sie an den falschen Mann geriet. Es machte mich wütend und einen Moment sprachlos.

»Was willst du denn hier?«, fauchte sie mich an. »Bist du irre? Die Bullen suchen dich!«

War das dieselbe Frau, die bei meinem letzten Besuch wegen mir geheult hatte?

Doch was erwartete ich? Und eigentlich war ich auch nicht wegen ihr hier.

»Sandra«, brachte ich heraus, zog den Pittiplatsch aus der Manteltasche und strich ihm zärtlich durch seine Fusselhaare. »Ich bin wegen ihr gekommen, hab ihr was mitgebracht.«

Sie glotzte den Kobold in meiner Hand angewidert an.

»Keine Sorge, der ist gewaschen«, erklärte ich ihr unnötigerweise. »Ein Geschenk. Zu Sandras Geburtstag.«

»Der war letzte Woche«, sagte die Frau, die meine Mutter war.

Als ob ich das nicht wüsste. Als hätte ich eine Wahl gehabt.

»Kann ich zu ihr?«

»Sie schläft schon.«

»Nur eine Minute.«

Ich kam mir vor wie eine Bettlerin. Ich bettelte, mein Zuhause betreten zu dürfen. Und ich bettelte darum, meine kleine Schwester zu sehen. Ich bettelte um ein Besuchsrecht im eigenen Leben.

»Sagte ich dir doch bereits: Sie schläft schon!«

Etwas wie ein Gewicht aus Blei wollte mich plötzlich in die Tiefe ziehen.

»Wer hat dir denn das Veilchen verpasst?«, fragte ich schroff.

»Kümmre dich um deinen eigenen Kram.«

»Hoffe, du hast den Scheißkerl rausgeworfen«, sagte ich.

»Sieh zu, dass du Land gewinnst! Und hör auf damit, mir Ärger einzubrocken!«

Sie schmiss die Tür zu. Der Knall klang wie ein Schuss.

Etwas in mir schrie auf. Aber mein Mund blieb geschlossen.

Ich legte Pittiplatsch auf die dreckige Fußmatte und er streckte mir die Zunge heraus und glotzte blöde.

Dann eben nicht. Tschüss, Mama.

Es tat mir nur um Sandra leid. Hoffentlich war sie nicht aufgewacht. Hoffentlich träumte sie was Schönes.

Nico hatte sein Motorrad hinter einem Busch geparkt, hockte in einer dunklen Bushaltestelle und rauchte. Er sah mich erstaunt an. »Schon wieder da?«

»Halt die Klappe«, sagte ich. »Lass uns von hier verschwinden! Lass uns … irgendwohin fahren.«

Ich heulte nicht. Doch ich schmeckte das Salz der Tränen trotzdem. Es lag auf meiner Zunge, rann mir die Kehle hinab.

Eigentlich hatte ich vorgehabt, ihn zu bitten, mich wieder zurückzubringen. Zurück zu meinem Dachboden, zurück zu Sebastian. Aber die Wut in mir schrie nach etwas anderem. Ich konnte mich jetzt nicht in einem staubigen Loch verkrümeln.

»Wohin denn?«

»Dahin, wo es schön ist. So weit weg wie möglich. An die Ostsee. Nach Boltenhagen.«

»Und dann?«

Ich zuckte mit den Achseln. »Frischluft tanken. Bisschen Spaß haben. Vielleicht kannst du mir beibringen, wie man Motorrad fährt.«

Nico fragte mich nicht länger. Er fuhr einfach los.

Wir rauschten durch die Nacht, als wäre sie ein langer Tunnel, und ich hielt mich fest an ihm. Mein Herz raste die ganze Zeit, als wollte es uns überholen.

Sebastian

Irgendwie verloren stand er auf dem Dachboden, allein, als hätte er sich selbst dort abgestellt. Die Kälte kroch ihm die Waden hinauf. Katjas Platz sah immer noch unberührt aus. Seit drei Tagen war sie nun schon weg. Seit drei Tagen kam er nach der Schule zuerst hierher. Jedes Mal umsonst.

Sebastian kramte in seiner Mappe nach einem Zettel und schrieb mit Füller eine Nachricht.

Wo bist du? Melde dich bitte, wenn du das hier liest.

Wie konnte sie ihm das antun? Einfach so zu verschwinden? Und wieso hatte er *bitte* geschrieben? War sie ihm nicht etwas schuldig? Wenigstens eine Erklärung?

Die Wut schoss in ihm hoch und er zerknüllte den Fetzen Papier und warf ihn in eine mit Spinnweben verhangene Ecke.

Die Wohnungstür war abgeschlossen, und Sebastian merkte erst jetzt, dass er seinen Schlüssel vergessen hatte. Mist, auch das noch.

Sein Vater schloss doch sonst nicht ab. Hoffentlich war er nur schnell was einkaufen.

Sebastian ließ sich auf eine Treppenstufe nieder und wartete. Es grummelte in seinem Bauch, aber er fand in seiner Tasche nichts Essbares. In der Schule hatte es zum Mittag Lungenhaschee gegeben. Er verabscheute dieses Gericht sogar noch mehr als *Tote Oma* oder das widerliche Schmorkraut, das es montags gab. Er kannte niemanden, der dieses merkwürdige Zeug, das aus gekochten Eingeweiden bestand und wie ausgekotzt aussah, freiwillig aß. Schon von dem süßsauren Geruch wurde ihm speiübel. Also hatte er mal wieder auf die Schulspeisung verzichtet. Gerade als er daran dachte, auf dem Dachboden nach Katjas Essensresten zu suchen, drangen Musikfetzen an sein Ohr. Täuschte er sich oder kamen die aus der Wohnung?

Er klopfte, aber niemand öffnete. Ein paar Sekunden lang sah er die Tür an, als könnte sie erzählen, was sein Vater ihm verschwieg.

Sebastian lauschte auf die rockigen Töne. Jetzt war er sich plötzlich sicher, dass sein Vater da war. Wieso machte er nicht auf?

Wie von selbst ballte sich seine Hand zur Faust und er schlug mit den Fingerknöcheln einen schnellen harten Rhythmus. *Mach auf! Mach auf! Mach verdammt noch mal auf!*

Die Musik verstummte. Dafür hörte er ein Knurren, als würde ein Wachhund drinnen lauern. Gerade als er sich fragte, ob sein Alter sich einen Hund angeschafft hatte, flog die Tür auf.

Das Licht, das auf den Flur fiel, flackerte.

Sein Vater blickte ihn finster an. Seine Körperhaltung war geduckt, den Kopf hielt er zwischen den Schulterblättern eingezogen, als erwartete er einen Schlag oder sonst etwas Unangenehmes.

Sebastian brachte keinen Ton heraus.

Da stand ein Fremder im Türrahmen.

»Was willst du? Wieso …« Er schnappte nach Luft. »Wieso hämmerst du hier so herum?«

Sebastian stand da wie erstarrt. Hatte er seinen Vater erschreckt? Es sah fast danach aus. Schließlich kam ein Räuspern aus seiner Kehle. »Ähm, also, ich …« Er räusperte sich noch einmal. »… hab den Schlüssel vergessen.«

Sein Vater spähte um die Ecke, als fürchtete er, Sebastian sei nicht allein gekommen.

»Komm rein!«, sagte er schroff.

Verwundert blickte Sebastian in blutunterlaufene Augen, in ein aschfahles Gesicht.

»Was ist eigentlich los?«

»Hast du sie nicht gesehen?«, fragte er zurück und drehte den Schlüssel im Schloss.

»Wen denn?«

»Die Stasi vor der Tür … Sie sind mir gefolgt … Standen schon vor dem Friedhof rum … Hocken jetzt in dem Wartburg, der vor dem Haus steht.« Er sprach abgehackt, holte nach jedem Satz Luft.

Sebastian schüttelte den Kopf. Er dachte an Herrn Möller. Hatte der etwas damit zu tun?

Er fühlte plötzlich Stiche im Magen. Doch er hatte nichts gesagt über seinen Vater, nichts Wichtiges. Bildete sich sein Alter da was ein? Drehte er etwa durch?

»Und wieso kommen die ausgerechnet *hierher*?«

Ein bitteres Lachen antwortete ihm. »Geh runter und frag sie.«

Sollte das ein schlechter Scherz sein? Oder wollte sein Vater wirklich, dass er mit der Stasi sprach?

Sein Vater hielt sich schwankend am Türrahmen fest. Eine ganze Weile betrachtete er das Flackern der Lampe. Die Glühbirne schien einen Wackelkontakt zu haben und er stand wankend da und blinzelte in das Licht.

War er betrunken? Es roch nicht nach Alkohol, und als Sebastian um die Ecke blickte, sah er auf dem Tisch nur eine angeschlagene leere Tasse.

»Es geht wieder los«, glaubte er zu verstehen. Was ging wieder los?

»Alles in Ordnung?«, fragte er.

»Ja, Junge. Ich meine … mach dir keine Sorgen. Ich bin nur etwas …«

»Neben der Spur?«

»So könnte man es ausdrücken. Hast du Hunger?«

»Tierischen Hunger.«

Sein Vater nickte müde und stapfte in die Küche.

Nach einigen Minuten kam er mit einem hart gekochten Ei, einer halben Wiener, einem Kanten Mischbrot und einem Klecks Senf aus der Küche zurück.

»Für dich«, sagte er merkwürdig feierlich. Seine Hand zitterte, als er Sebastian den Teller reichte. »Ich koch uns noch einen Tee, ja?«

»Danke.«

Wieso haben sie dich eingesperrt? Was ist mit dir passiert?

Warum konnte Sebastian ihn nicht danach fragen?

Und weshalb kam sein Vater nicht von sich aus darauf, mit ihm zu reden? Und schwieg darüber, was in all den Jahren seiner Abwesenheit geschehen war?

Als Sebastian am Abend die Wohnung verließ, hatte er sich eine Ausrede zurechtgelegt – von einer komplizierten Mathehausaufgabe, bei der er einer Mitschülerin helfen musste.

Doch sein Vater fragte ihn nicht, wohin er wollte. Sebastian blieb das Lügen erspart. Anders als bei seiner Mutter wurde ihm auch nicht vorgeschrieben, bis wann er wieder zu Hause sein musste.

Sein Vater starrte in das flimmernde Fernsehgerät und Sebastian sagte nur schnell »Tschüss«.

Für den Jugendklub war es die falsche Uhrzeit. Herr Möller hatte ihm am Telefon eine Adresse mitgeteilt. »Etwa zwanzig Minuten Fußweg. Du kannst aber auch drei Stationen mit der Straßenbahn fahren.« Er sollte zweimal bei *B. Meier* klingeln, vierter Stock. Sebastian hatte in den Hörer geschwiegen und gewartet, dass er erklären konnte, dass er keinen Grund mehr habe, zu kommen. Aber der Mann legte auf, ehe er noch einen Ton herausbrachte.

Es war keine Bitte gewesen. Und wenn Sebastian nicht erschien? Was dann? Wollte er es riskieren und das rausfinden? Er konnte ja die Geheimpolizei nicht einfach abwimmeln, oder?

Als Sebastian das marode Haus verließ, in dem er nun wohnte, hielt er Ausschau nach dem Wartburg mit den Bewachern, von dem sein Vater gesprochen hatte. Aber vor dem Eingang parkte nur ein blassblauer Trabi. Er blickte die Straße hinab. An der Eckkneipe standen zwei Männer und redeten. Sie sahen in seine Richtung – oder täuschte er sich? Sebastian zog die Kapuze seines Anoraks über den Kopf. Es regnete nicht und der Wind war nicht mehr als ein Lufthauch. Trotzdem zog er die Schultern hoch und ging in einem schnellen Tempo an der Kneipe und den Männern vorbei. Sie sprachen über Fußball und über irgendeinen Spieler, den er nicht kannte. Sie beachteten ihn gar nicht.

Dennoch drehte er sich ein paarmal um. Folgte ihm jemand? Aber wieso sollte die Stasi ihm hinterherrennen, wenn er gerade zur Stasi ging?

Doch wenn ihn nun jemand sah, den er kannte? Vielleicht ein Mitschüler ihn ansprach und ihn fragte, wohin er wollte?

Wieso macht er sich darüber überhaupt Gedanken?

»Pünktlich auf die Minute«, sagte Herr Möller zufrieden und machte sich eine Notiz. »Zigarette?«

Sebastian zögerte kurz. Aber der Mann, der ihm an einem Wohnzimmertisch gegenübersaß, reichte ihm den Glimmstängel einfach und zündete ein Streichholz an.

Sebastian sah sich um. Offenbar befanden sie sich in einer ganz normalen Wohnung. Der Raum wirkte wie ein etwas spießiges Wohnzimmer – mit geblümten Tapeten, einer Schrankwand mit goldumrandeten Sammeltassen in der Vitrine und einer grau-braun gestreiften Sitzgarnitur. Sebastian rauchte und versuchte, in dem wuchtigen Sessel nicht zu versinken. Wer wohnte hier eigentlich? Gab es diesen B. Meier wirklich? Und wenn ja, wieso saßen sie dann in seiner Wohnung?

»Es freut mich, dass du dich an unsere Vereinbarungen hältst.«

»Vereinbarungen?«

»Nicht jeder Jugendliche ist die Pünktlichkeit in Person.« Herr Möller lächelte. »Das spricht für dich, Junge. Du hast doch mit niemandem über unsere Treffen geredet, oder?«

»Nee, hab ich nicht.«

»Na also. Das meine ich. Du bist pünktlich und hältst dich an Absprachen. Sehr gut. Wie läuft es so in der Schule?«

Sebastian zuckte mit den Achseln. »So la la«, gab er zu.

Herr Möller zog seine Augenbrauen hoch. »Probleme?«

»Nicht direkt. Ich bin eben immer noch der Neue. Und in der Zehnten noch zu wechseln, ist … nun ja … schwierig.«

»Verstehe. Nun, vielleicht kannst du ja bald in einer Arbeitsgemeinschaft mitmachen oder in einen Schulsportverein eintreten? Oder Verantwortung in der FDJ übernehmen? Letzteres wäre in deiner Situation natürlich besonders angebracht.«

»Wie meinen Sie das?«

»Ganz einfach: Du bist ein intelligenter Schüler, Sohn einer zuverlässigen Genossin. Du könntest vielleicht sogar in die EOS gehen und später – nach drei Jahren Ehrendienst in der NVA – ein Studium machen.«

»Ich habe mich, als ich noch in Eberswalde in die Schule ging, für eine Lehre als Tischler beworben. Und der Direktor in der Berliner POS meint, ich gehöre in einen Jugendwerkhof!«, entgegnete Sebastian aufgebracht. »Da werde ich garantiert nicht zum Abitur zugelassen.«

Herr Möller schüttelte den Kopf. »Womöglich hat er da etwas missverstanden. Ich könnte mit ihm reden. Vielleicht hat er ja ein falsches Bild von dir?«

»Ich war in einem *Heim*. Das scheint zu genügen, um mich … abzustempeln.«

»Niemand stempelt dich ab. Dein Direktor wird wissen, dass die Minderjährigen, die im Durchgangsheim landen, meist als schwer erziehbar und asozial gelten. Und in einem Jugendwerkhof geht es um die Umerziehung zur sozialistischen Persönlichkeit. Das heißt, dort werden nur Jugendliche mit einem entsprechenden Manko eingewiesen. Vor allem solche, die sich nicht ans Kollektiv anpassen, die als eigensinnig, aufmüpfig, unzuverlässig und renitent in Erscheinung treten. Kurz: Ihren Eltern und Lehrern Ärger machen. Das trifft auf dich doch nicht zu, oder?«

Automatisch schüttelte Sebastian den Kopf. Herr Möller hatte recht und der Direktor seiner Schule war ein Idiot. Er gehörte nicht in ein Heim und schon gar nicht in den Jugendwerkhof. Was *renitent* bedeutete, wusste er nicht. Aber *eigensinnig, aufmüpfig, unzuverlässig* – das traf den Nagel auf den Kopf, wenn er an Katja dachte. Also war sie zu Recht im Jugendwerkhof gewesen? Wieso hatte sie sich aus dem Staub gemacht? Ohne ihm etwas zu sagen?

»Es kommt natürlich in erster Linie auf dich selbst an. Auf deine Leistungen in der Schule, deine gesellschaftspolitische Entwicklung, deine Sicht auf die DDR und auch auf das MfS zum Beispiel. Ich denke nicht, dass du negativ zu unserem Staat und zu seiner Sicherheit eingestellt bist, oder?«

Was wollte der Typ von ihm hören? Dass er ein Staatsfeind war, wie sie es offenbar von seinem Vater vermuteten? »Ich interessiere mich nicht für Politik.«

»Kann ich verstehen … in deinem Alter. Das ist auch nicht unbedingt notwendig. Es reicht, wenn du dich zum Sozialismus und zu unserer marxistisch-leninistischen Weltanschauung bekennst. Und … du könntest deinem Land dienen, uns unterstützen, uns ein wenig behilflich sein, dann kümmern wir uns auch um dich und deine Sorgen.«

»Ich hab keine Sorgen«, sagte er schroff.

»Umso besser. Das freut mich zu hören. Bei deinem Vater sieht das ja leider anders aus. Du siehst sicher ein, dass wir ihn gewissermaßen davor schützen müssen, seine Fehler zu wiederholen?«

»Welche Fehler?«

»Die Verfehlungen, die ihn ins Gefängnis gebracht haben.«

Sebastian schwieg und wandte den Blick ab. Die Blumen auf der Tapete wirkten schon reichlich verblasst, sie schienen allmählich in das Gelb der Wand zu fließen.

»Natürlich wollen wir auch verhindern, dass du negativen Einflüssen ausgesetzt wirst, die dir deine Zukunft verbauen könnten. Was heißt *wollen*? Wir *werden* es verhindern.«

War das eine Drohung? Unbehaglich rutschte Sebastian auf dem Sessel herum.

»Geht es hier um mich oder um meinen Vater?«

»Beides. Es geht darum, dass du eine gute Zukunft hast. Und wie ich schon sagte: Für deinen Vater geht es um die Resozialisierung. Mit deiner und unserer Hilfe findet er wieder einen Platz in der Gesellschaft. Sollte das nicht gelingen, tja … Natürlich wollen wir doch alle nicht, dass du wieder in das Durchgangsheim eingewiesen wirst, oder?«

Sebastian spürte plötzlich eine Gänsehaut. Er sah die Gitter vor sich, roch den Chlor-Urin-Gestank, der aus dem Eimer aufstieg, hörte das Klirren des Schlüssels, das Krachen des Riegels und die bellenden Befehle des Erziehers. Auf keinen Fall wollte er wieder dorthin!

»Uns geht es in erster Linie darum, Verbrechen gegen den Staat oder auch *erneute* Straftaten zu verhindern. Dafür benötigen wir die Unterstützung aus der Bevölkerung, und was deinen Vater angeht, brauchen wir speziell *deine* Hilfe. Verstehst du, was das bedeutet?«

»Nein.« Die Kälte strömte jetzt durch seinen ganzen Körper bis in die Fingerspitzen. »Das heißt, ich verstehe nicht so ganz … was Sie von *mir* wollen.«

Herr Möller lächelte merkwürdig und schüttelte leicht den Kopf, als wäre Sebastian ein kleines Kind, dem man alles dreimal erklären musste.

»Sieh mal, jeder Staat schützt sich vor seinen Feinden. Das siehst du doch ein? Und als Mitglied unserer sozialistischen Gemeinschaft kannst und *musst* du dazu einen Beitrag leisten. Nur durch eine gemeinsame Zusammenarbeit mit geeigneten Personen – wie du eine bist – kann man Lösungen herbeiführen, um Schaden an der Gesellschaft zu vermeiden.«

Schaden an der Gesellschaft? War sein Vater ein Feind? Sollte er ihn deswegen … *bespitzeln*?

»Und was ist, wenn ich … *das* nicht kann?«

»Denk an deine Zukunft, Junge. Willst du dir die etwa verbauen? Möchtest du doch noch im Jugendwerkhof landen?« Herr Möller sah ihn besorgt an und hob fragend die Hände, als könnte er nicht verstehen, dass Sebastian sich so begriffsstutzig verhielt.

»Natürlich nicht. Aber ich … muss darüber nachdenken.«

»Dann klären wir das bei unserem nächsten Gespräch.«

Herr Möller nannte ihm einen Termin und drückte ihm die Hand.

Er durfte gehen.

Als er die Wohnung betrat, sah er seinen Vater im Dunkeln sitzen. Nur eine einzige Kerze flackerte und warf einen unruhigen Schein in den Raum.

»Ist der Strom ausgefallen?«, fragte Sebastian. Er sah nach oben, dahin, wo normalerweise die Lampe baumelte, doch sie war nicht mehr da. Nur ein paar Kabel guckten aus der Zimmerdecke.

Sein Vater schüttelte den Kopf und legte den Zeigefinger auf seine Lippen.

Dann riss er die Ecke von einer Zeitung ab, schrieb etwas und schob ihm den Zettel zu.

WANZEN!

Befremdet starrte Sebastian auf das Wort. Einen Moment lang dachte er an die kleinen Blutsauger und spürte ein Jucken auf der Haut. Erst allmählich dämmerte ihm, dass sein Vater glaubte, er würde abgehört.

Sebastian fragte sich, was das zu bedeuten hatte. Wurde sein Alter jetzt so richtig verrückt?

Als sich seine Augen langsam an das Halbdunkel gewöhnten und er sich umblickte, bemerkte er, dass außer den Lampen auch die Steckdosen abmontiert waren. Wie Tentakel von einem Alien kamen ihm die aus der Wand herausragenden Drähte plötzlich vor.

»Hast du welche gefunden?«, flüsterte Sebastian.

Sein Vater schüttelte den Kopf, griff nach dem Zettel und schrieb: NOCH NICHT!

Eine tiefe Furche lag auf seiner Stirn. Er sah seinen Sohn eindringlich an, als wollte er ihm etwas Wichtiges mitteilen. Aber Sebastian kam nicht darauf, was das sein sollte. Wollte er ihn warnen? Ahnte er etwa, woher Sebastian gerade kam?

Unmöglich. Das konnte er nicht wissen.

Die Treffen waren geheim. Niemand würde jemals davon erfahren.

Sebastian erhob sich. Er hielt diesen starrenden Blick nicht länger aus. Statt in sein Zimmer ging er in die Küche, holte die zwei Flaschen Bier, die letzten, die noch da waren, aus dem Kühlschrank. Eigentlich trank er selten Bier. Aber er hoffte, dass es ihn beruhigen konnte. Ihn und seinen Vater.

Die Flaschen klirrten leise, als sie anstießen, sonst war nichts zu hören. Nicht einmal »Prost« sagten sie. Wenn wirklich jemand lauschte, würde derjenige wohl bald einschlafen.

Sebastian trank hastig gegen das miese Gefühl in seinem Innern.

Wieso war alles in letzter Zeit so … so … *seltsam*?

Warum musste ausgerechnet *seine* Mutter sterben? Und weshalb hatte gerade *sein* Vater im Knast gesessen?

Konnte er nicht einfach ein ganz normales Leben führen?

Er trank die Flasche, ohne abzusetzen, leer. Doch die Unruhe in ihm verschwand nicht.

Auch sein Vater wirkte weiter nervös. Er spielte mit dem Schraubenzieher herum und blickte sich misstrauisch um, als wäre er fremd in den eigenen vier Wänden.

Schließlich montierte er noch eine weitere Steckdose von der Wand. Sebastian sah ihm dabei zu und hätte ihn gern gefragt, was das alles zu bedeuten hatte, aber er schwieg. Es schien ihm wieder mal der falsche Zeitpunkt. Sein Vater machte auf ihn einen mehr als verwirrten Eindruck. Wenn er ihn jetzt mit Fragen bedrängte, rastete er vielleicht völlig aus. Und er hatte nicht die geringste Ahnung, was er dann tun sollte.

»Das kommt dir alles komisch vor, was?«

Sebastian nickte und versuchte ein Grinsen.

»Ist es auch.«

Sein Vater erhob sich abrupt, sodass der Stuhl wackelte und beinahe umkippte. Er verschwand in der Küche und kam mit einer Flasche Schnaps zurück. Mit finsterer Miene sah Sebastian zu, wie er direkt daraus trank. Er setzte sie ab, untersuchte wortlos die abgebauten Teile auf dem Tisch und fing an, sie zu sortieren. »Ich mach die Dinger nachher wieder dran«, murmelte er, als würde er zu sich selbst sprechen.

Sebastian blieb stumm. Der Geruch des Wodkas stieg ihm in die Nase, und es schien ihm fast so, als wäre er für seinen Vater gar nicht mehr anwesend.

Es fühlte sich falsch an, ihn so zu sehen, trinkend, irgendwie verzweifelt. Sebastian wandte sich ab. Er wusste nicht, wohin mit sich, und schlich sich noch einmal aus der Wohnung. Die Unruhe in ihm ließ nicht nach und schob ihn auf den Hausflur hinaus.

Die Tür zum Dachboden stand einen Spalt offen und er nahm einen blassen Schimmer wahr.

Sein Herz schlug schneller.

Katja?

Er stolperte vorwärts, tauchte unter der Wäsche auf der Leine hindurch, flüsterte ihren Namen.

Sie lag eingerollt in eine Decke hinter dem Schrank und schlief tief und fest. Die Taschenlampe neben ihr war noch eingeschaltet.

Sebastian sah ein paar Minuten lang zu, beobachtete, wie sich ihr Körper rhythmisch hob und senkte.

Sie atmete ruhig, gelassen, langsam, als wäre nichts gewesen.

Einen Moment flammte Wut in ihm auf, und er dachte daran, sie wach zu rütteln. Wieso war sie einfach so abgehauen? Wie konnte sie nur?

Wenn du wach wärst, würde ich dich jetzt anschreien, dachte er.

Aber sie lag einfach nur da, schnarchte sogar ein bisschen.

Unwillkürlich lächelte er. Es fühlte sich tatsächlich so an, als würde ihm ein Stein vom Herzen fallen. *Alles in Ordnung. Nichts Schlimmes passiert.*

Wo war sie gewesen?

Er nahm die Taschenlampe, um sie auszuschalten, doch der Strahl fiel direkt in Katjas Gesicht.

Sie blinzelte, riss die Augen auf. Sofort kam sie hoch. »Was ist los? Nein, ich hab keinen Ausweis«, murmelte sie. »Hab ich doch schon gesagt.«

»Ich bin's.« Sebastian richtete den Lichtkegel jetzt auf sich selbst. »Alles okay?«

»Was? Sebastian? Oh Mann, hast du mir einen Schreck eingejagt!«

»Wer denn sonst?«

»Tut mir leid. Hab dich nicht gleich erkannt. Bin eingeschlafen.

Wollte eigentlich auf dich warten und dann …« Sie sah sich um, als würde ihr erst jetzt klar werden, wo sie sich befand.

»Ich bin froh, dich zu sehen!«

Auf einmal spürte er Arme, die ihn umschlangen.

Sie hielt ihn fest, hielt sich fest an ihm, so kam es ihm vor. Ihre Wange berührte seine Wange, er fühlte ihre Wärme, strich ihr kurz durch ihr strubbliges Haar.

»Wo … wo warst du denn die ganze Zeit? Verdammt! Ich hab mir Sorgen gemacht.«

Er roch ihren leicht süßlichen Duft und noch etwas anderes – einen Hauch von … was?

»Ich war am Meer«, sagte sie. »An der Ostsee. In Boltenhagen. Das liegt schon fast im Westen. Na ja, wenn die Grenze nicht wäre.« Sie lachte.

»Und was wolltest du da?«

»Nichts Bestimmtes.«

»Nichts Bestimmtes?«

»Sorry, aber … ich musste einfach … mal raus hier.«

Wie konntest du das … Wieso hast du mir nicht … Die Satzfetzen schwirrten in seinem Kopf herum, aber er brachte keinen Ton mehr heraus.

Sie war zurück. Das war doch die Hauptsache, oder?

»Wieso bist du zurückgekommen?«, fragte er schließlich.

Katja gähnte und streckte sich. »Wo sollte ich denn sonst hin?«

Katja

Es fühlte sich merkwürdig an, plötzlich in Sebastians Armen zu liegen.

Genauer gesagt, hatte ich ihn sofort umschlungen, als ich begriff, dass er es war und nicht die Polizei, die mich verhaften wollte. Es überraschte mich selbst, dass ich das tat. Und ihm schien es glatt die Sprache verschlagen zu haben.

Ich lauschte in sein Schweigen hinein, es kam mir vor, als könnte ich seine Fragen spüren. Drängende Fragen, die ich nicht beantworten wollte.

Sebastian würde mich wohl kaum verstehen. Aus seiner Sicht handelte ich schon unvernünftig genug. Ich verschwand einfach, tauchte wieder auf – und würde womöglich wieder verschwinden, wie die Unzuverlässigkeit in Person. Ich traute mir manchmal selbst nicht über den Weg.

Warum war ich zurückgekommen? Ich wusste, dass er zu mir halten würde. Als Einziger.

Ich fühlte mich sicher bei ihm, obwohl mein Verstand mir sagte, dass ich jederzeit erwischt werden konnte. Es war nirgendwo sicher für mich. Ein dummer Zufall genügte und ich würde auffliegen. Die Handschellen machten immer ein komisches Geräusch, wenn sie zuklickten.

Kaum hörbar.

Eigentlich konnte ich niemandem vertrauen. Doch ich umklammerte Sebastian wie ein verängstigtes Äffchen.

»Danke für die Knusperflocken«, sagte ich schließlich und ließ ihn los.

»Hast du sie also gefunden«, murmelte er. Seine Stimme klang verlegen. Er sah mich an, dann schaute er weg, dann blickte er mir direkt in die Augen. Nur, um wieder den Blick zu senken.

Mir wurde eigenartig warm.

»Sofort. Und gleich gegessen.«

»Dachte ich mir.« Er lachte leise.

In seinem Gesicht nahm ich etwas wahr, das vorher nicht da gewesen war. Selbst im Taschenlampenlicht erkannte ich die dunklen Schatten unter seinen Augen.

Lag es an mir? Wäre ihm lieber gewesen, ich wäre nicht mehr aufgetaucht? Ein Problem weniger?

Eine Weile schwiegen wir.

Dann beugte er sich plötzlich zu mir und küsste mich.

Sebastian

Er kam aus der Schule und war auf dem Weg zum nächsten Termin mit Herrn Möller. Sebastian fühlte sich wie immer, wenn er zu ihm kommen sollte: nervös, angespannt, flattrig.

Die grauen Hausfassaden, an denen er vorbeihastete, wirkten auf ihn merkwürdig bedrohlich.

Irgendeine Furcht hatte sich in ihm eingenistet, schlief die meiste Zeit und wurde wach, wenn er sich dem Haus mit dem Namenszug B. Meier auf dem Klingelschild näherte.

Wovor hatte er solche Angst?

Herr Möller verhielt sich meist freundlich und höflich zu ihm, spendierte ihm Zigaretten oder auch mal einen Schnaps – »zum Probieren« –, redete mit ihm, war aufmerksam, ihm zugewandt, machte sich Notizen. Er behandelte Sebastian, als wäre er erwachsen und kein Schüler mehr. Dabei fragte er nach nichts Besonderem eigentlich. Wie es in der Schule so lief, welche Diskussionen auf dem Schulhof und im Staatsbürgerkundeunterricht geführt wurden, was sein Vater nach der Arbeit machte, ob er Besuch bekam ... Nichts Wichtiges also. Manchmal fragte er auch nach Sebastians Plänen für die Zukunft, gab ihm Ratschläge und verhielt sich wie jemand, der es gut mit ihm meinte. Und dann vergaß Sebastian beinahe, dass der elegant gekleidete Herr Möller vom MfS war und kein netter Nachbar oder etwas in der Art. Herr Möller hörte ihm zu, hakte nach, aber er drängte Sebastian nicht dazu, etwa Namen zu nennen.

Aber was, wenn sich das ändern würde? Würde es das?

Nach jedem Treffen dachte Sebastian daran, einfach nicht mehr zum nächsten zu gehen, aber fünf Minuten später glaubte er, dass es besser wäre, das merkwürdige Theater weiter mitzumachen.

Vielleicht war das ganze Leben ein Spiel und man musste Dinge einfach ausprobieren.

In Bad Freienwalde hatte er unfreiwillig ausprobiert, wie es ist, in einem vergitterten Kellerloch zu sitzen. Eine Wiederholung wollte er bestimmt nicht. Nie wieder! Also probierte er eben jetzt mal aus, auf der anderen Seite zu stehen, bei denen, die die Macht hatten. Die neben den hohen Tieren der Partei überall mitmischten. Er hatte das nicht geplant, aber wieso sollte er nicht versuchen, das Beste aus der Situation zu machen?

Er hatte ja auch nicht vorgehabt, Katja zu küssen. Vielleicht wollte er nur wissen, wie es sich anfühlte. Vielleicht war er einfach froh gewesen, dass sie wieder da war – und nicht hinter Gittern saß. Er hatte sie vermisst, mehr als er sich eingestehen wollte.

Ein paar Tage lang war er wie auf Wolken gelaufen, spürte die ganze Zeit ihre Lippen auf seinen, schmeckte noch einen Hauch von Schokolade. Komisch. Er fühlte sich komisch. Das Küssen war eine komische Erfindung. Hatten die Urmenschen das auch schon getan?

Es war bei dem einen Kuss geblieben. Alles lief wieder so wie vor ihrem Verschwinden: Er versorgte sie mit Nahrung, brachte ihr Bücher aus dem Regal seines Vaters, holte sie manchmal, wenn er allein war, in die Wohnung, und dann hockten sie vor dem Fernseher, schauten *Raumschiff Enterprise* oder *Die Sendung mit der Maus*. Manchmal gingen sie in die Küche und kochten zusammen Spaghetti mit Tomatensoße. Sie gewöhnten sich daran, leise zu sein, auf jedes Geräusch zu achten.

Sebastian baute einen Riegel an der Toilettentür an – sodass Katja schon mal nicht durch einen dummen Zufall ausgerechnet auf dem stillen Örtchen erwischt werden konnte.

Alles lief wie zuvor und doch erschien es ihm anders. Lag es an dem Kuss? Oder daran, dass ihm klar geworden war, dass Katja tat, was sie wollte? Und wie sollte er sie dann schützen?

Manchmal sah er ihre Lippen an und spürte den Kuss wieder, als wäre er etwas Lebendiges, das nicht einfach so verschwand. Und dann senkte er schnell den Blick.

»Bist du noch bei der Sache?«, fragte Herr Möller plötzlich. »Gibt es irgendwelche Fragen?«

Sebastian zuckte zusammen. Ja, er hatte Fragen, eine ganze Menge sogar. Aber vor allem wollte er wissen, ob die Stasi ihm einen gewissen Schutz bot, wenn er sich auf sie einließ. Wenn es hart auf hart kam … wenn die VP Katja erwischte …

»Wer hat eigentlich mehr zu sagen: die Polizei oder die Stasi?«, fragte er unverblümt.

Herr Möller zog überrascht die Augenbrauen hoch. »Nun, wir vertreten beide die Interessen der DDR und verteidigen die Errungenschaften des Sozialismus …«

»Danach hab ich nicht gefragt«, unterbrach Sebastian ihn.

»Stimmt.« Ein Grinsen huschte über das Gesicht des Mannes. Aber es lag nichts Lustiges darin. In seinen Augen glomm etwas auf – ein Lauern; er taxierte Sebastian. »Das MfS würde ich meinen. Wir sind Schild und Schwert der Partei, aber natürlich arbeiten wir mit der Volkspolizei zusammen. Wieso fragst du?«

»Nur so.«

»Wir haben die Macht, deinen Vater zu schützen, wenn er sich an die Spielregeln hält und du weiter mit uns zusammenarbeitest.«

»Und wenn nicht?«

Herr Möller schwieg einen Moment und tat so, als hätte er die Frage nicht gehört. In der Stille lag etwas Bedrohliches, und Sebastian wagte nicht, die Frage zu wiederholen.

»Hast du ein Papier dabei?«, fragte der Mann schließlich.

»Ein Papier?«

Herr Möller deutete auf die Schultasche, die in der Ecke stand.

»Eine Seite aus einem Block oder Heft genügt.«

»Geht auch eins mit Kästchen?«

»Na klar.«

Einen komischen Moment lang dachte Sebastian, der Mann wolle ein Spiel mit ihm spielen – Schiffe versenken oder Galgenmännchen.

Die Seite, die er aus dem Mathehefter rupfte, riss in der Mitte durch.

»He, nicht so wild, das ist doch kein Westpaket!« Herr Möller lachte.

Sebastian zerknüllte das Blatt und ließ es fallen. Warum zitterte seine Hand plötzlich?

Fürsorglich hielt der Mann die Pappe jetzt fest, und diesmal gelang es Sebastian, das Papier im Ganzen aus dem Hefter zu lösen.

»Ich diktiere dir, was du schreiben sollst«, sagte Herr Möller wie ein Lehrer, der ein Diktat ansagen wollte. »Die Überschrift lautet: Verpflichtung.«

»Verpflichtung?«

»Ja.«

»Nein.« Sebastian holte tief Luft. »Ich kann das nicht.«

»Klar kannst du. Ich dachte, wir sind uns einig? Oder möchtest du dir deinen Weg wirklich verbauen? Die EOS? Oder eine Berufsausbildung mit Abitur? Ich habe mich schon erkundigt für dich: Eine Lehre als *Facharbeiter für Holzwerkstoffe* gibt es zum Beispiel auch mit Abi. Du hilfst uns, und wir helfen dir, so einfach ist das.«

Herr Möller tat munter, beinahe gut gelaunt, doch in seinem Blick lag auch etwas anderes. Eine Kälte, die Sebastian frösteln ließ.

Und wenn ich nur so tue, als ob?, dachte er. Es heißt doch, Papier ist geduldig, oder?

»Verpflichtung«, sagte Herr Möller noch einmal. Seine Stimme klang, als wäre nichts weiter dabei, als wäre dies alles nur ein formaler Akt.

Und vielleicht würde Sebastian ja hinterher darüber lachen? Über diese Nervosität? Über seine Angst?

»Hiermit verpflichte ich mich … inoffiziell … mit dem Ministerium für Staatssicherheit … unter Wahrung der Konspiration …«

Herr Möller machte eine Pause und sah ihn stirnrunzelnd an.

Zögernd begann Sebastian zu schreiben.

Danach brachte er keinen Ton heraus, und sein Hals kam ihm zu steif vor, um den Kopf zu heben und sein Gegenüber anzusehen.

»Jetzt fehlt nur noch eine Kleinigkeit«, erklärte Herr Möller mit der Stimme des verständnisvollen Lehrers. »Als Decknamen wähle ich …«, diktierte er.

Sebastian reagierte nicht. Wozu brauchte er einen Decknamen?

»Schreib einfach und dann such dir einen Namen aus. Ich verschwinde mal kurz dahin, wo der Kaiser zu Fuß hingeht.« Er blinzelte ihn an, verließ dann mit schnellen Schritten den Raum und ließ ihn allein.

Sebastian spürte Abscheu in sich aufsteigen. Etwas wie Gift pulsierte in seinen Adern.

Das Blatt lag vor ihm auf dem Tisch. Doch die Buchstaben, die er unbeholfen wie ein Schulanfänger schrieb, schienen vor seinem Blick zu verschwimmen.

Was tat er hier eigentlich? Wofür verpflichtete er sich? Sollte er andere bespitzeln? Hieß es das?

Was sonst …? Was sollte es sonst heißen?

Scheiße!

Noch hatte er diesen Wisch nicht unterschrieben.

Sebastian sprang auf, sein Herz raste plötzlich.

Einfach abhauen, weglaufen! Das war doch Signal genug, oder? Das würde diesem Herr Möller zeigen, dass er nicht mitmachen würde.

Ihm war ein bisschen schwindlig, als er auf die Tür zuging und die Klinke drückte.

Eine ganz normale Klinke ... nur ... ging die Tür nicht auf. Er rüttelte an ihr, nervös, hektisch, doch nichts geschah. Hatte man ihn etwa eingeschlossen?

Sein Herz schlug dumpf, fast schmerzhaft. Einen Moment sah er sich wieder in der Zelle Nummer 5. Im Keller des Durchgangsheimes. Er dachte daran, zu schreien. Aber niemand würde ihn hören.

Panisch lief er zum Fenster. Vierter Stock. Viel zu hoch.

Ein Schlüssel drehte sich im Schloss, und er beeilte sich, zur Tür zu kommen.

»Alles in Ordnung?« Herr Möller grinste und versperrte ihm den Weg.

»Ich muss ... hab noch einen Termin ... beim Zahnarzt.«

»Wir sind ja gleich fertig hier. Hast du einen Namen gewählt?«

Sebastian schüttelte den Kopf. Ich will nicht, dachte er. Sein Hals war wie zugeschnürt.

»Dann setz dich noch mal«, sagte der Mann geduldig, mit einem Lachen in der Stimme, als gäbe es gleich eine kleine Belohnung.

»Ich will jetzt lieber gehen.«

»Zigarette?«

Sebastian ignorierte die Schachtel, die ihm gereicht wurde.

»Setz dich! Die Bürokratie ist lästig, aber nötig.«

»Ich will nicht.«

»Na gut, du kannst auch stehen bleiben. Hast du einen Lieblingsnamen?«

»Nee.«

»Oder eine Lieblingsfigur in einem Film oder Buch?«

Sebastian schüttelte den Kopf.

Herr Möllers Augen wurden schmal. »Wie geht's eigentlich deinem Vater? Hab gehört, er hatte Ärger?«

»Davon weiß ich nichts.«

»Aber ich. Na ja, jedem passiert mal ein Fehler. Man muss bloß aufpassen, dass die Fehler nicht überhandnehmen. Richtig? Das kann dann böse enden.«

Sebastian schluckte. Wenn sein Vater wieder im Knast landete, kam er in den Jugendwerkhof. Das war so sicher wie das Amen in der Kirche. Er beugte sich über das Papier, über seine kraklige Schrift.

Als Deckname wähle ich …

Er kratzte mit dem Kugelschreiber einen Namen auf das Blatt.

Herr Möller lachte trocken. »Du hast Humor, Junge, das gefällt mir.«

Katja

Sebastian hatte mir seinen Schlüssel dagelassen, damit ich in die Wohnung konnte, fernsehen oder so.

Ich hockte auf Sebastians Bett, den Rücken an die kalte Wand gelehnt, starrte vor mich hin, das Buch in der Hand, das ich eigentlich lesen wollte. Eine Mahatma-Gandhi-Biografie, die Sebastian mir gegeben hatte. Mahatma. Die große Seele. Gandhi hatte sich für Gewaltlosigkeit eingesetzt und war schließlich dafür erschossen worden. Dieses Ende deprimierte mich.

Ich konnte immer nur ein paar Seiten lesen, musste dann wieder aufhören, nur weil ich diesen grausamen Schluss schon kannte. Die Kälte der Wand kroch mir den Rücken hinauf und legte sich zwischen meine Schulterblätter.

Viel besser als auf dem Dachboden war es hier auch nicht. Ich musste leise sein, durfte nicht ans Fenster treten und auf keinen Fall öffnen, wenn jemand an die Tür klopfte. Aber es klopfte sowieso niemand.

Sebastians Vater würde vor siebzehn Uhr nicht nach Hause kommen. Aber was, wenn er doch mal früher erschien?

Ich schob mich vom Bett, holte mir etwas aus der Küche – ein Stück Brot und einen Happen Käse. Es waren sogar Eier im Kühlschrank, aber ich traute mich nicht, sie zu braten. Auch Gerüche konnten mich verraten.

Kauend stellte ich mich hinter die Gardine und guckte raus – wie eine von den Kittelschürzenomas.

Zwei auffällig unauffällige Herren liefen über den Hof. Sie blickten sich nach allen Seiten um. Als sie heraufsahen, verzog ich mich. Irgendetwas stimmte nicht. Mein Herz pochte auf einmal in einem Rhythmus, dass mir schwindlig davon wurde.

Rückwärts gehend zog ich mich in Sebastians Zimmer zurück. Behielt durch den Türspalt den Korridor der Wohnung im Auge. Hörte die Schritte.

Jemand machte sich am Schloss zu schaffen. Scheiße!

Ich zog mich weiter zurück wie ein Tier, das in die Enge getrieben wird. Verkroch mich unterm Bett. Es war eng hier und staubig. Bloß nicht niesen!

Die Dielen knarrten unter den Schuhen der Fremden. Ich hörte den einen etwas murmeln, verstand aber nicht, was er sagte.

Waren das Einbrecher? Oder vielleicht doch nur Bekannte von Sebastians Vater?

Aber ich hielt beides für unwahrscheinlich. Es gab hier nichts zu holen. Und wieso sollte Sebastians Papa Besuch bekommen, wenn er gerade auf dem Friedhof Gräber buddelte?

Vielleicht waren die ja wegen mir hier?

Sie würden es herausfinden. Sie würden herausfinden, dass ich hier irgendwo steckte.

Sie würden mich im Nullkommanichts aufspüren.

Die Tür quietschte leise. Ich sah schwarze Schuhe, die nur wenige Zentimeter von mir entfernt stehen blieben, und erstarrte. Was für eine blöde Idee, sich unter dem Bett zu verkriechen!

Der Fremde räusperte sich. »Hier ist nichts«, sagte er mit gedämpfter Stimme.

»Das ist das Zimmer von dem Sohn«, hörte ich den anderen sagen.

Der Mann lief bis zum Fenster, dann kehrte er um. Stoppte kurz. Hatte er etwas Verdächtiges bemerkt?

Es klickte ein paarmal leise. Machte er Fotos?

Der Unbekannte ging wieder. Verließ das Zimmer. Schloss die Tür.

Ich blieb liegen, traute mich noch nicht aufzuatmen. Kaute auf meiner Unterlippe herum. Lauschte. Eine Uhr tickte. Sebastians Wecker.

Irgendwann klappte eine Tür.

Waren sie weg? Vorsichtshalber harrte ich in meinem lächerlichen Versteck aus.

Tick tack tick tack. Ich zählte die Sekunden mit. Dann zählte ich die Staubflusen. Ich musste dringend pinkeln. Vergiss es. Beiß die Zähne zusammen.

Tick tack. Was war hier eigentlich los?

Fest stand: Die hatten nicht nach mir gesucht. Sonst hätten sie mich längst.

Aber wonach hatten sie dann gesucht?

Die Neugier trieb mich schließlich unter dem Bett hervor.

In der Küche lag ein Stapel Wäsche in der Spüle.

Was sollte das denn? Ich war mir hundertprozentig sicher, dass der vorher nicht da gewesen war.

Ich sah mir die Kleidungsstücke genauer an. Es waren zusammengelegte Oberhemden. Sie gehörten, wie es aussah, Sebastians Vater. Wieso kamen diese komischen Männer hierher und packten den Stapel in das Abwaschbecken?

Hatten sie etwas gesucht und vergessen, die Kleidung wieder an ihren Platz zu schaffen?

Das alles ergab keinen Sinn.

Achselzuckend nahm ich die Hemden und brachte sie in das Wohnzimmer. Der Schrank stand noch offen und eines der Fächer war leer.

Es war seltsam, aber ich sah plötzlich Gandhi vor mir. Und er lächelte mich an, als ich den Stapel zurücklegte.

VERPFLICHTET

Sebastian

Er saß neben der schwarz gekleideten Sabine in seinem Klassenzimmer und stach die Spitze des Zirkels heftiger in das Papier, als nötig war. Mit einem dumpfen Geräusch bohrte sich das Metall bis in den Tisch hinein. Das gab ein schönes, fettes Loch – mitten durch die Arbeit, die er in fünf Minuten abgeben musste. Und der Kreis, den er zog, wirkte eher wie ein Ufo, das sich verflogen hatte. In Geometrie besaß er echt keinen Durchblick. Egal. An seiner Drei in Mathe würde das sicher nichts ändern. Rechnen an sich war für ihn nie ein Problem gewesen. Vielleicht konnte er mit der bevorstehenden Prüfung das Ruder sogar noch herumreißen. Es fiel ihm schwer, sich zu konzentrieren. Immer wieder ging ihm die Nachricht durch den Kopf: *Montag nach Unterrichtsende auf dem Parkplatz neben der Sparkasse*. Was wollte Herr Möller nun schon wieder von ihm? Woher wusste der Typ überhaupt, wann er Schluss hatte?

Vielleicht gab es ja in seiner Klasse einen Spitzel?

Sebastian hob den Kopf und sah sich im Raum um. Beobachtete ihn etwa jemand?

So ein Quatsch.

Alle malten brav ihre Kreise, stocherten mit ihren Zirkeln im Papier herum, leckten sich die Lippen, kratzten sich nervös, drehten mit dem Finger Locken in die Haare, rupften sich am Ohrläppchen oder wechselten die Füllerpatrone. Seine Tischnachbarin Sabine starrte aus dem Fenster den Krähen nach und tat so, als wäre sie fertig mit der Arbeit, obwohl ihre Kreise alles andere als überzeugend aussahen.

Nur der Mathelehrer, Herr Heinemann, blickte ihn stirnrunzelnd an.

Sebastian rutschte unbehaglich auf dem Holzstuhl hin und her.

Herr Heinemann ein Stasiinformant?

Nur weil er komisch guckte?

Sah er schon Gespenster?

Herr Möller öffnete einfach die Beifahrertür seines Ladas und streckte den Arm nach ihm aus. Sebastian reichte ihm zögernd die Hand. Er spürte einen Ruck, der Mann zog ihn in den Wagen hinein – nicht mit Gewalt, sondern so, als wäre es eine Selbstverständlichkeit, dass Sebastian einstieg, einsteigen musste.

Sebastian spürte Abwehr in sich aufsteigen. Kurz leistete er Widerstand, entzog dem Mann die Hand, doch dann ließ er sich auf den Sitz neben ihn fallen.

»Unsere Wohnung ist heute leider besetzt«, teilte ihm Herr Möller mit und fuhr los.

Unsere Wohnung? Sebastian verzog unwillkürlich das Gesicht.

»Wie war es in der Schule?«

»Wie immer.«

Herr Möller seufzte. »Junge, du weißt schon, was wir verabredet hatten. Worüber wurde zum Beispiel heute auf dem Hof geredet, als ihr Pause hattet? Gab es irgendwelche politischen Diskussionen? Und hast du mal Ausschau gehalten nach Schülern mit *Schwerter-zu-Pflugscharen*-Abzeichen an der Jacke?«

»Hab ich.«

»Und?«

»Keine gesehen.«

»Ist das so?«

Sebastian hörte den Ärger in der Stimme.

»Wir haben gerade eine anstrengende Geometrie-Arbeit geschrieben«, verteidigte er sich. »Da hatte ich keine Zeit, mich um so was zu kümmern.«

»Na schön. Das verstehe ich, Sebastian. *Lernen, lernen und nochmals lernen!*, sagte Lenin. Aber du musst auch mich verstehen. Du arbeitest jetzt für uns. Das ist kein Spaß, sondern wir erwarten von dir, dass du uns über Vorkommnisse in deiner Schule und negativ in Erscheinung tretende Jugendliche berichtest. Hast du das verstanden?«

Sebastian nickte. »Ich kann morgen mal schauen, ob ich was Auffälliges feststelle.«

»Sehr gut. So gefällst du mir. Ich nehme dich beim Wort. Wie ist die Geometrie-Arbeit denn gelaufen?«

Sebastian seufzte. »Na ja.«

Herr Möller lachte. »Aha, verstehe. All diese Linien, Kreise, Vierecke, Dreiecke – nicht so dein Spezialgebiet?«

Sebastian grinste. »Könnte man so sagen.«

»Kann dir dein Vater nicht helfen? Er ist ja kein Dummer.«

»Er interessiert sich nicht … für Hausaufgaben.«

»Wofür interessiert er sich dann?«

Er zuckte mit den Schultern. »Für Bücher. Er liest abends oft.«

»Was liest er denn so?«

»Da habe ich nicht so drauf geachtet.«

»Dann schau doch mal, was er so liest. Und ob Bücher aus der BRD dabei sind.«

Sebastian kaute auf seiner Unterlippe herum. »Wozu ist das wichtig?«

Herr Möller seufzte. »Um zu verhindern, dass dein Vater durch staatsfeindliche Aktionen wieder ins Gefängnis kommt. Was würde dann mit dir passieren, Sebastian? Ich bin mir nicht sicher, ob ich dich in einem solchen Fall vor dem Jugendwerkhof schützen kann.«

»Aber warum? Ich hab nichts getan!« Sebastian sah eine Fliege in dem Lada herumsurren und schlug mit der flachen Hand wütend gegen die Seitenscheibe.

»Nun beruhige dich mal. Wir sind doch gut im Gespräch miteinander, oder nicht? Aber ich habe mir mal deine Akte von der Jugendhilfe kommen lassen. Da steht drin, dass du ein paarmal die Schule geschwänzt hast.«

»Das war, als meine Mutter gestorben ist!«, stieß Sebastian empört hervor. »Ich konnte einfach nicht!«

Einen Moment stieg das Gefühl wieder in ihm hoch, das Gefühl von damals, als er begreifen musste, dass er seine Mutter nie wiedersehen würde: Es war, als wäre er in einer Kiste eingesperrt – dunkel, eng, er bekam kaum Luft. Er hatte es einfach nicht glauben können. Immer wenn die Wohnungstür sich öffnete, hob er den Kopf in der Erwartung, seine Mutter zu sehen. Aber sie war es nie. Seine Großmutter kam und nahm ihn in die Arme. Jedes Mal in dieser Zeit nahm sie ihn in die Arme, wenn sie zur Tür hereinkam.

»Du hast keinen Entschuldigungszettel oder ein Attest vom Arzt vorlegen können. Das ist unentschuldigtes Fehlen.« Herr Möller hob bedauernd die Schultern.

»Sie meinen, unentschuldigtes Fehlen genügt … für den Jugendwerkhof? Ich hab doch nichts verbrochen!«

»Natürlich genügt das.«

Sebastian dachte an das Gefängnis in Bad Freienwalde, in dem schon kleine Kinder in Zellen eingesperrt leben mussten. Die meisten in seinem Alter landeten dort, weil sie aus dem Jugendwerkhof ausgerissen waren. Und sie flüchteten sicher nicht, weil es da so schön war.

»Aber du hast recht, Jungen wie du gehören auf die Erweiterte Oberschule, nicht in den Jugendwerkhof.«

Sebastian lauschte in die Stimme hinein. Es klang, als glaubte Herr Möller, was er sagte.

»Du bist doch gut in Deutsch. Dann kannst du für uns ja etwas schreiben über Auffälligkeiten und Vorkommnisse«, schlug Herr Möller vor. »Die Beobachtungen über negativ-dekadente Erscheinungsformen, die du so in der Schule und in deiner Klasse machst, zu Papier bringen. Du kannst auch selbst eine Diskussion anregen und für uns feststellen, wie die Reaktionen sind. Über so ein … sagen wir mal … taktisches Verhalten lässt sich feststellen, welche Jugendlichen als negativ-dekadent einzuschätzen sind.«

»Negativ dekadent? Wie meinen Sie das?« Sebastian kratzte sich nervös den Kopf.

»Zum Beispiel könntest du deine Mitschüler fragen, ob sie Westfernsehen gucken und was sie von Michail Gorbatschow und seinen sogenannten Reformen halten. Wir müssen wissen, wie unsere Jugend über die neuesten Entwicklungen denkt. Wir können es doch nicht den westlichen Geheimdiensten überlassen, herauszufinden, was in unserem Land los ist, oder? Ich gebe dir eine Woche Zeit dafür. Dann möchte ich den Bericht von dir. Alles klar?«

Katja

Nach dem Besuch der beiden merkwürdigen Herren, die einen Stapel Hemden in der Wohnung herumtrugen, um sie in der Küche abzulegen, hatte ich mich wieder auf den Boden verkrochen. Irgendetwas Unheimliches passierte hier. Wer waren diese Männer gewesen?

Stunde um Stunde hockte ich da, grübelte und starrte vor mich hin. Vielleicht gab es ja doch irgendeine harmlose Erklärung? Ich kam nur nicht drauf, welche.

Sicher, es wäre besser, sich irgendwie abzulenken, statt sich weiter das Hirn zu zermartern.

Doch die Kreuzworträtsel in den alten Magazinheften hatte ich schon längst alle gelöst, die Bilder, auch die Nacktfotos, angesehen, ein paar Kurzgeschichten und Reportagen gelesen. Für die dicken Romane, die mir Sebastian gebracht hatte, fehlte mir die Ruhe. Ich musste jeden Satz dreimal lesen. Und am Ende des Kapitels war mein Kopf leer, ich erinnerte mich nicht an die Handlung und fing wieder von vorn an.

Auf dem Dach gurrte eine Taube, und nach einer Weile erhob ich mich und blickte durch die Fensterluke – so lange, bis es vor meinen Augen zu flimmern begann. Irgendwann kreiste die Enterprise direkt über mir, und ich fragte mich, warum sie nicht landen, mich aufnehmen und mit mir ins All düsen konnte. An Bord würde ich mich mit Kirk, Spocky und Pille auf den nächstbesten Planeten beamen. Mit den Aliens würden wir schon fertigwerden.

Sebastian kam später als sonst. Er erzählte nie, wo er gewesen war, wohin er nach der Schule noch ging. Aber er brachte mir frische Pfannkuchen und Brötchen vom Bäcker mit.

»Alles in Ordnung?«, fragte er etwas atemlos, als wäre er gerannt.

»Wie man's nimmt. Da waren zwei komische Männer in eurer Wohnung.«

»Komische Männer?« Sebastian blickte mich beunruhigt an.

Ich nickte zögernd, sah in sein erschrockenes Gesicht. »Ja, sie sind einfach so hereinmarschiert und …«

»Haben sie dich gesehen?«, unterbrach er mich.

»Nein. Ich glaube nicht.«

»Du glaubst?«

»Ich hatte mich unter deinem Bett versteckt.«

»Na toll. Und da haben sie dich nicht sofort gefunden?«

»Sie suchten gar nicht nach mir«, sagte ich.

»Nach wem denn?«

»Keine Ahnung.« Ich biss in den Pfannkuchen und fragte mich, wie sinnvoll es wäre, von den Hemden in der Spüle zu erzählen. Sebastian würde sicher denken, ich spinne. »Sie sind dann wieder gegangen«, nuschelte ich mit Pflaumenmus im Mund und verschlang gierig den Kuchen.

»Was meinst du, wer die waren?«

Ich leckte mir den Zucker von den Fingern und schielte Sebastian an. »Dachte erst, das sind Zivilbullen oder Zuführer vom Werkhof oder D-Heim. Aber eigentlich kommt nur eine Möglichkeit infrage.« Ich holte tief Luft. »Die waren von der Stasi.«

Sebastian schüttelte sich, als wäre ihm kalt. »Sicher?«

»Ziemlich sicher. Ich weiß zwar nicht, was die konkret wollten. Doch die haben deinen Alten auf dem Kieker, wie es aussieht. Hast du eine Ahnung, wieso?«

Er reagierte nicht. Sah mich nicht an. Zuckte nicht mal mit den Achseln.

»Vielleicht solltest du ihn warnen?«

Sebastian starrte auf den Fußboden, als gäbe es dort etwas Besonderes zu entdecken.

»Vielleicht«, sagte er schließlich leise.

Sebastian

Forschend sah er sich in seiner Klasse um. Die Woche war fast vorbei, und er hatte noch immer nicht den Bericht geschrieben, den Herr Möller von ihm verlangte. Ihm blieben nur noch ein paar Stunden bis zum nächsten Treffen.

Es war FDJ-Studienjahr, und ihr Staatsbürgerkundelehrer, Herr Siegel, hatte ausgeschnittene vergilbte Zeitungsartikel aus der *Jungen Welt* und eine LP mitgebracht. Er spielte ihnen alte Lieder vom *Oktoberklub* vor, für die sich niemand interessierte.

Alle saßen mit glasigen Blicken herum und warteten einfach die Zeit ab. Sogar die FDJ-Funktionäre aus der Klasse interessierten sich nicht für Propaganda-Lieder, die darauf abzielten, dass man sich zum Sozialismus bekennen sollte. Wen wollte Herr Siegel damit hinter dem Ofen hervorlocken?

»*Sag mir, wo du stehst* – was denkt ihr, was damit gemeint ist?« Der Lehrer stellte den Plattenspieler aus.

Keiner der Schüler meldete sich.

»Habt ihr nicht zugehört? In welche Richtung geht man, wenn man sich im Kreis bewegt? Kommt man da vorwärts? Nein, man geht zurück! Und in der zweiten Strophe heißt es, dass man sich durch Schweigen auch keinen Gefallen tut … jedenfalls sinngemäß. Jemand eine Ahnung, was das heißen soll?«

Sebastian dachte daran, dass er schon im Kreis gegangen war – erst in die eine, dann in die andere Richtung. Ihm war keine Wahl geblieben in dieser engen Zelle. Man ging nicht zurück, man drehte einfach nur Runde für Runde wie ein Kreisel.

Herr Siegel schaute von einem zum anderen, doch die Schüler taten so, als wären nicht sie gemeint.

Immerhin: Einige aus seiner Klasse hatten tatsächlich daran gedacht, im Blauhemd zu erscheinen. Ronny, der eine Armeslänge von ihm entfernt saß, trug es verkehrt herum, auf links gedreht, und Sebastian war sich nicht sicher, ob das ein politisches Zeichen sein sollte oder Ronny den Fehler nur nicht bemerkte. Ronny merkte so einiges nicht. Gerade hockte er mit glasig-schläfrigem Ausdruck in den Augen da, sabberte ein bisschen, und der Speichel tropfte in einem langen Faden ungehindert auf den Tisch, genauer gesagt, platschte auf das Bild aus der *Jungen Welt*, auf die FDJlerin, die über beide Hamsterbacken strahlte, weil sie dem Staatsratsvorsitzenden Erich Honecker gerade einen Blumenstrauß überreichte und ihn beglückwünschte zur Wahl als Staatsratsvorsitzender, obwohl das nun wirklich kaum eine Überraschung gewesen sein dürfte.

Sebastian trug ebenfalls ein FDJ-Hemd. Er war einer der wenigen aus seiner Klasse, der es nicht vergessen hatte.

Sollte er Herrn Möller davon berichten? Wer mit Blauhemd kam und wer ohne und wer es falsch herum trug?

Ronny hob die Hände, runzelte die Stirn und sah ihn fragend an.

»Ja, Ronny!«, rief der Lehrer erfreut.

»Ich hab mich nicht gemeldet.« Er ließ die Arme sofort fallen und verzog das Gesicht.

Sebastian schüttelte den Kopf und senkte den Blick. Erst jetzt fiel ihm auf, dass er Ronny die ganze Zeit angestarrt hatte. Offenbar war er im Observieren eine Niete, wenn es sogar der trotteligste seiner Mitschüler merkte.

»Sebastian? Hast du zugehört? Was denkst du?«

»Man soll nicht schweigen, sondern seine Meinung sagen?«

Der Lehrer nickte. Seine Mundwinkel zogen sich nach oben.

Sebastian fiel ein, was Herr Möller ihm aufgetragen hatte: Er sollte provozieren, damit die Staatsfeinde seiner Klasse aus ihren Löchern gekrochen kamen.

»Also sagen, was man denkt«, ergänzte er. »Auch wenn das andere ärgert. Zum Beispiel den Staatsbürgerkundelehrer.«

Das Lächeln von Herrn Siegel verschwand sofort. »Und was glaubt ihr, was mit dem wahren Gesicht gemeint ist?«, fragte er schnell. »Sabine?«

Wie in Zeitlupe hob sie den Kopf. »Dass man sich nicht hinter einer Maske verstecken soll«, murmelte sie und verdrehte die Augen.

»Reformen wären doch auch für die DDR mal angebracht, findet ihr nicht?«, fragte Sebastian und blickte sich nach seinen Mitschülern um.

Niemand reagierte. Von einigen Mädchen erntete er verwunderte Blicke. Na, das klappte ja toll mit der Provokation.

»Sag mir, wo du stehst und welchen Weg du gehst«, rief der Lehrer schnell. »Das ist auch eine Aufforderung an euch. Begreift ihr das?«

Sebastian tat jetzt so, als betrachtete er die verblichene Wandzeitung über das Leben und Wirken von Friedrich Engels. Wie lange hing die schon hier? Er war sich sicher, dass niemand aus seiner Klasse diese Wandzeitung je ernsthaft anschaute. Die meisten hatten sie wahrscheinlich noch nicht einmal bemerkt. Sie war einfach da, so wie die Neonlampen über ihren Köpfen, so wie der Zeigestock neben der Tafel oder das Stück Kreide, das auf den Boden gefallen war.

Er sah jetzt genauer hin, und ihm fiel auf, dass in der Nase von Friedrich Engels eine Reißzwecke steckte.

Sebastian musste grinsen. Konnte eine Reißzwecke staatsfeindlich sein? Wer mochte die wohl in die Nase des kommunistischen Helden gestochen haben?

Diesmal versuchte er, sich unauffälliger umzusehen und nach *negativ-dekadenten Erscheinungsformen* Ausschau zu halten. Gab es eigentlich auch positiv dekadente? Wenn er sich nicht irrte, bedeutete dekadent so viel wie heruntergekommen. Und negativ war auf jeden Fall auch etwas Schlechtes. Der Begriff kam ihm einfach nur doppelt gemoppelt vor.

Sein Blick stieß auf seine Banknachbarin Sabine. Eigentlich ein unauffälliges Mädchen, wären da nicht die ewig schwarzen Klamotten, die schwarz gefärbten Haare und das blasse Gesicht. Sabine saß stets mit einem Buch, das sie mehr oder weniger unter der Bank versteckte, im Klassenraum, und wenn Sebastian sich nicht irrte, sympathisierte sie mit der Grufti-Szene. Sie mochte *The Cure* und las Franz Kafkas *Schloss*, *Die Pest* von Albert Camus, Edgar Allan Poes Geschichten, Bram Stokers *Dracula* – ein Buch, das sie offensichtlich aus dem Westen hatte – und andere düstere Literatur. Sie beteiligte sich selten am Unterricht und redete auch sonst kaum. Außerdem war sie die Einzige seiner Klasse, die er noch nie in einem FDJ-Hemd gesehen hatte – wahrscheinlich, weil es das nicht in Schwarz gab.

Stille Wasser sind tief, dachte er. Ihm fiel der Schmuck auf, den sie um den Hals trug und der ihn an die Metallzugkette der Toilettenspülung zu Hause erinnerte. Eindeutig Grufti. Eindeutig negativ. Eindeutig … *dekadent*?

Wäre das etwas für seinen Bericht? Wäre es schlimm, wenn er Sabine erwähnte?

Auf dem Nachhauseweg lief er dem selbst geschneiderten schwarzen Mantel Sabines hinterher. Als er näher kam, erkannte er, dass der Stoff, der um ihre Beine herumschlappte, aus verschiedenen Teilen zusammengestückelt war. Fast wie Gefieder, dachte er. Gefieder von einem Kolkraben.

»Darf ich dich mal was fragen?«, sagte er, als er sie eingeholt hatte. Ihm wurde bewusst, wie idiotisch das klang.

Sabine sah ihn an, und er bemerkte, dass in ihren Wimpern kleine schwarze Schminke-Klümpchen saßen. Ihre hochgezogenen Brauen ließen sie wie eine Eule wirken.

»Was?«, fragte sie leicht gereizt.

»Ja, ähm.« Ihm fiel plötzlich nichts ein. »Du liest doch gern, oder?«

Sabine kaute Kaugummi und zwischen ihren Lippen wuchs eine Blase.

Wenn das eine Antwort sein sollte, ahnte Sebastian, was sie bedeutete.

»Na ja, ich dachte … Vielleicht kannst du mir einen Tipp geben. Ich such … was Spannendes.«

»Zu lesen?«

»Genau.«

Sabine saugte den süßlich duftenden Bubblegum wieder in ihren Mund und Sebastian hörte ein sanftes Ploppen.

»Kann dir das hier borgen«, sagte sie und zog ein braunes Buch aus ihrer Manteltasche. »Bin grad damit durch.«

»Cool. *Der seltsame Fall des Dr. Jekyll und Mr. Hyde*. Klingt irgendwie … lustig.« Sebastian wischte über den unscheinbaren Einband.

Sabine starrte ihn schweigend an.

»Ich meine … lustig ist vielleicht falsch ausgedrückt«, stammelte er. »Stevenson, der hat doch *Die Schatzinsel* geschrieben. Hab ich echt geliebt. John Silver und Huck … Huckleberry … nee … Jim … Jim Hawkins?«

In ihren Augen schien kurz etwas aufzuglimmen. Ein Funken Spott?

»*Dr. Jekyll und Mr. Hyde* ist eher gruslig als lustig«, sagte sie langsam, als wäre er etwas begriffsstutzig.

»Oh, das ist ja noch besser.« Er lächelte und hoffte, dass es echt aussah.

»Okay.«

»Danke jedenfalls für … für das Buch. Ich geb es dir bald zurück.«

»Okay.«

Sebastian stopfte den Band in seinen Rucksack und fragte sich, wie er das Gespräch jetzt auf Friedrich Engels und die Reißzwecke bringen sollte.

Es fiel ihm nichts ein.

Ratlos blinzelte er in die kalte Frühjahrssonne und kam sich einfach nur blöd vor.

»Ist noch was?«

»Nö. Alles paletti. Was machst du am Wochenende?«

Sie hob die Schultern, langsam, als wären sie ihr zu schwer. »Keine Ahnung. Warum fragst du?«

In ihrem Blick lag jetzt eine Spur von Misstrauen.

Verhielt er sich verdächtig?

»Nur so.«

Jetzt noch von Friedrich Engels anzufangen, erschien ihm jedenfalls sinnlos.

»War mutig von dir, dein Spruch«, sagte sie plötzlich.

»Was meinst du?«

»Na, was du zu Reformen in der DDR gesagt hast.«

»Findest du?«

Sie grinste bloß.

»Du würdest also toll finden, wenn sich bei uns was ändert?«, hakte er nach.

»Du nicht?«

»Doch. Klar. Es wäre wirklich … einsame Spitze!«

Ach, du kriegst die Tür nicht zu, dachte er. *Einsame Spitze?* Wie redete er denn?

An der nächsten Straßenecke verabschiedete er sich von ihr und nahm einen anderen Weg.

Als er sich noch einmal umdrehte, winkte sie ihm zu und er winkte zurück.

Sebastian sah auf seine Uhr. Drei Stunden noch bis zum nächsten Treff mit Herrn Möller.

Es lohnte sich nicht, noch vorher nach Hause zu gehen. Katja würde sich schon zu behelfen wissen. Sie war ja nicht auf den Kopf gefallen.

Unschlüssig lief er Richtung S-Bahn.

Katja

Die letzten Tage hatte ich nur sinnlos auf dem Dachboden gehockt, an meinen Fingernägeln geknabbert, bis kaum noch etwas von ihnen übrig war, und mich gefragt, warum diese geheimnisvollen Männer in eine Wohnung eindrangen, um Hemden umzustapeln.

Und noch etwas machte mir zu schaffen: Es kam mir vor, als würde sich Sebastian verändern. Er wirkte schon seit einiger Zeit merkwürdig. Besorgt, verschlossen, irgendwie seltsam. Hatte das mit seinem Vater zu tun? Oder mit mir?

Oft roch er jetzt nach Zigarettenrauch, wenn er kam, manchmal auch nach Bier. Hatte er neue Freunde, von denen er mir nichts erzählen wollte?

Dieses viele Grübeln tat mir nicht gut. Ständig dachte ich nach, was als Nächstes passieren würde. Dabei hatte ich keine Ahnung. Wenn mich die Polizei erwischte, war das allerdings ziemlich klar.

Wenn ich mich selbst retten wollte, musste ich irgendwie durchhalten, bis ich achtzehn war und die Jugendhilfe mich endlich in Ruhe lassen würde, musste mich hier verstecken – auf Sebastian vertrauen.

Die Nervosität kribbelte auf meiner Haut, während ich durch die Wohnung schlich. Wonach suchte ich überhaupt? Nach irgendwelchen Hinweisen. Nach dem, was mir Sebastian womöglich verschwieg. Was auch immer das sein könnte.

Zunächst nahm ich mir noch einmal den Schrank mit den Hemden vor. Vielleicht hatte ich neulich etwas übersehen, als ich den Stapel zurückpackte.

Fach für Fach tastete ich die Kleidungsstücke ab. Ich versuchte, schnell und genau dabei vorzugehen. Ich ließ auch die Schublade mit der Unterwäsche nicht aus. Es war mir peinlich. Ich schämte mich. Herumzuschnüffeln gehörte sich nicht. Herumzuschnüffeln bei Leuten, die einem den Arsch retteten, fühlte sich einfach mies an.

Ich fand nichts. Keinen Anhaltspunkt. Rein gar nichts.

In Sebastians Zimmer herrschte die übliche Unordnung. Sachen lagen auf dem Boden, eine Jeans, ein T-Shirt, Socken, dreckige Sportschuhe. Mit schlechtem Gewissen kramte ich hektisch im Schubfach seines Schreibtisches herum, den sein Vater erst vor Kurzem jemandem abgekauft hatte. Schulzeug, Stifte, Zettel …

Auf einem standen eine Telefonnummer und darunter der Buchstabe M.

Wer ist M?

Ich zuckte mit den Achseln, schaute mir flüchtig die Bücher an, die auf einem Stapel neben seinem Bett lagen. Ein paar zerfledderte Reclam-Taschenbücher, nichts Auffälliges.

Mein Bauch knurrte und ich ging in die Küche.

In einer Nische gab es eine Vorratskammer. Dort angelte ich nach Lebensmitteln ganz unten in der hintersten Ecke. Büchsen mit Makrelenfilets, Schmalzfleisch oder Jagdwurst – Sebastians Papa musste die Dosen sammeln, es gab jede Menge davon. Ich hoffte, es würde nicht auffallen, wenn ich mir ab und zu was von ganz hinten stibitzte. Mir reichte eine am Tag, um nicht mehr hungrig zu sein.

Ich tauchte noch einmal in die Tiefe, stellte alles wieder sorgfältig hin. Eine Büchse rutschte mir aus der Hand. Es gab einen komischen lauten Knall, und ich zuckte zusammen.

Wie aus einem Instinkt heraus klopfte ich den Boden und die Wand der Kammer ab. Tatsächlich, es klang an einer Stelle hohl.

Ich sah mich zur Tür um, lauschte kurz. Alles schien ruhig.

Nacheinander räumte ich die Büchsen aus. Leuchtete mit meiner Taschenlampe in die finsteren Winkel hinein. Eine fette schwarze Spinne krabbelte davon. Ich ignorierte meine Gänsehaut.

Da: ein dunkler Knauf auf dunklem Untergrund, kaum zu sehen. Nur wenn man direkt mit dem Lichtstrahl draufhielt, erkannte man ihn. Vorsichtig, beinahe sanft, zog ich daran. Nichts passierte.

Ich drehte an dem Ding. Wieder nichts.

Vielleicht war es ja eine Art Schalter? Doch er ließ sich keinen Millimeter weit eindrücken.

Ich tastete weiter die Wand ab, sogar in die klebrigen Spinnenweben fasste ich hinein. Es war gar nicht so schlimm, wenn man eine Mission hatte.

Mein Zeigefinger landete wieder auf dem Knauf. Und diesmal schob ich ihn wie einen Riegel. Siehe da, eine Spanplatte bewegte sich. Langsam wurde eine Öffnung sichtbar, ein schmales Fach.

Ich leuchtete hinein. Es war nur Papier, was da lag.

Mist! Wieder Fehlanzeige.

Aus Neugier zog ich an einem der Blätter. Zupfte es vorsichtig heraus.

Rote Farbe auf weißem Untergrund.

Da stand etwas geschrieben, aber ich konnte es nicht lesen. Es war kein Deutsch. Russisch war es auch nicht. Tschechisch vielleicht oder Polnisch. Das einzige Wort, das ich entziffern konnte, lautete: Solidarność.

Es war größer geschrieben als die anderen Wörter, die Buchstaben zerliefen auf dem Blatt wie Blut. War das ein Aufruf?

Als ich ein Stück in die Öffnung hineinkroch, um das Papier zurückzulegen und den Stapel in Ordnung zu bringen, ertasteten meine Finger etwas Gummiartiges. Da war also doch noch mehr in dem Versteck.

Ich richtete den Kegel der Taschenlampe in diese finsterste Ecke und zuckte zurück. Im ersten Moment sah es so aus, als würden mich große Augen anglotzen.

Es war eine Taucherbrille, und das, was ich angefasst hatte, war so ein schwarzer Gummianzug von der Sorte, wie Taucher sie benutzten, und gleich daneben lag ein Schnorchel.

»Mein lieber Herr Gesangsverein!«, flüsterte ich.

Etwas klickte hinter meinem Rücken.

Jemand öffnete die Wohnungstür.

Wie erstarrt blieb ich hocken.

Einen Moment später stand ein Mann in der Küche, hielt ratlos den Schlüssel in der Hand und sah auf mich herab.

Sebastians Vater.

»Wer … wer bist du? Was machst du hier?«

Seine Stimme klang rau, heiser – gleichzeitig erschrocken und wütend.

Er trat einen Schritt auf mich zu.

Es blieb mir kein Fluchtweg. Ich hockte einfach nur da, inmitten der Büchsen und Dosen, und blöderweise hielt ich noch das Flugblatt in der Hand.

Sebastian

Sie saßen diesmal im Nebenraum des Jugendklubs und Herr Möller notierte etwas in seinen Block. Sie tranken Kaffee, lauwarm und schal. Sebastian nippte nur an dem Getränk.

»Hast du deinen Auftrag erledigt?«

Sebastian nickte. Mit komischem Gefühl im Magen reichte er das Papier über den Tisch.

Der Bericht fiel nicht besonders ergiebig aus:

Zwischen dem linken und rechten Nasenloch von Friedrich Engels (Wandzeitung, Klassenraum 10b der Polytechnischen Oberschule »Friedrich Engels«) wurde von mir eine Reißzwecke festgestellt. Verdächtige Personen zu diesem Vorfall habe ich nicht auskundschaften können.

Die Frage nach dem bevorzugten TV-Programm meiner Mitschüler kann ich nur so beantworten: Ich wüsste niemanden in meiner Klasse, der kein Westfernsehen guckt.

Herr Möller verzog beim Lesen keine Miene. »Du musst noch unterschreiben. Mit deinem Decknamen.«

Sebastian griff nach dem Stift, der auf dem Tisch lag. *Arthur Engel* kritzelte er unter den Text. Er kam sich blöd vor. Der Name, den er sich ausgesucht hatte, war doch total bescheuert.

Als kleines Kind hatte er die Trickfilmserie *Arthur der Engel* oft mit seiner Mutter im DDR-Fernsehen gesehen.

Konnte man Decknamen auch tauschen? Aber ihm fiel gerade kein besserer ein.

»Also schön. Nach dem Wochenende kannst du dich ja mal umhören, wer für diese Aktion mit der Reißzwecke verantwortlich ist.«

»Könnte sein, dass diese … wie Sie sagen *Aktion* … schon länger her ist. Keine Ahnung, ob sich da noch jemand dran erinnert.«

»Du kannst ja einfach so tun, als ob … So tun, als ob du die staatsfeindliche Verunstaltung der Wandzeitung gerade erst entdeckt hast.«

»Vielleicht war es ja auch niemand aus meiner Klasse?«

»Hör dich einfach um, Junge!«

Herr Möller holte etwas aus seiner Aktentasche, und Sebastian glaubte, seinen Augen nicht zu trauen: eine Orange! Sie war groß und schien zu leuchten wie die Sonne.

»Hier, fang auf!«

»Danke!« Sebastian fing die Apfelsine und freute sich tatsächlich. Wie lange hatte er keine mehr gegessen?

Die Orangen, die seine Mutter früher manchmal mitgebracht hatte, stammten aus Kuba, waren grün und ungenießbar.

»Hatte dein Vater in letzter Zeit irgendwelchen Besuch?«

»Nein. Es kam niemand. Er macht eher einen zurückgezogenen Eindruck.« Die Worte hatte er sich vorher zurechtgelegt: zurückgezogener Eindruck.

Herr Möller nickte und schrieb etwas auf, als hätte auch das Nebensächliche eine Bedeutung.

Sebastian runzelte die Stirn. Wozu war das wichtig, was er da gesagt hatte? Warum kümmerte es die Stasi, dass sein Vater keinen Besuch erhielt?

Herr Möller hielt ihm die Schachtel *Club* unter die Nase und Sebastian zog sich eine Zigarette heraus.

»Dann kommen wir noch mal zu deiner Klasse und der Reißzwecke.«

Sebastian seufzte und ließ sich Feuer geben.

»Du weißt also nicht, wer das war. Auch keine Vermutung?«

»Nein. Ich weiß es wirklich nicht. Glauben Sie mir.«

»Irgendjemand muss es ja gewesen sein, und der das getan hat, wird sicher weiter so handeln, meinst du nicht?«

Sebastian zuckte mit den Schultern. »Vielleicht war es ja eine Sie?«

Ihm fiel Sabine ein. Trugen Gruftis nicht alles Mögliche als Schmuck? Rasierklingen, Zahnräder, Schlüssel? Vielleicht schleppte sie ja auch ein paar Reißzwecken mit sich herum.

»Du meinst, es war ein Mädchen aus deiner Klasse?«

»Das hab ich nicht gesagt. Es könnte aber sein.«

»Wer würde da infrage kommen?«

»Keine Ahnung.« Er fror plötzlich. War das hier ein Verhör? Die Kälte kroch ihm die Füße hoch bis zu den Waden. Auch seine Hände waren auf einmal eiskalt.

»Sonst würdest du es mir doch erzählen, oder?«

»Ich sag Ihnen Bescheid, wenn ich was herausfinde«, sagte er matt. Konnte er jetzt endlich gehen?

»In Ordnung. Dann kommen wir mal zu deinem Vater zurück. Was für einen Eindruck macht er auf dich?«

»Wie meinen Sie das?«

»Du kannst einfach erzählen, was dir zu ihm einfällt. Zum Beispiel: Wie ist er so drauf? Ist er gut oder schlecht gelaunt?«

»Weder noch.« Sebastian sog so heftig an der Zigarette, dass ihm kurz schwindlig wurde. Eigentlich vertrug er die ständige Qualmerei gar nicht, aber sie gab seinen Händen etwas zu tun.

»Worüber redet ihr so beim Essen oder am Wochenende?«

Sebastian zuckte mit den Achseln.

»So kommen wir nicht weiter!« Die Stimme wurde plötzlich eisig, streng. »Du musst dir schon ein bisschen mehr Mühe geben! Wie sieht euer Kontakt zurzeit aus? Was macht er nach der Arbeit? Mit wem trifft er sich? Wo geht er abends hin?«

Sebastian schwieg. In seinem Kopf pochte es auf einmal. Ein heftiger Schmerz zuckte in seinen Schläfen. »Ich muss jetzt nach Hause«, sagte er.

»Tja. Wir sind hier noch nicht fertig. Ich sage dir, wann du gehen darfst.«

Sebastian wollte sich erheben oder wenigstens den Blick senken, doch er konnte sich diesem kühlen Starren nicht entziehen. Er blieb einfach sitzen, apathisch, benommen, verwirrt. Etwas drückte ihn in den Stuhl und hielt ihn da fest. Die Schmerzen hämmerten schneller. Zogen sich wie ein enges Band um seinen Schädel.

Wo war der freundliche Herr Möller hin, der ihm eben noch eine Orange geschenkt hatte?

Die Frucht lag auf dem Tisch – prall und leuchtend. Eine Belohnung für seinen ersten Bericht. Die Stasi ließ sich nicht lumpen. Aber … Wo kam diese Feindseligkeit plötzlich her?

»*Ich* sage, wann *du* gehen darfst!«, wiederholte Möller leise. »Hast du das verstanden?«

Sebastian spürte, wie ihm das Blut ins Gesicht stieg. Er wollte nicht antworten, aber der Mann wartete so lange, bis er schließlich nickte.

»Und jetzt kommen wir mal zu deinem nächsten Auftrag.«

Katja

Langsam erhob ich mich und starrte Sebastians Vater an. Es hatte wohl keinen Sinn, zu leugnen. Aber ich brachte keinen Ton heraus.

Er sah ein bisschen wild aus – mit ungekämmten Haaren, dunklen, fast schwarzen Augen.

Ich schwieg. Kaute auf meiner Unterlippe herum.

Auch er sagte jetzt nichts mehr. Stattdessen schaltete er das Küchenradio ein. Laute Musik erklang, schwappte in den Raum wie eine Welle.

Ich wäre jetzt gern auf der Straße, irgendwo da draußen. Stattdessen stand ich in der engen Küche und wusste nicht, was passieren würde.

»Bist du Sebastians Freundin?«

»Ja. Nein. Ich weiß nicht«, stammelte ich. Freundin war wohl zu viel gesagt.

Er fasste sich an den Kopf, als würde er mich für plemplem halten. »Du weißt nicht, wer du bist?«

Ich schwieg.

Er ging zu dem Radio und stellte es noch ein bisschen lauter. Dann drehte er sich zu mir um und wartete, dass ich redete.

»Bin entwichen … aus dem Durchgangsheim in Bad Freienwalde. Als Sie Ihren Sohn abholten. Ich hatte mich in Ihrem Leichenwagen versteckt. Im … ähm … Sarg.«

Ich schluckte. Sollte ich mich jetzt entschuldigen?

Sebastians Papa sah mich alles andere als erfreut an. Er blickte von meinem Gesicht auf das Flugblatt oder was es war und zurück in meine Augen.

»Und du schnüffelst hier herum«, stellte er fest.

Ich schüttelte den Kopf. Doch dann nickte ich. Es hatte ja doch keinen Zweck, zu leugnen.

Er hatte mich ertappt.

»Eigentlich wollte ich nur …« Ich deutete auf die Schmalzfleischdose. »… was essen. Und dann …«

»Ich denke mal, du schwindelst. Oder du sagst nur die halbe Wahrheit.«

»Schmeißen Sie mich jetzt raus?«

»Ich könnte die Polizei rufen.«

Ich sagte nichts. Schielte ihn nervös an, überlegte, ob ich ihn beiseiteschubsen, an ihm vorbeirennen und das tun sollte, was ich immer tat: abhauen.

Aber etwas in seinem Blick veränderte sich, in seinen Augen lag auf einmal ein spöttisches Funkeln. Plötzlich verzog sich auch sein Mund, und aus seiner Kehle stieg ein komisches Lachen.

»Hab schon geahnt, dass mir mein Sohn was verheimlicht«, sagte er und grinste. »Aber ein Mädchen?« Er kam ein Stück näher und flüsterte: »Wo hat er dich die ganze Zeit versteckt?«

Ich zuckte mit den Schultern. »Auf dem Dachboden, wo sonst?«

Sein Prusten mischte sich mit einem Keuchen. »Einen Moment dachte ich schon …«

»Was?«

»Dachte ich, die werden mir doch nicht ein Mädchen schicken.«

»Die?«

»Hast du Hunger? Willst du was essen?«

Ich zuckte mit den Schultern. Es kam mir alles seltsam vor. Vielleicht sollte ich doch von hier verschwinden.

»Wieso sollte ich Ihnen trauen?«, fragte ich langsam und blickte ihn störrisch an.

Sein Gesicht wirkte unbewegt, hölzern und hatte Falten, die wie Narben aussahen.

»Im Grunde kannst du niemandem trauen«, sagte er ernst. »Aber ich verspreche dir, ich werde die Polizei nicht rufen.«

»In Ordnung. Dann verrate ich Sie auch nicht.«

In seiner Miene regte sich immer noch nichts, aber in seine Augen trat ein Funkeln.

»Wie heißt du eigentlich, Mädchen?«

»Katja. Und ja, ich habe ein bisschen Hunger.«

»Mein Name ist Gerold. Gerold Dorn. So wie der Stachel im Fleisch.«

»Klingt ein bisschen altmodisch«, entfuhr es mir.

»Du kannst mich auch Gerry nennen.«

»Okay, Gerry.«

Er stellte die Musik noch einmal etwas lauter. Irgendein Rocksong trommelte in meine Gehörgänge. Ich achtete nicht darauf. Sah in sein Gesicht, in dem auf einmal Schatten lagen.

»Ich war in Haft. Dafür.« Er tippte auf das Wort Solidarność. »Ganze vier Jahre.«

Die Bässe wummerten. Hatte ich mich verhört? Vier Jahre hinter Gittern?

»Warum?«

»Die haben gedacht, ich plane die Konterrevolution.« Er lachte bitter. Sein heiseres Lachen klang auch fast wie ein Schluchzen. Irgendwie schmerzvoll.

»Das tut mir leid.«

»Muss es nicht. Es ist vorbei.« Er holte tief Luft.

»Sebastian hat mir nichts davon gesagt.«

»Ich hab es ihm nicht erzählt.« Er holte tief Luft. »Noch nicht.«

»Wieso nicht?«

»Keine Ahnung. Ich denke, ich wollte ihn nicht belasten damit.« Er machte eine wegwerfende Handbewegung. »Jetzt mal zu den wichtigen Dingen: Was möchtest du essen?«

So wie er fragte, schien er selbst noch nichts gegessen zu haben.

»Darf ich Eierkuchen backen?«, fragte ich.

»Wir haben leider kein Apfelmus.«

Ich zuckte mit den Achseln und musste grinsen. Wir. Waren wir jetzt so etwas wie ein Team?

»Wir können einfach ganz viel Zucker draufstreuen«, schlug ich vor.

Sebastian

In seinem Schädel pochte es, als er mit schnellen Schritten um die Ecke bog und zum Fenster hinaufsah. Es brannte Licht. Also war sein Vater zu Hause. Sebastian würde erst schnell nach Katja sehen und ihr die Apfelsine schenken. Er freute sich schon jetzt auf den Ausdruck in ihren Augen, freute sich auf ihr Lächeln. Er würde zusehen, wie sie die Orange aß, und ein bisschen mit ihr plaudern, sie nach dem fragen, was sie brauchte, wie er ihr helfen konnte.

Danach würde er in die Wohnung gehen und seinen Vater zur Rede stellen.

So lautete auch sein Auftrag: »*Stell ihn zur Rede. Frag, weshalb er im Gefängnis saß. Die Information, dass er in Haft war, hast du von deiner Großmutter. Sieh zu, dass er möglichst konkret antwortet. Frag nach seinen Freunden, nach Kontakten, auch ins Ausland. Du musst darauf achten, dass er keinen Verdacht schöpft, klar? Ansonsten können wir für nichts garantieren. Solltest du dich dekonspirieren, können wir dich nicht länger schützen.*«

Aber Sebastian wollte es selbst wissen. Er wollte endlich wissen, wieso sein Vater im Knast gewesen war.

Seine Kopfschmerzen wurden schlimmer, als er die Treppe hinaufstieg. Zwischen seinen Schläfen hämmerte es unablässig, als würde ihn jemand schlagen. Der Schmerz zog sich über seine Schädeldecke, und er konnte nicht klar denken, fühlte sich benommen.

Wie sollte es weitergehen? Wie sollte das alles denn bloß weitergehen?

Auf dem Dachboden war niemand. Wo steckte Katja nun schon wieder?

Wieso war sie nie da, wenn er sie brauchte?

Was dachte er da für einen Quatsch? Sie war es doch, die *ihn* brauchte.

Er sah sich nach einem Hinweis um, nach einem Zettel, einer Nachricht.

Nichts. Typisch Katja.

Sebastian legte die Apfelsine auf ihre Decke im Kleiderschrank. Schloss die Tür und riss sie gleich wieder auf. Eine Orange versteckt auf dem Dachboden war verdächtig, mehr als verdächtig.

Er nahm die Frucht wieder an sich, roch an ihr, drückte sie sich gegen die Schläfe – erst auf der einen, dann auf der anderen Seite. Sie fühlte sich angenehm kühl an, aber das pochende, klopfende, dröhnende Hämmern in seinem Kopf hörte nicht auf. Sebastian ließ sich auf einen staubigen Hocker nieder und begann zu schälen. Das

Wasser lief ihm im Mund zusammen. Er würde sie einfach selbst essen, vielleicht halfen die Vitamine ja gegen das dämliche Kopfweh.

Er schob sich das erste Stück in den Mund und schmeckte eine unglaubliche Süße. Der Saft rann ihm durch die Kehle, und er glaubte in diesem Moment, noch nie so etwas Wunderbares gegessen zu haben. Herrn Möller musste ja viel an Sebastian liegen, wenn er ihm solche Geschenke machte, oder?

Pech gehabt, Katja, dachte er, als er das letzte bisschen Fruchtfleisch von der Schale abknabberte.

Wie lange sollte er sie eigentlich noch verstecken und durchfüttern? Hatte er nicht genug eigene Probleme?

Er musste sich auch langsam mal um seine Zukunft kümmern. Um eine Berufsausbildung zum Beispiel. Zwar hatte er sich pro forma für eine Tischlerlehre beworben, aber auch nur, weil ihm sonst nichts eingefallen war. Er mochte Holz. Er hatte als Kind mal versucht, für seine Mutter einen Kerzenhalter zu Weihnachten zu schnitzen. Aber sein Traumjob war das nicht. Vielleicht konnte Herr Möller ihm ja helfen, eine bessere Lehrstelle zu bekommen? Hatte er nicht so etwas gesagt? Irgendwas Cooles, um das ihn die anderen aus seiner Klasse beneiden würden.

Er hatte keine Ahnung, was das sein sollte.

Die Wohnungstür war nicht abgeschlossen. Als er sie öffnete, schlug ihm der Geruch von Essen entgegen. Es roch nach Qualm, nach etwas Angebranntem und nach Kaffee. Die Musik hatte er vorher schon wahrgenommen, als er auf den Dachboden ging. Sie war laut. Zu laut. *Alles klar, Herr Kommissar?* dröhnte in den Flur.

Seit wann interessierte sich sein Vater für solche Songs? Für Falco?

Als er die Küche betrat, sah er Katja am Herd stehen. Sie bewegte sich zu den Rhythmen, während sie Teig in die Pfanne goss, und summte vor sich hin.

Sein Vater saß an dem schmalen, winzigen Tisch, der aussah, als hätte er einen großen Tisch in der Mitte durchgesägt, trank Kaffee und aß.

»Oh, Sebastian!«, rief Katja erfreut, als sie ihn erblickte. »Prima, dass du kommst! Willst du auch ’nen Eierkuchen?«

Er wusste nicht, was er sagen sollte. Was tat sie hier? Warum war sie nicht …

»Komm her und setz dich, mein Junge«, sagte sein Vater. »Möchtest du Kaffee?«

Mein Junge?

»Was ist denn hier los?«

»Nichts weiter. Du hast Besuch.«

Sebastian schwieg verwirrt. Vielleicht hatte Katja seinem Vater ja irgendein Märchen aufgetischt?

Sie kam mit einem voll beladenen Teller auf ihn zu und grinste.

»Er weiß Bescheid«, flüsterte sie in sein Ohr. »Ich hab ihm alles gesagt.«

Sebastian sackte auf seinen Stuhl. Was genau bedeutete das? Was hatte sie ihm erzählt?

Du weißt doch gar nicht *alles*, dachte er.

Der Zucker glitzerte im Kerzenlicht wie frisch gefallener Schnee.

Der Duft stieg ihm in die Nase, er begann zu essen und trank den Kaffee, den sein Vater ihm einschenkte. Sebastian war froh, dass er nicht antworten musste. Katja war eindeutig verrückt. Aber sein Vater auch, wie es aussah.

Sie saßen hier und spielten Friede, Freude, Eierkuchen. Dabei war nichts in Ordnung, gar nichts.

Wenigstens ließen seine Kopfschmerzen nach.

Nenas *99 Luftballons* erschallte, und Katja sang fast den gesamten Song mit, während sie in einer Schüssel herumrührte.

Sebastian sah sie an. Sie lächelte, und in ihren Augen flammte ein

Licht auf, das er schon lange nicht mehr wahrgenommen hatte. Auf ihren geröteten Wangen saßen Spritzer vom Teig. Ihr Haar klebte verschwitzt an ihren Schläfen. Er musste daran denken, wie er sie das erste Mal gesehen hatte: in der Küche des Durchgangsheimes. In diesem Kinderknast. Hinter Gittern. Mit grauem Gesicht und in den Anstaltslumpen. Sie konnten wieder dort landen. Jederzeit.

Wie sollte er sie schützen?

Sebastian spürte, dass er beobachtet wurde. Sein Vater durchbohrte ihn mit einem forschenden Blick – so als würde er ihn das erste Mal richtig sehen.

»Gut gemacht«, lobte er, nickte anerkennend und deutete auf Katja. »Du hast ja richtig Mumm, Junge.«

Sebastian senkte den Blick.

»Aber du hättest mich ruhig einweihen können.«

An dem kleinen Tisch saßen sie sich so dicht gegenüber, dass sich ihre Hände fast berührten.

Sebastian zog die Arme von der Tischplatte und lehnte sich ein Stück zurück.

Nur wenn er tat, was Herr Möller von ihm verlangte, würden sie ihn nicht wieder in diesen Kinderknast und dann in den Jugendwerkhof stecken. Nur so konnte er sich weiter um Katja kümmern.

Es blieb ihm keine Wahl.

Er hob den Kopf und taxierte seinen Vater. Alle Trauer und Schwermut, die er sonst in seinem Gesicht fand, waren verschwunden und hatten einem aufmerksam-freundlichen Ausdruck Platz gemacht, der neu für Sebastian war.

»Warum warst du eigentlich im Knast?«, fragte er leise.

Katja

Gerry saß am Küchentisch und schrieb uns seine Geschichte in Bruchstücken auf, Notiz für Notiz, Zettel für Zettel. Wir lasen sie, auch wenn nicht jedes Wort zu entziffern war, kritzelten Fragen dazu, und anschließend verbrannte Gerry jedes einzelne Papier. Wie kleine Fackeln hielt er die Fetzen in der Hand, die Asche rieselte auf den Boden, die glühenden Reste traten wir aus. Es war irgendwie gespenstisch.

Doch Gerry musste vorsichtig sein. Die Stasi hatte ihn im Visier. Irgendwo konnten Wanzen versteckt sein, auch wenn er noch keine gefunden hatte. Möglicherweise übertrieb er ja auch und reagierte etwas paranoid. Andererseits waren diese Männer in seiner Wohnung gewesen. Ich erzählte ihm davon, das heißt, schrieb ein paar Zeilen über die mysteriösen Eindringlinge. Nur das mit den Hemden ließ ich weg. Es erschien mir einfach zu verrückt. Es würde klingen, als hätte ich mir das ausgedacht.

»Hast du noch Kontakt zu den Polen?«, fragte Sebastian schriftlich.

Gerry schüttelte den Kopf und notierte unter die Frage: »Leider nein. Durch die Haft ist alles weg, alles abgebrochen, alles kaputt. Kein Visum. Reiseverbot.« Er deutete auf sich. Dann hielt er ein brennendes Streichholz an das Stück Papier.

Es war mühsam, so zu kommunizieren, und es machte mir Angst.

»Was bedeutet Solidarność?«, schrieb Sebastian.

»Solidarität.«

Sebastian zog ein verwundertes Gesicht und hob ratlos die Hände.

»Streik. Arbeiter. Gründung einer unabhängigen Gewerkschaft. Verboten in Polen. Arbeiten im Untergrund«, notierte sein Vater in Stichpunkten.

Wieder brannte eine kleine Flamme. Asche und Glut regneten hinab. Wir traten die Funken aus. Mir wurde langsam übel. Es lag zu viel Geheimnis in der Luft. Und meine Angst ließ sich nicht länger beiseiteschieben.

Aber Sebastian stellte Frage für Frage. Er sah ernst und irgendwie beflissen aus – als müsste er eine schwierige Hausaufgabe für die Schule erledigen.

Sie taten mir plötzlich schrecklich leid, alle beide. Wie sie da hockten und versuchten, sich zu verständigen, als kämen sie aus ganz verschiedenen Galaxien.

Für einen Augenblick sah ich das Raumschiff Enterprise durchs All düsen und auf einem fremden Planeten notlanden.

Captain Kirk, Spocky und Pille bekamen es mal wieder mit einer unbekannten Spezies zu tun. Diese Wesen machten meist nichts als Ärger, auch wenn sie auf den ersten Blick harmlos oder sogar nett aussahen. Sie brachten Böses, Krankheiten, den Tod. Aber am Ende ging doch immer alles gut aus, oder?

Gerry war beim Verteilen von Flugblättern der Solidarność erwischt worden. Sie fanden auch einiges in seiner Wohnung – verbotene Bücher, Westzeitschriften, Briefe aus Polen. Aber das Geheimversteck hinter der Speisekammer hatten sie nicht entdeckt.

Beinahe stolz kramte Gerry ein paar Plakate und Flugblätter aus dem Fach hinter der Wand hervor. Mit zitternden Fingern rollte er die Schriften auseinander. Manche Slogans waren auf Polnisch, manche auf Deutsch.

Ich zeigte ihm anerkennend den Daumen. Wahnsinn! Wie mutig! Und wie irre leichtsinnig.

Eine Gänsehaut lief über meinen Rücken. Was, wenn sie ihn doch noch ertappten? Kam er dann wieder in den Knast?

Ich warf Sebastian einen Blick zu, doch er beachtete mich gar nicht. Er hockte völlig verkrampft da, die Hände geballt. Obwohl es nicht gerade hell im Raum war, glaubte ich zu erkennen, wie besorgt und blass sein Gesicht aussah.

Sein Vater schien es nicht zu bemerken. Er wirkte versunken in seiner eigenen Geschichte und packte alles auf den Tisch, schrieb Erklärungen, und kaum hatten wir sie gelesen, zündete er sie an.

Am Ende dieses Abends, es war schon nach Mitternacht, lag deutlich ein Geruch von Verbranntem in der Luft. Ich fühlte mich erschöpft und auch Sebastian sah völlig fertig aus. Irgendwann stellte er keine Fragen mehr und hockte einfach nur schweigend da.

Gerry fegte die Asche zusammen, räumte die verbotenen Schriftstücke weg und baute die Wand aus Dosen und Büchsen wieder auf.

Einen Moment fragte ich mich, ob es nicht besser wäre, wenn er die Aufrufe auch verbrennen würde.

Warum bewahrte er sie auf? Ich war zu müde, ihm diese Frage noch zu stellen.

Sebastian

»Hast du schon gehört, was passiert ist?« Sabine sah ihn beunruhigt an.

»Was denn?« Sebastian wunderte sich. Normalerweise versank sie gleich in einem Buch, noch bevor der Unterricht begann.

»In der Sowjetunion soll ein Atomkraftwerk explodiert sein!« Ihre Stimme klang hell, fast schrill, als wäre sie kurz vorm Zerreißen.

Sebastian zuckte mit den Achseln. »Und?« Die Sowjetunion lag weit weg. Er war noch nie dort gewesen. Wieso war Sabine so besorgt? Schwere Unfälle kamen im Bruderland doch häufiger vor. Sogar in der DDR, bei den Manövern auf den sowjetischen Truppenübungsplätzen, kam es zu Zwischenfällen, wenn man den Gerüchten Glauben schenken durfte. Auch wenn davon nichts in der Zeitung stand. Dass der Umgang mit gefährlichen Stoffen, mit Hochexplosivem und mit Waffen von den Sowjets eher lax gehandhabt wurde, hörte man immer wieder mal.

»In der *Aktuellen Kamera* sagen sie, dass alles nicht so schlimm ist«, meinte sie. »Dass die da die Lage im Griff haben.«

»Seit wann guckst du *Aktuelle Kamera*?«

»Normalerweise nicht. Wir gucken nur Westen. Meine Mutter hat das eingeschaltet. Wahrscheinlich, um sich zu beruhigen.«

»Und in den Westnachrichten sagen sie was?«

»Im *Rias* haben sie was von einer Wolke erzählt.«

»Was für eine Wolke denn?«

»Na, so eine radioaktive mit dem ganzen Scheißgift drin, und die steuert direkt auf uns zu. Es sei denn, sie macht einen Bogen um die DDR.« Sie lachte nervös.

Sebastian warf einen Blick aus dem Fenster. Der Himmel war strahlend blau.

»Ich seh keine Wolke.«

Es sollte ein Scherz sein, aber Sabine runzelte verärgert die Stirn. »Die ist ja auch unsichtbar.«

»Du meinst wie ein herumspukender Geist?«

Sabine blinzelte. Und er brauchte einen Moment, um zu begreifen, dass sie weinte.

»Meine Mutter ist schwanger«, flüsterte sie ihm zu. »Die hat totale Panik und kotzt die ganze Zeit.«

Sie tat ihm plötzlich leid. »Mach dir keine Sorgen. Ich kenne einen Fachmann und frage ihn, ob eine Gefahr besteht, okay?«

Sie nickte und rieb sich die Augen. »Einen Gynäkologen?«, fragte sie. Pechschwarzer Lidschatten verteilte sich in ihrem Gesicht.

»Freundschaft!«, schallte es plötzlich durch den Klassenraum. Frau Riedmaier knallte ihre Tasche auf den Tisch.

Sebastian sprang auf und Sabine erhob sich nach einigem Zögern. Wenigstens musste er ihr jetzt nicht antworten. Die Klasse grüßte mit dem üblichen FDJ-Gruß.

»Setzt euch! Wie ihr wisst, haben wir morgen den ersten Mai. Und ich erwarte euer aller Erscheinen zu unserer traditionellen Demonstration zum Internationalen Kampf- und Feiertag der Werktätigen für Frieden und Sozialismus! Selbstverständlich kommt ihr im FDJ-Hemd. Wir haben ja bestes Wetter.«

»Bestes Wetter?«, fragte Sabine. »Wollen Sie uns verarschen?«

Die gesamte Klasse drehte sich zu ihr um. Einen Moment herrschte Stille. Frau Riedmaier machte den Mund auf und zu – wie ein Fisch.

Sebastian sah seine Banknachbarin überrascht an. Was sagte sie da? Sonst gab sie doch kaum einen Mucks von sich.

»Was erlaubst du dir?«, fragte die Klassenlehrerin ehrlich verblüfft.

Sebastian meldete sich. »Frau Riedmaier, der Mutter von Sabine geht es, glaub ich, nicht so gut. Vielleicht können Sie ausnahmsweise gestatten, dass Sabine morgen zu Hause bleibt und sich um sie kümmert?«

»Das kommt überhaupt nicht infrage und das weißt du! Wo kämen wir denn da hin, wenn jeder plötzlich etwas anderes zu tun hat und macht, was er will? Sabine kann sich ja nach der Maidemonstration um ihre Mutter kümmern! Alle haben zu erscheinen, das ist eure Pflicht.«

»Haben Sie nichts von Tschernobyl gehört?«, fragte Sabine da. »In den Westnachrichten reden sie von einem GAU und dass die Radioaktivität bis zu uns kommen könnte. Oder auch schon da ist. Finden Sie nicht, dass es gefährlich sein könnte, ins Freie zu gehen?«

Frau Riedmaier verschränkte die Arme und sah Sabine wütend an. »Nun reicht es mal langsam, mein Fräulein. Seit wann orientieren wir uns an der Panikmache unserer Feinde aus der BRD?«

»Feinde!«, stieß Sabine verächtlich hervor. »Meine Tante, mein Onkel, meine Cousins und Cousinen aus Hamburg sind keine Feinde! Nicht für mich!«

»Noch so eine Bemerkung, und du riskierst einen Tadel!«, sagte Frau Riedmaier scharf.

Sabine schwieg. Sie presste die Lippen zusammen und ihre Augen wurden schmal.

In ihrem Gesicht lag die schwarze Farbe ihrer Schminke wie eine Kriegsbemalung.

Sebastian drückte zweimal auf den Klingelknopf von B. Meier, trat einen Schritt zurück und blickte zu dem Fenster im vierten Stock hoch, hinter dem ein blasses Licht glomm. Herr Möller war also schon da und wartete auf ihn.

»Ja?«, hörte er seine Stimme etwas blechern aus der Sprechanlage.

»Hier ist Arthur Engel.« Er räusperte sich, wie immer, wenn er den falschen Namen sagte.

Der Summer ertönte und er schob die Haustür auf.

Er dachte darüber nach, was heute in seiner Schule los gewesen war.

Beinahe war er froh über Sabines Ausbruch und die atomar verseuchte Wolke, die angeblich über der DDR schweben sollte. Jetzt konnte er mit Herrn Möller *darüber* reden, statt über seinen Vater, oder?

»Weißt du denn, was ein GAU ist?«

Sebastian schüttelte den Kopf.

»Ein GAU ist der *größte anzunehmende Unfall*«, erklärte der Mitarbeiter des MfS. »Das ist natürlich die übliche Propaganda des Klassenfeindes. Das ist doch klar, dass der Westen so einen Schaden für seine Zwecke ausnutzt, um ihn noch zu vergrößern und Verunsicherung zu streuen. Sie wollen uns damit schädigen, verstehst du? Dem Sozialismus und uns allen.«

Herr Möller wartete ab, bis Sebastian ein Nicken andeutete. Es schien ihm wichtig zu sein, dass er zustimmte.

»Aber wenn ein Atomkraftwerk in die Luft fliegt, ist das doch ein riesengroßes Desaster, oder etwa nicht? Warum soll man nicht von einem GAU reden?«

»Die Fachleute in der Sowjetunion sprechen meines Wissens von einer Havarie. Und eine solche kann man beheben.«

Herr Möller wirkte nicht besonders beunruhigt. Wie fast immer bemühte er sich, sachlich zu bleiben. Allerdings erkannte Sebastian, dass er statt dem üblichen Kaffee ein Schnapsglas vor sich stehen hatte. Es war schon leer.

»Wie dem auch sei, da kommt viel Arbeit auf uns zu.« Er stieß ein tiefes Seufzen aus.

Auf uns? Meinte er damit die *Firma*? Oder zählte er Sebastian bereits dazu? Zu diesem *Uns*?

»Aber du brauchst dir keine Sorgen machen und kannst deine Klassenkameradin beruhigen. Natürlich ist es bedauerlich, dass in der Sowjetunion zwei Menschen starben und vorsichtshalber Dörfer evakuiert werden mussten, um die Bevölkerung zu schützen. Doch es gibt kein Gesundheitsproblem für die Menschen in der DDR. Wir stehen im Kontakt mit dem *Staatlichen Amt für Atomsicherheit und Strahlenschutz*. Es werden ständig Messungen gemacht. Und das sage ich dir aus erster Quelle: Die radioaktiven Werte sind zwar etwas höher als sonst, aber immer noch völlig unbedenklich.«

»Sicher?«, fragte Sebastian.

»Sicher«, antwortete Herr Möller. »Und jetzt mal zu deinem Auftrag: Hast du mit deinem Vater über seine Inhaftierung gesprochen?«

Sebastian starrte in seine Kaffeetasse hinein, als könnte er dort eine Antwort finden.

»Ja, hab ich«, sagte er schließlich. »Aber …«

»Aber?«

Es kam Sebastian vor, als würde er wieder vor der Gefängnismauer in Bad Freienwalde stehen. Als müsste er hinüberklettern, um zu antworten. Sein Vater war es, der ihn da rausgeholt hatte. Wenn er nicht gekommen wäre … »Ich möchte keinen Bericht darüber schreiben.« Sebastian sah nicht auf, aber er fühlte den Blick des Mannes auf sich ruhen.

»Ich kann das nicht.«

Herr Möller zündete sich die nächste Zigarette an und inhalierte tief.

»Das brauchst du auch nicht«, sagte er schließlich. »Es genügt, wenn du mir was darüber erzählst.«

»Was denn?« Er hob den Kopf. »Was wollen Sie denn wissen?«

»Ich will wissen, was er dir gesagt hat.« Herr Möller sah auf seine Uhr. »Eine halbe Stunde haben wir noch. Ich höre dir einfach zu, ja?«

»Er hatte Kontakt zur *Solidarność* in Polen und hat ein paar Schriftstücke mitgebracht in die DDR, Plakate gedruckt und verteilt oder so. Dann ist er verhaftet worden. Genaueres weiß ich nicht, hat er nicht erzählt. Aber das wissen Sie doch sowieso schon längst alles. Und sicher kennen Sie die Details viel besser als ich.«

Herr Möller machte sich Notizen. »Schriftstücke. Was denn für Schriftstücke?«

Er schob Sebastian die Schachtel *Club* herüber. »Bedien dich.«

Sebastian dachte an das, was er gesehen hatte: Plakate, irgendwelche Aufrufe, Protestschreiben, *Solidarność*-Fähnchen …

»Keine Ahnung. Er … er hat aber keinen Kontakt mehr zu denen. Zu den Polen.«

Sebastian nahm sich eine Zigarette und Herr Möller gab ihm Feuer.

»Sagt er das?«

»Ja. Er darf nicht reisen, das Land nicht verlassen. Und ich habe auch nie einen in der Wohnung gesehen. Also, einen Besucher.«

»Nun ja, sie könnten sich ja auch woanders treffen. Auf dem Friedhof, auf dem er arbeitet, zum Beispiel, da ist viel Platz. Und es gibt keine Zeugen. Jedenfalls keine lebenden.« Herr Möller lachte schallend.

»Davon weiß ich nichts.«

»Dann versuch herauszubekommen, mit wem er redet und worüber. Wir müssen uns mehr Klarheit verschaffen über die Aktivitäten, Ansichten und Absichten deines Vaters. Wir dürfen die feindlich-negativen Kräfte nicht unterschätzen. Nur wenn wir alles unter Kontrolle halten, können wir rechtzeitig eingreifen und weiteren Schaden verhindern. Gesellschaftlichen Schaden, aber auch einen möglichen Schaden, den er *dir* zufügt. Das ist also auch in deinem Interesse. Siehst du das ein?«

»Schaden, den er *mir* zufügt?«

»Ohne Vater stehst du ganz allein da, oder nicht? Es sollte nicht dazu kommen, dass du doch noch in einen Jugendwerkhof musst. Durch die Unterstützung von unserer Seite bist du auf dem besten Weg zur EOS delegiert zu werden, wenn du die Prüfungen mit guten und sehr guten Ergebnissen absolvierst. Wir haben bisher erfolgreich zusammengearbeitet, man kann sich auf dich verlassen, du bist stets pünktlich und zuverlässig. Du bewahrst, wie vereinbart, Stillschweigen über unsere Treffen. Das versteht sich doch alles von selbst? Oder soll ich es dir noch einmal erklären?«

»Nicht nötig. Das versteht sich von selbst.«

»Sehr gut. Und noch etwas: Behalte deine Klassenkameradin im Blick. Ihre weiteren Wortäußerungen zum Reaktorunfall in Tschernobyl, ihre Meinung und Haltung dazu. Sie scheint ja recht labil zu sein. Möglicherweise hat sie ja auch die Wandzeitung verunstaltet.«

Katja

»Was ist eigentlich los, Sebastian?«

»Nichts. Was soll los sein?«

Er war vor fünf Minuten wortlos hereingekommen, hatte sich aufs Sofa geworfen und sah mit glasigem Blick an mir vorbei. Wir saßen zu zweit im Wohnzimmer. Sein Vater war nach der Arbeit noch nicht aufgetaucht.

»Du bist oft unterwegs, erzählst nie was drüber, und wenn du da bist, wirkst du abwesend.«

»Quatsch. Wieso abwesend? Ich bin doch da.«

Er lachte, aber es klang alles andere als fröhlich.

»Ich mein ja nur … Du weißt, dass du mit mir reden kannst, oder?«

»Schalt mal lieber die Kiste ein. Könnte sein, dass die Welt gerade untergeht.«

»Hab schon gehört. Kam vorhin in den West-Nachrichten. Angeblich ist der Reaktorunfall für uns nicht gefährlich.«

»Das können die jetzt schon sagen? Glaubst du das?«

Ich zuckte mit den Schultern, ging zum Fernseher und schaltete ihn ein. »Du meinst, die lügen auch im Westen?«

»Klar. Eine Panik kann keiner gebrauchen. Wenn alles vergiftet ist auf den Feldern zum Beispiel – was sollen wir dann essen?«

Auf dem Schwarz-Weiß-Bildschirm krisselte es, als wäre das die Liveübertragung eines Schneesturms.

Sebastian seufzte. Ich drehte an den Schaltern herum. Das Bild kam und verschwand und kam wieder. Der zerstörte Reaktor lag unter dem Schneetreiben, und wir versuchten, etwas zu erkennen.

»Im DDR-Fernsehen erzählen sie, es gab zwei Tote und hier reden die von bis zu 2000 Toten. Was stimmt denn nun?«, fragte Sebastian wütend.

Ihn schien dieser Unfall ziemlich aus der Fassung zu bringen.

»Das wissen wahrscheinlich nur die, die direkt damit zu tun haben. Und vielleicht wissen die das noch nicht mal. Wer weiß denn schon vom Nachbarn, wie's dem gerade geht?«

»Die Stasi«, sagte Sebastian. »Die wissen doch alles. Und in der Sowjetunion der KGB.«

»Die Sowjetunion hat jedenfalls erst versucht, zu verschweigen, was passiert ist.« Ich starrte in den Bildschirm hinein. »Stell dir vor, so was geschieht in der DDR. Die würden auch nichts sagen. Oder erst, wenn die Leute tot umfallen. Und wenn jemand die Wahrheit sagt oder sogar protestiert, Losungen schreibt, Plakate klebt … gegen Atomkraft zum Beispiel … den würden sie in den Knast stecken. Wie deinen Vater.«

Sebastian kniete vor dem Fernseher und drehte nun ebenfalls an den Knöpfen herum, obwohl das Bild gerade ganz okay war. »Man darf eben nicht so blöd sein, sich erwischen zu lassen«, sagte er schroff.

Ich warf ihm einen verblüfften Blick zu. Meinte er etwa seinen Vater?

»Vielleicht wurde er ja verraten? Der größte Schuft im ganzen Land, das ist und bleibt der Denunziant. Wer hat das noch mal gesagt?«

»Keine Ahnung!«, schrie Sebastian plötzlich und sprang auf. »Was redest du da für einen gequirlten Mist? Was hat das denn mit Tschernobyl zu tun?«

Sprachlos sah ich ihn an. Mein Magen verkrampfte sich.

Sebastian rannte aus dem Zimmer und dann knallte die Wohnungstür. Ich hörte ihn die Treppe hinunterrennen.

Scheiße.

Was sollte das denn?

Wieso brüllte er mich an?

Sebastian

Er war wütend. Wütend auf Katja. Wütend auf seinen Vater.

Alles erschien ihm falsch. Dass seine Mutter Krebs bekommen hatte und gestorben war, dass seine Oma im Altersheim festsaß, wo sie gar nicht sein wollte. Dass Katja ihn nicht ernst nahm – so fühlte es sich für ihn an. Dass sein Vater sich nie für ihn interessiert hatte und auch jetzt nicht interessierte. Jedenfalls schien es ihm egal zu sein, ob sein Sohn existierte oder nicht. Dass diese unsichtbare radioaktive Wolke über ihren Köpfen wabern sollte. Dass Herr Möller ihm diese ätzenden Aufträge erteilte und ihn ständig zu sich bestellte.

Und vor allem war Sebastian wütend, dass er Katja angeschnauzt hatte. Er war wütend auf sich selbst.

Sebastian musste hier raus, raus aus diesem nach Katzenpisse stinkenden Haus, raus an die frische Luft, die wahrscheinlich mit Radioaktivität vergiftet war. Tschernobyl war wohl doch nicht so weit weg, nicht weit weg genug.

Er versuchte, die Haustür zuzuschmeißen, aber sie klemmte. So ein Mist! Er war auch auf die Haustür wütend. Sie klemmte doch sonst nicht!

Gerade als er der Mülltonne auf dem Hof einen Tritt verpassen wollte, sah er ein Mädchen auf sich zukommen – ein ganz in Schwarz gekleidetes Mädchen.

»Was machst du denn hier?«

»Wollte … ähm … dich was fragen«, antwortete Sabine. »Wo willst du denn hin?«

»Du wolltest mich fragen, wo ich hinwill?«

»Nein. Ich … Kann ich mit dir reden?«

Sebastian seufzte. »Meinetwegen. Gehen wir was trinken?« Ihm war plötzlich nach einem Bier in einer von diesen düsteren Eckkneipen zumute.

Sabine nickte. In ihrem blassen Gesicht zeigten sich rote, aufgeregte Flecken.

»Woher hast du eigentlich meine Adresse?«

»Ich hab dich doch mal gefragt, wo du wohnst. Schon vergessen?«

Er zuckte mit den Achseln. »Was meinst du, wie gefährlich sind diese Strahlen wirklich? In den Nachrichten sagen sie, es wäre nicht gesundheitsschädlich.«

Sabine prustete verächtlich. »So ein Quatsch! Das können die jetzt doch noch gar nicht wissen. Was ist, wenn die Leute später davon krank werden? Was ist, wenn meine Mutter vor lauter Schiss eine Fehlgeburt bekommt? Oder das Kind, wenn es geboren wird ... Ach, Scheiße! Wenn du mich fragst, müssten die Atomkraftwerke alle abgeschaltet werden.«

»Du machst dir Sorgen um deine Mutter«, stellte Sebastian fest. »Wolltest du darüber mit mir reden?«

»Nein. Ich hab gehört, dass sich eine Umweltgruppe gründet. Da könnten wir versuchen, die Wahrheit rauszukriegen. Über ... diese Auswirkungen von dem GAU. Und über die Flüsse, Seen und Wälder in der DDR, über das Waldsterben. Und wie es den Tieren geht, wenn der Wald stirbt. Und was man machen kann. So was könnte man bequatschen und Aktionen starten.« Sie redete schnell, beinahe atemlos. »Was ich dich fragen wollte: Bist du dabei?«

»Wobei?«, fragte er zerstreut. Die Wut rumorte noch in ihm und wollte an die Luft.

»Na, machst du mit in der Gruppe für die Umwelt, die Aktionen plant und solche Sachen?« Sie wirkte nervös, ängstlich und gleichzeitig ernst, trotzig und entschlossen. Sabine sah sich, während sie liefen, ein paarmal um.

»Das ist natürlich topsecret. Ist doch wohl klar, oder? Ich spreche deswegen nur Leute an, die mir hundert Prozent vertrauenswürdig erscheinen.«

Sebastian hätte beinahe gelacht. »Woher willst du wissen, dass du mir vertrauen kannst?«

Sabine zuckte mit den Schultern. »Das ist so ein Bauchgefühl. Du bist doch für Reformen, oder? Und du hast die Lehrerin gefragt, ob ich bei dieser dämlichen Ersten-Mai-Demo nicht mitmarschieren muss. Das war wirklich nett von dir.« Ihre Stimme wurde plötzlich weich, und er sah, dass sie rot wurde.

Was sollte er dazu sagen?

Doch das musste er gar nicht.

»Ich hasse marschieren!«, stieß sie hervor. »Ich hasse diesen ganzen Firlefanz! Ich hasse diese beknackten Kampflieder! Ich hasse rote Nelken! Ich hasse rote Fahnen!«

Sebastian nickte zu dem, was sie aus sich herausschleuderte. »Ja, Fähnchen schwingen ist öde«, murmelte er. Und das meinte er so, wie er sagte. Und gleichzeitig fragte er sich, ob Herr Möller das Wort Firlefanz für staatsfeindlich halten würde – jedenfalls, wenn man mit diesem Wort den sogenannten internationalen Kampftag der Werktätigen bezeichnete. »Aber sieh es mal so: Wir haben schulfrei und können uns ja abseilen, nachdem Frau Riedmaier uns gesehen hat.«

»Das heißt, du bist dabei?«, fragte Sabine erfreut.

Sebastian sah sie erstaunt an. So hatte er es eigentlich nicht gemeint. »Ich überleg es mir. Lass uns erst mal was trinken«, antwortete er und steuerte auf eine Eckkneipe zu.

Im Eingangsbereich hing ein schwerer graubrauner Vorhang, den er ungeduldig beiseiteschob. Die Spelunke kam ihm so finster vor, als würde er eine Höhle betreten. Schwaden von Zigarettenqualm waberten ihnen entgegen und mischten sich mit dem Geruch nach Bier und Erbrochenem. Die meisten Tische waren besetzt. Sebastian sah sich nach freien Plätzen um, als ihm plötzlich ein Mann auffiel. Er saß mit dem Rücken zur Tür, aber Sebastian erkannte ihn trotzdem: seinen Vater! Ganz allein hockte er da. Neben einer Bierflasche stand ein Schnapsglas auf seinem Tisch. Sein Rücken sah gebeugt aus. Er wirkte irgendwie einsam, als hätte ihn jemand versetzt.

Sebastian spürte einen jähen, stechenden Schmerz und machte auf der Stelle kehrt. Sabine folgte ihm, aber er achtete kaum auf sie.

Sein Vater saß also lieber in der Kneipe, statt nach Hause zu kommen. *Zu ihm*. Na prima.

Wie getrieben hastete er an den rußgeschwärzten Häusern vorbei, Richtung Straßenbahn.

»Lass uns woanders hingehen«, rief er Sabine schließlich zu, die versuchte, neben ihm Schritt zu halten. Er sah, dass sie irritiert war, aber sie fragte nicht nach.

Sie fuhren zu dem Jugendklub, in dem er sich ab und zu in einem Nebenzimmer mit Herrn Möller traf.

Vor dem Eingang gab es das übliche Gedränge und Geschiebe. Irgendwer trat ihm mit voller Wucht in den Hacken und Sebastian drehte sich um und schrie wütend in ein fremdes Gesicht. Eine Faust flog auf ihn zu, er wich ihr aus und duckte sich. Die Wut in ihm hatte Lust, sich mit dem Unbekannten zu prügeln. Doch für eine Schlägerei war hier einfach kein Platz.

Sabine zog ihn hektisch am Ärmel, offenbar hatte sie ein Schlupfloch in der Menge entdeckt. Wie durch ein Wunder landeten sie im Innern des Klubs, zahlten den Eintritt und drängten weiter.

Die Bässe wummerten und Sebastian gab Sabine ein Zeichen und lief mit ihr auf die Tanzfläche. Unterhaltungen waren ohnehin nicht möglich. Es war laut und voll.

Sabine besorgte zwei große Gläser Cola-Wodka, und sie tranken sie schnell, ohne dafür extra an einen Tisch zu gehen. Ab und zu sah Sebastian, dass Sabines Lippen sich bewegten und sie gestikulierte, mit den Armen herumfuchtelte, aber er zuckte nur mit den Schultern. Er verstand sie nicht, kein einziges Wort, und er wollte auch gerade nichts hören von Tschernobyl und dem Weltuntergang. Er wollte nur … *tanzen*, ganz egal, was gespielt wurde.

Sie tanzten sogar weiter, als die staatlich verordneten Titel von DDR-Bands erklangen und die Tanzfläche sich schlagartig leerte. Sabine lief ein paarmal zu dem DJ an die Bühne heran, wartete, bis er sich fragend zu ihr beugte, und redete in sein Ohr – wohl um sich bessere Musik zu wünschen. Sie stellte sich auch ein paarmal in die Schlange vor dem Getränkeausschank und sorgte für den Nachschub an Cola-Wodka.

Sebastian nahm es aus den Augenwinkeln wahr, er hörte nicht auf, sich wie wild zu bewegen. Trank, wenn Sabine ihm ein neues Glas brachte. Er dachte nicht an Katja. Kein bisschen dachte er an Katja. Nie zuvor hatte er sich so ausgelassen den Rhythmen in einer Disco hingegeben. Er tanzte und tanzte, tanzte sich die Wut aus der Seele.

Natürlich brachte er Sabine noch nach Hause. Sie schien es irgendwie zu erwarten, und er wusste, was sich gehörte. Sie waren beide ziemlich angetrunken, sie taumelte und er stolperte ein paarmal.

»Cooler Klub. Woher kennst du den?«

»War da schon manchmal«, murmelte er. »Mit einem … Kumpel.« Sebastian lachte unwillkürlich auf. Herrn Möller von der Stasi als Kumpel zu bezeichnen, war nun wirklich absurd.

»Welchem?«, hakte sie mit schwerer Zunge nach.

»Kennst du nicht.« Hoffte er zumindest.

»Wo meinst du, ist sie jetzt gerade?«, fragte Sabine und hickste.

»Wer denn?« Er sah sie überrascht an.

»Na, die … diese Wolke? Die Radio… akti… aktivität?«

Sebastian deutete mit dem Zeigefinger nach oben. »Direkt über dir.« Er schwankte, als er versuchte, in den Himmel zu blicken.

»Bei mir dreht sich alles«, sagte Sabine. »Sogar die Sterne tanzen.«

Sie hielten sich gegenseitig fest und lachten, alberten herum. Sebastian spürte ein Grummeln im Bauch und verabschiedete sich hastig, als sie vor dem Wohnblock standen, in dem Sabine lebte.

»Tschüssibismorgenmansiehtsich«, lallte er.

Sie winkte ihm noch zu.

Er winkte zurück, trat hinter einen Laternenpfahl und übergab sich.

Jemand rief etwas aus dem Fenster. »Wehe, du kotzt meinen Trabi voll, du Schwein!«

Sebastian wischte sich über den Mund. Der Trabant stand mindestens drei Meter von ihm entfernt.

»Kauf dir mal 'ne Brille«, murmelte er. Ihm fehlte die Kraft, den Satz zu dem Mann hinaufzurufen.

Ihm war immer noch schlecht, aber er fühlte sich erleichtert. Das Schlimmste war er losgeworden. Das Schlimmste?

Der größte Schuft im ganzen Land, das ist und bleibt der Denunziant, hörte er Katjas Stimme in seinem Kopf.

Er kam zu spät zur Maidemonstration. Ihm war immer noch speiübel, und es fühlte sich an, als pochte ein Specht in seinem Kopf.

Der Festumzug hatte sich schon in Bewegung gesetzt, um an der mit grauhaarigen SED-Funktionären besetzten Tribüne vorbeizuziehen. Aus den Lautsprechern schepperte Marschmusik und es roch nach gegrillten Bratwürsten. Sebastian drängte sich durch eine Gruppe Kinder, die rote Halstücher trugen, schrecklichen Lärm machten und mit Papierfähnchen herumwedelten.

Er brauchte eine Weile, um seine Klasse zu finden. Zum Glück waren die *Winkelemente* schon verteilt worden und er musste keine Fahne mit FDJ- oder DDR-Emblem und kein Transparent mit irgendwelchen Losungen schleppen.

Wir schützen unsere Heimat, weil wir sie lieben!, las er auf einem dieser Banner und wurde automatisch müde davon.

Frau Riedmaier hakte ihn auf ihrer Liste ab und gab ihm eine rote Papiernelke, die er in das Knopfloch seines FDJ-Hemdes steckte – und damit war die Sache erledigt. Nach fünf Minuten stahl er sich mit Sabine aus der Menschenmenge davon.

»Das ist ein Irrsinn!«, rief Sabine, als sie um die Ecke bogen. Sie schüttelte fassungslos den Kopf und pustete sich immer wieder eine rabenschwarze Strähne aus dem Gesicht. »Das ist so ein hirnverbrannter Irrsinn!«

»Was meinst du?«

»Dass alle so tun, als wäre nichts! Als wäre nichts passiert! Nur weil man nichts sehen kann von diesen giftigen Strahlen.«

»Geht eben alles seinen sozialistischen Gang. Die würden die Kundgebung für den 1. Mai auch nicht ausfallen lassen, wenn gerade ein Erdbeben stattfindet oder ein Vulkan ausbricht.«

»Stimmt. Aber bei einem Erdbeben oder Vulkanausbruch merkt man wenigstens, dass was nicht in Ordnung ist. Spätestens, wenn der Fernsehturm anfängt zu schaukeln.«

Sebastian lachte, obwohl ihm von dem Bild mit dem wackelnden Turm gleich wieder schlecht wurde, aber Sabine blieb ernst. »Ist doch so, oder nicht?«

»Logo.« Mit ungeduldigen Bewegungen zog er das FDJ-Hemd aus und holte seine Jeansjacke aus dem Rucksack. Die rote Nelke segelte auf den Asphalt, und er machte sich nicht die Mühe, sie wieder aufzuheben.

»Würdest du dich eigentlich auch so sorgen, wenn deine Mutter *nicht* schwanger wäre?«

»Du meinst, ich übertreibe?«, fragte Sabine. Wie immer lief sie in schwarzer Kleidung herum. Als einzige aus seiner Klasse war sie nicht im Blauhemd erschienen. Vermutlich besaß sie gar keine FDJ-Bluse. Ihre Lippen hatte sie dunkelviolett geschminkt und ihr Gesicht wirkte dadurch noch blasser. »Du denkst, ist alles nicht so schlimm? Denkst du das?«

Sebastian schwieg. Dann zuckte er mit den Schultern.

Das war wahrscheinlich nicht die richtige Antwort, aber er wusste es wirklich nicht. Sein Kopf schmerzte und sein Bauch knurrte. Er hatte heute noch nichts gegessen und überall roch es nach Bratwurst. Doch wenn er ans Essen dachte, wurde ihm gleich wieder schlecht.

»Ja, ich hab auch so Schiss«, gab Sabine zu. »Nicht nur, weil meine Mum schwanger und total panisch ist. Es geht um unsere Zukunft! Es geht darum, dass die Menschheit dabei ist, die Erde kaputt zu machen!« Ihre Stimme war dünn geworden vor Empörung und sie schnappte nach Luft. »Ist dir das egal?«

Sebastian sah sie erschrocken an. »Natürlich nicht.« Wieso war sie so nervös, so zappelig? Sie konnten doch nichts an diesem Schlamassel ändern. »Wer weiß, wo diese verdammte Wolke gerade herumschwirrt«, murmelte er hilflos.

»Hast du schon mit deinem Experten gesprochen?«

Sebastian zuckte zusammen. Dann fiel ihm ein, dass er blöderweise so etwas versprochen hatte.

»Er hat gemeint, dass für uns keine Gefahr besteht und dass es sich um eine Havarie handelt, die man beheben kann.« Dass Herr Möller die Westnachrichten als *Propaganda des Klassenfeindes* bezeichnete, sagte er ihr lieber nicht. Das hätte sie bloß misstrauisch gemacht.

»Was ist das denn für ein Fachmann?« Sie grinste ihn neugierig an.

Einen Moment kam ihm in den Sinn, Sabine von Herrn Möller zu erzählen.

Zwar hatte Sebastian unterschreiben müssen, dass er nichts sagte, und wurde bei jedem Treffen auf die Schweigepflicht hingewiesen, doch was würde passieren, wenn er sich nicht daran hielt? Aber musste er ihr dann nicht auch erzählen, was er schon berichtet hatte?

Er wäre ein Verräter in ihren Augen und sie würde es weitersagen, und dann wusste es bald nicht nur seine Klasse, sondern die ganze Schule.

»Na ja, *Fachmann* ist wohl etwas übertrieben. Es ist ein Bekannter, der einen Bekannten hat beim *Staatlichen Amt für Atomsicherheit und Strahlenschutz*«, behauptete er und war froh, dass ihm die Bezeichnung auf Anhieb eingefallen war.

»Wen du so alles kennst!« Zum Glück fragte sie nicht weiter nach.

Sie fuhren ein paar Stationen mit der Straßenbahn und als sie ausstiegen, erblickte er einen Kirchturm, der in den Himmel ragte.

Fragend sah er Sabine an und sie nickte.

»Genau. Da wollen wir hin. In die Zionskirche.«

Ihm blieben noch ein paar Meter, noch ein paar Minuten, um sich zu entscheiden.

Vielleicht sollte er besser schnell eine Ausrede erfinden, abhauen, nach Hause gehen und nach Katja sehen. Schließlich hatte er sich nicht gerade nett zu ihr verhalten.

Seine Schritte wurden langsamer, aber Sabine hakte sich bei ihm unter und zog ihn mit sich.

Sebastian fügte sich widerstrebend. Er würde eben einen allgemeinen Bericht abliefern, keine Namen nennen. Damit musste sich Herr Möller zufriedengeben. Wenn er das Spiel gar nicht mehr mitmachte, würde er wieder im Kinderknast von Bad Freienwalde und dann im Jugendwerkhof landen. Die Bilder und Geräusche, die ihn manchmal nachts vorm Einschlafen überfielen – die Zelle, die Gitter, der Spion, der klimpernde Schlüssel und die Riegel, die sich zuschoben – ließen sein Herz rasen, machten ihm Angst, *entsetzliche* Angst. Alles Mögliche konnte passieren.

In der Kirche war es erstaunlich voll. Sie fanden noch zwei Plätze in der vorletzten Reihe.

Eine selbst bemalte gelbe Fahne mit roter Sonne hing über der Brüstung mit dem Slogan: *Atomkraft? Nein danke!*

Gleich daneben sah er das *Schwerter-zu-Pflugscharen*-Symbol auf einem großen weißen Tuch. Das war doch eigentlich verboten! Es gab kaum ein Zeichen, auf das Lehrer allergischer reagierten, ganz zu schweigen von der Polizei. Auch Herr Möller hatte ein paarmal danach gefragt, wer in seiner Klasse so ein verbotenes Bild mit sich herumtrug. Wieso konnte das hier einfach so hängen?

Sebastian musterte die vielen besorgten Gesichter: junge und alte, Männer und Frauen, auch Kinder saßen auf den Bänken. Für einen kurzen Augenblick kam es ihm vor, als würde er ein bekanntes Gesicht sehen.

Er runzelte die Stirn, streckte sich ein Stück und reckte den Hals.

Eine Weile ließ er seinen Blick durch die Menge wandern, suchte Bankreihe für Bankreihe ab.

Aber das Gesicht war schon verschwunden; er musste sich wohl geirrt haben. Wieso sollte auch ausgerechnet sein Mathelehrer an diesem Ort auftauchen?

Doch dann erhob sich ein Pärchen aus einer der Reihen und nun erkannte er Herrn Heinemann ganz deutlich. Was machte der denn hier? In einer Kirche?

Neben Sebastian hielt eine Mutter mühsam ihr Kleinkind auf dem Schoß, das unruhig herumzappelte. »Man weiß überhaupt nicht, was man jetzt machen soll«, raunte sie ihm zu. »Mit dem Kind noch rausgehen? Lieber nicht. Und was ist mit der Milch? Wenn die Kühe das verseuchte Gras fressen? Was soll ich der Kleinen denn jetzt noch zu essen und zu trinken geben?«

Sie sah ihn fragend an, aber Sebastian war schon klar, dass sie von ihm keine Antwort erwartete.

Vorn stand eine Frau hinter einem Mikrofon und hielt eine Rede. Sie sprach von Tschernobyl, von der Angst und der Sorge vor den Folgen, davon, dass die UdSSR erst mal versucht hatte, den Reaktorunfall zu verschweigen, dass die Zeitungen in der DDR kaum etwas berichteten und wenn, dann verharmlosten sie die Katastrophe.

»Dürfen wir unsere Kinder denn noch im Sand buddeln lassen? In Westberlin raten sie davon ab, aber hier tut man so, als wäre nichts!«, schrie die Frau mit dem Kleinkind plötzlich.

Das Mädchen auf ihrem Schoß sah ihre Mutter mit großen Augen an, verzog das Gesicht und begann zu weinen.

»Wir würden empfehlen, in den nächsten Tagen nicht mit den Kindern auf die Spielplätze zu gehen«, antwortete die Rednerin. Dann hielt sie ein Blatt Papier in die Höhe, ihre Hände zitterten, als sie erklärte, dass sie heute mit Leuten aus ihrer Gemeinde eine Eingabe verfasst und verschickt habe. Sebastian horchte auf und fragte sich einen Moment, ob er für Herrn Möller mitschreiben sollte. Aber das wäre dann vielleicht doch zu verdächtig.

Also konzentrierte er sich darauf, zuzuhören:

»In unserer Eingabe steht, dass die Atomkraftwerke der DDR aus der Sowjetunion kommen! Und wisst ihr, was das bedeutet? Wir haben hier in unserem Land genauso unsichere KKWs wie in Tschernobyl! Nur ein kleiner menschlicher oder technischer Fehler genügt – und dann: Peng und das war's, Leute! Sollen wir das wirklich akzeptieren? Uns diesem Risiko aussetzten? Wir sagen ganz klar: Nein! Unfälle in Atomkraftwerken münden in Katastrophen! Daher fordern wir die Abschaltung aller Kernkraftwerke!«

Die Frau machte eine kleine Pause, und die Leute begannen, laut und begeistert zu klatschen, als würden sie im Theater oder im Zirkus sitzen.

»Die Eingabe ging an den Ministerrat der DDR«, erklärte die Frau. »Und eine Kopie an die Botschaft der Sowjetunion.«

Wieder brandete Beifall auf.

»Wahnsinn!«, sagte Sabine in sein Ohr. »Wie mutig. Findest du nicht?«

Sebastian nickte. »Mutig und leichtsinnig«, murmelte er. Er spürte Sabines Atem auf seinem Gesicht, dachte an den Bericht, den er für Möller über sie schreiben sollte und den er immer noch nicht zustande gebracht hatte. Er rückte ein Stück von ihr ab. Ihm fiel auf einmal ein, was Herr Möller ihm außerdem in beiläufigem Ton empfohlen hatte: Er solle Sabine als Quelle nutzen. Als Quelle für Informationen.

»Wie soll sich denn die Ökogruppe heute gründen?«, fragte er ein wenig verlegen und räusperte sich. Ein James Bond war er nicht gerade.

»Da drüben hängt ein Aufruf«, sagte sie. »Du kannst dich nachher eintragen, wo du mitmachen möchtest. Also, du wählst zum Beispiel zwischen *Waldsterben* oder *verdreckten Flüssen* oder *verpesteter Luft*. Da stehen die Leute drunter, an die man sich wenden kann, ihre Adressen und so.«

Sebastian hätte beinahe den Kopf geschüttelt. Namen und Adressen? Unglaublich. Die machten es der Stasi ja mehr als leicht.

»Wo trägst du dich denn ein?«, fragte er Sabine, als er nach dem Ende des letzten Redebeitrages vor dem Aushang stand.

»Weiß noch nicht. Vielleicht gründe ich ja auch eine eigene Arbeitsgruppe, falls das geht. Und du?«

Sebastian überflog noch einmal das Programm und setzte seinen Vornamen unter: *Was tun! Aktionen für unsere Umwelt.*

Sabine nickte. »Gute Wahl.«

»Und wie soll deine Gruppe heißen?«

Sie überlegte kurz.

»Die unsichtbare Gefahr«, antwortete sie leise.

»Die unsichtbare Gefahr?«

»Genau. Die ist doch die schlimmste. Die Kriegsgefahr ist nicht sichtbar – und trotzdem da. Die Schadstoffe in der Luft und im Wasser bleiben dem Auge meist verborgen, oder nicht? Das Aidsvirus ist nicht zu sehen und kann trotzdem töten. Mal ganz zu schweigen von der *Firma* und ihren Spitzeln. Wir wissen nicht, wer von *denen* hier gerade in dieser Kirche ist. Alles vollkommen undurchsichtig. Abhörgeräte werden in der Regel auch nicht entdeckt. Und jetzt kommen noch die Strahlen aus Tschernobyl dazu. Wir wissen nicht, was diese unsichtbare Gefahr anrichten wird, wir wissen nur, *dass* sie etwas anrichten wird.«

»Hört sich ein wenig so an, als würdest du an Geister glauben.«

»Findest du? Aber diese sind *real*!«

Sebastian sah sie erstaunt an. Und er fragte sich, ob er so eine Spukgestalt war. Ein Geist, der Unheil anrichtete.

Katja

Auf dem Dachboden hockte ich einfach nur da und starrte ins Nichts.

Es dämmerte bereits und war so still, dass ich den Wind durch die losen Dachziegel pfeifen hörte.

Sebastian war noch nicht nach Hause gekommen. Wo trieb er sich in letzter Zeit nur ständig rum? Und warum war er oft so merkwürdig drauf, wenn er ohne eine Erklärung hier erschien?

Ich konnte nicht schlafen. In mir flatterte eine Unruhe, die ich mir nicht erklären konnte.

Eigentlich ging es mir doch so weit gut: Ich hatte Menschen, die mich versteckten. Einen Schlafplatz. Ausreichend zu essen und zu trinken. Eine Luftmatratze, eine Decke, Bücher …

Ich schaltete die Taschenlampe an und blätterte in dem Gandhi-Buch.

Ich sah die Bilder an, Schwarz-Weiß-Fotos von Mahatma, der immer gut gelaunt zu sein schien, lächelte, mutig und zuversichtlich wirkte. Ein Bild von der Hütte, in der er lebte: eine Art Matratze oder Liege – mit weißem Laken überzogen, ein kleines Regal mit ein paar Büchern, drei Hocker, von denen einer wohl als Tisch und die anderen als Sitzgelegenheit dienten. Es sah fast so aus wie hier, wie auf diesem Dachboden. Nur dass Gandhi freiwillig so bescheiden lebte. Anscheinend war ihm anderes wichtiger als ein Leben im Luxus.

Ein Zitat fiel mir ins Auge, klein gedruckt, sodass ich es erst kaum lesen konnte. Ich zielte mit dem Lichtkegel auf die Worte: *»Der Hunger nach Freiheit ist schmerzhafter als der Hunger nach Brot.«*

Ich fühlte einen Stich in meinem Innern. Genau das war es. Genau das fehlte mir.

Mir fehlte diese gottverdammte Freiheit!

Ich wollte etwas tun. Endlich handeln. Ohne über die Folgen nachdenken zu müssen.

Nicht wegen Sebastian oder Gerry, sondern wegen mir. Weil meine Situation so war, wie sie war. Ich hockte in einem Loch, versteckte mich, während draußen gerade die Welt unterzugehen schien.

Ich musste mich befreien. Das war ich mir selbst schuldig.

Nur wenn ich tat, was ich für richtig hielt, war ich frei.

Auch wenn sie mich dafür wieder einsperren würden.

Ich sprang auf, lief hin und her. Dahin und dorthin – wie ein aufgescheuchtes Tier.

Blieb schließlich neben einem Farbtopf stehen. Ich hob den Deckel.

Das Weiß leuchtete wie unberührter Schnee.

Der Pinsel lag nicht weit weg. Ich nahm ihn in die Hand und fuhr nachdenklich mit den Fingerspitzen durch die Borsten. Ein leichter Farbenstaub löste sich. Es war ein schmaler, flacher Pinsel. Vielleicht hatte jemand seine Fenster damit gestrichen.

Ich würde etwas tun.

So viel stand fest.

Jetzt.

Sebastian

Er stand vor der Tür des Dachbodens und atmete ein paarmal tief ein und aus.

Es fiel ihm schwer, wieder zu ihr zu gehen. Wieso nur hatte er sie angeschrien?

Manchmal verstand er sich selbst nicht. Manchmal war eigentlich ziemlich oft.

Wenn er Glück hatte, war sie noch da.

Wenn er Pech hatte …

Leise schob er sich durch den Türspalt in den finsteren Raum. Durch die Luke schien kaum Licht.

Sebastian ging auf Zehenspitzen und tastete sich bis zu Katjas Schlafplatz vor. Er war leer. Die Decke fühlte sich kein bisschen warm an. Mist! Dann ist sie wohl weg, dachte er resigniert. Er konnte es ihr noch nicht mal verübeln.

Wie ein Idiot hatte er sich benommen.

An ihrer Stelle wäre er auch abgehauen.

Sebastian schaute durch das Fensterglas in den Himmel hinauf. Durch eine Schleierwolke zeichnete sich blass die Mondsichel ab.

Dann hörte er Schritte auf der Treppe. Leichte Schritte. Jemand schlich sich die Stufen herauf.

Sein Vater konnte das schon mal nicht sein.

»Katja?«

Wie ein Gespenst stand sie plötzlich vor ihm. Das Licht der Taschenlampe fuhr in sein Gesicht und blendete ihn. Er hielt die Hand hoch und blinzelte.

»Sebastian? Was machst du hier? Du hast mich vielleicht erschreckt!«

»Nach dir sehen«, murmelte er. »Ich wollte bloß …« Wieder holte er tief Luft und stieß sie geräuschvoll aus sich heraus.

»Warum?«, fragte sie schroff.

»Was, warum?«

Sie schwieg. Er hörte den Vorwurf in ihrem Schweigen. Oder glaubte, ihn zu hören.

»Es … es tut mir leid, dass ich mich … neulich … so …«, stammelte er.

»Schon gut.« Sie nahm die Taschenlampe herunter und der Strahl fuhr konfus hin und her.

Ihr Gesicht, ihr Körper lagen im Dunkeln. Er hörte, dass sie etwas abstellte. Einen Koffer? Eine Tasche? Vielleicht war sie abgehauen und kehrte jetzt doch wieder zurück? Aber es roch irgendwie komisch … nach Farbe.

»Ich wollte das nicht«, brachte er hervor. »Dich anschreien, meine ich.«

»Schon gut«, wiederholte sie. »Du hattest einen blöden Tag.«

»Ja, einen ziemlich blöden.« Es kam ihm merkwürdig vor, so mit ihr zu sprechen. Und gleichzeitig freute er sich, ihre Stimme zu hören. Es machte ihn irgendwie glücklich.

Sie war also noch da. Sie stand direkt vor ihm.

»Schnee von gestern«, sagte Katja leise und hakte sich plötzlich bei ihm ein. »Komm, ich zeig dir was, okay?«

»Was denn?«

»Mach nicht so ein Gesicht. Das wirst du dann schon sehen!«

Sie bogen in eine düstere Seitenstraße ein. Sämtliche Straßenlaternen funktionierten nicht.

Der bedeckte Abendhimmel spendete kaum Licht. Nur aus einigen Fenstern der Häuser schimmerte der Schein von Lampen.

»Was hast du vor? Sieht irgendwie gruslig aus hier.« Er lief gegen eine halb leere Mülltonne, die nach Asche stank. Es schepperte.

»Psst«, machte Katja.

»Hab ich echt nicht gesehen«, murmelte er entschuldigend.

Sie steuerten auf ein unbeleuchtetes Wartehäuschen zu. Auch die Baustelle direkt neben der Haltestelle lag im Dunkeln.

So allein mit ihr in der Finsternis spürte er ihre Nähe plötzlich deutlich. Er schob sich noch ein winziges Stück an sie heran – nur so, dass es nicht auffiel.

Sein Herz machte einen freudigen Sprung, als er ihre Hand an seiner spürte.

Aufgeregt zupfte sie an seinen Fingern herum.

»Und jetzt dreh dich mal um.«

Sebastian verstand nicht gleich. Katjas Berührungen fuhren wie sanfte Stromschläge durch seinen Körper, und er blickte verwirrt in ihr Gesicht und dann auf die Holzbank, die mit irgendetwas bekritzelt war.

Katja stieß ihm leicht die Ellenbogen in die Rippen und deutete mit dem Kinn auf die Wand. »Guck«, sagte sie.

Dann erst sah er den Satz, der mit großen weißen Druckbuchstaben an die dunkelgraue Fläche gepinselt worden war:

DER HUNGER NACH FREIHEIT IST SCHMERZHAFTER
ALS DER HUNGER NACH BROT.

»Was ist das denn?«, fragte Sebastian entgeistert.

»Siehst du doch.«

»Von dir?«

»Von Gandhi.« Katja lächelte ihn breit an.

»Du weißt, was ich meine.«

»Ja, sicher. Die Farbe ist noch frisch.«

»Wo … wo hast du die her?«

»Na, vom Dachboden. Das ist Ölfarbe. Wenn die trocken ist, geht die nicht so schnell wieder ab.«

»Du bist verrückt.«

»Ach, komm schon, sei kein Spielverderber!« Katjas Augen glänzten, als hätte sie Fieber.

»Das ist doch kein *Spiel*!«

Sebastian spürte eine merkwürdige Wut in sich. Oder war das Angst?

»Für mich schon«, sagte Katja. »Aber du hast recht, der Satz ist ernst gemeint.« Ihre Stimme klang auf einmal bitter.

Sebastian trat ein Stück aus dem Wartehäuschen heraus und sah sich nach allen Seiten um.

Im Halbdunkel war niemand zu sehen. Dann entdeckte er ein Pärchen, das ein paar Meter weiter spazieren ging.

»Willst du diesmal gleich in den richtigen Knast?«, fragte Sebastian schroff.

»Ach komm, das ist nur ein Spruch aus einem Buch.«

»Aus einem Westbuch?« Er dachte an das Regal seines Vaters. In der zweiten Reihe standen auch ein paar Taschenbücher aus dem Westen. Orwells *1984* natürlich, Romane von Milan Kundera und Franz Kafka.

»Du hast mir doch die Gandhi-Biografie gegeben.«

»Ehrlich, Katja, wenn das rauskommt, steckst du noch mehr in Schwierigkeiten …«

»Verrätst du mich?«

Er wusste, dass sie scherzte, aber der Schreck fuhr ihm jäh in die Glieder.

»Wie kommst du darauf?«, brachte er heraus. »Dich würde ich nie verraten. Nie im Leben!«

Er zitterte plötzlich.

»Der Hunger nach Freiheit ist schmerzhafter als der Hunger nach Brot«, sagte Katja langsam. »Was ist daran so schlimm? Was ist so schlimm an der Wahrheit?«

»Es geht doch gar nicht um diesen Satz«, antwortete Sebastian. »Sondern darum, dass du hier was Illegales tust. In deiner Situation …«

»Ich bin in *dieser* Situation!«, sagte sie und zeigte auf den Slogan. »Genau in dieser!«

Er warf einen Blick auf die Wand der Haltestelle. Weiße Tropfen, die aussahen wie Tränen, rannen von der Schrift.

Sie musste den Spruch erst vor ein paar Minuten angepinselt haben.

»Wir sollten schleunigst von hier verschwinden«, sagte er mit gepresster Stimme und griff nach ihrem Arm.

»Ja, ja. Schon gut.«

Er hörte die Enttäuschung hinter ihren Worten. Was hatte sie denn gedacht? Dass er ihr Beifall spendete?

»Bist du jetzt beleidigt?«

»Ach Quatsch! Wie kommst du darauf?«

Wenigstens entzog sie sich ihm nicht, ließ sich von ihm führen, als würde sie den Weg nicht selbst kennen. Sie redeten nicht mehr. Mit beinahe ruppigen Bewegungen navigierte er sie durch die düstere Gegend und brachte sie nach Hause, stieg mit ihr die Stufen hinauf, schob sie auf den Dachboden. Am liebsten hätte er die Tür hinter ihr zugeschlossen.

»Gute Nacht«, sagte er. »Und hör auf damit, Blödsinn zu machen, ja?«

Sie antwortete nicht.

Sebastian wartete ein paar Minuten in dem dunklen Hausflur.

Nichts. Er hörte keinen Laut.

Wie lange brauchte Farbe, um richtig zu trocknen?

Sein Herz klopfte einen schnellen, nervösen Takt.

Ihm wurde übel, wenn er daran dachte, was jetzt zu tun war.

Aber ihm blieb keine Wahl.

Katja

Ich stand hinter der Tür und lauschte. Es kam mir vor, als könnte ich hören, wie er versuchte, kein Geräusch zu machen. Als ob ich nicht wüsste, dass Sebastian noch da war. Dass er vor dem Dachboden darauf lauerte, ob ich wieder herauskommen würde. Beinahe konnte ich ihn vor mir sehen. Sein besorgtes Gesicht, die leicht verschwitzte Stirn. Er behandelte mich wie ein Kind, das man beaufsichtigen musste, kontrollierte mich und war der festen Überzeugung, dass ich nur Blödsinn machte.

Wenigstens gab es keinen Schlüssel für den Dachboden. Sonst würde er mich womöglich noch einschließen.

Sekunde für Sekunde verstrich. Eine Minute. Zwei Minuten. Drei Minuten. Die Zeit schien sich zu dehnen, bis ich ihn endlich hörte, die Wohnungstür klappte auf und klappte zu. Dann war es still. Misstrauisch lauschte ich in diese Stille hinein.

Tick tick tick.

Ich atmete gleichmäßig, blieb im Takt meiner Uhr, die ich in einer verstaubten Handtasche gefunden hatte, hielt mich an den Geräuschen fest. Die Zeiger schienen mir etwas zuzuflüstern, als wollten sie mich beruhigen. Die Zeit war etwas Zuverlässiges. Sie war immer da.

Ich musste einfach nur warten, geduldig sein, warten, weiteratmen, warten. Ich wurde älter – mit jedem Tag, jeder Stunde, jeder Sekunde. Die Zeit war meine Chance, dem Käfig, in dem ich steckte, zu entkommen, mich aus ihm wegzubeamen, vielleicht die einzige Chance.

Bis dahin durfte ich nicht auffallen, musste mich verkriechen wie die Maus im Loch. Konnte ich das? So langsam hatte ich die Nase voll davon, mich einzuigeln. Es war kalt, staubig und einsam hier.

Hör auf damit, hatte er gesagt. Hör auf damit, Blödsinn zu machen.

War die Wahrheit Blödsinn?

Ein Rest Farbe klebte noch an meinen Fingern. Die Spritzer waren schon trocken geworden und ich pulte sie mit dem Daumennagel ab.

Ich starrte durch die Scheibe der Luke in die Finsternis. Konzentrierte mich auf den leuchtenden Punkt, der langsam größer wurde: die Enterprise. Sie kamen endlich, um mich zu holen. Ich sah den konzentrierten Blick von Kirk, der Anweisungen gab, damit sie sicher landen konnten. Ich sah Spocky, der wie immer skeptisch verfolgte, was vor sich ging. »Wenn ich einen Vorschlag machen dürfte, Captain«, sagte er gerade.

Da knarrte die Wohnungstür, als würde sie leise stöhnen.

Die Enterprise drehte ab und verschwand in den Weiten des Weltalls.

Sebastian rannte die Stufen hinunter. Ich erkannte den Rhythmus seiner Schritte, der mir schon vertraut vorkam. Wahrscheinlich bemühte er sich, leise zu sein, aber ich nahm ihn dennoch deutlich wahr. Er schien es sehr eilig zu haben.

Ich ahnte, wohin er wollte. Eigentlich wusste ich es.

Sollte ich ihm folgen?

Sebastian

Der Eimer schlug im Laufen gegen seine Beine, ein Schwamm und ein Lappen schaukelten darin herum, etwas von dem lauwarmen Seifenwasser schwappte heraus, drang durch seine Hose auf seinen Schenkel und klatschte auf die Schuhe. Sebastian dachte kurz an Bad Freienwalde, an den Leo, den er ein paarmal hatte entleeren dürfen. Doch er schob die Erinnerung beiseite und achtete nicht weiter auf die Plemperei. Er musste sich beeilen. Wenn die Farbe an der Wand erst mal trocken war, hatte er schlechte Karten.

Sein Herz klopfte. Im diffusen Licht des Halbmonds versuchte er zu erkennen, ob in den dunklen Hauseingängen Menschen waren, die ihn beobachten könnten.

Eine schwarze Katze rannte vor ihm davon. Sonst schien sich nichts zu rühren, die Straße war leer.

Lag das an dem Reaktorunglück und den Nachrichten aus dem Westen über die radioaktive Wolke? Die Stille kam ihm unheimlich, beinahe gespenstisch vor. Hoffentlich stand niemand am Fenster und beobachtete ihn.

Aber was tat er denn Schlimmes? Mit einem Eimer mitten in der Nacht herumzulaufen, war doch nicht verboten.

Es sei denn, man schleppte Farbe und einen Pinsel mit sich herum und malte Freiheitslosungen an Bushaltestellen.

Was hatte sich Katja dabei gedacht? Wieso musste sie ständig provozieren?

Ihr sollte klar sein, auf was für einem dünnen Seil sie balancierte.

Sie konnte jederzeit abstürzen. *Jederzeit!*

Die Farbe war zum Glück noch nicht ganz trocken. Die letzten Wörter des Satzes schimmerten im Licht seines brennenden Streichholzes.

Sebastian wrang den Lappen aus und fing hastig an zu schrubben. Zum Test begann er mit dem letzten Wort *Brot*. Wie wild rieb er darauf herum. Die Schrift verschmierte, war aber noch zu lesen. Also wischte er jetzt von rechts nach links, arbeitete sich hektisch Buchstabe für Buchstabe voran: *t o r B*. Vielleicht wäre es besser gewesen, den Farbtopf mitzunehmen und alles zu überpinseln. Dann würden sich die Leute am nächsten Tag bloß über den frischen Anstrich wundern. Aber der Gedanke kam ihm zu spät. Und wahrscheinlich war es auch auffälliger, mitten in der Nacht eine ganze Haltestelle zu malern.

Die Betonwand war porös. Hin und wieder bröckelten kleine Teilchen auf den Boden.

Nach einer Viertelstunde lag der Schriftzug *als der Hunger nach Brot* unter einer schmierigen weißen Schicht. Doch die Farbe des anderen Teils des Satzes, der Anfang, war schon so gut wie trocken. Wenn er da putzte, passierte gar nichts. Musste Katja sich unbedingt so ein langes Zitat aussuchen?!

Sebastian seufzte und fluchte leise vor sich hin. Aber er gab nicht auf. Er machte einfach weiter. Er biss die Zähne zusammen, nahm jetzt den Schwamm und scheuerte schneller, mit mehr Kraft. Der

Schweiß brach ihm aus. Einmal rutschte er ab und schabte mit den Fingerknöcheln über den Beton. Den Schmerzenslaut schluckte er herunter und stieß nur eine Art Zischen aus. Zorn schoss in ihm hoch. Was tat er hier eigentlich?

Die Hand blutete ein wenig, aber es war nicht schlimm. Nur die Wut brodelte in ihm. Am liebsten hätte er die Wand angeschrien, mit der Faust auf sie eingeschlagen. Er schluckte ein paarmal. Dachte an Katja, die jetzt wahrscheinlich, in ihre Decke gewickelt, tief und fest schlief.

Der Hunger nach Freiheit ist schmerzhaft, war nach einer halben Stunde noch deutlich zu lesen. Der Rest lag unter einer nebligen Schicht.

Sollte er aufgeben? Abhauen?

Sebastian schüttelte den Kopf. Vielleicht fand er auf der Baustelle einen schweren Stein, mit dem er die Wand bearbeiten konnte. Oder einen scharfen Gegenstand, um die Farbe abzuspachteln.

Gerade als er sich zwei, drei Schritte aus der Haltestelle herausbewegte, sah er einen Wagen, der sich näherte und allmählich langsamer wurde. Grün-weiß.

Der Schreck fuhr ihm jäh in die Glieder. Sein Herz machte einen Sprung, begann zu rasen. Sie hielten genau auf ihn zu. Das Scheinwerferlicht überflutete ihn.

Wegrennen? Unmöglich.

Er saß in der Falle.

Sebastian zwang sich ein Grinsen ins Gesicht. Hob die Hand und winkte, als hätte er schon auf die Polizisten gewartet.

»Leider besitzen wir zu Hause kein Telefon«, sagte er dem Uniformierten, der mit finsterer Miene aus dem Funkwagen stieg. »Sonst hätte ich Sie schon längst angerufen.«

»Was ist denn hier los? Zeigen Sie mir mal Ihren Personalausweis!«

»Eine unbekannte Person hat etwas an diese Wand geschrieben. Als ich zufällig vorbeikam, ist mir das aufgefallen, und ich versuche, das zu beseitigen«, behauptete Sebastian.

Auch der zweite Polizist stieg jetzt aus. Er las den halben Satz und fixierte Sebastian mit eisigem Blick.

»Hast du das darangeschmiert, Bürschchen?«

Sebastian schüttelte den Kopf. »Ich … ich sagte doch gerade … ich wollte … das wegmachen.« Er hob den Wassereimer ein Stück in die Höhe.

»Mitten in der Nacht?«, fragte der eine.

»Ich konnte nicht schlafen.«

»Ausweis!«, wiederholte der Mann barsch.

Sebastian wurde flau im Magen. Er tastete erst seine Jacke ab, dann die Jeanstaschen. Natürlich hatte er keine Papiere mitgenommen.

»Wo ist der Farbtopf?«, herrschte ihn der andere an.

»Keine Ahnung. Wie ich schon sagte: Ich habe versucht, die Schmiererei zu entfernen!«

Seine Stimme klang tonlos, schwach. Sie würden ihm kein Wort glauben.

»Zum dritten und letzten Mal: Zeigen Sie uns Ihren Ausweis!«

»Den … den hab ich wohl … vergessen.«

Die beiden Polizisten warfen sich Blicke zu.

»Tja, dann müssen wir dich wohl mitnehmen.« Es klang beinahe gelangweilt.

»Wohin?«

Sie antworteten nicht. Einer der Uniformierten bedeutete ihm, dass er die Arme nach vorn halten sollte, und legte ihm Handschellen an.

Wie betäubt hörte Sebastian das Klicken, sah auf die Metallfesseln, fühlte ihre Kälte, die Schwere, das Unerbittliche.

Er war verhaftet.

Katja

Ein Teil von mir wusste, dass Sebastian mich schützen wollte, der andere Teil war einfach nur wütend auf ihn. Er achtete mich nicht. Er verachtete, was ich tat. Er schien zu glauben, dass ich alles falsch machte, dass er meinen Fehler wiedergutmachen musste. Und nun brachte er sich durch mich in Gefahr. Das war einfach nur … bescheuert.

Es kam mir vor, als würden sich die Gefühle in mir gegenseitig bekämpfen. Ich war sauer, ich machte mir Sorgen. Ich war sauer, machte mir Sorgen … Am liebsten würde ich … Was?

Sollte ich ihm nachrennen? Nein. Ich lief ihm nicht hinterher. Mir kam etwas anderes in den Sinn.

Warum hatte Sebastian so viel Schiss? Wusste er Dinge, die ich nicht wusste?

Der Topf mit der weißen Farbe stand noch auf dem Dachboden. Mir wurde plötzlich heiß und kalt. Spuren! Es gab jede Menge Spuren! Und sie deuteten keinesfalls nur auf mich.

Ich versteckte den Eimer im Keller, in einer finsteren Ecke, hinter einem Berg von Kohlen.

Dann wartete ich auf Sebastian, lief wie ein Tiger im Käfig auf und ab.

Er kam einfach nicht.

Eine Gänsehaut überzog mich, es schüttelte mich am ganzen Körper.

Wenn er nicht nach Hause zurückkehrte, gab es dafür nur einen Grund!

Scheiße!

Mit steifen, kalten Fingern sammelte ich meine paar Habseligkeiten zusammen. Stopfte alles in einen alten, staubigen Rucksack, setzte ihn auf und fummelte an den Schulterriemen herum.

Nichts wie weg, dachte ich und blieb wie angewurzelt stehen.

Sollte ich wirklich verschwinden?

Einfach so – ohne genau zu wissen, was passiert war, ohne mit Sebastian gesprochen zu haben?

Ich setzte den Rucksack wieder ab.

Wie klug war es, zu bleiben?

Nicht besonders, schätzte ich.

Ich konnte nicht gehen und ich konnte nicht bleiben.

Ich kaute eine Weile auf meinen Nägeln herum und allmählich stieg eine Idee in mir hoch: Hatte Sebastian nicht mal was von der Datsche seiner Oma erzählt? Ich musste nur zu ihr, in dieses Altersheim, mir den Schlüssel besorgen und dann …

Aber mir fiel plötzlich ein, was ich vorher noch erledigen musste.

VERRATEN

Sebastian

Es war tatsächlich ein Knast, in den sie ihn brachten. Mitten in Berlin. Nicht weit weg vom Alexanderplatz. Auf dem Transportweg, im anbrechenden Licht des Tages, hatte er den Fernsehturm gesehen, und dann waren sie noch circa fünf Minuten gefahren.

Die Zelle, die vermutlich im Keller lag – so genau wusste er es nicht –, war groß und dunkel. Es roch nach Schimmel, Urin und Alkohol.

Und er war nicht allein hier.

Ein paar betrunkene Punks schliefen auf dem Boden ihren Rausch aus, andere unterhielten sich aufgedreht miteinander, einer mit kalkweißem Gesicht stand wie ein Gespenst herum und starrte vor sich hin.

Als Sebastian hineingebracht wurde, hatten sie ihm kaum Beachtung geschenkt.

»Erster Mai. Wir war'n dabei!«, lallte einer, der seine Haare mehr oder weniger grün gefärbt hatte. »Laufen den Vopos in die Falle. Und deshalb *straaahlen* wir jetzt alle!«

»Proleten und Proletinnen aller Länder, vereinigt euch«, rief ein anderer mit hochgestelltem schwarzem Haar und rülpste laut.

»Der Spruch geht aber anders!«

»Nee. In der Keibelritze jeht der so. Janz jenau so.«

Sebastian wurde hellhörig. Die Jungs kannten sich also aus.

»Keibelritze?«, fragte er beinahe schüchtern.

»Biste das erste Mal hier?«, fragte der Grünhaarige.

Sebastian nickte.

»Dann willkommen in der Keibelstreet oder im VP Präsidium Keibelstraße, wie das Ding hier offiziell heißt.«

»Danke.«

»Bitte. Gern geschehen.« Die Punks lachten albern.

»Wo haben die dich denn aufgegabelt?«, fragte einer, dem die roten, klebrig wirkenden Strähnen ins Gesicht hingen.

»An einer Bushaltestelle«, antwortete Sebastian. Er wollte sich lieber nicht zu tief in die Karten gucken lassen.

»Und? Kam kein Bus mehr?«

»Nee. Nur die Bullen.«

Wieder erklang Gelächter. Und diesmal lachte er mit.

Vielleicht war das ja gar nicht so schlimm in dieser Keibelritze?

Oder taten die alle nur so als ob?

Der mit dem kalkweißen Gesicht wandte den Kopf wie in Zeitlupe um und sah ihn mit großen hellblauen Augen an.

»Alles in Ordnung mit dir?«, fragte Sebastian leise.

Er bekam keine Antwort.

»Lass den mal, der merkt nüscht mehr, ist ein bisschen verstrahlt oder so«, sagte der Grünhaarige.

»Was ist mit ihm passiert?«, fragte Sebastian. Für ihn sah der Blasse aus, als hätte er einen Schock.

»Hat eins mit ’nem *sozialistischen Wegweiser* über den Schädel gezogen bekommen, als sie uns eingesammelt und auf den Lkw geschmissen haben.«

»Von der Vopo?«

»Von wem denn sonst?«

»Mannomann.« Sebastian seufzte und tastete den Kopf des Blassen mit Blicken ab. Erst jetzt bemerkte er die Beule ein Stückchen über der Augenbraue des Jungen.

»Wir würden dich ja gern zum Bier einladen auf den Schreck. Aber Bier ist gerade alle«, sagte der, dem die roten Strähnen vor den Augen baumelten, sodass er Sebastian anschielte.

»Macht nichts.«

»Du siehst noch so entsetzlich nüchtern aus.«

Sebastian zuckte mit den Achseln. »Wo haben die euch aufgesammelt?«

»Alex. Wo sonst? War wohl bisschen zu laut, die Party. Wir haben zu dolle die öffentliche Ordnung jestört.«

»Verstehe«, sagte Sebastian und sah sich um.

Es gab nicht viel zu sehen. Es standen lediglich zwei Pritschen in dem Raum. Immerhin existierte eine richtige Toilette hier und nicht nur ein Eimer für die Notdurft. Allerdings befand sich das WC mitten in der Zelle, ohne jeden Sichtschutz.

Eigentlich musste er pinkeln, aber das würde er sich doch lieber vorerst verkneifen.

»Wat kiekst'n so?«, fragte einer mit einem Kindergesicht und Pittiplatsch-Frisur. »Zu fressen jibbs hier nüscht. Falls du Knast hast im Knast haste Pech jehabt. Saufen kannste aus'm Wasserhahn.«

»Immerhin«, sagte Sebastian, warf einen Blick zu dem Waschbecken neben dem Klo und dachte wieder an Bad Freienwalde, an den süßen, lauwarmen Tee in Plastikbechern, den man dreimal am Tag zu trinken bekam, an den ewigen Durst, den er dort gespürt hatte. »Wasser für alle. Ist ja ein richtiger Luxus hier.«

Der dickliche Polizist, der die Befragung im Vernehmerzimmer durchführte, sah gelangweilt und griesgrämig aus.

Er blickte kaum auf, als er Sebastians Angaben notierte: Name, Adresse, Datum und Ort der Geburt, Vater …

»Name und Mädchenname der Mutter?«

Sebastian schwieg, dann antwortete er zögernd.

»Ihr Beruf?« Als er nicht gleich reagierte, tippte der Polizist mit einem Kugelschreiber auf dem Tisch herum. Wie viele Leute hatte er heute schon verhört?

»Sie … sie ist … gestorben«, brachte Sebastian mühsam heraus. Die Worte kamen ihm fremd vor. Als hätte jemand anderes sie ausgesprochen.

Wieder entstand ein kurzes Schweigen. Der Mann hob den Kopf, reckte das Kinn vor und starrte ihn an.

»*Ihr* Beruf?«, fragte der Mann und zeigte mit seinem Stift auf Sebastian.

»Ach so. Schüler.«

»Warum befinden Sie sich hier?«

Das wüsste ich auch gern, dachte Sebastian. »Weil ich eine Losung in einer Haltestelle entfernen wollte?«

Er wandte den Blick von dem starrenden Polizisten ab und sah sich im Raum um. Aber es gab hier nichts, an dem er sich festhalten konnte: kein Bild, keine halb verwelkte Topfpflanze, nur kahle Wände und hässliche Büromöbel.

»Die VP hat mich dabei ertappt und hierhergebracht.«

»Was genau haben Sie da gemacht in diesem Wartehäuschen?«

»Das habe ich doch gerade gesagt!«

Sebastian zappelte mit den Beinen und strich sich ein paarmal nervös durchs Haar. Unwillkürlich verglich er seinen Vernehmer mit Herrn Möller. Gegen den Mann von der Stasi wirkte der Polizist wie eine gelangweilte Schlafmütze.

»Als ich die Schrift sah, wollte ich sie beseitigen. Damit … alles wieder … in Ordnung ist.«

»Und vorher haben Sie die Schmiererei da angebracht?«

»Nein. Das war ich nicht.«

»Wer war das dann?«

»Keine Ahnung.«

»Wer hat Sie beauftragt?«

»Niemand!«

Wieder klopfte der Polizist mit seinem Stift einen nervösen Takt. »Kommen Sie, irgendwer wird doch dahinterstecken!«

Sebastian schüttelte den Kopf.

»Vielleicht Ihr Vater?«

Der Schreck fuhr ihm jäh in die Glieder. Wie kam der Mann denn darauf?

»Nein! Es war ganz allein meine … Idee.«

Scheißidee, dachte er. Was hatte sein Vater damit zu tun?

»Wo ist die Farbe?«

»Weiß ich nicht.«

»Wieso waren Sie mitten in der Nacht an einer Bushaltestelle?«

»Es war Zufall. Ich bin da zufällig langspaziert.«

»Mit einem Eimer Wasser?«

»Den habe ich dann geholt. Ich wohne nicht weit weg.«

»Und haben Sie was am Tatort beobachtet? Etwas Auffälliges oder jemand Verdächtigen?«

»Nein, nichts.«

»Geben Sie zu, Sie haben die Schmiererei selbst angebracht!«

»Nee! Hab ich nicht!«

»Und dann hast du kalte Füße bekommen und wolltest das schnell wieder wegmachen. Du kannst es ruhig zugeben, dann sind wir schneller fertig.«

Wieso duzte ihn der Mann plötzlich? Das *Sie* war ihm irgendwie peinlich gewesen, aber dieser Wechsel verwirrte ihn. War das eine Masche? Irgendein Trick?

»Das kann ich nicht zugeben, weil es so nicht war«, antwortete er gereizt.

»Wir werden das überprüfen.«

»Tun Sie das! Darf ich jetzt gehen?«

»Nein.«

»Wie lange muss ich noch hierbleiben?«

»Das wirst du schon sehen.«

»Geht es nicht ein wenig genauer?«

Der Polizist holte plötzlich aus, Sebastian zuckte zurück und dachte einen Moment, der Mann würde zuschlagen. Aber er hieb nur seine Faust mit aller Kraft auf den Tisch. »Was glaubst du, wo du hier bist?!«, blaffte er.

In der Keibelritze, dachte Sebastian. Aber er hielt lieber den Mund. Sein Blick fiel auf die Tür, die gepolstert und vermutlich schalldicht war. Der Krach, den der Mann machte, drang nicht nach außen. Wenn Sebastian schrie, würde das niemand sonst hören.

Der Polizist beugte sich vor, schob sich so dicht über ihn, dass Sebastian in die Nasenlöcher des Mannes sehen konnte und ihn sein schaler Mundgeruch streifte.

»Du wirst dich noch wundern, Bürschchen! Du wirst dich noch wundern, das verspreche ich dir!«

Spuckebläschen trafen Sebastian. Er ekelte sich. Doch er wischte sie nicht weg. Er tat so, als wäre nichts.

»Leute wie du landen schneller hinter Gittern, als du dir vorstellen kannst.« In seinen Augen lag etwas Eiskaltes.

Sebastian konnte sich das besser vorstellen, als der Genosse Volkspolizist das glaubte.

Nach dem Verhör ging es nicht zurück in die Gruppenzelle zu den Punks. Ein Polizist in dunkelblauer Uniform führte ihn weiter in das Innere des Gefängnisses hinein, eine eiserne Treppe hinauf.

Er sah Sebastian kaum an, schloss Gitter auf und zu und erteilte ihm wie ein Roboter mit gleichgültiger Stimme Befehle: »Rechts!«, »Links!«, »Geradeaus!«, »Gesicht zur Wand!«

Stockwerk für Stockwerk reihte sich Zellentür an Zellentür. Als

Sebastian hinabblickte, kam es ihm vor, als würde er in eine finstere Schlucht schauen. Ihm wurde schwindlig in dem düsteren Gebäude. Der Knast sah aus wie ein Hochsicherheitsgefängnis in einem amerikanischen Film. Wie in *Flucht von Alcatraz* mit Clint Eastwood, den er mal im Fernsehen gesehen hatte.

Die Welt bestand hier aus Gittern und Stahltüren.

Wollten sie ihn jetzt einsperren? Wie lange? Und vor allem: Wofür?

Er hatte nichts verbrochen! Alles kam ihm unwirklich vor, als würde er sich durch seinen eigenen Albtraum bewegen. Unwillkürlich hielt er Ausschau nach anderen Verhafteten, vielleicht nach einem der Punks, aber obwohl er Stimmen und Geräusche hörte, sah er niemanden.

Die Tür schlug hinter ihm zu, der Schlüssel schloss und die Riegel knallten. Wie betäubt fand sich Sebastian in einer engen Zelle wieder und blickte sich ungläubig um. Farbe blätterte von der Wand, die einmal in einem kränklich wirkenden, blassen Grün gestrichen worden war. Auf der schmalen Pritsche lag eine blaue Matratze mit gelben Streifen, die vor Dreck starrte und nach Urin stank. Direkt am Fußende des Bettes stand das Klo, daneben befand sich ein Waschbecken und gegenüber waren ein an die Wand geschlossenes Brett, das wohl eine Art Tisch sein sollte, und ein Hocker.

Sebastian sah zu dem Fenster hoch. Die Sonne blinzelte ihn hinter dem massiven Gitter an, das nach innen ragte. Da draußen begann ein Frühlingstag.

Als er sich ein Stück vorschob, sah er zu seiner Überraschung in sein eigenes Gesicht.

Ein kleiner, rechteckiger Spiegel war in die Wand eingelassen.

»Du Idiot«, flüsterte er. Etwas anderes hatte er sich gerade nicht zu sagen. Er schüttelte den Kopf, schnitt eine Grimasse und wandte den Blick ab.

Nach einer Weile fing er automatisch damit an, hin und her zu gehen.

Warum hatten sie ihn nicht mehr zu den anderen Jugendlichen gebracht? Er wäre lieber bei den Punks geblieben, auch wenn manche von ihnen ziemlich penetrant den Geruch von Alkohol, Zigaretten und Erbrochenem ausdünsteten. Wenigstens hatte er mit ihnen reden können. Sie kannten sich aus, wussten vielleicht, wie lange dieses Affentheater noch dauern würde. Wie viele Stunden durfte man einfach so festgehalten werden? Ohne Haftbefehl? Ohne *Grund*?

Bekam er jetzt eine Gefängnisstrafe? So wie sein Vater? Brauchte er einen Anwalt? Und was war mit Katja?

Sebastian spürte auf einmal Panik in sich aufsteigen. Die Wände schienen auf ihn zuzurücken. Einen Moment hatte er das Gefühl, wieder in der Kellerzelle des Durchgangsheimes zu sein. Sein Puls fing an zu rasen.

Er konnte hier unmöglich bleiben!

Sebastian machte einen Satz zur Tür und klopfte.

Nichts geschah. Natürlich nicht.

Er hämmerte lauter. »Sie müssen mich rauslassen! Ich hab nichts getan! Ich bin *unschuldig*!«

Sebastian lauschte. Irgendwo schrie eine Männerstimme. Es klang so, als hätte der Mann Schmerzen. Wurde er geschlagen? Gequält?

Was war seinem Vater in der Haft geschehen? Ganze vier Jahre hinter solchen Gittern, Riegeln und Mauern hatte er verbringen müssen. Kein Wunder, dass er zum Trinker geworden war.

Sebastian schämte sich plötzlich. Sein Vater hatte ihn aus dem Durchgangsheim geholt, ihn vor dem Jugendwerkhof bewahrt. Ihn aufgenommen. Auch wenn er nicht gerade gesprächig war und sich oft reserviert gegenüber Sebastian verhielt – er kümmerte sich um ihn. Auf seine Art. Und nun? Wie der Vater, so der Sohn? Der Apfel fällt nicht weit vom Stamm und landet auch im Knast?

Wieso musste er auch unbedingt zu dieser Bushaltestelle gehen? Der Spruch wäre in der dunklen Ecke vielleicht niemandem aufgefallen.

Katja hatte sich sicherlich ziemlich dumm verhalten. Doch wie es aussah, machte er alles nur noch schlimmer.

Links neben der Tür entdeckte er einen Klingelknopf.

Sebastian hob die Hand, zögerte, ließ sie wieder sinken.

Niemand würde ihn hier einfach so rauslassen, nur weil er klingelte und sich beschwerte.

Er setzte sich auf den Hocker und starrte auf die Wand, starrte in die Wand hinein, in dieses seltsame Mintgrün.

Nach vielleicht einer Stunde begannen weiße Punkte vor seinen Augen zu tanzen. Sein Blick glitt zur Tür, zu dem Guckloch, durch das ihn jederzeit jemand anglotzen konnte.

Du bist jetzt ein Gefangener, sagte eine höhnische Stimme in seinem Kopf. Finde dich damit ab.

Manchmal hörte er Schritte, manchmal Schlüsselklimpern, manchmal krachte irgendwo eine Zellentür. Einmal schrie ein Mann, einmal - von weiter weg - eine Frau. Es waren keine Worte, es waren *Laute*, die etwas Tierisches hatten und durch das Gebäude hallten. Einmal hörte er jemanden lachen, aber es lag etwas Hysterisches, Irres darin.

Als er ein leises, scharrendes Geräusch wahrnahm, blickte er zum Türspion. Er sah einen Augapfel oder glaubte, ihn zu sehen. Jemand glotzte. Zum Glück war er schon pinkeln gewesen. Trotzdem war ihm dieses dauernde Beobachtetwerden zuwider. *Unheimlich*.

Was sollte das?

Sebastian versuchte, sich vorzustellen, was der Posten durch den Spion erblickte.

Einen Jungen, sechzehn Jahre alt, mit blassem Gesicht.

Er tat eigentlich nichts. Er saß herum, er lief herum, er stand herum.

Es war unglaublich langweilig und er fühlte sich wahnsinnig einsam in dieser Einzelzelle.

Sebastian sah zum vergitterten Fenster hinauf und fragte sich, was Katja gerade machte. Sie musste längst bemerkt haben, dass er nicht nach Hause gekommen war.

Sorgte sie sich um ihn? Stellte sie gerade wieder irgendetwas an?

Er lief die fünf Schritte von der Tür zur Wand. Und er lief die fünf Schritte von der Wand zur Tür.

Glaubten sie wirklich, dass er die Losung an die graue Haltestellenmauer geschrieben hatte? Oder wollten sie von ihm nur wissen, was er wusste? Von Katja ahnten sie nichts. Hoffte er jedenfalls. Verdächtigten sie etwa wirklich seinen Vater?

Der Hunger nach Freiheit ist schmerzhafter als der Hunger nach Brot, hörte er Katjas Stimme in seinem Kopf.

Stimmt, dachte er. Wenigstens dann, wenn man eingesperrt ist. Aber was, wenn man gerade dabei ist, zu verhungern? Sebastian war sich nicht sicher, ob dieser Spruch tatsächlich der Wahrheit entsprach. Kam es nicht vielmehr darauf an, in welcher beschissenen Situation man gerade steckte?

In seinem Kopf entstand eine eigenartige Leere. Er fühlte sich erschöpft, müde und er schämte sich. Es war ihm auf einmal total peinlich, dass sie ihn erwischt hatten. Entweder hielten sie ihn für plemplem oder für einen Täter, der nachts herumzog und Losungen an Wände malte.

Sebastian setzte sich auf den Hocker und starrte ins Nirgendwo. Nachdem er eine Weile so dagesessen hatte, fielen ihm die Augen zu. Er riss sie wieder auf, wankte im Sitzen hin und her, schaute verwirrt um sich und nickte wieder ein.

Etwas knallte – Metall schlug auf Metall.

Sebastian schrak auf. Welcher Erzieher kam? Maschine etwa? Hatte er was falsch gemacht?

Aber dann begriff er, wo er war.

Und gleichzeitig begriff er es nicht.

In seinen Ohren rauschte es.

Er verstand nicht gleich, was der Polizist zu ihm sagte. Das Summen war stärker. Seine Beine fühlten sich wie aus Gummi an. Er spürte einen Schwindel und hielt sich am Waschbecken fest, als er sich hochzog.

Die Tür stand offen. Wie durch einen Schleier sah er die Gestalt da stehen. Und es dämmerte ihm, dass er aus der Zelle gebracht werden sollte.

»Kommen Sie«, sagte der Uniformierte mit seiner Roboterstimme.

Wo führte man ihn hin? Wieder zur Vernehmung? Oder zurück zu den Punks?

»Gehen Sie!«

Wie in Trance folgte er den Anweisungen, lief den Gang entlang, die Stahltreppe hinunter – selbst die Schritte machten hier metallische Geräusche –, ließ sich durch das Labyrinth der Haftanstalt führen, ging durch eine Tür, die für ihn aufgeschlossen wurde, und schließlich durch ein Tor …

Die Sonne blendete ihn plötzlich. Er hörte ein scharrendes Geräusch, dann ein metallisches Klicken. Das graue Gefängnistor schloss sich hinter ihm.

Er sah sich nach dem Wärter um. Doch der war weg, spurlos verschwunden.

Sebastian stand allein, war plötzlich wieder draußen, unter seinen Füßen lag ein ganz normaler Bürgersteig, über ihm spannte sich der blaue Himmel. Eine Möwe flog über seinen Kopf hinweg.

Misstrauisch blickte er sich nach allen Seiten um. Nichts. Niemand zu sehen.

Am Rand der Straße parkte ein Wagen. Ein Lada.

Die Beifahrertür öffnete sich.

Eine Hand erschien und winkte ihn in das Fahrzeug hinein.

Herr Möller sah ihm kalt entgegen und schenkte ihm ein verkniffenes Lächeln.

Er gab Sebastian nicht die Hand, wie er es sonst immer tat, sagte weder »Guten Tag« noch »Hallo«. Er fuhr einfach ohne ein Wort los.

Trotzdem fühlte sich Sebastian eigenartig beschützt. Herr Möller war wenigstens jemand, den er kannte. Und er brachte ihn weg von diesem grauenhaften Ort.

»Hunger?«, war das Erste, was er Sebastian fragte.

Sebastian nickte und nahm erleichtert die in Butterbrotpapier gewickelte Stulle entgegen.

»Danke.«

Erst als er abbiss, merkte er, dass sein Bauch knurrte. Es war nichts Besonderes auf dem Brot, nur Bierschinken oder Jagdwurst oder so, aber es kam ihm köstlich vor.

»Ich hätte dich da auch schmoren lassen können«, war das Zweite, was Herr Möller von sich gab. »Das weißt du doch, oder?«

Sebastian antwortete nicht. Auf einmal hatte er das Gefühl, das Brot würde ihm im Hals stecken bleiben.

Sie saßen in einer Küche, in einer Altbauwohnung, die sich ebenfalls im Prenzlauer Berg befand und die Sebastian noch nicht kannte.

Herr Möller blickte Sebastian eine Weile komisch an. Schließlich erhob er sich, lief um ihn herum zum Kühlschrank und holte wie selbstverständlich Bier und Schnaps heraus. Er stellte die Flaschen auf den Tisch, dann legte er Sebastian die Hand auf die Schulter und stützte sich einen Moment auf ihn.

»Na, mein Junge, das war ein Schreck, was?«

Sebastian spürte die Berührung wie ein schweres Gewicht.

Er hätte sich gern entzogen, aber er hielt still.

»Es war gar nicht so einfach, dich da wieder rauszuholen. Ich musste erst ein paar Telefonate führen.«

»Ich hab nichts Schlimmes gemacht«, sagte Sebastian, aber er fühlte sich kläglich dabei.

Hatte Herr Möller tatsächlich für seine Entlassung gesorgt? War er ihm jetzt etwas schuldig?

»Davon gehe ich aus.« Er drückte Sebastians Schulter kurz und kräftig, sodass es beinahe wehtat, dann ließ er los.

»Aber du warst in Untersuchungshaft. Ist dir eigentlich klar, was das bedeutet? Das hätte durchaus nicht nur ein paar Stunden, sondern noch Tage, Wochen oder Monate dauern können.«

Sebastian lief ein Schauer über den Rücken.

Herr Möller öffnete die Flaschen, schob ihm ein Bier zu und goss zwei Gläser Schnaps ein.

»Was machst du nur für Sachen?«, murmelte er. »Anscheinend hast du ein Talent dafür, in Schwierigkeiten zu geraten. Immer muss man sich um dich kümmern.«

Seine Stimme klang gönnerhaft, aber in seinen Augen lag ein kalter Glanz.

»Hat dein Vater die Schmiererei in dem Wartehäuschen angebracht? Wolltest du ihn schützen?«

Sebastian schüttelte energisch den Kopf. »Nein! Er war das nicht!«

»Wer dann?«

Ging das Verhör jetzt etwa hier weiter?

»Keine Ahnung.« Er verschränkte die Arme.

»Vielleicht war es ja auch dieses Mädchen?«

Etwas siedend Heißes schien durch seinen Körper zu fließen und er spürte, dass er rot wurde. Herr Möller wusste von Katja?

»Welches Mädchen?«

»Die, mit der du zur Zionskirche gegangen bist, wie heißt deine Mitschülerin noch gleich?«

»Sabine!«, stieß Sebastian hervor. Er hoffte nur, dass ihm seine Erleichterung nicht anzumerken war.

»Ja, genau. Verheimlichst du mir da was?« Herr Möller warf ihm einen amüsierten Blick zu. Glaubte er, Sebastian sei in Sabine verliebt?

»Wie dem auch sei. Die Spurensicherung der Kripo wird schon herausfinden, von wem die Schrift an der Wand stammt. Erzähl doch mal, wie es so war in der Kirche. Was war da los? Hast du Leute gesehen, die du kanntest? Was wurde so besprochen?«

Herr Möller hob seine Flasche, prostete ihm zu, als säßen sie gemütlich in einer Kneipe.

Sebastian griff nach dem Bier, erwiderte die Geste, murmelte »Auf Ihr Wohl!« und trank hastig ein paar Schlucke. Das war er dem Mann jetzt schuldig.

Dann begann er zögernd zu berichten.

Herr Möller schrieb mit – wie ein Schüler im Unterricht. Ab und zu fragte er etwas, und Sebastian antwortete, räusperte sich und trank.

»Arbeitsgruppe *Was tun! Aktionen für unsere Umwelt*«, murmelte Herr Möller, ohne aufzusehen, und machte sich eine Notiz. »Eine gute Wahl.«

Sebastian stutzte einen Moment. Genau das Gleiche hatte Sabine auch gesagt.

Von dem Bier fühlte er sich leicht benebelt. Die Fragen, die Herr Möller stellte, kamen wie durch Watte gesprochen bei ihm an. Er musste sich konzentrieren, um sie zu verstehen und das zu sagen, was der Stasimann hören wollte.

Sebastian gab Auskunft über die Leute, die er in der Kirche gesehen hatte – sachlich, als würde er nach dem Weg gefragt: Er berichtete über die nervöse Stimmung, die Sorge vor der unsichtbaren Gefahr, die Angst vor der Giftwolke, die Empörung über das tagelange

Verschweigen des Reaktorunfalls, die Wut der Mutter mit dem kleinen Kind, die Tränen einer Schwangeren …

Er nahm die Zigarette, die ihm angeboten wurde, und fragte sich, wer dieser Herr Möller überhaupt war. Ein Freund? Mit Sicherheit nicht. Ein Feind? Wohl kaum. Immerhin hatte er ihm aus der Patsche geholfen.

Eine Art Kumpel? Jedenfalls tat er so.

Sebastian rauchte und redete. Schließlich griff er auch nach dem Glas Schnaps, das schon eine Weile für ihn bereitstand, und trank es in einem Zug aus. Er achtete immer weniger auf das, was er sagte.

Nur einmal hob der Mann von der Stasi den Kopf. »Ein Lehrer? Bist du sicher?«

»Ja. Herr Heinemann. Unser Mathelehrer.«

»Und in welche Arbeitsgruppe hat er sich eingetragen?«

»Das habe ich nicht mitbekommen.«

»Kannst du es herauskriegen?«

Sebastian nickte, obwohl ihm nicht klar war, wie er das anstellen sollte.

»Schön. Ich bin wie immer zufrieden mit dir. Nur solltest du in Zukunft solche Aktionen wie die in der Bushaltestelle unterlassen. Haben wir uns verstanden? Und wenn du mal nicht weiterweißt, ruf mich einfach an. Die Nummer hast du ja. Du kannst dich auf mich verlassen. Ich bin zuverlässiger als …«

Sebastian wartete, dass Herr Möller den Satz beendete.

Aber das tat er nicht.

Ein merkwürdiges Schweigen entstand.

»Sie meinen, als mein Vater?«

Herr Möller antwortete nicht.

Aber Sebastian glaubte, zu verstehen.

Ohne ihn säße er noch in einer Zelle im Knast, in der Keibelstraße.

Würde womöglich vor einem Richter landen und verurteilt werden.

»Danke, dass Sie … dass Sie mir geholfen haben«, stammelte er.

Herr Möller lächelte ihn an, als wäre das nur eine Art freundschaftliches Entgegenkommen. »Eine Hand wäscht die andere, oder?«

Sebastian nickte.

»Vielleicht kannst du mir ja auch einen Gefallen tun.«

»Einen Gefallen?«

»Hast du denn mal was Besonderes bemerkt … in der Wohnung deines Vaters zum Beispiel?«

»Was Besonderes?«

»Ja. War etwas ungewöhnlich?«

»Nicht dass ich wüsste.«

»Denk mal nach. Ist dir gar nichts aufgefallen?«

Sebastian seufzte.

Herr Möller lehnte sich zurück und starrte ihn schweigend an.

Irgendetwas in seinem Gesicht sagte Sebastian, dass er sowieso Bescheid wusste. Über *alles.*

Das war nur ein Test, oder?

»Mein Vater hat«, sagte Sebastian, »… in der Küche … es gibt da … eine … eine …« Er holte tief Luft. »Eine Kammer …«

Was tat er da? Was zum Teufel erzählte er denn?

Sebastian biss sich auf die Zunge.

Zu spät …

Es war … zu spät.

»Eine Kammer in der Küche?«

»Hat wahrscheinlich nichts zu bedeuten. Sind nur ein paar Büchsen drin.« Sebastian brach der Schweiß aus.

Herr Möller betrachtete ihn weiter mit diesem forschenden, lauernden Blick. Dann nickte er und schob etwas über den Tisch.

Zuerst dachte Sebastian, Herr Möller wolle ihm noch einmal seine Telefonnummer geben. Doch es war ein Schein. Ein Geldschein.

Verblüfft sah Sebastian in ein grünes Gesicht: Goethe guckte besorgt, er hatte Ringe unter den Augen, genauer gesagt Tränensäcke, und ihm standen die Haare zu Berge.

»Das ist für den genauen Bericht und für deine Auslagen, die du bisher hattest und noch haben wirst. Du brauchst also nicht schwarz mit der Straßenbahn fahren und gleich wieder Ärger riskieren. Offenbar hast du ja ein Talent dafür, dich erwischen zu lassen, was?« Herr Möller lachte über seinen Scherz. »Du machst doch keinen Blödsinn mehr, oder?«

Sebastian schüttelte den Kopf. Vielleicht hatte Herr Möller ja Ärger bekommen mit dem Ministerium für Staatssicherheit? Weil Arthur Engel, sein *Inoffizieller Mitarbeiter*, nicht so spurte, wie er sollte?

»Ich benötige noch eine Unterschrift von dir. Ordnung muss sein.«

Hastig unterschrieb Sebastian die Quittung, knüllte den Zwanzig-Mark-Schein zusammen und steckte ihn in die Hosentasche.

Katja

Es war ruhig im Altersheim, kaum jemand beachtete Sebastians Großmutter und mich.

»Na, ist Ihre Enkelin zu Besuch und geht mit Ihnen spazieren?«, fragte eine Schwester, die ich noch nicht kannte.

Wir nickten beide artig im Takt. Sebastians Oma schob ihre Hand in meine und wir setzten unsere Flucht Schritt für Schritt fort.

So langsam war ich noch nie geflohen. Aber ich musste schließlich Rücksicht nehmen. Und wenn man im Schneckentempo aus dem Feierabendheim ausbrach, vermutete wenigstens niemand, dass man überhaupt davonlief.

»Und nun sag mir mal, was los ist, Kleine«, sagte Sebastians Oma, als wir an ihrem wackligen Küchentisch in ihrer Datsche saßen.

Ihre Stimme klang beiläufig. Aber ihr Blick wurde auf einmal ganz aufmerksam.

Ich lächelte. »Was soll denn los sein?«

Doch plötzlich stiegen mir Tränen in die Augen und ich fing von einer Sekunde zur nächsten an zu heulen.

»So schlimm?«

Ich schluchzte, versuchte, mich in den Griff zu bekommen, doch es gelang mir nicht. Ich heulte Rotz und Wasser, und immer, wenn ich zwischendurch Luft holte, war mir mein Ausbruch peinlich. Aber ich konnte den Fluss einfach nicht abstellen. Er überrollte mich, riss die Barrieren, die ich mühsam aufgebaut hatte, einfach ein.

Irgendwann spürte ich eine Hand, die sacht meine Hand berührte, spürte ihre Finger, die auf meinen Knöcheln tänzelten. Es kam mir vor, als würde ein Vogel auf mir landen und nach Körnern picken. Und er fraß sich irgendwie durch meinen Schmerz.

Ich starrte sie mit Tränen in den Augen an – als wäre sie eine Zauberin.

»Dachte ich's mir doch«, sagte sie schließlich, als ich mich allmählich etwas beruhigt hatte, und seufzte. »Irgendwas ist da im Busch. Wieso weinst du? Wo ist mein Enkel? Was ist mit Basti?«

Ich schluckte ein paarmal, holte tief Luft. Und schließlich erzählte ich ihr alles, was ich wusste. Oder jedenfalls fast alles. Davon, dass Sebastian mich versteckte. Vom Dachboden. Von der Haltestelle und den angepinselten Gandhi-Worten, von seinem Verschwinden.

Sie nickte mir zu. Ich wischte meine Tränen weg. Ihr Gesicht wurde ernst. Traurig. Sie nickte und tätschelte meine Hand.

»Du musst zurückfahren«, entschied sie dann. »Es lässt dir sonst keine Ruhe und mir auch nicht. Danach kannst du eine Zeit lang hier wohnen, wenn du möchtest.«

Sebastian

Er presste die Lippen zusammen, als sich die Straßenbahn in die Kurve legte. Das Bier und der Schnaps schwappten in ihm herum und wollten an die frische Luft, die allerdings alles andere als frisch war. Die Leute in der Bahn, die hinter ihm saßen, flüsterten miteinander über die Strahlenbelastung, und Sebastian warf einen Blick über die Schulter.

»Du kaufst noch Salat?«, sagte eine blonde Frau leise zu ihrer Sitznachbarin. »Schmeiß den lieber weg.«

»Wegschmeißen? Der ist ganz frisch und sieht größer und grüner aus als sonst. Richtig knackig!«

»Na, ich weiß ja nicht. Guckst du keine *Tagesschau*? Ich würde jetzt gar nichts essen, was irgendwie *draußen* war.«

Sebastian schluckte das Saure, das ihm die Kehle hochstieg, mühsam hinunter, dennoch entschlüpfte ihm ein Rülpser. Eine beleibte Frau, die viel zu dicht neben ihm saß, drehte den Kopf weg und verzog das Gesicht. Fahne, er hatte eine *Fahne* – und die war mit Sicherheit nicht rot wie in diesem Kampflied, das sie in der Schule ständig singen mussten. Seine Fahne hielt die Leute schön auf Abstand – soweit das in der Enge überhaupt möglich war.

Sebastian richtete sich jäh auf, drängelte sich an der dicken Frau vorbei, die empört mit der Zunge schnalzte und vor sich hin grummelte.

Er musste hier raus! Sofort!

Herr Möller hatte es wohl zu gut mit ihm gemeint. Schnaps, Zigaretten, Bier – auf fast nüchternem Magen. Das musste ja schiefgehen.

Aber er hatte auch Geld bekommen. Das erste Mal hatte ihm Herr Möller einen Geldschein über den Tisch geschoben. Und das nicht aus Freundlichkeit, sondern weil er angeblich so toll mitarbeitete.

Für die Stasi. Sebastian war ein Stasispitzel, Spion, Schnüffler,

Denunziant … *Verräter.* Beging er Verrat? Warum musste er auch etwas von der Kammer in der Küche sagen? Und wieso hatte er Herrn Heinemann, seinen Mathelehrer, erwähnen müssen? Er wollte doch eigentlich nie Namen nennen. Aber es wusste ja niemand davon – abgesehen von Herrn Möller –, und es würde auch nie jemand erfahren, oder?

Doch er selbst wusste es.

Ihm wurde immer übler. Warum hatte er das Geld angenommen?

Judaslohn, dachte er plötzlich.

Es war ihm auf einmal total unangenehm, dass Herr Möller ihm Geld gegeben hatte. Er wollte es so schnell wie möglich wieder loswerden.

Die Türen der Straßenbahn öffneten sich endlich und Sebastian sprang mit einem Satz hinaus. Neben der Haltestelle stand ein Mülleimer. Er beugte sich über ihn, umklammerte den Rand des Behälters, und ein stinkender Schwall schwappte aus ihm hinaus und klatschte auf die Abfälle in dem Plastikeinsatz.

Seine Beine zitterten. Aus den Augenwinkeln nahm er wahr, dass die Leute einen Bogen um ihn machten. Es dauerte eine Weile, bis das ganze schaumige Zeug draußen war.

Seine Kehle brannte, er hatte einen widerlich sauren Geschmack im Mund, und ihm war immer noch übel, wenn auch nicht mehr so schlimm wie eben.

Sebastian kaufte sich eine Selter in einem Tante-Emma-Laden und trank die Flasche in einem Zug aus. Danach ging es ihm etwas besser, aber er würde trotzdem den Rest des Weges zu Fuß laufen.

Er trödelte herum, sah in verschiedene Geschäfte hinein, blätterte in einer Buchhandlung in Romanen herum, ohne etwas zu finden, was ihn interessierte, ging in eine Drogerie, roch an Parfums. Würde sich Katja über so einen synthetischen Duft freuen? Er schlenderte weiter durch die Straßen, stellte sich in der Schönhauser Allee an eine

Schlange vor einem Schallplattenladen an – die sich allerdings auflöste, kurz bevor er dran gewesen wäre. Die Amiga-LP von Nena war ausverkauft. Eine Stunde umsonst angestanden. Scheiße. Katja mochte Nena. Sie wäre ihm um den Hals gefallen. Vielleicht. Zumindest hätten sie sie zusammen anhören und ein bisschen tanzen können.

In der Dimitroffstraße sah er im Schaufenster eines kleinen Geschäftes eine Kette mit einem hübschen Anhänger. Sie glitzerte im Sonnenlicht und kostete genau zwanzig Mark.

Sebastian ging in den Laden und ließ sich den Schmuck aus der Auslage zeigen.

Die Verkäuferin seufzte tief, als wäre es ihr zu anstrengend, ihn zu bedienen. Im Zeitlupentempo holte sie das Gewünschte und hielt es ihm gelangweilt vor die Nase.

Eine kleine, glänzend schimmernde Kugel baumelte vor ihm hin und her.

War die eigentlich aus Silber? Er hatte keine Ahnung. Sollte er die Frau fragen? War das wichtig?

»Willst du die nun haben oder nicht, Junge?«, sagte die Verkäuferin. »Das ist die Letzte von der Sorte.«

»Schon gut. Ich nehme sie.«

Halb widerwillig, halb erleichtert warf er den Geldschein auf die Ladentheke. Herr Johann Wolfgang von Goethe zog die Stirn in Falten. Die Verkäuferin hob die Augenbrauen. Ohne ein weiteres Wort packte sie die Kette in eine kleine Pappschachtel und gab sie ihm.

Als er die Treppe im Hausflur hinaufging, kehrte der Druck im Magen zurück. Er müsste sich eigentlich leicht fühlen, befreit nach der Kotzerei und dem Spaziergang, erleichtert nach dem Einkauf für Katja, aber das Schwere blieb in ihm.

Was sollte er seinem Vater sagen, wo er gewesen war? Und was Katja?

Die Tür zur Wohnung stand halb offen.

Sebastian hörte Geräusche, fremde Stimmen, Männerstimmen, ein Scharren, als würden Möbel verschoben, ein Klappern und Knallen.

Zögernd blieb er stehen und lauschte. Ein Mann sprach in einem barschen, fordernden Ton. Zu seinem Vater? Das klang nach Ärger, nach heftigem Ärger! Sein Vater wurde doch nicht verhaftet?

Er sollte lieber wieder abhauen.

Und dann?

Die Bauchschmerzen wurden schlimmer.

Sein Herz raste auf einmal und er stieß mit Wucht die Tür auf.

Ein Mann in Kunstlederjacke, den er nicht kannte, starrte ihm feindselig entgegen. »Was haben Sie hier zu suchen?«, fragte er.

»Ich bin … Ich wohne …«, stammelte Sebastian und zeigte fahrig irgendwohin.

»Du bist der Sohn?«, fragte ein anderer. »Zeig uns mal deinen Ausweis!«

Automatisch, wie betäubt, holte er ihn aus seinem Zimmer. Sie kontrollierten ihn nur flüchtig, verglichen das Passfoto mit seinem Gesicht, winkten ihn aus dem Weg. Als würden sie hier wohnen und nicht er.

Sprachlos ging Sebastian an ihnen vorbei. Im Wohnzimmer stand sein Vater am Fenster und rauchte. Der Qualm hing so dick in der Luft, als würde es brennen. Der Aschenbecher auf dem Fensterbrett quoll fast über. Im Raum waren überall Dinge verstreut: Zeitungen, Bücher, Klamotten … Eine Lampe lag umgeworfen da, eine Vase war zu Bruch gegangen, Glassplitter übersäten den Boden.

Zwei Typen wühlten gerade in den Regalen und im Schrank herum. Waren das Polizisten? Aber keiner der ungebetenen Besucher trug eine Uniform.

Ein Hagerer mit Schnauzbart nahm jedes Buch einzeln in die

Hand, blätterte darin und schüttelte es aus. Dann ließ er es achtlos fallen und griff nach dem nächsten Band.

»Was ist hier los?«, fragte Sebastian heiser.

»Die Herren sind von der Staatssicherheit und haben natürlich einen Durchsuchungsbefehl«, sagte sein Vater sarkastisch. Er verzog den Mund, aber es sah nicht nach einem Lächeln aus. Er wirkte starr, irgendwie erstarrt – wie eine Holzskulptur. Die Furchen auf seiner Stirn sahen aus wie geschnitzt.

Sebastian ging langsam auf ihn zu.

»Warum?«, fragte er leise. »Wonach suchen die denn?«

»Weiß ich nicht. Ich hab *keine Ahnung.*« Die letzten beiden Wörter sagte er laut und scharf in den Raum hinein.

»Wie lange geht das schon so?«

Sein Vater zuckte mit den Schultern. »Zwei Stunden? In deinem Zimmer waren sie schon.«

Sebastian schluckte. Dann hatten die Kerle also auch seine Sachen durchwühlt.

»Und?«, brachte er heraus.

»Sie sammeln alles Schriftliche ein. Sie haben deine Schulsachen kontrolliert, deine Mappe … Ich weiß wirklich nicht, was das soll.«

Sebastian atmete tief ein und aus. Im Kopf ging er durch, was sich in seinem Zimmer oder in seiner Schultasche befand. War da etwas Verdächtiges dabei? Nein, in seinem Zimmer konnten sie nichts gefunden haben. Eigentlich. Ihm fiel das Gandhi-Buch ein, aus dem der Spruch über die Freiheit stammte. Aber das lag in Katjas Unterschlupf.

Reichte der Durchsuchungsbeschluss auch für den Dachboden? Konnten sie Spuren von Katja finden? Konnten sie *Katja* finden?

Aber sie schienen keine Ahnung zu haben, dass sie sich hier aufhielt. Sie wollten, wie es aussah, seinen Vater in die Pfanne hauen.

Erst dann fiel ihm das Versteck in der Küche ein und was er Herrn

Möller gesagt hatte. Oh Mann, klar konnte Herr Möller die Info bereits weitergegeben haben! Wieder brach ihm der Schweiß aus.

»Waren sie schon … *überall*?«, fragte er leise.

Sein Vater schüttelte den Kopf. »Die Herren vom MfS sind sehr gründlich. Sie schauen sich jedes Foto, jeden Brief, jedes Buch, jede Zeitschrift einzeln an. Das dauert seine Zeit.«

Seine Stimme klang ironisch und beinahe unbeteiligt. Doch Sebastian konnte seine Nervosität spüren. Er bemerkte das Zittern seiner Hand, als sein Vater die Zigarette in den Aschenbecher drückte und sich sofort eine neue anzündete.

Sebastian sah das Keibelstraßenmonstrum wieder vor sich. Die Schlucht aus Käfigen. Etage für Etage. Gitter für Gitter. Zelle an Zelle. Stahltür, die sich an Stahltür reihte, jede mit einem Schloss und zwei massiven Riegeln versehen, als würde ein Riegel nicht ausreichen, um einen Menschen einzusperren.

Vier Jahre hatte sein Vater hinter solchen Gittern gesessen. Ganze endlos lange vier Jahre.

Eingebuchtet als »Politischer« mit richtigen Verbrechern, wahrscheinlich mit Vergewaltigern und Mördern. Er hatte seine Strafe vollständig verbüßt. Wieso konnten sie ihn nicht endlich in Ruhe lassen?

Am liebsten würde er den Männern zurufen: Ihr seid auf der völlig falschen Spur!

Aber das ging nicht. Natürlich nicht. Er durfte Katja nicht verraten.

Vielleicht sollte er noch mal in die Keibelstraße gehen. Am Gefängnistor klingeln, sich selbst stellen und gestehen, dass es doch seine Schuld war, dass er den komischen Satz an die Wand geschrieben hatte.

Besser, sie verknackten ihn statt Katja oder seinen Vater.

»Die Küche noch!«, befahl einer der Männer schroff.

Der Satz traf Sebastian wie ein Peitschenhieb. Wenn sie das Versteck mit den Solidarność-Plakaten und Aufrufen fanden, war es aus. Dann würden sie seinen Vater wohl gleich mitnehmen. Und Sebastian kam in die Obhut der Jugendhilfe, zurück in den Kinderknast und von da in den Werkhof. Und es wäre seine eigene verdammte Schuld! Scheiße. Wie konnte er nur so dämlich sein?

Er musste irgendwas tun.

Sebastian ging plötzlich eilig in sein Zimmer und schlug die Tür hinter sich zu. Doch sie sprang sofort wieder auf. Zwei der Männer folgten ihm – einer mit einem feisten, verschwitzten Gesicht, der andere mit weißblondem Haar und kalt blickenden Fischaugen.

Der Inhalt seiner Schulmappe lag verstreut herum. Seine Matratze lehnte an der Wand, das Laken kringelte sich wie eine große weiße Schlange auf dem Boden. Die Schublade mit seiner Unterwäsche stand weit offen.

Sebastian schob sie hastig, irgendwie peinlich berührt, zu.

Die Männer tauschten Blicke.

Er musste sie ablenken. Musste erreichen, dass auch die drei anderen Typen noch in sein Zimmer kamen. Damit sein Vater vielleicht … die Gelegenheit nutzen konnte, um …

Aber wie? In diesem winzigen Zimmer hatten sie ja nicht mal alle Platz.

»Ich werde mich beschweren«, hörte er sich plötzlich in einem leisen, drohenden Ton sagen. »Ich werde mich bei Ihrem Ministerium beschweren! Ich kenne da jemanden persönlich!«

Es klang albern. Unglaubwürdig. Er wusste ja noch nicht mal, ob Herr Möller beim MfS etwas zu melden hatte. Welchen Dienstgrad besaß er eigentlich? War er Offizier? Oder einfach einer von vielen kleinen Befehlsempfängern?

Seine Drohung schien auch nicht besonders zu wirken. Der Verschwitzte und der Weißblonde glotzten ihn bloß böse an. In ihren Mienen regte sich nichts und sie gaben keinen Ton von sich.

Zum Schein zog Sebastian die Schublade mit seinen Strümpfen auf und wühlte darin herum, als wäre da etwas, das sie übersehen hatten. Aber sie ließen sich auch davon nicht sonderlich beeindrucken. Sie kamen nur ein kleines Stück näher und schauten ihm über die Schulter zu.

Vielleicht hielt sich ihre Lust, noch einmal seine löchrigen Socken zu kontrollieren, ja in Grenzen.

Jemand bellte einen Befehl – wie es klang, aus der Küche.

Automatisch folgten die Männer dem Ruf und Sebastian lief ihnen nach. Presste die Lippen zusammen. Auf das Schlimmste gefasst.

Sein Vater stand da und sah zu, wie die Dosen und Büchsen beiseitegeschoben wurden. In seiner Miene regte sich nichts. Einer der Stasileute klopfte die Wand ab, lauschte und klopfte wieder. »Klingt doch hohl«, hörte Sebastian ihn murmeln.

Schon im nächsten Moment hielt der Mann die Spanplatte in der Hand. Er leuchtete mit einer Taschenlampe in die dunkle Ecke.

»Was haben wir denn da?«, rief er triumphierend. »Wer sagt's denn! Sieht ja aus wie … eine geheime Kammer.«

Sie hatten es gefunden. Sie hatten das Versteck gefunden.

Sebastian kaute auf der Unterlippe herum. Er wagte nicht, zu seinem Vater zu blicken.

Der fremde Mann kroch ein Stück in die Öffnung hinein.

Gleich … gleich musste er auf die Flugblätter stoßen und auf die ganzen anderen Schriften aus Polen, von dieser verbotenen Gewerkschaft, und die waren für die Stasi sicher alle hundertprozentig staatsfeindlich.

Der Schnüffler kam nach einer Weile wieder hervor. In seinem Haar hingen Spinnweben. Doch seine Hände waren leer.

»Da ist nichts«, sagte er zu seinen Kollegen, wischte sich die Spinnweben aus dem Gesicht und hob bedauernd die Schultern. »Gar nichts.«

Katja

Ich sah sie gleich, als ich auf das Haus zulief, in dem ich seit einiger Zeit auf dem Dachboden kampierte: Wagen standen am Straßenrand, die sonst nicht dort parkten. Zwei Wartburgs. Schlammbraun. Je ein Fahrer saß in den Autos. Und einer der auffällig unauffälligen Herren mit Handgelenktäschchen stand Wache an der Haustür.

Was passierte da?

Und was sollte ich nun tun?

Umkehren konnte ich nicht, das würde nur auffallen. Also zwang ich mich ganz normal weiterzugehen. Den Blick auf den Boden gerichtet. Nicht zögern. Nicht langsamer und nicht schneller werden.

Wenn die mich kontrollierten, war ich geliefert. Ohne Ausweis war ich geliefert.

Ich tat so, als würde ich die Männer nicht sehen. Und hoffte, dass sie mich nicht wahrnahmen.

Es kam mir vor, als wären ihre Blicke auf mich gerichtet, als würden sie mich taxieren, während ich erst an dem einen, dann an dem anderen Wartburg vorbeiging.

Ich schwenkte ein wenig meine Arme, setzte ohne Eile Fuß vor Fuß, wie eine ordentliche, ganz normale Bürgerin.

Was spielte sich da oben gerade ab? Am liebsten wäre ich hinaufgestürmt, hätte nachgesehen. Aber das würde niemandem etwas nützen, vielleicht sogar noch alles schlimmer machen. Ich wagte noch nicht mal, einen Blick zum Fenster hinaufzuwerfen.

Es blieb mir nichts anderes übrig, als mich unauffällig zu verhalten und zu warten.

Mit mulmigem Gefühl marschierte ich einfach weiter geradeaus, an den bröckelnden Fassaden vorbei und blickte mich nicht um. Wo sollte ich jetzt hin? Ich hatte nicht mal mehr Geld, um mir irgendwo einen Kaffee, geschweige denn etwas Essen kaufen zu können.

Es roch nach Currywurst und mein Magen knurrte wie ein wütender Hund.

Eine Weile lief ich sinnlos herum, starrte in irgendwelche Schaufenster, in denen es eigentlich nichts zu sehen gab, umkreiste nervös die Litfaßsäulen und las dreimal, welche Stücke so im Theater gespielt wurden und vergaß die Titel sofort wieder.

Nach einer Stunde Herumtrödelei hielt ich es nicht mehr aus und kehrte um.

Ich lief jetzt auf der anderen Straßenseite zurück.

Die Wagen standen immer noch da. Auch der Wachposten mit dem albernen Täschchen hielt noch Wache.

Mir war einen Moment schwindlig. Ich hatte seit Stunden nichts getrunken, nichts gegessen.

Als ich mich gegen eine Haustür lehnte, gab sie nach. Es knarrte, als ich durch den Eingang schlüpfte. Ich stieg die Treppe hinauf. Bis ganz nach oben. Dann blickte ich aus dem Fenster auf die andere Seite. Und beobachtete die Beobachter.

Nichts tat sich. Ich wurde immer nervöser. Angespannt, zittrig, nah am Heulen.

Ich klebte an der Scheibe und starrte in die fremde Galaxie, die mein eigenes Land war. Meine Heimat.

Raumschiff Enterprise an Sebastian: Geht es dir gut? Und deinem Vater?

Eine Tür sprang auf; ich hörte Schlüsselklimpern. Jemand kam von hinten auf mich zu und blieb stehen.

»Was machen Sie denn hier, Fräulein?«, fragte eine Männerstimme streng.

»Warten«, murmelte ich, ohne mich umzudrehen.

»Auf wen?«

Ich warf einen Blick über die Schulter und musterte den Mann kurz. Er wirkte wie der Zwillingsbruder vom Wachposten: eine dunkle, drohende Gestalt, die mich mit leerem Blick anstarrte. Er trug schwarzes Kunstleder und sah aus, als hätte er sein Handgelenktäschchen nur zu Hause vergessen.

»Ich bin mit Fräulein Meier verabredet.«

»Franziska Meier?«

»Genau die.«

»Das Fräulein wohnt ganz unten.«

»Ich weiß. Aber sie ist nicht da, also warte ich und genieße die Aussicht.«

»Wie ist denn Ihr Name?«

Was geht Sie das an?, knurrte es in mir.

»Gabi Müller«, antwortete ich brav und zwang mich zu einem unschuldigen Lächeln. »Eigentlich Gabriele Müller.« Würde er jetzt nach meinem Ausweis fragen? »Und wie heißen Sie?« Ich tat so, als würde ich ihn für einen heißen Typen halten und mit ihm flirten.

Verpiss dich, dachte mein Kopf dabei wütend. Verpiss dich endlich!

Mir war nicht ganz klar, ob ich den Mann oder mich selbst damit meinte.

»Sie dürfen hier nicht einfach im Haus herumlungern. Wo kämen wir hin, wenn das jeder machen würde?«

Ich seufzte und zog einen Flunsch. Sollte er mich doch für eine pubertäre Göre halten. »Schon gut. Ich geh ja schon.«

»Das würde ich Ihnen auch raten, Fräulein Müller. Mein Name ist übrigens Herr Möller.«

Er lachte trocken, als wäre das ein Witz.

Ich nickte ihm mit dem Lächeln einer Schaufensterpuppe zu, dann warf ich noch einen Blick aus dem Fenster.

Und in diesem Moment sah ich sie: drei, vier, fünf Männer. Einer nach dem anderen kamen sie aus dem Haus gegenüber.

Liefen zusammen mit dem Wachposten auf die bereitstehenden Wagen zu und stiegen ein.

Ich versuchte, mir nichts anmerken zu lassen, bückte mich und tat so, als müsste ich mir einen Schnürsenkel zubinden.

Endlich ging dieser Möller die Treppe hinunter. Einen Moment war es still. Dann knallte die Haustür.

Ich lungerte noch ein paar Minuten vor dem Fenster herum, wartete, bis die beiden Wagen abgefahren waren.

Schließlich verließ ich das Haus, steckte die Hände in die Hosentaschen und schlenderte auf die andere Straßenseite.

Ich schaute nach oben, zum Fenster hinauf und weiter zum Himmel, der nicht mehr derselbe war wie vor ein paar Tagen. Ein Vogel flog ahnungslos durch die Luft, der schwarze Flügelschlag einer Krähe. Einen Augenblick lang sah ich ihr nach.

Doch das mulmige Gefühl verschwand nicht.

Es kam mir vor, als würde mich Herr Möller von irgendwo beobachten.

Sebastian

Sie waren weg. Endlich!

Sebastian löste sich vom Fenster, ging zum Waschbecken, spülte den sauren Geschmack aus seinem Mund und putzte sich die Zähne. Danach nahm er den Tauchsieder und setzte Wasser für Tee auf.

»Schwarz, Kamille oder Pfefferminz?« Er musste Ruhe bewahren. Das, was sein Vater und er jetzt brauchten, war Ruhe. Irgendwas Normales im Unnormalen. Er hob eine weiße Haushaltskerze auf, die auf den Boden gefallen war, steckte sie in eine leere Weinflasche und zündete den Docht mit einem Streichholz an.

Ruhe, dachte er und starrte in die kleine Flamme, die sanft vor sich hin flackerte.

»Was für eine Sorte möchtest du?« Er versuchte, seine Stimme so klingen zu lassen, als wäre nichts passiert.

Sein Vater antwortete nicht. Er hockte zusammengekauert am Küchentisch, blickte ins Leere und sah kreidebleich aus.

Die Kerle von der Stasi hatten das reinste Chaos hinterlassen. In den Zimmern lagen Bücher, Kleidung und andere Dinge verstreut. In der Küche sah es noch schlimmer aus. Alle Schränke waren leer geräumt worden, das Geschirr stand irgendwo zu windschiefen Türmen aufgestapelt herum. Ein Teller war zu Bruch gegangen und Sebastian fegte die Scherben zusammen. Dann schob er die Dosen und Büchsen mit dem Fuß beiseite, damit er mit dem Topf heißen Wassers in der Hand nicht über sie stolperte. Aufräumen würde er später.

Alles Schriftliche hatten die Leute vom MfS in Tüten eingepackt und mitgenommen: Briefe, Postkarten, Telegramme, Hefter, ein Adressbuch, ein Taschenkalender mit Notizen, einzelne handschriftlich verfasste Aufzeichnungen, sogar die Zettelsammlung mit den Kochrezepten – außerdem Fotos, Tonbänder, ein paar Bücher, Broschüren, alte *Spiegel*-Ausgaben und andere Zeitschriften, die aus dem Westen stammten.

Sebastians Vater wurde eine endlos lange Liste vorgelegt, die er unterschreiben musste.

Auch sollte er mit seiner Unterschrift bestätigen, dass man *keine Gewalt* angewendet und *nichts beschädigt* habe sowie nur *die im Protokoll angeführten Gegenstände entnommen* wurden.

Sebastian hatte neben ihm gesessen, kaum in der Lage, das alles zu erfassen, was da auf dem Papier stand. Was wollten die damit? Mit all diesem Zeug? Mit den paar wenigen Familienfotos, die sein Vater besaß. Mit Urlaubspostkarten aus Polen, der Tschechoslowakei und Zinnowitz an der Ostsee. Oder mit Tonband-Aufzeichnungen von diversen Radiosendungen und mit der Musik von den *Stones* und *Pink Floyd*.

Bekamen sie die Dinge irgendwann wieder?

Wenn er es richtig verstanden hatte, war alles, was jetzt in den Tüten steckte, eingezogen, beschlagnahmt. Ein für alle Mal verloren?

Sebastian entschied sich für Kamillentee. Eigentlich mochte er den überhaupt nicht, schon der Geruch wirkte auf ihn abschreckend. Aber Kamille sollte beruhigend wirken und das konnte sein Magen gerade gut vertragen. Vielleicht half er ja auch gegen seine pochenden Kopfschmerzen. Und gegen die Finsternis im Gesicht seines Vaters.

Er saß immer noch gebeugt da und sah aus, als wäre er geschlagen worden.

Nicht mit Fäusten, sondern mit ... Demütigungen, Gemeinheiten ... dieser ganzen unglaublichen Boshaftigkeit ... Alles fein säuberlich protokolliert, bestimmt für eine Akte, womöglich für einen Richter, einen Staatsanwalt ...

Sebastian spürte die Wut in sich brodeln. Er brauchte dringend einen Schluck ekelhaft stinkenden Kamillentee.

Als er ein Geräusch an der Tür hörte, zuckte er zusammen.

Kamen sie etwa zurück? Mit einem Haftbefehl? Nahmen seinen Vater mit?

»Ich bin's«, sagte eine helle Stimme.

Katja!

Er sprach ihren Namen lieber nicht aus. Die paranoide Angst seines Vaters hatte sich auf ihn übertragen. Er hielt es nicht mehr für unwahrscheinlich, dass sie belauscht wurden. Vielleicht hatten die Schnüffler sogar die Hausdurchsuchung genutzt, um schnell irgendwo eine Wanze zu deponieren. Vorsichtshalber schaltete er das Küchenradio ein. Klaviermusik erklang.

Statt etwas zu sagen, nahm er Katja kurz in die Arme. Fühlte ihre Wärme, ihre Wange an seiner Wange.

»Ich hab Hunger«, sagte sie leise und lachte. Es kam ihm vor, als würde sie in sein Ohr singen – eine Melodie, die er kannte und auch wieder nicht.

»Hast du auch Durst? Ich hab Tee gekocht.«

Sie nickte, löste sich vorsichtig von ihm und setzte sich zu seinem Vater an den Tisch. Ihr Blick wanderte in der Küche umher und blieb auf der kleinen Kammer haften, die immer noch offen stand.

Sebastian wartete auf eine Reaktion. Auf ein Erschrecken in ihrem Gesicht.

Aber es blieb aus. Sie lächelte ihn an und mit einer kaum wahrnehmbaren Bewegung deutete sie auf die Öffnung und zwinkerte. Allmählich begriff Sebastian, was sie ihm damit sagen wollte.

»Du hast …?«

»Alles paletti«, sagte sie leise und griff kurz nach der Hand von Sebastians Vater. Er blickte auf und sah sie fragend an.

»Ja, *ich habe* …« Sie nickte ihm zu. »… Durst. Und wenn du ein bisschen Brot für mich hättest, Sebastian, wäre ich fast happy.«

»Klar! Alles, was du willst«, rief er überschwänglich. »Möchtest du eine Bratstulle mit Spiegelei?«

»Das wäre wunderbar«, murmelte sie und pustete in den heißen Tee. »Ich bin echt am Verhungern.«

Sebastian stellte sich an den Herd. Er röstete für Katja, seinen Vater und sich selbst Mischbrotscheiben und briet ein paar Eier, bestreute sie mit Salz und Pfeffer. Es zischte in der Pfanne und aus irgendeinem Grund hatte er plötzlich Tränen in den Augen. Er blinzelte sie schnell weg und warf einen verstohlenen Blick zu Katja hinüber. Er sah, dass sie Zettel beschrieb, über den Tisch reichte, sie wieder an sich nahm und anschließend Stück für Stück in die Flamme der Kerze hielt.

Sein Vater schien sich etwas zu entspannen. Er trank den Tee, las die Zettel, nickte Katja zu. Einmal schüttelte er den Kopf, als würde er widersprechen, und kritzelte eine Antwort.

Einen Moment fragte sich Sebastian, was die beiden da genau ohne ihn beredeten. Wo waren die Schriften aus der Kammer geblieben? Was hatte Katja damit angestellt?

Was es auch war – es musste diesmal genau das Richtige gewesen sein.

»Wie wär's, wenn ihr beide zusammen etwas unternehmt, und ich räume indessen ein bisschen auf?«, schlug Katja vor.

»Was unternehmen?«, fragte Sebastian. »Was meinst du?«

»Na, Kino oder so.« Sie zuckte mit den Achseln.

Sebastians Vater saß wie ein Gespenst, das sich verirrt hatte, vor seinem gefüllten Teller und rührte nichts an. Der Ausdruck in seinen Augen wirkte glasig. Er schlürfte ab und zu von seinem Tee und schien nicht wirklich wahrzunehmen, was um ihn her geschah.

»Kino?«, murmelte Sebastian verwundert, als würde sie ihn auf den Mond schicken wollen.

»Warum nicht?«

»Ich weiß nicht.«

»Ich glaub, ihr müsst hier beide erst mal raus.« Katja sah Sebastian eindringlich an. Ihr Blick schien zu sagen: Siehst du nicht, was mit ihm los ist?

»Möchtest du dir einen Film ansehen?«, fragte Sebastian ohne große Hoffnung.

Sein Vater blickte durch ihn hindurch. »Hast du Lust …« Sebastian fragte nicht weiter. Er fand, dass es ziemlich offensichtlich war, dass sein Vater *keine Lust* hatte – zu was auch immer.

»Gerry?«, fragte Katja.

Er runzelte die Stirn, als wüsste er nicht, wer da gerade in seiner Küche saß und auf ihn einredete.

»Okay«, sagte er schließlich und reckte den Hals, als würde er aus einem See auftauchen. »Gehen wir ins Kino.«

Eine Stunde später saß Sebastian mit seinem Vater in einem dunklen Saal in der letzten Reihe. Es lief irgendein alberner Western mit Terence Hill und Bud Spencer. Er konnte sich kaum konzentrieren und ihm fielen vor Erschöpfung immer wieder die Augen zu. Ab und zu hörte er die anderen Zuschauer lachen. Als die Westernhelden auf der Leinwand mal ausnahmsweise die Klappe hielten, nahm er wahr, dass sein Vater schwer atmete, es klang fast nach einem Röcheln.

»Alles in Ordnung?«

Sein Vater starrte geradeaus, dahin, wo die Leinwand war. Doch er verfolgte das Geschehen gar nicht. Er wirkte völlig abwesend.

»Wir können auch … gehen …«

Unbeholfen griff er nach der Hand seines Vaters. Sie fühlte sich knochig an, hart, eisig – wie im tiefsten Winter. Ein Zittern schien durch seinen Körper zu laufen.

»Ist dir kalt?«

Sein Vater holte tief Luft. »Ich schwitze«, brachte er heraus.

»Ruhe!«, kam es aus der Reihe vor ihnen.

»Schüttelfrost?« Sebastian fühlte ihm die Stirn. Sie war schweißnass. Aber nicht heiß.

Es war ein komisches Gefühl. Ihn zu berühren war komisch. Er konnte sich nicht erinnern, dass er das schon einmal getan hatte – auf diese Art. Vertraut. Besorgt. Ängstlich.

Sebastian sprang auf und half ihm hoch. »*Va*… Komm bitte, lass uns gehen!« Wie sollte er ihn anreden? Er wusste immer noch nicht, wie er ihn anreden sollte. Vater? Vati? Oder Papa? Hatte er ihn mal so genannt?

Klang alles doof. Papi? Dad? Daddy? Albern.

»Komm schon, komm … Bitte … Gerry!«

Die Idee mit dem Kino – das war ein Schuss in den Ofen. Katja hatte manchmal schräge Einfälle. Die Schrift an der Haltestellenwand war leichtsinnig und daneben. Aber dass sie sich getraut hatte, in einem Sarg zu fliehen, und dass sie die Solidarność-Flugblätter beiseitegeschafft hatte, bevor … bevor es zu spät war … Das war … Sie war einfach … *Katja*.

Katja war Katja. Sebastian grinste vor sich hin. Ihm fiel die Kette ein, die er noch bei sich trug, und er stellte sich wieder vor, wie sie an ihrem Hals aussehen würde.

Seinen Vater zu stützen und aus dem Saal zu helfen, war nicht besonders schwer. Er war dünn, beinahe dürr.

Nach ein paar Minuten, die Sebastian allerdings ewig lang vorkamen, ging es ihm besser.

Gerry atmete normal. Wischte sich den Schweiß von der Stirn. Hatte einen klaren Blick.

»Danke«, sagte er leise. »Danke dir, mein Sohn.«

Sebastian nickte ihm zu. »Keine Ursache.« Hielt Distanz, immer noch. Aber etwas bröckelte in ihm wie kleine Steinchen, die in die Tiefe fielen.

Eine Weile liefen sie schweigend nebeneinander her. Sebastian sah sich um. Es waren weniger Leute als sonst auf der Straße. Die Angst vor der verstrahlten Luft hielt sie in ihren eigenen vier Wänden fest.

»Was genau hast du eigentlich gemacht damals?«, fragte Sebastian. »Also, ich meine … Wofür haben die dich konkret … eingesperrt?«

»Weil ich so blöd war, mich erwischen zu lassen.« Er lachte rau. »Nein, im Ernst: Nichts Besonderes eigentlich. Die Genossen der SED hatten wohl Angst, dass der polnische Bazillus der Freiheit in den Osten einwandert. Und dann hätten die ein Problem bekommen. Ich habe meine Kontakte mit polnischen Freunden genutzt. Ein paar Aufrufe in die DDR gebracht, ein paar hundert Flugblätter hergestellt, mit einem selbst gebastelten Stempel Zettel bedruckt, sie verteilt, aus der fahrenden S-Bahn und aus Zügen geworfen. Solche Sachen. Wie gesagt … nichts Besonderes. Dachte ich. Aber der Staat sah es wohl anders.«

»Und irgendwann haben sie dich erwischt?«

»Ja. Ich habe eigentlich immer höllisch aufgepasst. Aber einmal … Ich war in der S-Bahn, fuhr hin und her, bis ich mich endlich in einem leeren Waggon befand. Darauf musste man achten. Darauf, dass es keine Zeugen gab. Ich riss die Tür auf und warf die Blätter hinaus. Nächste Station wollte ich raus, abhauen, aber sie standen am Bahnsteig. Und da hatten sie mich.«

»War das die Sache wert? Also, dass du in den Knast musstest?«

»Darüber habe ich nicht nachgedacht. Ich wollte nur nicht, dass es so weiterläuft wie bisher … so … eingeschränkt, eingeengt in dieser *Zone*, ohne Freiheit, ohne Welt, ohne Perspektive, dass sich mal was ändert.«

»Verstehe«, log Sebastian.

Was war so verkehrt daran, in diesem Land, wie es nun mal war – nicht gut und nicht schlecht –, ein ganz normales Leben zu leben? Mit Vater, Mutter, Kind?

Katja

Ich musste hier weg.

Sebastians Vater stand offenbar immer noch im Fokus der Stasi.

Sie würden ihn nicht so schnell in Ruhe lassen.

Und wie wahrscheinlich war es, dass sie bei ihrer Schnüffelei früher oder später über mich stolperten? Sehr wahrscheinlich.

Ich musste weg.

Zettel für Zettel erklärte ich Gerry, was ich getan hatte. Dass ich meinem Bauchgefühl gefolgt sei und jetzt alles, was in seiner Kammer gewesen war, in einer alten Truhe in einer Eberswalder Datsche lag.

»Besser verbrennen?«, schrieb ich.

Gerry sah mich fragend an. Schließlich hob er resigniert die Hände und nickte mir zu. Er wirkte blass wie ein Gespenst. Vielleicht hatte er einen Schock?

»Okay. Ich kümmere mich drum.«

Er wirkte müde. Zu müde, um zu widersprechen.

»Das andere möchte ich behalten.«

Er las den Satz, las ihn noch einmal, verstand, was ich meinte, und schüttelte den Kopf. Eine Furche erschien auf seiner Stirn.

Das andere.

Die Ausrüstung, die man brauchte, um eine Weile im Wasser zu überleben.

Meine Ideen waren gefährlich. Ich war gefährlich. Für seinen Sohn. Für ihn. Für mich selbst. Und vielleicht auch für andere. Und deshalb musste ich weg.

Weg aus diesem Land.

Nach drüben … in den Westen …

Drüben neu anfangen. Ein ganz anderes Leben beginnen …

Endlich richtig leben.

Gerry schrieb etwas und reichte mir die Notiz. »Bist du lebensmüde?«, stand da. »Lass es sein!«

Ich fühlte Trotz in mir aufsteigen. Es wäre lebensmüde, hierzubleiben.

»Kein Wort zu Sebastian!«, lautete die letzte Mitteilung.

Meine Fingerkuppe sengte an, als ich den Zettel verbrannte.

Ich zuckte zurück.

Warf Sebastian einen Blick zu.

Er stand am Herd, drehte die Bratstulle in der Pfanne um. Schenkte mir ein schwaches, trauriges Lächeln.

Es tat mir weh. Ich schaute weg.

»Wie wär's, wenn ihr beide zusammen etwas unternehmt, und ich räume indessen ein bisschen auf?«, schlug ich vor, um Zeit zu gewinnen.

Aber das Unglück ließ sich nicht vertreiben. Genauso wenig, wie sich dunkle Wolken vertreiben lassen. Sie kommen einfach und überdecken alles andere. Man kann nur hoffen, dass sie irgendwann weiterziehen.

Es tat mir leid, was passiert war. Ich fühlte mich schuldig. Zwar wusste ich nicht, ob meine Aktion im Wartehäuschen etwas damit zu tun hatte, aber mein Gefühl sagte mir, dass es so war. Ich hatte keine Ahnung, warum ich solche Dinge tat. Ich besaß wohl ein Talent, mir und anderen Ärger einzubrocken.

Schublade auf: schwer erziehbar. Schublade zu.

In Sebastians Zimmer war ebenfalls alles zerwühlt. Sogar sein Bett hatten sie sich vorgenommen.

Was erwarteten sie, dort zu finden? Im Bett eines Teenagers?

War die Stasi pervers?

Es erschien mir nicht ganz unwahrscheinlich. Jedenfalls verhielten sie sich ziemlich merkwürdig. Schließlich waren sie auch heimlich in die Wohnung gekommen, um irgendwelche Hemden umzustapeln.

Ich sammelte das Schulzeug auf und stopfte es in Sebastians Mappe.

Ein Blatt Papier segelte zu Boden. Die Wörter waren durchgestrichen. Nicht mit einem Lineal, sondern so, als hätte ein Kleinkind in einem Tobsuchtsanfall darübergekritzelt.

Es waren nur noch Satzfetzen zu erkennen. Irgendwas mit Bericht las ich. Bericht über Sabine T.

Wie ein Aufsatz für die Schule sah das nicht aus.

Na ja, es ging mich nichts an. Schluss mit dem Schnüffeln. Ich schob den ganzen Papierkram in Sebastians Schultasche.

Danach legte ich die Matratze wieder richtig hin, baute sein Bett: glattes Laken, aufgeschütteltes Kopfkissen und die Decke akkurat Kante auf Kante.

Bettenbauen hatten sie mir schon im Spezialkinderheim beigebracht. Es gehörte wohl, nach Meinung der Erwachsenen, zu einer ordentlichen Erziehung dazu.

Sebastian und Gerry kamen früher zurück als gedacht.

Sie hatten nur die Hälfte des Films ausgehalten.

Später, als Gerry erschöpft eingeschlafen war, erzählte ich Sebastian, dass ich zu seiner Großmutter gefahren war, von dem Ausflug in die Datsche, und gab ihm zu verstehen, dass die Flugblätter in einem sicheren Versteck lagen.

Er hörte mir zu, berichtete schließlich flüsternd, stockend, wo er gewesen war: im Knast am Alex. Für ein paar Stunden. In der Keibelritze, wie er es nannte. Er lachte dabei, aber es war keine Fröhlichkeit in diesem Lachen. Es klang metallisch, als würde sich ein Riegel über Stahl schieben.

Ich erstarrte, spürte eine Gänsehaut. »Ach du Scheiße!«

Er winkte ab. »Schlimmer als der Kinderknast in Bad Freienwalde war es da auch nicht.«

»Es tut mir leid«, sagte ich.

»Was?«

»Alles. Ich hätte nicht herkommen dürfen.«

»Quatsch«, sagte er mit einem Anflug von Wut. »Es ist nicht deine Schuld.«

»Wessen dann?«

Er zuckte mit den Schultern. »Lass uns von was anderem reden, ja?«

Ich nickte. Wir schwiegen erst mal eine Weile.

Sebastian guckte mich komisch an.

Gerade als ich ihm sagen wollte, dass ich weggehen würde, damit er seine Ruhe hatte, lächelte er plötzlich.

»Ich hab noch was für dich«, sagte er, räusperte sich und reichte mir eine Minipappschachtel, die etwas zerdrückt war.

»Für mich?« Ich öffnete das Kästchen vorsichtig, als würde da gleich etwas Merkwürdiges rausspringen. Aber nichts dergleichen passierte. Es glitzerte nur ein bisschen.

»Eine Kette? Wieso schenkst du mir denn so was?«, rutschte mir heraus.

Er hatte mir tatsächlich eine Kette gekauft. Sie sah hübsch aus, eine Perle schaukelte hin und her, als er sie mir umlegte.

»So ein Geschenk hab ich noch nie bekommen«, sagte ich verlegen.

Ich war nicht so der Typ für Schmuck. Ehrlich gesagt, konnte ich kaum nachvollziehen, warum Mädchen so wild darauf waren, sich zu behängen wie ein Weihnachtsbaum. Ich schminkte mich auch nicht, hatte noch nie einen Lippenstift benutzt und zurzeit besaß ich noch nicht mal einen Kamm. Das musste ihm eigentlich auch schon aufgefallen sein. Vielleicht achtete er aber auch nicht darauf, wie ich herumlief, was ich trug und was nicht.

Er bekam den Verschluss nicht gleich zu und ich spürte seine nervösen Finger an meinem Hals. Ich lachte, weil es kitzelte, und ich drehte mich zu ihm um. Wir waren auf einmal so nah aneinander, dass ich seinen Atem auf meiner Wange spürte.

Also küssten wir uns.

Es war ein eher scheuer Kuss – wie eine zufällige Berührung.

Ich geh weg, dachte ich bockig. So oder so.

Mach's gut, Sebastian.

Aber vielleicht bleibe ich noch ein paar Tage, bevor ich endgültig verdufte.

Sebastian

Es regnete auf dem Weg zur Schule. Sebastian zog sich die Kapuze seiner Jacke über den Kopf – vorsichtshalber. In den Nachrichten aus dem Westen hatten sie vor dem *radioaktiven Niederschlag* gewarnt. Der Reporter hatte aufgeregt geklungen, als würde die Welt untergehen. Sebastian fühlte Tropfen, die ihm ins Gesicht klatschten, und wischte sie nervös weg. Würde er jetzt Krebs bekommen?

Ach Quatsch!

Er lief ein bisschen schneller, vom Regen angetrieben und der eigenen Wut, der Wut darüber, dass er Angst hatte vor lächerlichen Wassertropfen. Katja würde sich kaputtlachen, wenn er ihr davon erzählte.

Katja …

Seit sie sich wieder geküsst hatten, konnte er kaum an etwas anderes denken als an die sanfte Berührung ihrer Lippen auf seinen, an den leicht salzigen Geschmack.

Es war nicht ganz so gewesen, wie er es sich vorgestellt hatte. Aber eigentlich hatte er sich gar nichts vorgestellt.

Der runde Anhänger leuchtete wie ein kleiner Mond, wenn Katja die Kette trug.

Er sah schön aus auf ihrer Haut. Doch diese Schönheit kam ihm falsch vor. Als hätte er mit Falschgeld bezahlt.

Judaslohn. Judas. Wieso schwirrten ihm die Wörter immer noch im Kopf herum?

Die Sache war gegessen, das Geld weg, und Katja trug jetzt eine hübsche Kette.

Sie schien sich zu freuen über das Geschenk. Schließlich hatte sie ihn geküsst. Oder er sie – das wusste er nicht so genau. Er konnte in diesem Moment, als es passierte, nicht klar denken. Entweder man küsste oder man dachte. Beides zusammen ging nicht. Und nach dem Kuss wartete er auf den nächsten und konnte erst recht nicht klar denken.

Es war die Prüfungswoche für den Schulabschluss der zehnten Klasse und Sebastian hatte Deutsch schon hinter sich. Er hatte einen endlos langen Aufsatz über ein bescheuertes Gedicht von Brecht schreiben müssen.

Es war ihm nicht besonders schwergefallen. Er wusste, was die Lehrer lesen wollten.

In der ersten Stunde hatten sie Prüfungskonsultation für die Matheprüfung, die am nächsten Tag stattfinden sollte, und Herr

Heinemann rief ihn nach dem Unterricht zu sich. »Du hast deine letzte Hausaufgabe immer noch nicht abgegeben.«

»Ich hab Ihnen doch schon gesagt, dass mein Hefter verschwunden ist«, verteidigte sich Sebastian.

»Ja, stimmt, das hast du. *Wahrscheinlich gestohlen*, meintest du.« Herr Heinemann lachte trocken und runzelte die Stirn. »Da habe ich wirklich schon bessere Ausreden gehört. Du glaubst doch nicht, dass ich dich mit so einer Lüge davonkommen lasse?«

»Ich lüge nicht! Der Hefter war weg!«

»Einfach so?«

Sebastian schwieg. Die Stasi hat ihn geklaut, konnte er ja wohl kaum sagen. Aber seit der Wohnungsdurchsuchung fehlten drei Hefter, die an diesem Tag in seiner Mappe gewesen waren.

»Du hast die Gelegenheit, die Hausaufgabe nachzureichen, nicht genutzt, Sebastian. Das ist sehr dumm von dir. Du weißt, was auf dem Spiel steht. Ich trage dir dafür ein Ungenügend ein.«

Sebastian fühlte Wut in sich hochkochen. Hatte Herr Heinemann ihn gerade *dumm* genannt? Doch er schwieg, sah stumm zu, wie der Lehrer seinen Kugelschreiber zückte und die 5 ins Klassenbuch eintrug.

»Kann ich jetzt gehen?«, fragte er schließlich.

»Es wäre gut, wenn du dich zusammenreißen würdest, Sebastian. Oder willst du dir zu guter Letzt noch deinen Abschluss versauen?«

Passen Sie mal auf, dass Sie sich nicht gleich was versauen, dachte Sebastian zornig.

Er schüttelte den Kopf.

»Und *jetzt* kannst du gehen.«

Sebastian wollte sich schon abwenden, doch dann blieb er stehen.

»Ist noch was?«

»Ich hab Sie neulich gesehen.«

Herr Heinemann hob den Blick.

»In der Kirche«, sagte Sebastian und zwinkerte seinem Lehrer zu. »In der Zionskirche.«

Er sah noch, wie das Gesicht des Mannes rot anlief. Dann wandte er sich ab und schlenderte betont lässig aus dem Klassenraum.

Ein merkwürdiges Grinsen schob sich auf sein Gesicht. Nicht nur Herr Heinemann besaß sie, Sebastian hatte sie jetzt auch, und seine war vielleicht wirkungsvoller: *Macht*.

Es fühlte sich gut an, Macht zu haben.

Auf dem Gang stand Sabine und sah ihm neugierig entgegen. Sie schien auf ihn zu warten.

»Was war denn los?«

Sebastian zuckte mit den Schultern. »Nix weiter. Hab mir 'ne Fünf eingefangen, wegen einer Hausaufgabe, die … die ich vergessen habe.«

»Oh Scheiße, tut mir leid. Ganz schön fies. Ich dachte, der wäre nicht so … dachte, der Heinemann wäre …«

»Tja, glaubte ich auch. So kann man sich irren. Dabei war der doch neulich sogar in der Kirche.«

»Stimmt. Hab ihn auch gesehen. Und später, als er sich eingetragen hat«, murmelte sie.

»Eingetragen?«

»Ja. Als ich zu einem ersten Arbeitsgruppentreffen in der Zionskirche war, stand er da und schrieb sich ein in die Liste für die Gruppen, aber nur mit seinem Vornamen. Er heißt Johannes.« Sie grinste schräg, als wäre der Name etwas Lustiges.

»Okay. Ich dachte, Lehrer heißen immer Herr oder Frau mit Vornamen.«

Sabine lachte viel zu laut über seinen lauen Witz.

Sabine – seine *Quelle*.

»Und wo hat er sich eingetragen?«, fragte Sebastian und hoffte, dass es möglichst beiläufig klang.

»Hm. Wenn ich mich richtig erinnere, war das …« Sie kratzte sich den Kopf und überlegte einen Moment. »… in die Gruppe *Gründung einer Umweltbibliothek.*«

»Was soll das denn sein?«, fragte er, beinahe enttäuscht.

»Sie sammeln da wohl Bücher und so zum Thema Umweltzerstörung in der DDR.«

»Also aus dem Westen.«

»Klar. Du glaubst doch nicht, dass so was bei uns gedruckt wird.«

Sebastian grinste. »Also eine Bibliothek mit Westbüchern, in denen es um sauren Regen, Waldsterben, dreckige Luft und so geht.«

»Genau. Und um Atomkraftwerke. Wie sicher die so sind, merken wir ja gerade.«

»Allerdings«, sagte Sebastian und seufzte. Er hielt für Sabine die schwere Tür auf und sie lächelte verlegen, als sie dicht an ihm vorbeihuschte.

Sie traten aus dem Schulgebäude, liefen in großem Bogen um eine Pfütze herum, als wäre sie ein Abgrund, in den man fallen konnte. Voller Widerwillen betrachtete Sebastian die Schmutzlache, starrte in braunes, dreckiges, vergiftetes Wasser mit einem schillernd öligen Film auf der Oberfläche, und verzog das Gesicht. »Eine Umweltbibliothek und ein paar Öko-Bücher können das da auch nicht mehr aufhalten.« Er zeigte auf die Pfütze. »Die radioaktive Jauche sickert einfach ins Grundwasser.«

»Vielleicht hat die Menschheit ja verdient, unterzugehen«, sagte Sabine düster. »Wir schaufeln uns doch unser eigenes Grab.«

»Sieht ganz danach aus«, stimmte er ihr zu.

Er nahm wahr, wie sie tief Luft holte. »Gehen wir noch zu mir und üben für die scheiß Mathe-Prüfung?«

Ihre Stimme klang dünn, fast ängstlich. Sebastian tat es leid, dass er sie abservieren musste.

»Ich bin leider schon verabredet.« Er räusperte sich. Es klang, als würde er lügen. »Mit einem Freund. Oder so was in der Art.«

»So was in der Art?«

»Mit Arthur, du kennst ihn nicht.«

Mit Arthur Engel – den er selbst kaum kannte, sein zweites Ich. Es war wie ein Treffen mit seiner falschen Persönlichkeit. Mit der Persönlichkeit, die Macht hatte über andere, die Menschen als Quelle benutzte oder sie verpfiff, wenn es von ihm verlangt wurde.

»Okay«, sagte sie schnell. »Nicht so schlimm. War nur so eine Idee. Hat sowieso keinen Sinn, für die Prüfungen zu lernen, wenn die Welt gerade untergeht.« Sie lachte traurig.

Sebastian zuckte gleichgültig mit den Schultern. »Wozu lernen, wenn man die Schriftliche verhaut, kommt man in die Mündliche. Die Schule ist mir gerade so was von scheißegal. Ich bin nur froh, wenn sie endlich vorbei ist.«

»Wem sagst du das?«, antwortete Sabine und grinste. »Ich mach drei Kreuze, wenn ich die POS hinter mir habe.«

Sie gaben sich die Hand, als sie sich verabschiedeten, als würden sie sich für längere Zeit nicht wiedersehen. Er sah das Bedauern in ihrem Gesicht, las das Vertrauen in ihren schwarz umrahmten Augen und die Frage, die sie nicht aussprach.

Wie es schien, war er der einzige Freund, den sie in der Klasse hatte.

Freund.

Sebastian senkte die Lider. Er konnte ihr plötzlich nicht mehr in die Augen sehen.

Als er Herrn Möller gegenübersaß, verschränkte er die Arme. Sie befanden sich wieder in der Wohnung im vierten Stock, in der Küche von B. Meier, wer auch immer das war.

Die Wut in ihm hatte sich noch nicht gelegt. Die Tasse Kaffee, die ihm zugeschoben wurde, rührte er nicht an.

»Was ist los? Ist dir eine Laus über die Leber gelaufen?«

»Bei meinem Vater wurde eine Hausdurchsuchung gemacht«,

beschwerte er sich. »Das ist los! Ihre Kollegen haben meinen Mathehefter mitgenommen und ich hab deswegen heute eine Fünf bekommen. Ist Ihnen eigentlich klar, was das bedeutet? Die können mir meinen Abschluss versauen!«

»Meine Kollegen haben deinen Hefter …?« Herr Möller sah erstaunt aus. »Ich hab damit nichts zu tun, das musst du mir glauben.«

»Ich muss gar nichts«, entgegnete Sebastian bockig. »Ich möchte das hier nicht mehr machen.«

»Was meinst du?«

»Ich meine: *Das hier!* Mich mit Ihnen treffen. Irgendwelche Berichte schreiben oder Leute anschwärzen. Das will ich nicht mehr.« Er sprach leise, aber am liebsten hätte er geschrien.

»Ich verstehe, dass du wütend bist. Aber sieh mal … wir haben doch bisher gut zusammengearbeitet, oder nicht? Du dienst deinem Land und dem Sozialismus. Das ist eine große Sache! So kannst du beweisen, dass du schon eine sozialistische Persönlichkeit bist und nicht erst in einem Jugendwerkhof zu einer umerzogen werden musst. Vergiss das nicht. Du hilfst uns und wir helfen dir.«

Herr Möller fummelte seine Zigarettenschachtel aus der Jackentasche und hielt sie ihm hin.

Sebastian zögerte einen Moment. Doch die Wut in ihm verlangte nach etwas. Verlangte nach einem Glimmstängel. Nach Rauch, der in sein Inneres floss und sich um seinen Zorn legte.

Er nahm sich eine Zigarette und ließ sich Feuer geben. Inhalierte tief. *Club* – die beste Marke, die es in der DDR gab. Der Geruch des Kaffees stieg ihm in die Nase. Richtiger Bohnenkaffee. Er zog die Tasse zu sich heran – weißes Porzellan mit einem Goldrand –, sie sah neu aus. Er trank einen Schluck. Starker, fast noch heißer Kaffee.

»Ich kann das hier nicht mehr machen«, sagte er. »Außerdem habe ich diese Woche schriftliche Prüfungen. Morgen ist Mathe dran. Und statt zu lernen, sitze ich hier.«

»Wir reden heute nicht so lange, in Ordnung?« Herr Möller lächelte ihm verständnisvoll zu.

»Was ist, wenn ich die Prüfung verhaue, weil ich ... mich nicht konzentrieren kann?«

»Wirst du schon nicht«, meinte Herr Möller. »Du schaffst das. Du bist intelligent. Ein guter Schüler ... Bisher war Mathe kein Problem, oder?«

Sebastian schüttelte den Kopf.

»Na siehst du, dann wird es morgen schon schiefgehen.«

Der Mann schlug eine Akte auf und notierte etwas.

»Was schreiben Sie da eigentlich? Ich hab doch noch gar nichts gesagt. Nichts Wesentliches.«

»Dass wir uns treffen. Das Datum. Dass du pünktlich bist ...«

»Wieso ist das immer so wichtig?«

»Wir müssen wissen, ob wir uns auf dich verlassen können«, erklärte Herr Möller mit einem Anflug von Ärger in der Stimme. Er hob den Kopf und musterte ihn. »Das können wir doch, oder?«

»Kann ich mich denn auf Sie verlassen?«

»Hast du das neulich nicht gemerkt? Wer stand denn vor dem Tor in der Keibelstraße und hat dich abgeholt?«

Sebastian schluckte. »Und wer hat mich da reingebracht?«, fragte er heiser und räusperte sich. »Ich hab nichts getan ...«, fügte er hinzu.

»Das weiß ich. Es war ein Irrtum. So was kommt vor. Und ich bin von deiner Zuverlässigkeit ja überzeugt. Wenn du weiter mit uns zusammenarbeitest, wird das nicht zu deinem Schaden sein, das hatte ich dir doch schon gesagt. So kurz vor dem Schulabschluss solltest du an deine Zukunft denken. Und jetzt mal zu den wesentlichen Dingen: Wie hat dein Vater denn auf die Hausdurchsuchung reagiert?«

Sebastian lachte auf. »Er war begeistert. Was denken Sie denn?«

»Mit schlechter Laune kommen wir nicht weiter.«

»Ich hab keine schlechte Laune. Sondern morgen Matheprüfung.«

»Wenn du auf meine Fragen antwortest, bist du schneller fertig. Du weißt doch, dass dein Vater ein gefährdeter Bürger der DDR ist. Er besitzt nicht einmal einen richtigen Ausweis, sondern einen Ersatzausweis, einen sogenannten PM 12. Er muss sich an bestimmte Auflagen halten und er kann zu jeder Tages- und Nachtzeit kontrolliert werden. Entweder von der Volkspolizei oder von uns. Das lässt sich aber vermeiden, wenn du noch besser mit mir zusammenarbeitest und mir sagst, was du weißt und was dir aufgefallen ist.«

Herr Möller starrte ihn an.

Sebastian starrte zurück.

»Die Hausdurchsuchung hat ihn sehr mitgenommen«, sagte er schließlich leise. »Er weiß jetzt hundertprozentig, dass er überwacht wird, und er wird sich nichts zuschulden kommen lassen.«

»Das hoffe ich auch, mein Junge. Das kannst du mir glauben und uns helfen, ihn im Blick zu behalten, damit wir künftige Straftaten gemeinsam verhindern können. Hast du mich verstanden?«

Sebastian senkte den Blick. Dann nickte er.

»Gut. Dann machen wir es jetzt kurz. Deine Prüfungen gehen selbstverständlich vor. Gibt es was Neues … zum Beispiel in Sachen Zionskirche?«

Einen Moment dachte Sebastian daran, wieder eine flapsige Antwort zu geben. Aber das verkniff er sich lieber.

»Es soll eine Umweltbibliothek gegründet werden«, sagte er.

Herr Möller horchte auf. »Aha. Was weißt du darüber?«

»Nicht viel. Eigentlich nichts weiter. Nur dass die gegründet werden soll.«

Er verschränkte wieder die Arme.

»Zu welchem Zweck?«

»Na, um sich Bücher auszuleihen zum Thema Umwelt, nehme ich mal an.«

»Erzähl mir, was du noch darüber weißt.«

»Nichts«, sagte Sebastian. »Ach doch, Herr Heinemann hat sich dafür eingetragen.«

»Dein Mathematiklehrer?« Herr Möller zog die Augenbrauen hoch.

»Genau der.«

»Na sieh mal einer an.«

Ein kurzes Frösteln schüttelte Sebastian, als wäre ihm kalt. Dabei war es warm in dem Raum.

Eigenartigerweise fühlte er auch eine gewisse Genugtuung. Er hatte es diesem Heinemann heimgezahlt. Und das geschah ihm ganz recht.

Herr Möller kritzelte etwas in die Akte, blätterte die Seite um und schrieb weiter.

»Noch eine Frage«, murmelte er, ohne aufzusehen. »Kennst du eine Gabi Müller? Oder Gabriele Müller?«

»Nee. Noch nie gehört den Namen.«

»Hübsches Mädchen mit kurzer, wilder Frisur, wenn man von Frisur überhaupt reden kann. Strubbliges, ungekämmtes Haar trifft es wohl eher. Aufsässig-renitenter Blick. So etwa in deinem Alter, vielleicht auch ein, zwei Jahre älter. Lässt sich schlecht schätzen ... Sie ist mir aufgefallen, trieb sich in eurer Gegend herum.«

Sebastian spürte eine Gänsehaut, die über seinen gesamten Körper lief.

Er meinte Katja!

Katja

Der Verschluss kratzte an meinem Hals und ich nahm die Kette ab.

Die Kugel fing einen Schimmer vom Tageslicht ein, das durch die Luke des Dachbodens fiel.

Ich fror, wickelte mich in die Decke, die sich klamm anfühlte wie eine feuchte Wolke.

Mir war langweilig.

Sebastian war noch nicht zurück.

Sein Vater arbeitete auf dem Friedhof.

Ich könnte hinübergehen in die Wohnung, ein bisschen fernsehen, ein paar Hausarbeiten erledigen, aber seit der Durchsuchung hatte ich ein übles Gefühl. Nicht dass das etwas Neues wäre, das üble Gefühl begleitete mich schon seit meiner Flucht, ja fast mein ganzes Leben lang. Aber dieses üble Gefühl nahm von Stunde zu Stunde zu, war noch übler als sonst. Vielleicht saß eine Wanze unter der Tapete und belauerte mich? Nahm alles auf, fraß sich durch jedes gesprochene Wort, durch jeden Laut? Könnte mich verraten?

Also hockte ich auf dem Dachboden herum, glotzte die Perle an und versuchte, mir vorzustellen, wie ich ins Wasser ging. Das Dunkel. Der Wind. Das Rauschen der Wellen. Im Geist atmete ich durch den Schnorchel, übte schon mal.

Ich müsste nur ein paar Kilometer schwimmen, glaubte ich. Bis ich auf ein Schiff traf, das mich an Bord nahm. Jemand, der aussah wie Captain Kirk, würde mich entdecken, mich aus den Fluten ziehen, mich retten. Der Kapitän würde seinen Kurs ändern und mich an Land bringen. In den Westen. Nach Travemünde. Der Ort lag nicht weit weg von Boltenhagen. Einmal über die Lübecker Bucht und schon war man da.

Was sollte schon schiefgehen?

Und wenn doch alles anders kam, dann hatte ich es wenigstens versucht.

Auf der Treppe klackten Schritte.

Die Geräusche klangen irgendwie aggressiv. Hohe Hacken hämmerten auf die Stufen. *Klack klack klack.*

Hatte ich die Dachbodentür versehentlich ein Stück offen gelassen?

Ich hörte sie an die Wohnungstür klopfen. Sie rief etwas, klopfte erneut, schimpfte vor sich hin.

Auf Zehenspitzen schlich ich zur Tür, wollte sie vorsichtig zudrücken, als ich auf einmal einen Widerstand spürte.

»Hallo?«

Eine Parfumwolke schwebte mir entgegen. Ein chemisch stinkender Dunst. Ich huschte zur Seite, schob mich an die Wand.

Die Frau trat ins Halbdunkel des Raumes und blieb stehen.

»Hallo, ist hier irgendwer?«

Ich kannte die Stimme. Schon einmal war ich vor ihr geflüchtet.

»Jemand da?«

Nein, dachte ich. Hier ist NIEMAND. Gehen Sie weg!

Aber die Frau hörte nicht auf meine Gedanken. Sie drückte ein paarmal auf den Lichtschalter. Vergeblich. Die Glühbirne war kaputt.

»Sebastian? Hier ist Frau Pfeifer von der Jugendfürsorge! Ich wollte mal nach dir sehen. Du bist nicht zufällig …« Sie stieß ein komisches Glucksen aus, als würde sie über sich selbst lachen. »Warum solltest du auch?«, murmelte sie vor sich hin. »Es sei denn …«

Im Zeitlupentempo zog ich die Tür zu mir heran, hielt die Klinke fest. Wartete. Sie würde bestimmt gleich wieder gehen. Ich musste nur … warten, lauschen, regelmäßig atmen.

All meine Sinne waren angespannt. Fand sie meine Decke? Sie war bestimmt noch warm.

Die Frau stolperte über irgendetwas. Es polterte, und ein Gegenstand fiel auf den Boden, zerbrach mit einem klirrenden Geräusch. Vielleicht der Teller, auf dem noch Brotkrümel gelegen hatten, oder meine Tasse mit dem Rest Tee?

»Mein Gott, was ist das für ein Gerümpel …« Sie seufzte oder stöhnte. Dann war es einen Moment still. »Hm. Komisch. Wonach sieht das denn aus?«, redete sie mit sich selbst. »Was ist das? Ein Schlafplatz? Irgendwas ist hier faul. Dachte ich's mir doch.«

Ich hörte die Frau atmen. Es klang fast nach einem Schnaufen. Sie schien aufgeregt.

»Katja?«, fragte sie.

Scheiße! So ein Mist!

Sie musste die Puzzleteile zusammengefügt haben. Ich stand auf der Fahndungsliste. Der Tag meines Verschwindens stimmte mit der Entlassung Sebastians aus dem Durchgangsheim überein. Wahrscheinlich hatte ich Glück gehabt, dass sie erst jetzt auf den Dachboden kam.

Natürlich antwortete ich nicht. Hielt den Atem an. Blieb stocksteif stehen. Am liebsten würde ich mir die Augen zuhalten, damit sie mich nicht fand. Wie ein Kind beim Versteckspiel.

Ich hätte doch in die Wohnung gehen sollen. Mich leise verhalten können wie eine Maus.

Zu spät.

»Ich nehme an, du bist hier irgendwo«, sagte die Stimme mit lauerndem Unterton. »Ich rate dir, dich zu stellen, Katja. Sonst machst du alles noch viel schlimmer. Hörst du mich?« Sie wartete einen Moment ab. »Ich könnte dir helfen.«

In meinem Hals fühlte ich ein Kratzen, es war, als würde mir gleich die Luft wegbleiben.

Bloß jetzt nicht husten! Ich griff mir an die Kehle, als wollte ich mich selbst erwürgen.

»Katja, hör mir zu, du kannst gleich mit mir mitkommen, wir erledigen den Schreibkram zusammen. Und dann bringe ich dich ins Heim zurück. Mein Auto steht unten vor der Tür.«

Sie schien plötzlich davon überzeugt, dass ich hier war. Oder tat sie nur so als ob? So oder so: Ich war geliefert.

Ein Licht blitzte auf. Sie musste meine Taschenlampe entdeckt haben.

Wieso war ich nur so nachlässig geworden und ließ alles rumliegen?

Schön blöd.

Von meinem Versteck aus konnte ich schräg in den Spiegel sehen. Erkannte eine dürre Gestalt, die in meinen Sachen herumschnüffelte und sie durchwühlte.

Es blieben mir drei Möglichkeiten:

1. Aufgeben und mit der Frau mitgehen.

2. Abwarten und hoffen, dass sie mich nicht entdeckte.

3. Den Überraschungsmoment nutzen und flüchten.

Doch dann hörte ich wieder Schritte auf der Treppe. Schwere Männerschritte.

Gerry.

Er hustete laut, und im Spiegel sah ich die Fürsorgerin, die sich abrupt umdrehte. Das Taschenlampenlicht tanzte hin und her.

»Hallo?«, rief sie laut. »Herr Dorn?«

Gerry grummelte etwas vor sich hin.

»Könnte ich Sie einen Augenblick ...« Sie rannte nach draußen, klack klack klack, kam noch einmal herein und zog die Tür mit einem energischen Rums hinter sich zu.

Einen Herzschlag lang rührte ich mich nicht, lauschte.

Es wurde ruhig. Offenbar hatte Gerry die komische Frau mit in die Wohnung genommen.

In Windeseile suchte ich meine Sachen zusammen. Stopfte den alten Turnbeutel mit Anzug, Schnorchel und Taucherbrille in meinen Rucksack. Viel Zeit blieb mir nicht.

Sie würde sicher noch einmal wiederkommen.

Meine Taschenlampe war weg und auch die Kette konnte ich nirgends finden. Sie lag nicht mehr auf der Kiste. Ich kniete mich auf den Boden, sah aber kaum etwas, und tastete über die Dielen. Vergeblich.

Hatte sie die Kette etwa geklaut?

Ich fühlte einen Stich von Traurigkeit, aber ich schüttelte ihn ab.

Heulen konnte ich auch später noch.

Sebastian

Er ging zuerst auf den Dachboden, um nach Katja zu schauen. Er musste sie warnen! Er musste sie unbedingt sofort *warnen*! Auch wenn Möller ihren richtigen Namen nicht wusste … Er würde früher oder später darauf kommen, wer Gabi Müller in Wirklichkeit war.

Doch da war niemand. Scherben knirschten unter seinen Schuhen. Offenbar war Geschirr zu Bruch gegangen.

Als er die Wohnungstür aufschloss, hörte er Stimmen. Sein Vater redete mit jemandem.

Ohne sich Jacke und Schuhe auszuziehen, stürmte Sebastian ins Wohnzimmer.

Doch da saß nicht Katja. Da saß … *Scheiße!* Automatisch ging er einen Schritt rückwärts. Die Fürsorgerin hatte ihm gerade noch gefehlt!

»Guten Tag, Sebastian.« Sie streckte ihm die Hand entgegen. Ihr aufdringlich süßer Parfumduft drang in seine Nase. Ihm blieb fast die Luft weg.

»Tag auch … Ich … ähm …« Sie war hier vollkommen fehl am Platz. Sie und ihr komisch klebriger Bonbongeruch. Gehörte nicht in diesen Raum. Passte nicht in diese Wohnung. Wieso hatte sein Vater sie überhaupt reingelassen?

»Ich … komm gleich. Muss nur …« Er schälte sich aus der Jacke und deutete auf seine Schuhe und schlüpfte auf den Flur hinaus.

Seine Finger zitterten, als er sich die Schnürsenkel aufband. Mist! So ein Mist! Was, wenn Katja jetzt hereinplatzte? Oder wusste sie über den Besuch schon Bescheid?

Als er wieder in das Zimmer trat, sah er, dass sein Vater rauchte und den Qualm direkt in das Gesicht der unwillkommenen Besucherin blies.

Sie wedelte mit der Hand herum, warf einen Blick zum Fenster. Es war geschlossen.

Sebastian blieb stehen und verschränkte die Arme.

»Vielen Dank für Ihr Kommen, Frau Pfeifer. Das ist nett von Ihnen, dass … Sie sich … extra herbemühen und … also … Sorgen machen … Aber der Zeitpunkt ist leider äußerst ungünstig. Ich schreib morgen Matheprüfung.«

Sie nickte und lächelte ihm mit kaltem Blick zu. »Tut mir leid, aber … Das ist kein gewöhnlicher Besuch«, erklärte sie. »Wir suchen immer noch nach Katja Fröbel. Und die Hinweise verdichten sich, dass sie sich hier aufhält, vielleicht sogar auf eurem Dachboden versteckt.« Sie sprach wie in einem Krimi, wie ein Kriminalkommissar, der einem Verbrechen auf der Spur war.

»Wie kommen Sie denn darauf?«, fragte Sebastian schroff.

»Wie mir scheint, liegt da einiges herum, das darauf hindeutet, dass sich dort ein illegales Schlaflager befindet«, antwortete sie steif.

Sebastian schluckte. Ein illegales Schlaflager? Gerade so verkniff er sich ein Grinsen. Er musste gelassen bleiben.

»Stimmt. Gut erkannt. Ich übernachte da manchmal. Aber illegal ist das nicht. Ich weiche nur aus, weil …« Sebastian warf einen schnellen Blick zu seinem Vater »Ich bin ziemlich geräuschempfindlich … gerade in der Prüfungszeit, Sie verstehen?« Er quälte sich ein Lächeln auf die Lippen. »Ich muss in Ruhe lernen.«

Sein Vater nickte zustimmend. »Ich schnarche leider recht laut«, sagte er und hob bedauernd die Achseln.

Frau Pfeifers Mundwinkel verzogen sich leicht.

Glaubte sie ihnen nicht?

»Eine Nachbarin hat mir vorhin, als ich kam, von einem fremden jungen Fräulein erzählt, das sie häufiger im Treppenhaus und einmal auf dem Boden getroffen hat. Sie schien zu niemandem im Haus zu gehören, war merkwürdig gekleidet und benahm sich … also … irgendwie verdächtig. Und …«

»Mir ist nichts aufgefallen!«

»… und ich habe das hier gefunden.« Sie deutete auf den Tisch.

Sebastian sah erst jetzt, dass da neben dem Aschenbecher die Kette lag – Katjas Kette.

Was zum Teufel …! Wie kam sie dazu …?

»Die … die gehört mir«, stammelte er.

»Dir?« Frau Pfeifer zog übertrieben die Augenbrauen in die Höhe.

»Ja. Sie ist … ähm, na ja … für eine Freundin.«

»So, so, ist sie das? Und für welche junge Dame, wenn ich fragen darf?«

»Sie kennen sie nicht. Sabine geht in meine Klasse. Ich wollte sie überraschen mit … mit einem Geschenk, verstehen Sie?«

Er wurde tatsächlich rot. Allerdings war es nicht die Scham, sondern blanke Wut, die ihm das Blut ins Gesicht trieb. Was bildete diese blöde Kuh sich eigentlich ein?

»Kann ich sie … bitte wiederhaben?«

»Ehrlich gesagt … Sebastian … Glaube ich dir nicht. Es ist dir doch klar, dass der Sachverhalt überprüft werden muss?«

»Welcher Sachverhalt?«

»Die Entweichung dieses Mädchens am Tag deiner Entlassung aus dem Durchgangsheim – das war kein Zufall, oder?«

»Ich habe nichts damit zu tun! Ich kenne diese Katja doch gar nicht.«

»Das wird sich herausstellen. Und zwar recht bald.« Frau Pfeifer berührte die glänzende Perle mit dem Zeigefinger. »Ein hübsches Schmuckstück ist das übrigens. Du hast Geschmack, Junge.«

»Danke«, sagte er gepresst und wollte nach der Kette greifen.

»Lass die bitte liegen«, sagte Frau Pfeifer scharf.

Sebastian erstarrte in der Bewegung. Seine Hand blieb über der Halskette schweben. Sie gehörte Katja! Er hatte sie ihr geschenkt!

»Liegen lassen!«, blaffte die Fürsorgerin.

Er zuckte zurück.

Der Tonfall erinnerte ihn an etwas, erinnerte ihn an Gitter, Riegel und Stahltüren. Der Geschmack von Metall legte sich auf seine Zunge.

»Wieso das? Es ist doch seine«, mischte sich sein Vater ein und hustete. Er nahm einen tiefen, empörten Zug aus der filterlosen Zigarette und hustete noch mehr.

Frau Pfeifer wartete einen Augenblick. Ihre Gesichtszüge sahen frostig aus. »Nun, Herr Dorn, im Moment ist sie ein Beweisstück. Die Volkspolizei wird sicher gleich klären, was hier eigentlich los ist.«

Der Schreck durchfuhr Sebastian wie ein Stromschlag. »Sie haben doch nicht etwa … Sie wollen doch nicht damit sagen …«

»Ich *musste* es tun. Ich *musste* die Polizei rufen.« Die Stimme der Frau klang auf einmal schrill, beinahe empört. »Ich bin dazu verpflichtet, jeder Spur nachzugehen, wenn es um eine vermisste Jugendliche geht! Wir suchen schon eine ganze Weile nach der Entweicherin, wir müssen jedem Hinweis nachgehen, das ist dir doch klar, oder?«

Sebastian schwieg. Versuchte, sich zu beruhigen. Sich nicht anmerken zu lassen, dass sein Herz zu schnell schlug.

Katja

Die Sonne fing schon an, unterzugehen. Wenn ich noch an die Ostsee trampen wollte, musste ich mich beeilen. In einer Stunde oder so würde es dunkel werden. In der Finsternis hielten keine Autofahrer an, um eine Tramperin mitzunehmen. Oder nur die falschen. Bliebe noch die Möglichkeit, mit dem Zug zu fliehen und sich beim Schwarzfahren nicht erwischen zu lassen. Natürlich hatte ich keine Ahnung, ob noch einer fuhr, und auf dem Bahnhof zu übernachten, kam nicht infrage, war viel zu gefährlich.

Als ich die Polizisten über den Hof kommen sah, spürte ich auf einen Schlag eine bleierne Müdigkeit. Sie suchten mich. Mal wieder. Ich musste untertauchen. Mal wieder.

Ich hatte plötzlich keine Lust mehr, mich zu verstecken.

Kurz kam mir in den Sinn, auf sie zuzugehen, ihnen meine Handgelenke entgegenzustrecken, damit sie sich ihren Polizeigriff sparen konnten.

Aber ich rannte automatisch los. Meine Füße rannten automatisch mit mir los. Sie ignorierten meine blödsinnigen Gedanken. Ich rannte in den Keller, schaltete kein Licht ein, tauchte in die Finsternis. Es stank nach Kohlen, nach Ruß und irgendwelchem Gift, das die armen Ratten töten sollte.

Ohne zu überlegen, kroch ich in die dunkelste Ecke, hockte mich hinter einen riesigen Kohlehaufen. Da stand noch der Bottich mit weißer Farbe, den ich hier abgestellt hatte.

Einen verrückten Moment lang überlegte ich, die Briketts weiß anzustreichen.

Ich stellte mir das Gesicht der Nachbarin aus dem Erdgeschoss vor, die immer so komisch guckte, wenn sie mich ausnahmsweise mal traf. Ich stellte mir vor, wie sie mit ihrem Eimer kam und weiß angestrichene Kohlen holte. Etwas kitzelte in meinem Bauch. Aber das Lachen wollte nicht herauskommen.

Ein metallisches Geräusch klickte sanft in meinen Ohren. Wie ein Echo – ein Echo aus dem tiefen Abgrund meiner Zukunft.

Das Klicken von Handschellen, das mich erwartete.

Katja, die Dauerentweicherin. Eigentlich hätte ich so langsam eine Medaille und einen Pokal verdient. Stattdessen drohte mir die Torgau-Hölle. Nur deshalb schob ich mich schließlich aus dem Kellerfenster – wie eine Ratte, die das sinkende Schiff verließ.

Das Fenster klemmte und ich bekam es nur halb auf. Ein Splitter aus dem maroden Rahmen bohrte sich unter den Nagel meines Mittelfingers. Egal. Ich quetschte mich irgendwie durch die Öffnung. Versuchte, lautlos dabei zu sein. Doch ich hörte kleine Brocken von Putz aus der Hausfassade rieseln und auf den Bürgersteig fallen. Nervös zerrte ich meinen Rucksack hinterher. Der Schnorchel guckte ein Stück oben raus. Als wollte er schon mal Luft holen.

Einen Moment blieb ich lauernd in der Hocke. Notfalls würde ich zurück durch das Fenster hechten.

Draußen war alles ruhig. Ein Fahrradfahrer holperte auf dem Kopfsteinpflaster entlang. Ein Mann mit Krückstock humpelte an mir vorbei, ohne mich zu beachten.

Ein Leichenwagen parkte neben einem Trabi am Straßenrand. Gerrys Leichenwagen.

Ich erhob mich langsam. Blieb noch in Deckung. Der B 1000 gab mir Sichtschutz.

Eine komische Abschiedsstimmung machte sich in mir breit.

Tschüss, Berlin.

War eigentlich eine schöne Zeit auf dem Dachboden. Auch wenn ich mir den Aufenthalt in dieser Stadt anders vorgestellt hatte.

Auf Wiedersehen, Gerry. Danke für deine Hilfe.

Mach's gut, Sebastian. Ich wäre gern mal mit dir in die Mokka-Milch-Eisbar gegangen oder auf den Alex und in die Kuppel des Fernsehturms hinaufgefahren.

Man sieht sich vielleicht in einem anderen Leben.

Gerade als ich losrennen wollte, erblickte ich den Streifenwagen. Er fuhr im Schritttempo. Als würden sie jemanden suchen.

Wen wohl?

Ich drehte mich zum Kellerfenster um. Doch ich hörte ein Rumpeln und einen Fluch.

Ein lautes Poltern folgte. Der Turm aus Kohlen schien einzustürzen.

Mein Rückweg war abgeschnitten, meine Fluchtroute versperrt.

Sebastian

Das Klopfen klang laut und energisch.

Frau Pfeifer sprang sofort aus dem Sessel. »Da sind sie!«, rief sie aufgeregt, mit einer Stimme, die merkwürdig dünn klang. In ihren Augen lag ein frohlockendes Funkeln, als würde lange erwarteter Besuch eintreffen.

Sebastian starrte sie irritiert an.

Freute sie sich tatsächlich über das, was sie anrichtete? Das Pochen wurde lauter, verwandelte sich in ein Hämmern.

»Hier ist die Volkspolizei! Machen Sie bitte auf!«

»Wollen Sie denn nicht öffnen?«, fragte Frau Pfeifer ehrlich erstaunt.

Gerry antwortete ihr nicht. Er blieb stumm sitzen, zündete sich die nächste Zigarette an und tat, als würde er das Klopfen nicht hören.

Die Frau wartete nicht länger. Sie lief zur Tür und riss sie auf.

Sebastian nahm ihr nervöses Geplapper wahr, ohne genau zu verstehen, was sie sagte, und ging in den Flur.

»Ich bin diejenige, die Sie gerufen hat«, erklärte die Fürsorgerin stolz. »Ich vertrete die Organe der Jugendhilfe, wissen Sie?«

Die beiden Polizisten nickten bloß. Sie wirkten müde und verdrossen. Auf ihren Wangen saßen schwarze Flecken. War das Ruß? Kohlendreck?

»Wir suchen die Jugendliche Fröbel, Vorname Katja. Alter: Siebzehn. Können Sie etwas über ihren Verbleib sagen?«, fragte der Kleinere.

Sebastian schüttelte den Kopf. Er wusste nicht, was er sagen sollte. Dass sie nicht hier war? Dass er sie nicht kannte? Dass er ihren Namen nie gehört hatte?

»Wir haben Grund zu der Annahme, dass sie sich in dieser Wohnung oder auf dem Dachboden aufhält«, fuhr der Größere fort. »Dürfen wir reinkommen?«

Ohne eine Antwort abzuwarten, betraten sie den schmalen Korridor und betrachteten die Holzleiste mit den Garderobenhaken, als könnte Katja da irgendwo hängen.

Wurde das etwa schon wieder eine Hausdurchsuchung?

Aber viel zu kontrollieren gab es in der kleinen Wohnung offenbar nicht. Die beiden Uniformierten schauten in die Zimmer, in die Küche und ins Bad. Sie wirkten eher gelangweilt als eifrig und machten sich nicht die Mühe, genauer nachzusehen.

Ein paar Minuten später gingen sie zum Dachboden hinüber. Frau Pfeifer folgte ihnen, redete ununterbrochen auf sie ein, aber die Polizisten antworteten ihr nur einsilbig.

Sebastian sah seinen Vater an.

Gerry hob langsam den Blick, als wäre es ihm zu schwer, seinen Kopf zu heben, als wäre ihm alles zu schwer.

Nach einer Weile hörten sie die Polizisten mit schnellen Schritten die Treppe hinuntertrampeln. Dann fiel die Haustür krachend zu.

Wo war Katja? Hielt sie sich irgendwo auf dem Dachboden versteckt?

Als Sebastian noch einmal nachsehen gehen wollte, stieß er vor der Tür fast mit Frau Pfeifer zusammen.

Sie sah ihn böse an. »Glaub mal nicht, dass du damit durchkommst«, knurrte sie.

»Womit?«, fragte er.

»Du weißt genau, was ich meine!«

Sebastian spürte die Wut, die in ihm hochkochte. »Im Gegensatz zu Ihnen habe ich nichts gestohlen! Geben Sie mir meine Kette zurück!«

Er trat einen Schritt auf sie zu, in ihren chemisch-blumigen Dunstkreis hinein, der ihn irgendwie noch mehr gegen sie aufbrachte, und streckte fordernd seine Hand aus.

»Ich sagte bereits: Der Schmuck ist ein Beweisstück«, erwiderte sie, aber ihre Stimme klang leise, verunsichert. Sie warf einen Hilfe suchenden Blick in das untere Stockwerk. Nichts zu machen. Sie waren allein in diesem halbdunklen Hausflur.

»Und ich kann beweisen, dass ich dafür bezahlt habe! Es ist *mein Eigentum*. Ich fordere Sie auf, es mir zurückzugeben. Ansonsten rufe *ich* die Polizei!«

Sie runzelte die Stirn, wollte zur Seite ausweichen, aber er schob sich ihr in den Weg, verschränkte die Arme und setzte eine Miene auf, vor der er im Spiegel wohl selbst erschrecken würde. Hoffte er zumindest.

»Also schön«, murmelte sie und kramte nervös in ihrer Handtasche herum. »Du enttäuschst mich, Sebastian, das muss ich schon sagen. Nach allem, was ich für dich getan habe!«

Sie schnaufte und schüttelte den Kopf.

»Was reden Sie da? *Ich* enttäusche *Sie*? Wer hat mich denn in dieses Durchgangsheim verfrachtet? Dabei konnten Sie sehen, was das für ein furchtbares Gebäude ist! Wie viele Kinder haben Sie dort schon ihrem Schicksal überlassen? Sollte Jugendhilfe nicht bedeuten, dass Sie *helfen*? Stattdessen landen da schon die Kleinsten hinter Gittern! Haben Sie denn gar kein Mitleid? Das ist nichts anderes als ein Kindergefängnis!«

Sie wich vor ihm zurück, als hätte er den Verstand verloren. Hielt ihm die Kette mit zitternder Hand entgegen.

»Da! Nimm sie!«, stieß sie hervor. »Undankbarer Bengel! Was hätte ich denn tun sollen? Das Heim in Bad Freienwalde war nun mal das für dich zuständige. Ich habe nur die Weisungen befolgt!«

Seine Finger schlossen sich schnell um den Schmuck, bevor sie es sich anders überlegte.

Auf einmal strauchelte sie, und er griff nach ihrem Ellenbogen, damit sie nicht die Treppe hinunterstürzte. Kaum hatte sie das Gleichgewicht zurückerlangt, streifte sie seine Hand ab wie ein lästiges Insekt.

»Es wäre besser, du wärst im Jugendwerkhof gelandet«, sagte sie mit eisiger Stimme. Dann wandte sie sich ab, hielt sich am Geländer fest und beeilte sich, mit ihren Stöckelschuhen die Stufen hinunterzusteigen.

Er sah ihr nach. Sie kam ihm vor wie ein Storch, der durch den Sumpf stakste.

Als er den Dachboden betrat, nahm er nichts als Leere wahr. Es war dunkel und leer. Staubig und leer. Ein verlassener Raum, in dem sich der Schmutz in den Spinnweben fing.

Er starrte eine Weile in diese Leere hinein.

Katja war nicht mehr da.

Sein Vater stand im Flur, hatte seine alte Jacke und die mit getrocknetem Schlamm überzogenen Schuhe angezogen und sah Sebastian fragend an.

»Nichts.« Er hob ratlos die Hände.

Gerry nickte und hielt den Autoschlüssel so mit dem Daumen fest, dass er nicht klimperte. Dann zeigte er auf Sebastian und auf sich selbst.

Was bedeutete das? Ahnte er, wo Katja steckte?

Sein Gesicht wirkte finster und besorgt. Was wusste er, was Sebastian nicht wusste?

Einen Moment lauschten sie gemeinsam in das Treppenhaus hinunter. Es war still. Die Stöckelschuhgeräusche waren verstummt.

Es dunkelte bereits, als sie in den Leichenwagen stiegen. Sebastian fragte sich, was sein Vater vorhatte. Aber er hielt lieber die Klappe. Gerry würde schon mit ihm reden, wenn die Zeit gekommen war.

Sebastian musterte ihn von der Seite, als er losfuhr. Sein Vater blickte abwechselnd nach vorn und in den Rückspiegel, hielt Ausschau nach möglichen Beobachtern.

Folgte ihnen ein Wagen?

Sein Gesicht sah im dunstigen Straßenlicht aus wie geschnitzt. Tiefe Furchen saßen wie Spuren auf seiner Stirn.

Spuren von dem, was er im Knast erlebt hatte? Von den Drangsalierungen, die er durch die Stasi über sich ergehen lassen musste?

Herr Möller hielt ihn für einen gefährdeten Bürger. Sein Ministerium glaubte, dass sie Sebastians Vater im Blick behalten mussten. Dass er irgendwie gefährlich war. Gefährlich für diesen Staat.

Warum? Was stimmte nicht mit ihm?

Er besaß noch nicht einmal einen richtigen Personalausweis. Das Ersatzpapier kennzeichnete ihn als *anderen*. Er war anders als die anderen, als die, die alle richtige Pässe besaßen.

Was, wenn sie angehalten und kontrolliert wurden?

Aber was taten sie denn? Sie fuhren in der Gegend herum – wohin auch immer.

Vielleicht stimmte ja auch etwas mit diesem Staat nicht?

Und mit Herrn Möller und seinen Vorgesetzten, die Sebastian beauftragten, seinen Vater zu bespitzeln?

Und was war mit ihm selbst? Was stimmte mit ihm nicht, dass er sich darauf einließ?

Es waren schon über zwei Stunden vergangen. Sein Vater hatte ihm immer noch nicht erklärt, wohin sie eigentlich fuhren. Sie holperten auf einer Landstraße entlang. Bäume standen stumm an der Allee wie finstere Gestalten, die auf irgendetwas lauerten. Der Wind rauschte sacht in den Blättern. Ein paar Sterne funkelten.

Immer wenn Sebastian ihn fragen wollte, kam es ihm vor, als würde sich sein Hals zuschnüren. Es war seltsam: Er wollte es wissen und gleichzeitig wollte er es lieber nicht wissen.

War Katja in Gefahr? Kam daher dieses beklemmende Gefühl?

Seine Matheprüfung konnte er jedenfalls vergessen.

Es wunderte ihn, wie gleichgültig ihm das war. Er hatte ohnehin kaum Zeit gehabt, sich auf die Prüfungen vorzubereiten. Also würde er nachschreiben. Und wenn schon. Am Ende standen doch nur ein paar Zahlen auf seinem Zeugnis. Eigentlich hatte er keine Vorstellung von seiner Zukunft. Nur wo er nicht hinwollte, wusste er genau.

Sebastian kurbelte das Fenster hinunter, beugte sich hinaus und ließ sich den Fahrtwind ins Gesicht wehen. Sie entfernten sich immer weiter von Berlin, so viel war klar. Sie fuhren ohne Pause Richtung Norden.

Wie ein Schiff steuerte sein Vater den Wagen durch die zunehmende Finsternis.

Sebastian lehnte sich zurück, betrachtete eine Weile Gerrys Hände, die ruhig und sicher auf dem Lenkrad lagen. Sein Vater kümmerte sich um die Dinge. Auch um die, die aus dem Ruder liefen. Gerade um die.

Vielleicht würde doch noch alles gut werden?

Irgendwann fielen ihm die Augen zu und er dämmerte allmählich in einen Halbschlaf. Im Unterbewusstsein nahm er das Flüstern des Windes wahr und er hörte Vogelgekreisch. Waren das Möwen?

Als sie durch ein Schlagloch rumpelten, riss er die Lider wieder auf.

Der B 1000 schlingerte auf einen matschigen Parkplatz, rutschte in die nächste Bodensenke und kam schließlich zum Stehen. Es sah aus, als würden sie auf einem Feld halten, aber es standen noch paar andere Autos hier herum.

Sebastian blickte durch die Windschutzscheibe. Die Sterne schienen klar auf eine Weide hinab. Er nahm dunkle Umrisse von Tieren wahr. Wahrscheinlich ein paar Kühe, die da grasten, oder Pferde.

»Wo sind wir?«

»In Boltenhagen«, sagte sein Vater. »An der Ostsee.«

Sebastian fragte sich, ob er träumte. Wollte Gerry etwa jetzt Urlaub machen?

Als sie ausstiegen, hörte er das Zirpen von Grillen. Alles wirkte idyllisch. Nur das Gesicht von seinem Vater nicht. Er sah immer noch angespannt aus.

»Gehen wir«, sagte er.

Keine einzige Laterne schien auf den Parkplatz, und Sebastian fragte sich, ob sein Vater absichtlich so einen dunklen Flecken ausgesucht hatte.

Sie liefen Richtung Meer. Sebastian atmete die salzige Luft ein und wartete, dass Gerry ihm endlich etwas erklärte. Aber er ging einfach nur weiter.

Sebastian spürte die Unruhe in sich wachsen.

»Was ist eigentlich los?«, platzte es aus ihm heraus. »Wieso sind wir hier? Wo willst du hin?«

Er konnte die Ostsee rauschen hören, das leise Klatschen der Wellen an den Strand, aber sein Vater bog jetzt ab und blieb auf einem kleinen Trampelpfad, der zwischen dornigen Büschen mit Knospen von Wildrosen entlangführte.

»Wir gehen Richtung Steilküste«, erklärte Gerry. Aber damit war eigentlich nichts erklärt.

»Und wozu sind wir hier?« Sebastians Nervosität schlug langsam in schlechte Laune um.

»Wegen Katja. Wir suchen sie.«

»Wieso sollte sie ausgerechnet …«

»Sprich leiser bitte.«

Sebastian seufzte. Er warf einen Blick über die Schulter.

Es war nichts zu sehen. Dunkelheit. Schwarze Blätter an schwarzen Büschen. Die Sterne. Sonst nichts.

»Am Strand laufen Posten herum«, murmelte sein Vater. »Von der Grenztruppe.«

»Na und?«

»Sie haben den Auftrag, nach auffälligen Personen Ausschau zu halten, die eventuell fliehen wollen.«

Beinahe hätte Sebastian wieder *Na und?* gesagt, da ging ihm ein Licht auf.

»Katja …?«

»Ja.«

»Woher weißt du …?«

»In der Kammer in der Küche lagen auch eine Taucherbrille, ein Schnorchel, ein Neoprenanzug aus dem Westen und ein Plan, wie man von hier wegkommt.«

»Nach drüben?«, fragte Sebastian verwirrt und kam sich blöd vor. Wohin denn sonst?

»Katja hat das ganze Zeug gefunden und … behalten.«

Sebastian kaute auf seiner Unterlippe herum. »Hat sie dir gesagt, dass sie …«

»Nicht direkt. Sie hat Andeutungen gemacht.«

Was sollte das denn nun wieder heißen? Warum hatte Katja nicht mit Sebastian gesprochen? Er hätte sie davon abgehalten. Er hätte sie *zurückgehalten.*

»Oh Mann! Das darf doch alles nicht wahr sein!«

»Wir müssen sie finden. Vielleicht ist sie ja auch noch gar nicht angekommen.«

Sebastian nickte. Es gab also Hoffnung. Zumindest einen Hauch von Hoffnung. Sie mussten einfach nur in der Dunkelheit herumtapsen und Katja aufgabeln, bevor sie eine riesengroße Dummheit machte.

»Wenn uns jemand fragt, sagst du, dass wir hier unseren Urlaub verbringen. Dass wir deine Oma in Klütz besuchen, okay?«

»In Klütz?«

»Das ist der Nachbarort.«

»Wie heißt die Oma?«

»Dorothea Zimmermann. Und sie wohnt in der Wismarschen Straße zwölf.«

Sebastian sah ihn erstaunt an. Sein Vater war also bestens vorbereitet. Hatte er selbst vorgehabt, zu fliehen?

»Du darfst gar nicht hier sein, oder?«, fragte er auf einmal.

»Was meinst du?«

»Na, ohne richtigen …?« *Ausweis*, hätte er beinahe gesagt. Aber das wusste er nicht von Gerry, das hatte ihm Herr Möller verraten. »… ohne Urlaub, meine ich. Bekommst du nicht Probleme?«

»Weniger als du wahrscheinlich, wenn du nicht zur Prüfung erscheinst.«

Sebastian prustete plötzlich los. Und Gerry stimmte in sein Lachen ein.

Eigentlich war ihre Situation alles andere als lustig. Aber ihre Nervosität, die ganze Anspannung entluden sich in einem Lachanfall.

Sebastian presste sich die Hand auf den Mund, hielt die Luft an, als müsste er einen Schluckauf unterdrücken. Doch das eigenartige Glucksen saß ihm noch einen Moment in der Kehle.

»Was ist, wenn sie mich dir wegnehmen? Wenn sie mich wieder in diesen Kinderknast stecken?« Eigentlich hatte er gar nicht vorgehabt, das zu fragen. Die Worte waren einfach so aus ihm herausgeflossen.

»Das werde ich nicht zulassen, mein Junge.«

Mein Junge. Wie selbstverständlich das klang. Obwohl es das nicht war.

»Ich werde das nicht zulassen, glaub mir.«

Sebastian nickte, als wäre das geklärt. Auch wenn ihm überhaupt nicht klar war, wie sein Vater das anstellen wollte.

»Ich würde um dich kämpfen, verlass dich drauf.« Er klang grimmig und entschlossen.

»Okay.« Mehr konnte sein Vater auch nicht für ihn tun. Mehr, als um ihn zu kämpfen.

Und was tat Sebastian? Er verriet Gerry an die Stasi. Er verriet seinen eigenen Vater …

War er denn verrückt? Einen Moment blieb ihm fast die Luft weg. Er schlotterte plötzlich und griff sich an den Hals.

»Alles in Ordnung?«

»Schon … schon gut … Ich hab nur …« Er hustete.

»Ist dir kalt?«

»Nein. Es ist nichts, wirklich.«

»Hast du Angst?«

Sebastian schüttelte schnell den Kopf. »Es war nur … der Wind … eine Brise … Hab vielleicht … was verschluckt …«

»Wir können auch erst mal zurück zum Wagen. Im Dunkeln zu suchen, hat wahrscheinlich sowieso keinen Sinn. Und vielleicht ist Katja ja auch … noch unterwegs. Oder sie hat es sich anders überlegt.«

»Vielleicht. Vielleicht auch nicht. Lass uns einfach weiter …« Er schluckte. Irgendwas schien ihm in der Kehle zu stecken. Was war bloß los mit ihm?

Ein paar Minuten später standen sie oben an der Steilküste und blickten auf das schwarze Meer hinaus. Die Strahlen der Suchscheinwerfer zogen über die Wasseroberfläche. In der Ferne blinkte ein Licht.

»Ist das ein Leuchtturm?«

»Ja. Ungefähr zwanzig, dreißig Kilometer entfernt. In Schleswig-Holstein.«

»Schleswig-Holstein«, wiederholte Sebastian verwundert. Das klang sehr weit weg. Der Turm schien ihnen zuzublinzeln, leuchtete wie aus einer anderen Welt.

Ein Orientierungspunkt, dachte Sebastian. Ein Orientierungspunkt für Katja? Ihm schauderte und er zitterte leicht.

Auf ihrer Seite stand auch ein Turm, allerdings keiner, der Signale für die Schifffahrt sendete: ein Wachturm, aus dem die Grenzer die Gegend beobachteten und Ausschau hielten nach … Leuten, die sich verdächtig benahmen. So wie sie?

»Zitterst du? Dir ist doch kalt, was?« Gerry zog seine Jacke aus und legte sie ihm um.

Die Wärme umhüllte Sebastian auf einmal, die Wärme seines Vaters und der Geruch nach Zigarettenrauch und nach einem Hauch von Schweiß.

Es fühlte sich fast wie eine Umarmung an. Eine feste, robuste Umarmung.

Er schluckte ein paarmal.

»Du wolltest also in den Westen fliehen?«

»Das war bevor … bevor du zu mir kamst«, sagte Gerry ruhig.

»Was ist jetzt anders?«

Sein Vater schwieg eine Weile. Das Meer unter ihnen rauschte. Woge für Woge schob sich rhythmisch an das Ufer. Geröll rollte über Geröll. So wie es klang, musste es unglaublich viele Steine dort unten geben.

»Alles«, sagte er schließlich leise. »Es hat sich *alles* verändert. Und ich bin froh, dass ich das noch erleben darf.« Er seufzte tief. »Sebastian, ich muss mich bei dir entschuldigen. Es tut mir leid, dass … Es tut mir so leid, dass … ich nicht für dich da gewesen bin.«

»Es tut mir auch leid«, brachte Sebastian heraus. »Ich … ich hab … einen Fehler gemacht.«

Er kam sich dumm vor. Einen Fehler? Das, was er getan hatte, war wohl schlimmer als nur irgendein Fehler, viel schlimmer. Es war … unaussprechbar.

Sein Vater schwieg und blickte ihn von der Seite an. Wartete, dass sein Sohn weiterredete.

»Ich hab Scheiße gebaut«, sagte Sebastian rau und räusperte sich gequält. »Ich weiß nicht, wie ich es dir erklären soll.«

»Du musst mir gar nichts erklären, Junge«, murmelte sein Vater. »Oder du erzählst es mir ein anderes Mal.«

Gar nichts erklären. Ein anderes Mal.

Es kam Sebastian vor, als würden die Satzfetzen wie Wellen gegen ihn schlagen. Die Worte waren gut gemeint. Ein Schlupfloch, durch das er entkommen konnte. Sein Vater meinte es gut mit ihm, aber es klang auch, als wollte er es gar nicht wissen.

Als wollte er nicht wissen, was eigentlich mit seinem Sohn los war.

Wenn Sebastian sein Geheimnis für sich behielt, würde alles so weitergehen wie bisher.

Wollte er das?

Automatisch schüttelte er den Kopf. »Nein«, sagte er heiser. »Ich muss … es dir jetzt … muss dir *jetzt* was erklären.«

Nicht morgen, nicht übermorgen …

Jetzt.

Aber dann wusste er wieder nicht weiter.

»Geht es um Katja?«, fragte sein Vater. »Es ist sehr mutig von dir, was du getan hast. Dass du sie geschützt und versteckt hast.«

»Es geht nicht um Katja. Es geht … um dich … und um mich.«

Warum fiel es ihm bloß so schwer, zu sagen, was er sagen musste? Es waren doch nur ein paar Worte?

»Ich weiß, dass das alles nicht einfach für dich ist«, sagte Gerry.

»Darum geht es nicht«, entgegnete Sebastian schnell, als müsste er sein Geständnis unbedingt sofort loswerden. War der Moment der richtige?

Er wusste es nicht.

Sebastian holte tief Luft. Salzige, nach Algen schmeckende Luft. Sah aufs düstere Meer hinaus. Auf den Lichtstrahl, der nach Flüchtlingen suchte. Der ein Verräter war – so wie er.

»Ich hab dich verpfiffen«, sagte er.

»Was?«

»Ich hab dich … Ich bin ein verdammter Spitzel!«, schrie er in den Wind. »Die Stasi hat mich angeheuert, dir hinterherzuspionieren! Und ich hab dich … *verpfiffen*!«

Sein Vater schwieg. Er fragte nicht noch einmal nach. Er gab keinen Laut von sich. Er fluchte nicht und er stöhnte nicht.

Die Wellen schlugen unten gegen die Steine. Wieder und wieder. Immer und immer wieder. Minute für Minute. Stunde für Stunde. Jahr für Jahr. Ewig. Endlos. Etwas schlug in Sebastians Kopf um.

Wie tief ging es bergab? Wenn man hinuntersprang, würde man … wie … lange … fallen … wie … tief?

Sebastian spürte einen Sog, ein eigenartiges Saugen – das von der See ausging oder von der Finsternis da draußen oder auch von seiner eigenen Finsternis, die direkt unter seinem Herzen lag. Wie ein tiefer Schatten.

Er schmeckte Salz auf seinen Lippen, als würde die Gischt bis nach oben auf die Klippe schlagen. Die Sterne tanzten um ihn herum, tanzten auf der Wasseroberfläche, lockten ihn.

Der Abgrund: kam ihm vor wie eine Einladung.

Er trat einen Schritt vor.

Noch einen.

Und noch …

Etwas rieselte hinunter, Sand, kleine Steine …

Er spürte, wie die Erde unter ihm nachgab.

Dann war da eine Hand unter seiner Schulter, die ihn hart packte, ihn zurückriss. Ein Arm, der sich um seine Hüfte schlang. Wie ein Rettungsring. Er rutschte Zentimeter für Zentimeter … abwärts … aber er fiel nicht. Hing in den knochigen Armen. Spürte das wild schlagende Herz seines Vaters. Das in seinen Leib hineinklopfte, als wollte es eingelassen werden.

»Scheiße noch mal, Sebastian, spinnst du?«

Sein Vater schleppte ihn mit sich, zog und zerrte – als würde er ihn aus dem Wasser ziehen.

Schleppte ihn ein ganzes Stück weit weg von der Klippe. Auf ein Feld. Weiche Erde unter ihm. Die Sterne blinkten kalt auf ihn herab.

Sebastian keuchte, heulte, wälzte sich hin und her, strampelte mit den Beinen, schlug um sich wie ein Ertrinkender, versuchte, sich zu befreien.

Doch sein Vater ließ ihn nicht los. Immer wieder versuchte Sebastian, sich loszureißen, immer wieder wurde er gepackt. Es war wie ein komischer, trauriger Kampf.

»Beruhige dich, verdammt noch mal, hör auf mit dem Quatsch!«, brüllte Gerry ihn an, packte ihn an den Schultern und presste ihn auf den Boden.

»Ich hab dich *verraten*«, keuchte Sebastian. »Kapierst du das denn nicht?«

»Es ist nicht deine Schuld! Du bist nicht schuld!«

Sebastian kämpfte immer noch, seine Schuhe füllten sich mit Sand, er stampfte in die Erde hinein.

»… was auch immer … du bist nicht …«, hörte er die Stimme, die dicht an seinem Ohr war.

Strampelte weiter. Verlor einen Schuh. Fühlte die schlammige Feuchtigkeit des Ackers. Die Kälte kroch seine Beine hinauf.

»Hör mir zu: Dich trifft keine Schuld!«

Sebastian schluchzte, weinte wie ein kleines Kind.

Gerry hielt ihn einfach nur fest. »Ist ja gut, ist ja gut.«

Nichts war gut. Aber er hatte keine Kraft mehr, das in die Welt hinauszuschreien.

Sebastian verstummte. Blieb in den Armen hängen, wartete auf Worte. Auf Worte, die ihn … irgendwie erlösten. Und die nach und nach an sein Ohr drangen und eine Weile brauchten, um auch in seinem Innern anzukommen. In seiner Seele, seinem Selbst, das ihm wie ein trauriger alter Gnom vorkam.

»Nicht deine Schuld … Ich helfe dir, da rauszukommen … Es hätte mir klar sein müssen, dass sie dich … Mach dir keine Sorgen, ich kümmere mich …«

Gerry fing an, ihn hin und her zu wiegen – wie ein kleines Kind, das Bauchschmerzen hatte, das man trösten musste und schützen. Damit es sich nicht selbst verletzte. Aus Versehen. Oder auch mit Absicht.

Von irgendwo blinkte ein Licht auf. Es war nicht der Strahl der Scheinwerfer und es war auch nicht der Leuchtturm aus Schleswig-Holstein. Das Licht schien aus der Richtung des Grenzwachturms zu kommen. Es tanzte in der Gegend herum wie ein Glühwürmchen. Stimmen waren plötzlich zu hören.

Gerry zog Sebastian in einen Graben hinein. »Kopf runter«, flüsterte er ihm zu.

Es waren Männer, die sich unterhielten, und wie es schien, kamen sie schnell näher.

Grenzposten!

Zwar waren Sebastian und sein Vater nicht im Grenzgebiet, aber nur ein paar Meter davon entfernt. Und sie verhielten sich verdächtig.

Sebastian drückte sich an die Erde, ihm gerieten Körnchen in den Mund, Sand knirschte zwischen seinen Zähnen. Aber er spuckte nicht aus. Er hielt die Luft an, nahm wahr, worüber die Männer redeten: über das Kernkraftwerk in Lubmin. »Was wenn uns das eines Tages um die Ohren fliegt?«, fragte der eine.

»Weißt du, wie die Partnerstadt von Tschernobyl heißt?«

»Nö.«

»Na, Stralsund.«

Sebastian nahm Gelächter wahr.

»Fällt ein Russe tot vom Traktor, ist in der Nähe ein Reaktor.«

»Nun mäßigen Sie sich mal, Genosse!«

Wieder war Lachen zu hören.

»Guck dir das an!«, hörte Sebastian.

»Was?«

»Da liegt ein Schuh.«

»Bestimmt von einem Liebespärchen. Vielleicht hocken die noch in irgendeinem Busch.«

Die Stimmen entfernten sich allmählich.

»Lass uns einen Moment warten«, flüsterte Gerry.

Sebastian spürte den Arm seines Vaters, der ihn festhielt.

»Nach der Haft wollte ich in den Westen abhauen«, murmelte Gerry. »Sie haben mich in den Osten entlassen, mich observiert und schikaniert. Also plante ich in allen Einzelheiten meine Flucht über die Ostsee, besorgte mir den Neoprenanzug und trainierte, wenn ich mal nüchtern war, in Schwimmhallen und Seen. Da erreichte mich die Nachricht vom Tod deiner Mutter …« Er holte tief Luft. »Also habe ich meine Fluchtpläne fallen lassen.«

»Warum?«

»Na weil …« Er sah Sebastian an. »… weil ich einen Sohn habe.«

Katja

Dunkel. Stockdunkel.

Wie ein Tier, das gejagt wurde, hockte ich erstarrt da.

Im Innern von Gerrys Barkas, der zum Glück nicht abgeschlossen gewesen war.

In der äußersten Ecke. Umklammerte meinen Rucksack. Stellte mich tot.

Eine Sekunde, zwei Sekunden, drei Sekunden …

Gingen meine Verfolger vorbei?

Die Geräusche draußen. Die Stimmen der Polizisten. Der Rauch einer Zigarette.

Standen sie direkt neben mir?

»Verdammt, wo steckt die denn?«

»Weiß nicht. War doch eben noch …«

Sie sahen mich nicht. Sie hatten keine Ahnung.

Ein kleines Fünkchen Zuversicht blitzte in mir auf.

Ich löste mich aus der Schockstarre, kroch unter eine große, schwere Decke oder was das war.

Ein Sarg blieb mir diesmal erspart.

»Schauen wir oben noch mal nach«, sagte der eine Polizist.

»Müssen wir jetzt auch noch auf dem Dachboden rumkriechen?« Sein Kollege klang mürrisch.

Die Schritte entfernten sich. Dann war es still.

Vielleicht war das ja ein Trick. Vielleicht wollten sie nur, dass ich aus meinem Versteck kam.

Ich blieb einfach, wo ich war.

Mäuschen, Mäuschen, piep einmal.

Ich piepte nicht. Ich saugte an meinem Finger. Unter dem Nagel steckte noch der Splitter.

Meine Zunge tastete nach dem winzigen Stück. Es war gut, etwas zu tun zu haben.

Konzentrierte mich auf den Fremdkörper, der in meinem Fleisch steckte.

Es tat kaum weh und störte mich nicht großartig.

Ich lauschte. Waren die Männer wirklich weg?

Bekamen Sebastian und sein Vater schon wieder unangenehmen Besuch?

Wegen mir?

Der Splitter löste sich allmählich aus der Haut unter meinem Fingernagel. Ich hatte ihn nun im Mund, spuckte ihn aus.

Nichts mehr zu tun jetzt.

Ich zog den Rucksack an mich, umarmte ihn, als wäre er ein Freund. Der Schnorchel schmiegte sich an meine Wange.

Dieses Warten mal wieder.

Erschöpfte mich.

Warten.

Worauf eigentlich? Auf ein besseres Leben? Auf ein Wunder, sobald ich achtzehn wurde?

Warten.

Die Augen fielen mir zu. Ich öffnete sie wieder. Aber in die Dunkelheit zu starren, war nicht besonders unterhaltsam. Meine Lider wurden immer schwerer.

Irgendwann spürte ich eine Bewegung unter mir.

Jemand schaukelte mich, damit ich besser schlafen konnte.

Als ich zu mir kam, hatte die Bewegung aufgehört. Es dauerte etwas, bis ich begriff, dass ich in einem Leichenwagen hockte.

Wie lange hatte ich geschlafen? Wie viel Zeit war vergangen?

Die Uhr mit dem zerkratzten Glas hing noch immer an meinem Handgelenk, aber sie tickte nicht mehr, hatte ihren Geist aufgegeben. Ich löste das Armband, ließ die Uhr fallen und schob vorsichtig die Hecktür des Wagens auf.

Vor mir war eine Kuh. Schwarz-weiß gefleckt – wie aus einem Bilderbuch. Sie stand nur ein paar Meter entfernt auf einer Weide, hob den Kopf und blickte mich mit ihren glasigen Augen an. Ein paar Fliegen schwirrten um sie herum und die Kuh wackelte mit den Ohren.

Ich war also nicht mehr in Berlin.

Hastig sprang ich aus dem Fahrzeug, drückte so leise wie möglich die Tür zu. Ein feucht-frischer Wind wehte mir entgegen. Ich lief zur Fahrerkabine, aber sie war leer.

Wieso war Gerry hierhergefahren? Und wo befand ich mich überhaupt?

Die Gegend kam mir irgendwie bekannt vor, die Luft schmeckte nach Meer.

Ich lief über die Straße, einen sandigen Weg entlang Richtung Strand, und blickte mich um. Die Sonne ging gerade erst auf. Kroch hinter dem Horizont der Ostsee hervor.

»Das gibt's doch nicht«, murmelte ich vor mich hin. Hatte mich Gerry nach Boltenhagen gebracht, damit ich fliehen konnte?

Aber wo steckte er? Er würde mich doch nicht allein lassen, wenn ich gerade Republikflucht begehen wollte, oder?

Und was war mit Sebastian? War er auch hier? Vielleicht wollten sie ja mitkommen? Eine Flucht zu dritt? Machten sie gerade ein Boot für uns klar?

Meine Fantasie ging mit mir durch. Ich sah uns mit einem U-Boot abtauchen – um uns herum Quallen und ein paar Fische.

»Du spinnst«, sagte ich zu mir selbst. »Du hast doch nicht alle Tassen im Schrank.«

Über die Düne hinweg sah ich in einiger Entfernung links den Wachturm auf der Steilküste stehen und rechts liefen zwei bewaffnete Grenzer am Ufer entlang. Mist! Zum Glück sahen sie nicht in meine Richtung.

Ich trat den Rückzug an, ging rückwärts, bis mir auffiel, dass das merkwürdig aussehen könnte, drehte mich um und ging betont lässig weiter und überquerte die menschenleere Strandpromenade.

In einem kleinen Wäldchen stopfte ich den Schnorchel tiefer in den Rucksack. Aber reichte das? Wenn sie mich kontrollierten und mit der Taucherausrüstung erwischten, kam ich in den Knast. Sogar eine Karte mit der Fluchtroute hatte ich dabei. Wie blöd war ich eigentlich?

Ich hätte das Zeug auch im Auto lassen können. Ein Leichenwagen wurde vielleicht nicht so schnell überprüft. Ich musste mir etwas einfallen lassen. Bei Tageslicht war eine Flucht ohnehin unmöglich. Es sei denn, Gerry besorgte ein U-Boot.

Ich grinste nervös vor mich hin und beobachtete die Gegend. Es war immer noch still und außer mir niemand unterwegs. Für den Strand war es viel zu früh.

Ich ging auf einen Baumstamm zu. Beinahe wäre ich in Hundekacke getreten, doch im letzten Moment machte ich einen Satz zur Seite.

Der Baumstamm war mit Moos und Pilzen bewachsen und sah ziemlich modrig aus. Aber er war innen hohl. Ich konnte mein Glück kaum fassen. Ich zögerte nicht lange. Riss mir den Rucksack vom Rücken und fing an, meine Sachen einzusortieren wie in einen Schrank. Es passte alles hinein: der Schnorchel, die Taucherbrille, der Anzug. Auf die Karte warf ich noch einen kurzen Blick. Der Fluchtweg ging an der Steilküste los. Direkt unterhalb des Grenzturms. Ein toter Winkel war dort eingezeichnet und beschriftet. Die einzige Chance, zu entkommen, war, direkt unter den Nasen der Wachposten ins Meer zu steigen. Von dort Richtung Travemünde zu schwimmen, in der Hoffnung, dass man von einem Segelboot oder einer Fähre, die Richtung Dänemark unterwegs war, aus dem Wasser gefischt wurde. Ziemlich abenteuerlich, was Gerry sich da ausgedacht hatte. Aber nicht völlig unrealistisch.

Ich zündete ein Streichholz an, hielt es an das Schriftstück und sah ungeduldig zu, wie es verbrannte.

Dann stopfte ich Moos in die Öffnung des Stammes und bedeckte sie anschließend mit Zweigen und Blättern. Wie lange würde das Versteck wohl unentdeckt bleiben?

Ich wusste es nicht und ich dachte nicht groß darüber nach. Wichtiger schien mir im Moment, Gerry zu finden. Wieso war er hier? Und war Sebastian bei ihm?

Ich lief den Weg zurück, den ich gekommen war.

Ein rot glühendes Licht überzog den Himmel und spiegelte sich auf dem Wasser. Fasziniert stapfte ich über den Sand, auf das Ufer zu – und bemerkte zu spät die beiden Grenzer, die offenbar auf dem Rückweg waren. Ich tat, als würde ich sie nicht sehen. Aber sie liefen direkt auf mich zu.

Sebastian

»Vorsicht!«, sagte er leise und berührte seinen Vater kurz am Arm. »Da hinten sind sie! Die zwei Grenzsoldaten.«

Sie liefen am Strand entlang zurück zum Parkplatz, um sich aus dem Wagen etwas zu essen zu holen. Sebastian sah die Uniformierten in einiger Entfernung stehen und mit jemandem reden, den sie wohl überprüften. Dann blickte er genauer hin.

Ein Mädchen stand da, und wie es schien, sollte sie ihren Rucksack vorzeigen.

»Katja?«, entfuhr es ihm verblüfft. Sebastian verengte die Augen zu Schlitzen und versuchte, das Bild scharf zu stellen. Tatsächlich erkannte er jetzt die schlanke Gestalt, das kurze, strubblige Haar, die Bewegung ihres Arms – sie schien auf das Meer zu deuten. Was erzählte sie den beiden Grenzhütern?

»Ist sie das etwa?«, fragte sein Vater.

»Sieht ganz so aus.«

»Okay, hast du deinen Ausweis dabei?«

Sebastian nickte.

»Geh zu ihr, erzähle was von einer Beerdigung, zu der ihr beide müsst. Gib dich als ihr Cousin aus oder was weiß ich. Du musst glaubwürdig wirken, das ist das Wichtigste.«

»Und du?«

»Ich mach mich hier vom Acker, marschiere den nächsten Strandweg hoch und lauf zum Fahrzeug. Mit meinem PM 12 in der Tasche sind wir sofort verdächtig.«

»Alles klar. Ich versuch mein Bestes.«

Sebastian setzte eine traurige Miene auf, während er allein am Ufer der Ostsee weiterlief.

Die Wellen, die vor seine Füße rollten, beachtete er kaum. Seine Schuhe wurden klitschnass und er sank mit jedem Schritt in den nassen Sand ein. Doch er war zu durcheinander, um es zu bemerken. Beerdigung. Cousin. Cousine. Wer war noch mal gestorben? Was sollte er erzählen?

Die letzten Meter rannte er. Gerade als er *Katja!* rufen wollte, fiel ihm ein, dass sie ja gelegentlich einen falschen Namen benutzte. Und garantiert würde sie auch der Streife nicht sagen, wie sie wirklich hieß.

»Da bist du ja!«, rief er stattdessen. »Ich hab dich schon überall gesucht!«

Katja stand zwischen den beiden mit Fernglas und Kalaschnikow ausgerüsteten Grenzern, als wäre sie festgenommen worden. Sie drehte sich ein Stück zu ihm um und blickte ihm verwundert entgegen. Dann malte sich ein Lächeln in ihr Gesicht.

»Ich hab dich auch schon gesucht«, antwortete sie vorsichtig.

»Gibt es ein Problem?«, fragte Sebastian an die Grenzsoldaten gewandt.

»Kennen Sie das junge Fräulein?«

»Allerdings. Sie ist meine Cousine, und wir müssen zu einer Beerdigung«, platzte es aus ihm heraus.

»Und da laufen Sie so früh am Morgen am Strand herum?« Der Grenzer war groß und hager und wirkte misstrauisch.

»Wir waren immer mit der Omi hier«, sagte Sebastian traurig. Er rieb sich über das Gesicht und ein Körnchen Sand geriet ihm ins Auge. Er blinzelte und stöhnte leise. Es tat tatsächlich ziemlich weh.

Die Uniformierten wechselten Blicke und starrten dann Katja an.

»Warum haben Sie uns das nicht gesagt?«, fragte der zweite Grenzsoldat, der klein und pummlig aussah.

Katja zuckte mit den Schultern. »Sie haben mich gefragt, was ich hier zu suchen habe, und ich sagte: das Licht. Das Licht dieses Sonnenaufgangs. Und genau das habe ich gesucht … um … an meine Großmutter zu denken, die jetzt … in der Dunkelheit ist.« Sie schluchzte nicht, aber sie klang verdammt traurig.

»Dann weisen Sie sich bitte mal aus!«, befahl der größere der beiden und musterte Sebastian streng.

Er nickte und zückte seinen blauen Personalausweis, aber der kleine Dicke winkte ab.

»Schon gut. Ihre Cousine konnte das nämlich nicht. Sich ausweisen, meine ich. Und normalerweise müssten wir sie mitnehmen, um den Sachverhalt zu klären. Aber … Unser Dienst ist für heute zu Ende. Und in Anbetracht der Umstände … mein Beileid übrigens.«

»Moment«, sagte der Größere. »Wie heißt denn die Verstorbene?«

»Meine Omi?«, fragte Sebastian verwirrt. Ihm fiel ein, was Gerry ihm auf der Herfahrt erzählt hatte. Welcher Name war das noch gewesen?

»Frau … ähm … Zimmermann. Aus Klütz.«

»Vorname?«

»Ich nenne sie immer …« Sebastian zuckte mit den Achseln. »… na, *Omi* eben.«

Der Dicke kicherte.

»Die Adresse?«, fragte der Strenge.

»Wismarsche Straße zwölf«, schluchzte er. Stimmte das? Oder war es doch die Elf gewesen?

Das Sandkörnchen in seinem Auge drückte jetzt und ihm liefen Tränen über die Wangen.

Er wischte sie mit dem Ärmel weg und schniefte.

»Lass den Bengel doch in Ruhe«, murmelte der Kleinere leise.

»Also schön, wir wollen mal glauben, was Sie uns erzählen. Sie dürfen gehen. Aber beim nächsten Mal vergessen Sie Ihren Ausweis nicht, junge Dame!«

»Darf ich denn nun noch eine Minute der Sonne beim Aufgehen zusehen?«, fragte Katja frech.

Die Uniformierten warfen einen Blick in den orange-rot gefärbten Himmel, als müssten sie auch den kontrollieren.

»Mit Tagesanbruch ist der Strand für die Allgemeinheit geöffnet«, sagte der Hagere trocken.

»Sie dürfen bleiben«, sagte der Dicke und zwinkerte. »Bis zum Sonnenuntergang ist hier fast alles erlaubt.«

»Super!« Katja grinste.

Wie eine Trauernde verhielt sie sich im Moment nicht gerade, fand Sebastian.

Als die Grenzer sich ein paar Schritte entfernt hatten, holte sie ein Handtuch aus dem Rucksack und warf es auf den Sand. Sie ließ sich darauffallen und winkte Sebastian zu, sich neben sie zu setzen.

»Mein rechter, rechter Platz ist leer, ich wünsche mir den Basti her!«, rief sie albern.

Er grinste, warf noch einen Blick zu den Uniformierten, die sich nicht mehr nach ihnen umdrehten, und setzte sich etwas umständlich neben sie.

Das Handtuch war nicht besonders groß. Sie hockten dicht beieinander und Katja sah ihn von der Seite an. »Danke.«

Er winkte ab. »Ist doch alles noch mal gut gegangen.«

»Gerade so.«

»Hm.«

Sie schwiegen und sahen aufs Meer hinaus. Ein paar Möwen kreischten, als wollten sie den neuen Tag begrüßen. Sie flogen über ihre Köpfe hinweg und landeten auf der Wasseroberfläche. Ein graues Grenzboot fuhr hinter den Bojen entlang.

»Willst du wirklich …?« Sebastian räusperte sich. Er wusste, dass sie beide allein hier waren, trotzdem sah er sich nach allen Seiten um.

»Ich meine: Wolltest du wirklich«, fragte er leise, »über die Ostsee schwimmen?«

Katja sagte nichts. Sie betrachtete die Wellen, die sich gegenseitig jagten und überholten.

Sie wirkte irgendwie abwesend, als hätte sie ihn gar nicht gehört.

Der Wind spielte in ihrem Haar und in ihren dichten Wimpern saßen winzige Sandkörnchen.

Schließlich begegnete sie seinem Blick und lächelte. »Ich schätze, es ist noch ein bisschen zu kalt zum Schwimmen. Aber es ist wunderschön hier, findest du nicht?«

Sebastian nickte. In der Mitte der See schaukelten zwei Schwäne auf den Wellen.

Offenbar wollte Katja ihm auf die Frage nach ihren Fluchtplänen nicht antworten. Aber das war okay. Jedenfalls erst mal. Er war froh, dass sie neben ihm saß.

»Wir haben dich gesucht. Wie bist du so schnell hierhergekommen?«

Sie lachte leise. »So wie du, nehme ich an.«

»Was meinst du?«

»Ich war blinder Passagier in eurem Wagen.«

»Willst du damit sagen …?« Sebastian schlug sich mit der flachen Hand gegen die Stirn. »Du warst die ganze Zeit im Barkas …?«

»Als die Polizisten mich suchten, hab ich mich in dem Auto versteckt. Dann bin ich eingepennt. Als ich aufwachte, war ich in Boltenhagen.«

»Und mein Vater glaubte, du willst hierher, um … Jedenfalls haben wir uns Sorgen gemacht.«

»Braucht ihr nicht. Ich komm schon klar.«

Sie lächelte immer noch, aber sie klang auf einmal frostig.

»Ich will nicht, dass du gehst, Katja.«

»Warum nicht?« Sie sah ihn forschend an.

»Es ist zu gefährlich. Du könntest ertrinken oder … erwischt werden und … im Knast landen.«

»Ich bin Risiken gewöhnt.« Auch ihr Lächeln wirkte jetzt hart.

Sebastian fühlte sich einen Moment hilflos. Er tastete seine Jackentasche ab und holte die Kette hervor. Die Perle leuchtete im Morgenlicht. Sie sah wirklich hübsch aus.

»Die hast du vergessen ... Und ich muss dir was sagen, was dir nicht gefallen wird.« Er senkte den Blick und betrachtete die zerbrochenen Muschelschalen zwischen seinen Füßen.

»Schieß los!«

»Es ist nicht so einfach.«

»Versuch es.«

»Das Geld, mit dem ich die Kette gekauft habe ... ist ... ein Judaslohn gewesen.«

»Ein was?«

Sebastian holte tief Luft, leckte sich nervös über die Lippe. Sie schmeckte salzig.

Dann erzählte er Katja von Herrn Möller. Von der ersten Begegnung, von den Treffen, die folgten, von der Verpflichtungserklärung und den Berichten, von den Zigaretten, dem Bohnenkaffee, vom Jugendklub, der fremden Wohnung und der Zionskirche. Nur Namen nannte er nicht. Weder redete er von Sabine noch von seinem Mathelehrer. Das konnte er nicht. Es brannte plötzlich wie Säure in seinem Innern. Zuletzt erzählte er ihr schließlich von den zwanzig Mark, die er so schnell wie möglich wieder loswerden musste. Weil es ihm nicht geheuer war, dieses Geld, weil ihm *das Ganze* nicht geheuer war.

»Er wollte alles wissen und hat alles gewusst. Na ja, fast alles. Wie er das mit dir rausbekommen hat, weiß ich nicht. Über dich habe ich nie geredet. Kein Sterbenswörtchen. Das musst du mir glauben.«

Katja sagte nichts dazu. Sie nahm ihm nur die Kette aus der Hand. Kurz spürte er ihre Finger, die eiskalt waren. Einen Moment betrachtete sie den Anhänger, hielt ihn ins Licht.

Mit einem Satz sprang sie plötzlich auf. Sie ging ein paar Schritte rückwärts, als würde sie vor einer Welle davonlaufen. Dann rannte sie auf einmal los, hob den Arm, und Sebastian sah das silbrige Glitzern durch die Luft segeln.

Eine Möwe schrie. Es klang irgendwie erschrocken.

Katja setzte sich wieder neben ihn und schob ihre kalte Hand unter seinen Arm. »Ist es jetzt besser?«

Sebastian blickte auf die Stelle, an der die Kette versunken war. Er wusste nicht so richtig, was er empfand. Er war erleichtert und gleichzeitig traurig. Fühlte sich seltsam verwirrt und etwas benebelt. Er hatte die Verräter verraten. Herrn Möller und sich selbst. War es jetzt besser?

»Glaub schon«, sagte er.

»Gut. Dann wäre das ja geklärt.« Sie lachte traurig. »Weiß dein Vater Bescheid?«

Er seufzte tief. Schmerzvoll. »Hab es ihm auch gerade gebeichtet.«

»Oh Mann.«

Wieder schwiegen sie eine Weile.

»Fahrt ihr heute noch zurück?«

»Glaub schon«, sagte er wieder.

»Könnt ihr mich bis Eberswalde mitnehmen?«

Er nickte und spürte ihre Hand, die unter seinem Arm langsam wärmer wurde.

Sie saßen am Strand wie ein Liebespärchen, das sich gerade erst gefunden hatte.

Er wusste, dass das nichts zu bedeuten hatte. Sie waren kein Paar. Aber die Berührung strahlte in seinen Körper, in seine Seele. Und allmählich verschwand seine Verwirrung und machte für etwas anderes Platz. Er sah Katja an, spürte ihre Nähe, nahm ihren leicht salzigen Geruch wahr, sah die ersten Sommersprossen, die sich auf ihrer Wange zeigten, und er fühlte sich plötzlich leichter, war einen Moment lang fast glücklich.

Auf dem Weg zum Parkplatz warf ihm Katja Blicke von der Seite zu. Wahrscheinlich dachte sie über ihn nach, dachte darüber nach, was er gesagt hatte. Als würde ihr die Tragweite erst allmählich bewusst werden.

»Frag ruhig«, sagte er schließlich.

»Was denn?«

»Was du wissen willst.«

»Tja«, sagte sie gedehnt und zögerte einen Moment.

»Spuck es schon aus!« Sebastian wollte es jetzt so schnell wie möglich hinter sich bringen.

»Okay. Na dann …« Sie räusperte sich verlegen. »Ich frag dich mal ganz direkt: Wen hast du verraten? Das musst du mir nicht sagen, das solltest du dir selbst beantworten.«

»Und wozu?« Er spürte Ärger in sich aufsteigen. Wieso sprach sie so mit ihm?

»*Ich* will keine Namen wissen, keine Details. Ich möchte eigentlich gar nichts wissen. Nur du weißt, was du getan hast. Nur du kannst meine Frage beantworten und du solltest sie dir selbst beantworten.«

»Wozu soll das gut sein?«

»Um reinen Tisch zu machen«, antwortete sie sachlich, beinahe emotionslos. »Du musst die Leute warnen.«

»Muss ich das? Ich hab es meinem Vater gesagt und ich hab dir davon erzählt, obwohl ich das nicht hätte tun müssen, oder?«

»Stimmt. Aber du hast es mir nun mal gebeichtet. Und ich kann dir nur sagen, was ich an deiner Stelle machen würde.«

»Du bist aber nicht an meiner Stelle.«

Katja schwieg. Er hörte ihren Vorwurf in diesem Schweigen. Oder glaubte, ihn zu hören. Sie gingen jetzt nebeneinander her, als wäre eine unsichtbare Wand zwischen ihnen.

Sebastian sah sie wieder die Kette ins Meer werfen.

War das wirklich nötig gewesen? Er hatte sie für sie ausgesucht. Das erste Geschenk für ein Mädchen, das er wirklich mochte, landete in der Brandung. Na toll. Vielleicht trug die Strömung die Kette ja mit sich, trug sie nach Dänemark oder Schweden, oder eine gierige Möwe verschluckte sie.

Beinahe war Sebastian froh, als er seinen Vater erblickte. Er lehnte rauchend an dem Barkas und sah ihnen entgegen. Ruhig, mit einem Lächeln, das man mehr erahnen als sehen konnte.

Er nickte Katja zu, als wäre das ein normaler Tag, eine normale Begegnung, aber Sebastian merkte ihm die Erleichterung an.

»Ich hab Streuselschnecken vom Bäcker geholt«, sagte er.

Katja lachte und lief plötzlich los. Einen Augenblick lang glaubte Sebastian, sie wolle seinen Vater umarmen, aber sie schnappte sich nur die Tüte mit dem Kuchen.

»Ich hab so einen Hunger!«

»Und ich hab deine Uhr gefunden und repariert.« In Gerrys Augen zeigte sich einen kurzen Moment ein fröhliches Leuchten.

»Prima«, murmelte Katja mit vollem Mund.

»Eigentlich hätten wir uns ja denken können, wo du steckst. Aber wenn wir schon mal hier sind, würde ich vorschlagen, wir verbringen noch ein paar Stunden am Strand, bevor wir wieder zurückfahren. Aber vorher müssen wir noch was erledigen, Sebastian!«

Der letzte Satz klang anders als die Worte davor. Der Ton klang anders. Irgendwie scharf, kalt, als würde ein eisiger Wind wehen.

»Hast du die Telefonnummer von diesem Typen von der Stasi dabei?«

Sebastian nickte und nahm sich eine Streuselschnecke aus der Tüte, die Katja ihm hinhielt.

Die Schnecke war ganz frisch und duftete verführerisch. Aber er knabberte nur ein bisschen an ihr herum. Er hatte plötzlich keinen Hunger mehr.

»Ich esse sie nachher«, sagte er und legte den Kuchen in die Tüte zurück.

Eine Stunde später standen sie in einer muffig riechenden Telefonzelle. Sebastian wählte. Die Scheibe drehte sich von Zahl zu Zahl.

Er fühlte sich unwohl, seine Beine kamen ihm vor, als wären sie aus Gummi.

Sein Vater stand dicht neben ihm, als Sebastian die Stimme von Herrn Möller wahrnahm.

»Ja?«

»Hier ist … Artur Eng… ähm … Sebastian.« Der Telefonhörer klebte leicht und roch komisch.

»Was gibt's? Solltest du nicht eigentlich in der Prüfung sitzen?«

Sebastian schluckte. Herr Möller wusste immer über alles Bescheid. Glaubte er zumindest.

»Ich wollte Ihnen nur sagen, dass ich nicht mehr mitmache. Ich stehe dem MfS nicht länger zur Verfügung.«

Seine Stimme klang heiser und gepresst.

Einen Moment lauschte er in das Schweigen auf der anderen Seite der Leitung hinein.

»Sebastian, das geht so nicht«, sagte Herr Möller schließlich verärgert. »Du hast dich *verpflichtet*, mit uns zusammenzuarbeiten. Wir sollten über deine Sorgen persönlich sprechen. Wo bist du gerade? Kannst du in die Wohnung kommen?«

»Ich bin in einer Telefonzelle. Und ich möchte mit Ihnen nicht mehr reden.« Sebastian wollte auflegen, aber sein Vater nahm ihm den Hörer aus der Hand.

»Hallo? Hier spricht Sebastians Vater. Er hat es mir gesagt.« Ohne eine Antwort abzuwarten, drückte Gerry den Telefonhörer in die Gabel.

»Das war's?«, fragte Sebastian ungläubig.

»Das war's.«

Katja

Das Wasser war tatsächlich noch eiskalt.

Aber ich schwamm bis zur Boje und von dieser bis zur nächsten.

Bis hierher und nicht weiter sagten, die weißen, auf dem Meer schaukelnden Bälle.

Am Horizont fuhr eine Fähre, und ich fragte mich, wohin sie wollte. Wohin die Leute wollten, die an Bord waren, die nicht wussten, dass es Menschen gab, die sie beneideten.

Kurz dachte ich an die Karte, die ich verbrannt hatte. Dort waren auch die Orte mit den Häfen verzeichnet gewesen: Malmö und Helsinki und noch eine Stadt, die ich indessen vergessen hatte.

Ich hob die Hand und winkte den Menschen auf dem Schiff zu, die mich nicht sehen konnten und die ich nicht sah. Dann drehte ich mich um.

Wie es aussah, aß Sebastian endlich seine Streuselschnecke.

Das Gespräch in der Telefonzelle war sehr kurz gewesen und weder Gerry noch Sebastian hatten etwas darüber gesagt.

Aber beide wirkten erleichtert. Besonders Sebastian. Er hielt sich eng an seinen Vater, als hätte er jetzt erst entdeckt, dass er da war, dass er für ihn da war.

Ich wünschte, ich hätte so einen Vater. Jemanden, der einem beistand, wenn es drauf ankam.

Vielleicht wurde das Sebastian ja auch gerade klar. Auch wenn es für ihn schwierig war: Seine Mutter hatte sich sein Leben lang um ihn gekümmert und ihn geliebt. Der Vater war abwesend gewesen, eine Leerstelle – die sich jetzt allmählich füllte.

Je länger ich mich im Wasser befand, desto besser kam ich mit der Temperatur klar.

Ich sah immer wieder Richtung Horizont und fragte mich, wie es wäre, einfach draufloszuschwimmen. Auf gut Glück.

Es gab ja nur die zwei Möglichkeiten: Entweder man hatte Glück oder Pech.

Entweder man kam im Westen an oder nicht.

Entweder man landete in der Freiheit oder wurde eingesperrt.

Und natürlich konnte man auch sterben.

Ich schwamm an der Boje vorbei, einfach ein Stück weiter aufs Meer hinaus.

Wie weit kam man, ehe sie ein Boot losschickten? Beobachteten sie mich schon vom Grenzturm aus?

Ich schwamm noch einen Zug und noch einen. Warf einen letzten Blick zur Fähre.

Möwen flogen über mich hinweg. Ihnen war egal, in welchem Land sie sich gerade befanden. Sie flogen einfach, tauchten in die See und jagten hin und wieder einen Fisch, flogen und flogen, landeten mal in Boltenhagen, mal in Travemünde.

Nach dem dritten Schwimmzug Richtung Westen kehrte ich wieder um.

Da waren zwei Menschen am Strand, die zu mir gehörten.

Ich sah nicht mehr in die Ferne, ich sah zu ihnen.

Sie waren für mich da gewesen, hatten mich beschützt.

Wenn ich flüchtete, ließ ich sie im Stich.

Und zu wem sollte ich eigentlich fliehen? Ich kannte niemanden drüben.

Meine Freunde waren hier.

Ich schwamm ein bisschen schneller – auf das Ufer zu, an dem sie standen.

Auf der Wasseroberfläche lag ein Leuchten, das ich jetzt erst bemerkte.

Es kam mir vor, als würde ich durch Licht schwimmen – durch das Sonnengefunkel, das mich plötzlich fröhlich stimmte und zuversichtlich.

Eine Welle kam und schob mich ein Stück vorwärts. Hob mich ein bisschen hoch, sodass ich den Strand besser sehen konnte.

Sebastian stand da und wartete auf mich.

Sebastian

»So, Sebastian, und jetzt erkläre mir mal, warum du gestern nicht in der Mathematikprüfung warst«, sagte Herr Heinemann. Er sprach sachlich, leise, fast freundlich, aber er starrte Sebastian an, als wäre er heute mit zwei Köpfen zur Schule gekommen.

»Das steht doch alles auf dem Entschuldigungszettel«, antwortete er.

»Ich will es von dir selbst hören.«

Sebastian musste sich zusammenreißen, dass er nicht die Augen verdrehte. »Ich hatte Dünnpfiff«, sagte er grob. »Und musste mich übergeben. Es gab wohl das Falsche zu essen.«

Er wollte nicht lügen. Er mochte es nicht, dass er gezwungen wurde, zu lügen. Aber es ging nicht anders. Er konnte ihm wohl kaum erzählen, was alles in den letzten Wochen passiert war.

Sie saßen zu zweit im Klassenzimmer: Herr Heinemann hinter dem Lehrertisch und Sebastian davor. Es roch nach kaltem Schweiß, als würde die Prüfungsangst von gestern noch im Raum schweben.

»Also schön. Du wirst nachschreiben müssen. Und glaub mal nicht, dass das einfacher wird als die eigentliche Prüfung!«

»Glaub ich auch nicht.«

»Das wird nicht leicht für dich. Du solltest die Zeit, die dir noch bleibt, nutzen.«

Die Zeit, die ihm noch blieb? Wusste Herr Heinemann mehr als er selbst? Immerhin hatte er die Prüfung geschwänzt und er verweigerte Herrn Möller und dem MfS die weitere Zusammenarbeit. Bekam er jetzt die Quittung? Aber er traute sich nicht, seinen Lehrer zu fragen. Eigentlich redete er ja auch nur, wie ein Lehrer reden musste: Nutze deine Zeit. Nutze deine Möglichkeiten. Sei ein braver Schüler. Tue, was ich dir sage.

»In Ordnung«, murmelte er vage.

»Schön. Du bist doch ein gebildeter, kluger und meist sogar vernünftiger Schüler«, meinte der Lehrer plötzlich.

Sebastian starrte ihn misstrauisch an.

»Du solltest aufpassen, dass ...« Herr Heinemann warf einen schnellen Blick zur Tür. Sie war geschlossen. »... dass du nicht in irgendeinen Schlamassel hineingerätst, in einen Irrgarten, aus dem du nicht mehr rausfindest.«

»Was? In was für einen Schlamassel?«, rutschte ihm jetzt doch heraus.

»Du solltest achtgeben, dass du dir den Abschluss nicht ruinierst«, schob der Mann schnell hinterher. Aber Sebastian hatte das Gefühl, er meinte etwas anderes.

Ihm wurde unbehaglich zumute.

»Deine Fünf habe ich übrigens wieder gelöscht«, erklärte der Lehrer. »Ich will dir nicht noch zusätzlich Schwierigkeiten machen.«

Sebastian wurde aus den Andeutungen nicht schlau.

»Mehr helfen kann ich dir aber nicht. Du musst schon allein klarkommen. Das Wichtigste ist, sich selbst treu zu bleiben.«

Sebastian wusste nicht, was er zu diesen Worten sagen sollte. Also schwieg er.

Auf dem Nachhauseweg hörte Sebastian ein Motorengeräusch und warf einen Blick über die Schulter. Der Lada kam langsam näher. Herr Möller fuhr im Schritttempo neben ihm her.

»Steig schon ein, Sebastian. Wir müssen reden«, sagte er aus dem offenen Fenster heraus.

Sebastian schüttelte den Kopf.

Er zog die Schultern hoch, als wäre ihm kalt, blickte einfach in eine andere Richtung, als könnte der Stasi-Mann so verschwinden.

Aber er verschwand nicht. Er fuhr mit seinem Wagen weiter neben ihm her.

Jeder konnte es sehen.

»Hauen Sie schon ab!«, rief Sebastian dem Mann zu. »Ich bin nicht länger Ihr Knecht!«

»Was redest du da?«

»Ich habe morgen noch eine Prüfung«, sagte Sebastian. Aber eigentlich war das nicht der Grund für sein Verhalten. »Ich muss mich … konzentrieren. Und zwar … auf mich selbst. Ich muss mir selbst treu bleiben.«

»So, so. Das sind ja ganz neue Töne, Junge. Aber glaub mal nicht, dass du dich einfach so lösen kannst aus unserem …«

»Lassen Sie mich zufrieden!«, schrie Sebastian. Hektisch sah er sich nach einem Fluchtweg um. Aber es gab keinen. Überall Zäune. Und Mauern. Und Wände.

»Steig ein! Wir reden in Ruhe. Nur noch dieses eine Mal. Und dann kannst du machen, was du willst.«

Sebastian blieb stehen. Der Lada hielt neben ihm. Die Tür öffnete sich.

»Komm schon! Steig endlich ein. Es dauert nicht lange.«

Nur noch dieses eine Mal. Und dann …

Und dann?

»Nein«, sagte Sebastian.

»Was?«

»Ich sagte: Nein.«

»Du weißt schon, dass das Konsequenzen haben wird?« Die Stimme von Herrn Möller klang auf einmal eisig. So eisig, wie Sebastian sie noch nie gehört hatte. Als würde ein anderer Mensch zu ihm sprechen.

»Ist mir egal. Ich bleibe bei meinem Nein!«

Herr Möller machte eine Geste, als würde er mit seinem Zeigefinger auf Sebastian schießen. Als hätte er eine Waffe auf ihn gerichtet.

Und dann fuhr er davon.

Katja

In der Datsche von Sebastians Oma ließ es sich einigermaßen aushalten. Es war alles da, was ich brauchte. Ein paar Konserven mit Fisch und Fleisch, Gläser mit Erbsen, Bohnen und Möhren dienten mir als Nahrungsquelle, außerdem waren da noch die selbst gemachte Marmelade, das Pflaumenmus und die eingeweckten Pflaumen. Bei anbrechender Dunkelheit erntete ich mal ein paar Radieschen, mal etwas Salat und mal Stachelbeeren, die allerdings noch total sauer schmeckten. An die Strahlenbelastung aus Tschernobyl dachte ich kaum noch. Ich hörte ja auch keine Nachrichten mehr. Ich lebte hier wie in einer Raumkapsel, die durchs All trieb, und ging nur raus, wenn es sich nicht umgehen ließ.

Ab und zu kamen mich Sebastian und Gerry besuchen, brachten mir Lebensmittel, Bücher und ein paar Mark. Meist verschwanden sie ziemlich schnell wieder. Sebastian hatte seine schriftlichen Prüfungen mit Ach und Krach bestanden und büffelte nun für die mündlichen. Die Stasi ließ ihn bislang in Ruhe. Wenn es stimmte, was er erzählte. Ich traute dem Frieden nicht, und Sebastian machte den Eindruck, als erwartete er, dass da noch etwas nachkommen würde. Er versuchte, sich nichts anmerken zu lassen, aber ich konnte es spüren. Für ihn war das ganze Theater noch nicht vorbei. Ich wartete darauf, dass er mir sein Herz ausschütten würde. Doch das tat er nicht. Bevor er nach dem letzten Besuch wieder ging, schenkte er mir eine zerfledderte Ausgabe von *Robinson Crusoe*.

An den Wochenenden holte ich Sebastians Oma aus dem Heim

hierher. Wir verstanden uns gut. Die Nachbarn glaubten, ich wäre ihre Enkelin. Wir gingen samstags früh zusammen einkaufen – niemand verdächtigte eine Jugendliche, die sich um eine alte Frau kümmerte.

Wir kochten Spaghetti mit Tomatensoße oder Eierfrikassee, eine ziemlich leckere Pampe aus gekochten Eiern, Kartoffeln und heller Dillsoße. Ihr Lieblingsgericht.

Und wir spielten Mensch-ärgere-dich-nicht und Mikado und Mau-Mau. Ich brachte sie stets pünktlich zurück in das Feierabendheim.

Wenn ich allein war, langweilte ich mich oft. Ich verbrannte nach und nach alles Verdächtige aus der Truhe. Den ganzen Kram von Gerry, den er als Beweis für seinen Widerstand aufbewahrt hatte, wie er einmal erzählte, und der einfach zu gefährlich war, um ihn länger zu verstecken. Jedenfalls, wenn man sich im Visier der Stasi befand.

Manchmal dachte ich an die versteckten Tauchutensilien in dem Baum in Boltenhagen. Aber ich fühlte mich gerade nicht so in die Enge getrieben, dass ich die Flucht wagen mochte. Sebastian wollte, dass ich bleibe. Mir schien, er war der einzige Mensch, dem ich nicht egal war. Auch wenn ich nicht verstand, wieso eigentlich. Aber ich blieb.

Es fiel mir schwer, zu begreifen, dass er ein Spitzel gewesen war. Er war kein Anscheißer, so gut kannte ich ihn. Dachte ich zumindest.

Die Nächte waren am einsamsten. Ich lag auf dem Klappbett und starrte in die Finsternis.

Sogar das Raumschiff Enterprise ließ mich im Stich. Captain Kirk und Spocky und der Rest der Crew hatten sich anderen Wesen auf anderen Planeten zugewandt.

Das Einzige, worauf ich vertrauen konnte, war die Zeit. Darauf, dass sie verging.

Sekunde für Sekunde, Minute für Minute, Stunde für Stunde, Tag für Tag.

Immer häufiger dachte ich auch an meine Mutter und vor allem an meine kleine Schwester.

Ich vermisste Sandra, ihr fröhliches Kichern, ihren erwartungsvollen Blick, wenn ich ein Mitbringsel aus der Tasche zauberte, ihre klebrigen Küsse auf meiner Wange.

Es wäre verkehrt, jetzt zu ihnen zu fahren. Es fiel mir schwer, es nicht zu tun. Es fiel mir schwer, vernünftig zu bleiben.

Nur noch ein bisschen ... Nur noch etwas warten.

Ich fragte mich, wie Sebastian und Gerry auf das reagieren würden, was ich ihnen noch zu sagen hatte.

Sebastian

Die letzte mündliche Prüfung war geschafft. Sebastian zog sich im Laufen das FDJ-Hemd aus, stopfte es im Vorbeigehen kurzerhand in einen Mülleimer und warf sich die Jacke über die Schulter. Bloß weg hier! *Weg!* Insgesamt würde er die zehnte Klasse nun doch mit Gut abschließen, genauer gesagt, mit einem Durchschnitt von 2,3. Das Büffeln in den letzten Tagen hatte sich also gelohnt. Er fühlte sich leicht, erleichtert – *frei*. Keine Schule mehr! Keine Prüfungen! Kein Auswendiglernen von Russisch-Vokabeln, Grammatikregeln und irgendwelchen Formeln. Und vor allem: Keine Treffen mit diesem Herrn Möller mehr!

Eine Last fiel von ihm ab. Im September würde, wenn alles glatt lief, seine Lehre als Tischler beginnen. *Falls* alles glatt lief.

»He, Sebastian!«, hörte er eine Stimme hinter sich. »Warte doch mal!«

Zögernd drehte er sich um. In den letzten Tagen war er Sabine aus dem Weg gegangen. Das war nicht weiter schwer gewesen, sie wurden in unterschiedlichen Fächern zu unterschiedlichen Zeiten geprüft.

»Alles gut gelaufen?«, fragte sie etwas atemlos. Sie schien ihm tatsächlich hinterhergerannt zu sein.

»Ja, alles okay«, murmelte er.

»Prima.« Sie schien darauf zu warten, dass er sie fragte, wie bei ihr der Stand der Dinge war.

Sebastian sagte nichts. Er wollte kein Gespräch mit ihr.

Eine Weile liefen sie schweigend nebeneinander her. Der weite Saum ihres schwarzen Mantels schlappte um ihre Beine wie große herabhängende Flügel.

»Wieso kommst du eigentlich nicht mehr in die Zionskirche?«

Sebastian zuckte mit den Schultern. »Muss ich?«

»Nein, natürlich nicht, ich dachte nur …«

»Ich hab für die Scheißprüfungen gelernt.«

»Die sind ja jetzt vorbei.«

»Zum Glück!« Er spürte ihren Blick von der Seite, aber er erwiderte ihn nicht.

»Es gibt morgen eine Fahrraddemo gegen Atomkraftwerke und gegen die Luftverschmutzung und nächstes Wochenende wollen wir auf dem Kirchplatz Bäume pflanzen. Vielleicht hast du ja Lust …?«

Sebastian seufzte. »Nee. Lass mal gut sein.«

»Hast du schon was vor?«

»Klar hab ich was vor«, erwiderte er patzig. »Sind ja schließlich Ferien. Hast du nichts vor?«

»Doch. Ich will heute Nachmittag in die Umweltbibliothek.« Ihre Stimme klang trotzig und herausfordernd.

Sebastian hätte sich am liebsten die Ohren zugehalten. Der Arthur Engel in ihm schrieb immer noch mit, was sie sagte, machte sich insgeheim Notizen und überlegte, was von den Informationen Herrn Möller interessieren könnte. Ihm schauderte.

Er blieb stehen und sah sie an. »Tut mir leid, aber … ich geh da nicht mehr hin«, erklärte er mit Nachdruck und bemerkte, wie

Sabine zusammenzuckte. »Lass mich bitte in Ruhe damit.« Er bekam das Gefühl, dass er noch eins draufsetzen musste, damit sie ihn endlich fallen ließ. Aber er brachte nichts mehr heraus. Sie stand jetzt schon da, als hätte er ihr gerade die Flügel gebrochen.

»Ist irgendwas passiert, Sebastian?«, fragte sie traurig.

Es machte ihn verrückt, dass sie sich so anhörte, so mitleidig, dass sie sich Sorgen um ihn machte.

»Nein, was soll denn passiert sein?«, antwortete er gereizt.

Sie zuckte mit den Schultern. »Keine Ahnung. Du wirkst so … anders als sonst.«

Sebastian überlegte, wie er sie warnen sollte, ohne dass er ihr alles erklären, ihr alles offenbaren musste.

»Du hast recht. Es … hat seinen Grund. Einen Grund, den ich dir nicht verraten kann. Aber ich würde dir raten, nicht mehr in die Zionskirche zu gehen. Lass die Finger davon. Es ist einfach zu … heikel. Mehr kann ich dir nicht sagen. Frag mich nicht, warum.«

Frag mich nicht, warum ich dich ausgehorcht habe, dachte er. Frag mich nicht, warum ich dich als Quelle für die Stasi benutzen musste. Er schluckte das Bittere, das ihm in der Kehle steckte, hinunter. Oder versuchte es wenigstens.

Sabine wurde noch blasser, als sie ohnehin schon war. Ihre Augen weiteten sich, als hätte sie einen Schock. »Scheiße noch mal, was redest du da?«

Sebastian hob die Arme. Es gab nichts mehr zu sagen. Doch, gab es schon, aber er konnte es nicht.

Sie schüttelte den Kopf. Wandte sich abrupt von ihm ab. Ihr weiter Mantel flog über den Bürgersteig, wirbelte Staub auf.

Ein Teil von ihm war froh, dass Sabine jetzt, ohne zu zögern, in die andere Richtung davonlief. Der andere Teil wäre ihr am liebsten hinterhergerannt, hätte sich entschuldigt, sie vielleicht sogar umarmt.

Er fühlte sich mies. Er war ein Feigling. Aber er konnte nicht über seinen Schatten springen und ihr erzählen, was er getan hatte. Dieser Schatten war einfach zu groß, zu tief, erschien ihm unüberwindbar. Die Wunde in ihm war noch zu frisch, klaffte weit auf, jeder Gedanke an seinen Verrat wirkte wie Salz, das in sie rieselte.

Sein Vater wartete schon auf ihn. Er hatte sich extra frei genommen.

Auf dem Waldfriedhof in Berlin Adlershof blühten die Linden. Ein schwerer, süßer Geruch lag in der Luft. Seit der Beerdigung war er nicht mehr hier gewesen.

Sebastian hockte am Grab, neben dem felsgrauen Grabstein und grub Löcher in den Boden für die Pflanzen, die sein Vater einsetzte. Gänseblümchen. Ihre Lieblingsblumen. Feuchte schwarze Erde klebte an seinen Händen. Sie arbeiteten Zentimeter für Zentimeter, ließen sich Zeit – es war wie ein Ritual.

Nach einer Weile erhob er sich, blinzelte ins Licht hinauf, das durch die Blätter fiel, und sah auf einmal seine Mutter vor sich, sah, wie sie lächelte und den Duft in sich einsog. Sah das Leuchten in ihren Augen, wenn sie sich freute. Einen Moment hörte er ihre Stimme – sie sprach mit ihm, aber sie war zu weit weg, er konnte sie nicht verstehen. Aber war das wichtig? Er nahm ihren Ton wahr, den weichen Klang, wenn sie ihn fragte, wie es in der Schule gewesen war, was er zum Mittag oder Abendbrot essen wollte, was er sich zu Weihnachten oder zum Geburtstag wünschte.

Sebastian blickte auf ihr Grab hinab, das jetzt wie eine kleine, bunte Wiese aussah. Ein Zitronenfalter flatterte von Blüte zu Blüte.

»Das hätte ihr gefallen, glaub ich.« Sorgfältig wischte er sich die erdigen Hände an seiner Jeans ab. Dann rieb er sich hastig die Tränen aus den Augen.

Gerry nickte stumm, hob die Gießkanne und begoss die Pflanzen, Blume für Blume. Sebastian sah ihm dabei zu und wartete auf ein Wort von ihm. Doch er sagte nichts.

Es war still, nur die Vögel zwitscherten. Beinahe kam es Sebastian so vor, als wäre die Zeit hier stehen geblieben. Er beobachtete den Tanz des Schmetterlings und atmete tief den Lindenduft ein. Er spürte seine Mutter, als würde sie neben ihm stehen. Sie war immer noch da, war ein Teil von ihm. Und das würde sie für alle Zeit bleiben.

Das erste Mal seit langem fühlte er eine tiefe Ruhe in sich. Aber er wusste auch, dass dieses Gefühl trügerisch war.

Die Straße, die sie in Eberswalde entlangfuhren, ähnelte eher einem Feldweg: Sie war staubig, sandig und das Fahrzeug rumpelte von Schlagloch zu Schlagloch.

Von dem Geschaukel wurde Sebastian ein wenig übel.

Sein Vater blickte angestrengt durch die Windschutzscheibe. Sie fuhren im Schritttempo an den Gärten vorbei und Sebastian streifte seinen Vater mit einem forschenden Blick. Seine Frisur sah anders aus, wie ihm jetzt auffiel. Er musste beim Friseur gewesen sein. Und das dunkle Jackett, das er trug, war neu und wirkte beinahe edel. Sebastian hatte seinen Vater schon eine Weile keinen Alkohol mehr trinken sehen. Und auf der Fahrt hierher hatte er nur zwei Zigaretten geraucht.

»Wie hast du meine Mutter eigentlich … Also, ich meine, wie habt ihr euch kennengelernt?«

Gerry antwortete nicht gleich. Er bremste, weil ein braunes Huhn über die Straße lief. Die Henne gackerte empört, und einen Moment sah es so aus, als wollte sie wieder umkehren.

Sein Vater wartete geduldig, wie sich das Huhn entscheiden würde.

»Im Kino«, murmelte er.

»Was für einen Film habt ihr gesehen?«

»Keine Ahnung. Irgendeinen Western, glaub ich. Deine Mutter saß ein paar Plätze von mir entfernt. Als sie aufgestanden ist, hat sie mich angesehen und nicht bemerkt, dass ihr was runtergefallen ist …

ein Handschuh oder so. Jedenfalls hab ich ihn aufgehoben und bin ihr nachgegangen.«

»Der Klassiker«, sagte Sebastian.

»Meinst du, das war ein Trick?«

»Klar.«

Gerry lachte. »Da hab ich nie drüber nachgedacht.«

»Meine Mutter ist eben clever.« Sebastian grinste. Dann verfinsterte sich sein Gesicht. »War … meinte ich.«

»In meinen Erinnerungen *ist* sie immer noch«, sagte Gerry. »Sie ist so jung wie damals, als ich sie das erste Mal sah.«

»Ich kann immer noch nicht glauben, dass sie in einem Sarg liegt«, murmelte Sebastian.

»Das ist nur ihre Hülle. Ihr Wesen ist noch da. Ist in dir. Du hast vieles von ihr. Die Augen, deine Haarfarbe, das Licht in deinem Blick, wenn …«

»Wenn?«

»Wenn du Katja anschaust zum Beispiel.« Gerry lachte.

»Gar nicht wahr.« Sebastian sah seinen Vater forschend an. »Wirklich?«

»Wirklich.«

Gerry blickte prüfend in den Rückspiegel. Aber hinter ihnen war kein Lada von Herrn Möller und es folgte ihnen auch kein Wartburg eines Stasibewachers. Hinter ihnen war überhaupt kein Auto.

Das Huhn hatte sich entschieden, wohin es wollte, und verschwand durch eine Zaunlücke.

Sie fuhren noch ein paar Meter weiter und parkten unter einer Kastanie.

Sebastian sah Katja sofort.

Sie lief im Garten herum und pflückte unbekümmert Blumen. War sie denn verrückt? Jeder konnte sie sehen!

Dann fiel ihm ein, dass sie nicht in Berlin waren und alles ruhig wirkte, friedlich und still. Kein Aufpasser da, der sie beobachtete. Aber trotzdem.

»Na geh schon«, sagte sein Vater. »Geh schon zu ihr, ich hole noch ein paar Sachen und komme gleich nach.«

Das Gartentor war nur angelehnt. Als er eintrat, quietschte es leise und Katja drehte sich um.

»Hey!«, sagte sie. In ihren Armen lagen Margeriten und Kornblumen, und in ihrem Gesicht zeigte sich etwas, das er noch nicht kannte. Da war kein Hauch von Traurigkeit mehr, so wie sonst, sondern eine Spur von fröhlicher Entschlossenheit.

»Was machst du hier draußen?«

Seine Frage klang schroff – schroffer, als er beabsichtigt hatte.

Er ging auf sie zu und berührte sie an der Schulter. Spürte ihre warme Haut unter dem dünnen Stoff ihres T-Shirts. »Willst du, dass man dich sieht?«

»Ist mir egal«, antwortete sie. Aber sie wehrte sich nicht gegen die Berührung und ließ es zu, dass er sie sanft Richtung Tür schob.

Seine Großmutter deckte gerade den Tisch. Es roch nach frisch gebackenem Kuchen. Kerzen brannten.

»Basti!« Sie ließ einen Teelöffel fallen. Sofort umschlossen ihn die weichen Arme seiner Oma. Es kam ihm vor, als würde er versinken. In ihrem süßen Geruch, in ihrem Lachen, das zugleich ein Schluchzen war.

»Da bist du ja endlich.«

Er lächelte verwundert. »Sind wir zu spät?«

»Nein, nein. Ich bin nur so aufgeregt und freu mich auf unser Fest!«

»Was gibt's denn zu feiern?«

»Weißt du das gar nicht? Katja hat Geburtstag! Sie wird heute achtzehn! Kaum zu glauben, oder?«

»Achtzehn«, wiederholte Sebastian.

»Tja«, sagte Katja. »Ab heute bin ich kein Kind mehr.«

Er sah sie an, blickte direkt in ihre Augen. »Glückwunsch.«

Sie senkte die Lider.

»Und bin auch keine Jugendliche, die man zur Abrichtung in irgendeinen Käfig sperren kann«, fügte sie leise hinzu.

Sebastian nickte. »Verstehe.« Dann räusperte er sich. »Warum hast du nichts gesagt? Ich hab gar kein Geschenk für dich.«

Sie winkte ab. »Ihr habt mich schon genug beschenkt.«

Sebastians Blick fiel auf ihren Rucksack, der in der Ecke stand. Er war gepackt. Bis oben hin vollgestopft und mit einem Gürtel zugeschnürt.

Er spürte plötzlich etwas Hartes, Kratziges in seinem Hals und schluckte.

»Du gehst also«, brachte er schließlich heraus. »Du gehst weg.«

Sie wich seinem Blick aus.

»Wo ist dein Vater eigentlich?«

»Noch draußen.«

Sie nickte, lächelte, kam zu ihm. Alles wirkte normal. So wie immer. Ihre Nähe. Sie war so unglaublich nah.

Katja nahm seine Hand. »Na, dann holen wir ihn mal rein, ja?«

Sie gingen hinaus. Er fühlte ihre warmen, verschwitzten Finger. Vielleicht waren es auch seine Finger, die schwitzten.

Sein Vater lehnte an einem Zaunpfahl und rauchte. Er blickte ihnen entgegen und nickte Katja zu.

»Stell dir vor, sie ist heute achtzehn geworden«, rief Sebastian. »Und sie wird uns verlassen«, fügte er trocken hinzu.

Er ließ sie los, wollte sich lieber nicht daran gewöhnen, so mit ihr zu laufen, so vertraut. Sebastian steckte die Hand in die Hosentasche und starrte zum Himmel hinauf. Dicke weiße Wolken zogen langsam über sie hinweg.

Katja runzelte die Stirn. »Bin ja nicht aus der Welt, Mensch.« Sie stupste ihn gegen die Schulter. »Gehen wir rein? Der Kaffee ist fertig.«

Zwei Stunden später schloss Katja das Gartentor hinter sich. Sie trug ihren Rucksack, und Sebastian begleitete sie ein Stück, ging ein paar Meter mit ihr die staubige Straße entlang.

»Was willst du als Erstes tun, wenn du zu Hause bist?«

Sie überlegte einen Moment.

»Meine kleine Schwester drücken. Sie wartet auf mich. Ich weiß, dass sie schon die ganze Zeit auf mich wartet.«

»Und dann?«

Sie zuckte mit den Schultern. »Die Zeit des Versteckens ist endlich vorbei. Die Jugendhilfe kann mir nichts mehr.« Sie atmete tief ein und pustete die Luft langsam und erleichtert wieder aus.

»Ja, okay. Aber was hast du vor?«

»Ich bin achtzehn. Ich brauche einen Ausweis. Eine Arbeit oder eine Lehre. Ich will Geld verdienen. Von dem Geld ein Moped kaufen und damit herumfahren. Später gehe ich vielleicht auch zur Volkshochschule, hole meinen Schulabschluss nach. Ich brauche eine Wohnung. Ich brauche … mein eigenes Leben. Verstehst du? Ich muss mich jetzt um mich selbst kümmern, Verantwortung übernehmen. Das machen Erwachsene ja so, wenn ich mich nicht irre.« Sie lachte auf.

Sebastian schwieg einen Moment. Dann nickte er. »Ja«, sagte er leise.

Sie blieben stehen und sahen sich an. Blickten einander in die Augen. »Pass auf dich auf«, sagte sie.

»Klar, du auch.«

»Ich meine es ernst, du weißt, mit wem du dich angelegt hast.« Katja fiel ihm plötzlich um den Hals. Sie umarmte ihn und hielt ihn fest. »Mit denen ist nicht zu spaßen«, flüsterte sie.

»Ich weiß.« Sebastian strich über ihr Haar. Es überraschte ihn, wie unglaublich weich es war. Er atmete an ihrem Hals, atmete ihren Geruch ein.

Einen Moment fühlte er sich mit ihr wie in einem Kokon. Wie in einem Netz, das sie und ihn umspannte, er spürte ihre Traurigkeit, die sich mit seiner Traurigkeit verband.

Er wollte sie küssen und er wollte es nicht. Ein Kuss würde alles nur noch schwerer machen. Der Augenblick verging.

»Danke«, sagte sie. »Danke, dass ihr mich versteckt und beschützt habt. Danke für alles.«

Sie löste sich von ihm und ihre Finger drückten kurz noch einmal seine Finger. »Danke, dass du mich nicht verraten hast.«

Er blinzelte ihr zu. Sebastian wollte ihr etwas sagen, etwas Feierliches, schließlich hatte sie Geburtstag. Aber sein Hals fühlte sich rau an, irgendwie wund. Er schluckte ein paarmal.

»Viel Glück«, brachte er schließlich heraus. »Und ... melde dich, ja?« Er holte tief Luft.

Sie lächelte ihn an. Aber sie nickte nicht, sie versprach ihm nichts.

Wandte sich schließlich von ihm ab.

Eine Weile sah er zu, wie sie davonging.

Nach ein paar Schritten drehte sie sich um und winkte. Auch aus der Entfernung bemerkte er, dass sie lächelte und sich etwas aus dem Gesicht strich. Vielleicht nur eine Haarsträhne.

Sebastian hob seine Hand – die Hand, die Katja eben noch berührt hatte, und winkte zurück.

Katja

Ich ging. Ging tatsächlich.

Ich wusste, dass Sebastian mir nachsah.

Ich wollte mich nicht nach ihm umsehen.

Tat es aber. Winkte ihm zu, wischte die Träne aus dem Gesicht.

Für die meisten war diese 18 nur eine Zahl. Für mich war es eine Tür, ein Tor, durch das ich endlich hindurchdurfte.

Ich ging weiter. Schritt für Schritt durch den Staub der Straße. Allein – so wie ich es wollte. Begleitet nur von meinem Schatten. Und einer diffusen Angst. Sebastian sah so verloren aus, dass ich plötzlich wieder umkehren wollte.

Doch ich ging. Nach Hause.

In den letzten Tagen war ich diesen Weg oft in Gedanken gelaufen. Mit dem Finger auf einer verblichenen Landkarte.

Endlich ging ich ihn wirklich. Fünfundzwanzig Komma Fünf Kilometer. Vielleicht auch sechsundzwanzig.

Unter freiem Himmel.

Auf der Landstraße. Dann an einem See entlang.

Bis zur Wünschelbrücke, auf der ich stehen blieb.

Der kleine Fluss war ausgetrocknet.

Kein gutes Omen.

»Ich wünsche mir«, flüsterte ich und sah auf den schlammigen Grund hinunter, »dass …« Der Rest des Satzes kam mir nicht über die Lippen. Als könnten die Bäume mich belauschen. … *ihm nichts passiert*, dachte ich.

Wieder kam mir der Gedanke, umzukehren. Sebastian zu warnen, vor dem, was womöglich auf ihn zukommen würde.

Aber ich ging weiter.

Mein neues Leben begann doch jetzt.

Oder nicht?

Etwa ein halbes Jahr später
Jugendwerkhof Freital

Sebastian

Mit schnell pochendem Herzen lag er in der Dunkelheit. Lauschte auf die Geräusche der anderen im Schlafraum. Auf das Schnarchen, das leise Stöhnen. Einer brabbelte im Traum ein paar unzusammenhängende Worte. Nach den acht Stunden Schufterei im Edelstahlwerk und dem anschließenden Drillsport auf dem Hof waren die Jungen in einen ohnmachtsähnlichen Schlaf versunken.

Nur Sebastian war wach, kaute auf seiner Unterlippe, bis sie blutete, damit er nicht doch noch in diesen Dämmerzustand fiel und wegdriftete.

Als sie vorhin im Gleichschritt aus dem Stahlwerk in den Jugendwerkhof zurückmarschiert waren, hatte er ein Pfeifen gehört. Nicht irgendein Pfeifen. Sondern das alberne Teddybärenlied. Jemand pfiff es klar und deutlich. Es schien aus der Halde zu kommen, direkt aus der Mülldeponie des Edelstahlwerks, an dem sie immer langliefen und die nur von Gestrüpp und kahlem Feld umgeben war. Sebastian hatte nicht gewagt, sich umzuschauen, und ein paar Sekunden auch an seiner Wahrnehmung gezweifelt.

Aber einer der Jungen begann plötzlich zu singen und die anderen fielen mit ein.

Sie marschierten zackig, kamen aus dem Takt, lachten und sangen: »*Kam ein kleiner Teddybär!*«

Der Erzieher brüllte. »Schluss damit! Sofort aufhören, ihr Deppen! Im Gleichschritt!«

Doch sie ließen sich nicht davon beeindrucken. Auch Sebastian füllte seine Lungen und schmetterte das Kinderlied so laut er konnte aus sich heraus.

Das Doppelstockbett knarrte leise, als er sich hinausschob. Einen Herzschlag lang wartete er. Bewegte sich dann langsam, fast wie in Zeitlupe. Zog sich die stinkenden Socken und die klobigen Schuhe an.

Die Fenster des Werkhofs hatten keine Gitter. Aber wenn er erwischt wurde, kam er in den Arrest. Und dann war die Chance vertan.

Er hatte hier keinen Freund. Er konnte jederzeit verraten werden. Für ein paar Zigaretten mehr oder ein bisschen Drill weniger.

Als er das Fenster öffnete, strömte ihm die kalte Luft entgegen. Schon seit einiger Zeit lag die Temperatur unter null. Aber darauf konnte er jetzt keine Rücksicht nehmen.

Das Entweichen aus dieser Baracke kam ihm fast vor wie ein Kinderspiel – verglichen mit dem Gefängnisbau in Bad Freienwalde.

Hastig stieg er über die Brüstung und zog das Fenster behutsam hinter sich zu, damit die anderen nicht von der Kälte wach wurden.

Geduckt lief er in den Arbeitsschuhen, die wie Gewichte an ihm hingen, bis zum Zaun, griff in den Maschendraht. Kletterte auf die andere Seite, landete im Sand. Einen Moment blieb er stehen, atmete den ekligen Gestank der Deponie ein. Wo sollte er jetzt hin?

Einfach weiter … Er musste die Beine in die Hand nehmen. Land gewinnen.

Seine Mundwinkel verzogen sich, er grinste nervös.

Die linke Hand, die er sich bei einem Arbeitsunfall vor drei Monaten verletzt hatte, schmerzte immer noch. Sie war zwischen die Stahlblöcke geraten, die sie auf einen Eisenbahnwagen wuchten mussten, und drei Finger waren gebrochen gewesen.

Ignorier den Schmerz, dachte er. Weiter.

Die Kälte des Dezembers schüttelte ihn. Der dünne Schlafanzug bot keinen Schutz. Es war so dunkel, dass er nicht genau sehen konnte, wo er hintrat. War er noch auf dem Weg? Oder stapfte er durch den Abfall des Werks? Der widerliche Geruch biss ihm in die Nase. Die ganze Gegend stank nach Chemie und Verbranntem.

Nach ein paar Metern pfiff er leise. Wartete auf eine Antwort.

Nichts.

Und wenn er sich doch geirrt hatte?

Dann musste er allein klarkommen. Weg von hier, bevor ihn jemand bemerkte. Erst den Berg runter in die Stadt Freital laufen, von da weiter … bis Dresden … sich in einen Zug schmuggeln …

Seine Füße berührten Asphalt. Er war auf der Straße.

Sebastian pfiff noch einmal. Blieb stehen. Horchte in die Nacht.

Ein Licht blitzte auf. Der Strahl einer Taschenlampe schoss in sein Gesicht.

Scheiße! Jetzt hatten sie ihn! Wie konnte er auch glauben, dass …

Dann hörte er die Melodie.

»Katja?«

Er sprach leise, aber es kam ihm trotzdem zu laut vor.

Das Licht erlosch. Eine schwarze Gestalt schob sich aus einem Gestrüpp auf die Straße.

»Sebastian.«

Er lachte. Oder schluchzte. Oder beides. Taumelte vorwärts. Der Schmerz in seiner linken Hand hörte einen Moment auf zu pochen.

Nur kurz lagen sie sich in den Armen.

Katja trug Winterkleidung, und als ihre Wange seine berührte, strömte Wärme in ihn.

»Was machst du denn hier?«, fragte er.

»Plaudern können wir später. Hier, zieh das an!«

Sie reichte ihm eine schwere Jacke, die nach Leder duftete und … nach seinem Vater. Dann nahm sie seine Hand und zog ihn mit sich.

Hinter dem Gebüsch stand ein Moped. Es leuchtete matt im Licht des Halbmonds. Wie ein Raumschiff, das sie von hier fortbringen würde.

NACHWORT

Die Staatssicherheit galt als Schild und Schwert der Partei, also der SED (Sozialistische Einheitspartei Deutschlands). Um diesen Anspruch durchzusetzen, war jedes Mittel recht, auch der Einsatz Minderjähriger, die Mitschüler, Lehrer, Freunde und Familienmitglieder bespitzeln sollten. Der Minister für Staatssicherheit, Erich Mielke, verlangte von den Führungsoffizieren, den jugendlichen IM (Inoffiziellen Mitarbeitern) »unter die Haut zu kriechen und ins Herz zu blicken, damit wir zuverlässig wissen, wer sie sind und wo sie stehen«. [1]

Eigens dafür wurden die hauptamtlichen MfS-Mitarbeiter in der »Juristischen Hochschule« (eigentlich Stasi-Hochschule) in Potsdam Golm geschult und psychologisch ausgebildet (u. a. im Lehrstuhl für »Operative Psychologie«).

Bevor ein Jugendlicher und möglicher IM-Kandidat von der Staatssicherheit angesprochen wurde, brachte das MfS alles über diesen in Erfahrung – auch persönliche Probleme, Verhalten in der Schule, Hobbys, Familienverhältnisse und politische Ansichten. So wusste der Führungsoffizier schon vor dem ersten Treffen mehr über

---

1 Ministerium für Staatssicherheit, Hochschule Institut für Politisch-operative Leitung, Lehrstuhl Operative Psychologie, Potsdam, Januar 1984, Vertrauliche Verschlusssache, Lektion für die zentrale politisch-operative Fachschulung, Thema: »Entwicklungs- und Verhaltensbesonderheiten junger Menschen und ihre Beachtung in der Gestaltung der inoffiziellen Zusammenarbeit.« Ausgearbeitet: Major Kirmse. (Kopie BStU)

den Teenager, als dieser ahnte, und konnte gezielt Argumente vorbringen, um diesen zur Mitarbeit zu bewegen.

Laut Diplom-Psychologe Klaus Behnke (†) und Prof. Dr. Jürgen Wolf (Autoren und Herausgeber von »Stasi auf dem Schulhof – Der Missbrauch von Kindern und Jugendlichen durch das Ministerium für Staatssicherheit«) gab es bestimmte Typen von Jugendlichen, die angeworben wurden: die ideologisch Überzeugten, die Erpressbaren, die z. B. schon Probleme mit der Polizei hatten oder denen der Jugendwerkhof drohte, die Vorteilsnehmer (hier ging es um bessere Bildungs- und Berufschancen oder Auslandsreisen) und am häufigsten wurden diejenigen geworben, die Defizite im Elternhaus und sonstigen Umfeld hatten, z. B. Scheidungskinder, die vaterlos aufwuchsen, oder Kinder, die durch den Tod eines Elternteils eine Bezugsperson verloren hatten. Ganz bewusst und skrupellos nutzte das MfS also diese Aspekte aus; den Jugendlichen wurde echte Aufmerksamkeit und Interesse an ihrer Person vorgegaukelt. Sie sollten sich wichtig, gebraucht und ernst genommen fühlen.

Der Jugendliche musste sich zunächst schriftlich zum Stillschweigen verpflichten, bekam kleinere Aufträge als Tests und wer aus Sicht des MfS als zuverlässig galt, wurde zur Mitarbeit aufgefordert.

Der erste Kontakt entstand oft im Direktorenbüro der Schule. Aber auch zur Volkspolizei, ins Wehrkreiskommando oder zur Jugendhilfe wurden die Jugendlichen bestellt, ohne dass weitere Informationen erfolgten und Gründe genannt wurden. Nach dem *Kontakt- und Werbungsgespräch* vereinbarte man meist konspirative Treffen. Nur in Ausnahmefällen wurden die Eltern eingeweiht, z. B. wenn sie selbst beim MfS waren.

In der Regel sollten Personen mit *negativ-dekadenter* oder *antisozialistischer* Einstellung observiert werden, die sich *gesellschaftswidrig* verhielten oder nach Mutmaßung der Stasi irgendwann verhalten könnten – dazu zählten z. B. solche, die als »Staatsfeinde«

in Erscheinung traten: Menschenrechtler, Wehrdienstverweigerer, Haftentlassene, oppositionelle Künstler, Menschen, die in den Westen wollten, sich öffentlich kritisch äußerten, sich in staatlich unabhängigen Umwelt- und Friedensgruppen und unter dem Dach der Kirche politisch engagierten (z. B. in der Jungen Gemeinde) und andere, die nicht dem sozialistischen Menschenbild entsprachen. Angehörige wurden vorbeugend ebenfalls observiert, in Zersetzungsmaßnahmen mit eingebunden oder auch als IM geworben. Um als Jugendlicher als *negativ-dekadent* eingestuft zu werden, reichte es schon, einer nonkonformen Gruppierung anzugehören – z. B. den Punks, Skins, Gruftis, Trampern und Heavy Metals, oder sich als Pazifist in der Schwerter-zu-Pflugscharen-Bewegung zu engagieren, bei einer Umweltgruppe mitzumachen oder aus der FDJ auszutreten.

Um sich aus den Fängen des MfS als IM zu befreien, genügte es meist sich gegenüber Dritten zu dekonspirieren. Allerdings dürfte das den meisten Spitzeln und schon gar nicht den Jugendlichen unter ihnen bewusst gewesen sein.

Der jüngste Inoffizielle Stasi-Mitarbeiter soll zwölf Jahre alt gewesen sein.

Die Minderjährigen, die vom MfS als IMs missbraucht wurden, gelten als Opfer des SED-Regimes. Ihre Namen, Auszüge aus Akten und Fallgeschichten sind besonders geschützt und dürfen nur mit Einverständnis der Betroffenen in die Öffentlichkeit gelangen.

WEITERE INFORMATIONEN

Der Bundesbeauftragte für die Unterlagen des Staatssicherheitsdienstes der ehemaligen Deutschen Demokratischen Republik (BStU) stellt online für Interessierte eine Akte zur Verfügung unter: www.bstu.de.

Sachliteratur zum Thema:

Klaus Behnke / Jürgen Wolf »Stasi auf dem Schulhof«, Ullstein Verlag, 1998

Klaus Behnke / Jürgen Fuchs »Zersetzung der Seele«, Rotbuch Verlag, 1995

»Beschädigte Seelen – DDR-Jugend und Staatssicherheit«, Edition Temmen (Jörn Mothes et al. (Hrsg.)), 2006

Angela Marquardt »Vater, Mutter, Stasi«, Kiepenheuer & Witsch, 2015

»Black Box DDR«, Marixverlag, Hg. von Ines Geipel und Andreas Petersen, 2010

Dokumentarfilme:

»Stasi auf dem Schulhof«, Regie: Annette Baumeister

»Der Verrat – Wie die Stasi Kinder und Jugendliche als Spitzel missbrauchte«, Regie: Andreas Kuno Richter

»Die Stasi im Kinderzimmer«, Regie: Kathrin Matern

Belletristik zum Thema:

Christian Ahnsehl »Der Ofensetzer«, Grünberg Verlag, 2020

INTERVIEW MIT CHRISTIAN AHNSEHL

Christian Ahnsehl (geb. 1970 in Greifswald) wurde 1985 mit 15 Jahren Inoffizieller Mitarbeiter der Staatssicherheit. Nach neun Monaten der »Zusammenarbeit« gelang ihm der Absprung. Heute lebt er als Musiker und Autor mit seiner Familie in Rostock. Mehr Infos unter: www.christianahnsehl.de

Grit Poppe (**GP**): *Alles begann mit einem Spruch, einer Losung, die Sie im August 1985 als Schüler an die Wand Ihrer Schule in Rostock angebracht hatten:* »Ich will leben, wacht auf, steht auf und befreit euch!« *Das war aber gar nicht politisch gemeint?*

Christian Ahnsehl (**CA**): Nein, das war es tatsächlich nicht. Ich war ja damals sozusagen überzeugter Kommunist. Nicht in dem Sinne, dass ich die DDR total toll fand, also nicht fanatisch oder gedankenlos. Aber in dem Sinne, dass ich dieser Gehirnwäsche von der »erlösten Menschheit« auf den Leim gegangen bin. Ich habe einfach geglaubt, dass eines Tages alles gut wird. Kein Elend, kein Hunger auf der Welt, keine Ausbeutung, kein Arm und kein Reich, Gerechtigkeit … Und die DDR und der Sozialismus waren ein Teil dieses Weges dorthin. Das haben ja auch alle um mich herum erzählt, die einen mehr, die anderen weniger, die einen, weil sie es selber geglaubt haben, und die anderen aus Anpassung oder vielleicht sogar Angst. Die Kindergartenerzieherin hat es vermittelt. Die Lieder im Musik-Lehrbuch der 1. Klasse haben davon gehandelt. Beim Pioniernachmittag wurde davon erzählt. Die ganze Schulzeit über ging es ja im Grunde genommen immer nur um dieses Thema, jeden Tag, immerzu … Und ich hatte eben niemanden – z. B. in der Familie –, der gesagt hat: »Glaub diesen Unsinn nicht!« Andere hatten das, die wurden dadurch vielleicht frühzeitig immunisiert dagegen. Ich hatte zwar durch meine Mutter auch eine christliche Erziehung, war z. B. in der Christenlehre, aber als Kind war für mich Politik da eher kein Thema. Andererseits habe ich – wahrscheinlich während des Übergangs von Kindheit zur Jugend – eben auch gemerkt, dass da ganz vieles nicht stimmt, was über die DDR und den Sozialismus erzählt wird. Später im Konfirmandenunterricht habe ich manchmal die DDR in Diskussionen bis aufs Messer verteidigt – und mich dann aber einmal im Musikunterricht geweigert, die »Internationale« zu singen, weil die Zeile »Uns hilft kein Gott …« mir gegen den Strich ging. Es war also die ganze Zeit über eine ziemlich eigenartige und belastende Situation. Dazu kamen meine schwierigen Familienverhältnisse. Als ich dann 14 oder 15 war, gehörte ich zu so einer Neubauclique. Wir haben uns abends herumgetrieben, in irgendwelchen Hauseingängen oder auf dem Sportplatz hinter der Turnhalle. Und die anderen aus dieser Clique hatten auch alle irgendwelche Probleme. Und die Losung war dann so eine Mischung: Protest gegen diese Elternhäuser, gegen dieses Herumtreiben, gegen den Konflikt zwischen Kirche und Sozialismus, mit dem ich ja überhaupt nicht klargekommen bin, aber eben nicht gegen den Sozialismus im Grundsätzlichen.

Und das hat die Stasi ja auch gesehen.

GP: *In Ihrer Akte wurde deutlich, dass es bereits einen sogenannten IM-Vorlauf gab, wie bei vielen anderen auch, wussten Sie davon? Hatten Sie damals etwas geahnt?*

CA: Nein. Ich habe davon erst bei meiner Akteneinsicht 2007 erfahren. Bis dahin ging ich davon aus, dass meine Schulwandlosung 1985, kurz vor Beginn des letzten Schuljahres, der Auslöser für die Anwerbung durch die Stasi war. Dann saß ich in der Stasi-Unterlagenbehörde, die Sachbearbeiterin – die übrigens sehr freundlich und mitfühlend war – kam mit meiner Akte rein, legte sie auf den Tisch und sagte: »Das ist Ihre Akte, die hat die Stasi 1984 über Sie angelegt.« Und ich: »Moment, das kann doch nicht stimmen, die Losung war doch 1985.« Ja, und dann habe ich die Akte aufgeklappt und festgestellt, dass die Stasi 1984 an meiner Schule war und nach geeigneten Schülern gesucht hat, die als IM in unserer Kirchgemeinde in Rostock-Lichtenhagen eingesetzt werden konnten. In der Akte kann man lesen, dass die Stasi dafür ein Anforderungsprofil erstellt hat: Einerseits brauchten sie jemanden, der möglichst schon Verbindungen in die Gemeinde hatte, andererseits sollte so jemand möglichst ein guter Schüler sein, zuverlässig, nicht schwatzhaft usw. – und vor allem eine positive Einstellung zum Staat und zum Sozialismus haben. Und da fiel dann in dem Gespräch zwischen Stasi und Direktorin bzw. Klassenlehrerin – die Namen sind geschwärzt – mein Name. Nicht unwichtig: Die Stasi ist auch dort legendiert vorgegangen, sie haben sich als Mitarbeiter des Wehrkreiskommandos ausgegeben – ob Direktorin und Klassenlehrerin gecheckt haben, wer da wirklich vor ihnen sitzt, weiß ich nicht, aber eigentlich nehme ich es an, die waren ja nicht doof … Anschließend hat die Stasi weitere Informationen über mich und meine Familie eingeholt. Dann wurde der sogenannte IM-Vorlauf angelegt. Aus meinem Namen »Christian Ahnsehl« haben sie ein Anagramm gemacht, »Arthur Cramer«. So hieß dann auch der IM-Vorlauf. Und dann hat der verantwortliche Stasi-Mitarbeiter, ein Unterleutnant Schröter[2], an den ich ja später auch

---

2 Name geändert

geraten bin, einen Plan – eine Konzeption – entworfen, um mich als IM zu werben. Bis ins Detail, wie und wo er mich zum ersten Mal ansprechen wollte. Das war das übliche Verfahren bei der Stasi, ein bürokratischer Vorgang, der auch von Schröters Vorgesetzten abgesegnet werden musste. Die ganze Anwerbephase hätte einige Wochen gedauert. Diesen Plan hat er dann seinem obersten Vorgesetzten vorgelegt, der hat dann noch einige Einwände gehabt, weil er wohl aufgrund meines Alters – ich war damals ja erst 14 Jahre alt – nicht sicher über meine Zuverlässigkeit war. Daraufhin wollte Schröter noch ein halbes bis dreiviertel Jahr warten mit der Kontaktaufnahme. Ja, und in diese Zeit fiel dann aber meine Losung – und da haben sie natürlich gleich zugeschlagen …

Das aber dann so nachzulesen, war für mich ein ziemlicher Schock. Denn damit hatte ich nicht gerechnet. Dass sie das ganz gezielt und geplant gemacht haben und wahrscheinlich wohl mit allen jugendlichen IM. Dass das kein Zufall war, sondern System hatte.

Im sogenannten »Vorlauf« hielt das MfS nach geeigneten IMs Ausschau. Hier nach einem Jugendlichen, der die Junge Gemeinde in Rostock-Lichtenhagen ausspionieren sollte.

(27)

XX/4 Rostock, d. 6.12.84

BStU
000058

<u>Objektive u. subjektive Voraussetzungen des IMS-Kandidaten</u>

Zur Aufklärung der Aktivitäten der „Jungen Gemeinde" Lichtenhagen ist es notwendig, die inoffizielle Basis durch weitere Quellen zu verstärken.

- der IMS-Kandidat ~~sollte~~ muß bereits Kirchliche Bindungen zur „Jungen Gemeinde" haben bzw. diese leicht herstellen können.
- der Kandidat ~~sollte~~ muß im Einzugsbereich der „Jungen Gemeinde" Lichtenhagen wohnen
- der Kandidat kann männlich oder weiblich sein und sollte zwischen 15 und 28 Jahre alt sein
- der Kandidat ~~sollte~~ muß eine ~~positive~~ realistische Einstellung zur Politik unseres Staates ~~besitzen~~ bzw. zu wesentlichen Teilbereichen besitzen
- der Kandidat sollte kontaktfreudig sein, bzw. in der Lage sein, Kontakte im Interesse des MfS herzustellen und aufrechtzuerhalten.
- der Kandidat soll gute bis sehr gute schulische Leistungen zeigen
- er soll Voraussetzungen haben, polit. op. relevante Äußerungen und Verhaltensweisen im kirchl. Bereich zu erkennen, zu werten und sich entsprechend zu verhalten.
- der Kandidat sollte in der Lage sein, sich konspirativ zu verhalten
- er sollte keine verfestigte ablehnende Haltung zur Tätigkeit des MfS haben.

[redacted], Ltn.

Abschrift:

XX/4 Rostock, d. 6.12.84

Objektive u. subjektive Voraussetzungen des IMS-Kandidaten

Zur Aufklärung der Aktivitäten der »Jungen Gemeinde« Lichtenhagen ist es notwendig, die inoffizielle Basis durch weitere Quellen zu verstärken.

- der IMS-Kandidat muß bereits kirchliche Bindungen zur »Jungen Gemeinde« haben bzw. diese leicht herstellen können.
- der Kandidat muß im Einzugsbereich der »Jungen Gemeinde« Lichtenhagen wohnen
- der Kandidat kann männlich oder weiblich sein und sollte zwischen 15 und 18 Jahre alt sein
- der Kandidat muß eine realistische Einstellung zur Politik unseres Staates bzw. zu wesentlichen Teilbereichen besitzen.
- der Kandidat sollte kontaktfreudig sein, bzw. in der Lage sein, Kontakte im Interesse des MfS herzustellen und aufrechtzuerhalten.
- der Kandidat soll gute bis sehr gute schulische Leistungen zeigen
- er soll Voraussetzungen haben, polit. Op. Relevante Äußerungen und Verhaltensweisen im kirchl. Bereich zu erkennen, zu werten und sich entsprechend zu verhalten.
- der Kandidat sollte in der Lage sein, sich konspirativ zu verhalten
- er sollte keine verfestigte ablehnende Haltung zur Tätigkeit des MfS haben.

Schröter, Ultn. (Unterleutnant)

GP: *Sie sind dann als 15-Jähriger von der Stasi angesprochen und als Inoffizieller Mitarbeiter für das MfS verpflichtet worden. Wie verlief die Anwerbung und was passierte danach?*

CA: Die Anwerbung war ein Prozess. Das begann, als ich einige Zeit nach meiner Schulwandlosung und der anschließenden Festnahme durch die VP einen Zettel von meiner Schuldirektorin bekam, mit Datum und Uhrzeit. Sie meinte, auf dem Volkspolizeikreisamt wolle man noch mal mit mir reden. Ich bin dann also wieder da hin. Bei der Polizei sagten sie mir, da wäre noch jemand, der mit mir sprechen wolle. Und das war dann der Schröter von der Stasi. Es gab ein sachliches Gespräch über persönliche Probleme und über den Grund meiner Schulwandlosung – das war natürlich alles von Schröter geplant. Am Ende hat er das Gespräch beendet und gemeint, er wolle mich noch ein weiteres Mal befragen und ob ich dazu bereit wäre. Ich habe Ja gesagt und interessanterweise auch so etwas gesagt wie: »Ja, aber ich will nichts über Personen sagen.« … Dann gab's das zweite Gespräch, ein paar Tage später, dann das dritte – da war ein mich sehr beeindruckender, schon etwas älterer Stasi-Mann dabei – und dann das vierte. Die Gespräche handelten im Großen und Ganzen von mir. Wie es mir so geht, was ich für Probleme habe, auch davon, wie ich die Situation in der DDR einschätze. Also tatsächlich sehr offene Gespräche. Auch viel über Gott und Kirche. Ich war damals auch in einer religiösen Krise, wollte nicht mehr an den lieben Gott glauben, und die Stasi wollte das ausnutzen. Alle Gespräche dienten nur dem Zweck, ein Vertrauensverhältnis aufzubauen. Schröter schrieb irgendwann: »Die Hemmungen, die in den ersten Gesprächen bestanden, konnten abgebaut werden.« Dann gab es die ersten kleinen Aufgaben. Ich machte Musik in einem kleinen Musizierkreis, da hatten wir z. B. einen Auftritt in kirchlichem Rahmen, auch mit Gästen aus dem Westen, und da wollte Schröter dann eben wissen, wie die Stimmung war, wie viele Leute da waren usw. Das war aber noch relativ unverfänglich, da ging es noch nicht um Konkretes, noch nicht um konkrete Personen – ich hatte da auch noch nicht das schlechte Gewissen, denn ich habe ja dort sowieso Musik gemacht, ich wurde ja nicht direkt mit einem Auftrag dorthin geschickt. Das kam dann erst später … Und die ganze Zeit über hat Schröter natürlich genau beobachtet, wie ich drauf bin, wie ich die Zusammenarbeit finde, wie mein Vertrauensverhältnis zu ihm ist – das kann man sehr minutiös in jedem seiner Berichte über die Treffen mit mir lesen.

Schon vor der »Verpflichtung« plante das MfS ganz genau, wo sie den neuen IM einsetzen wollte. Der 15-jährige Christian Ahnsehl sollte hauptsächlich die Religionsgemeinschaft der Siebenten-Tags-Adventisten in Rostock bespitzeln. Besonders wichtig war es für den Führungsoffizier, das Vertrauen des Jugendlichen zu gewinnen.

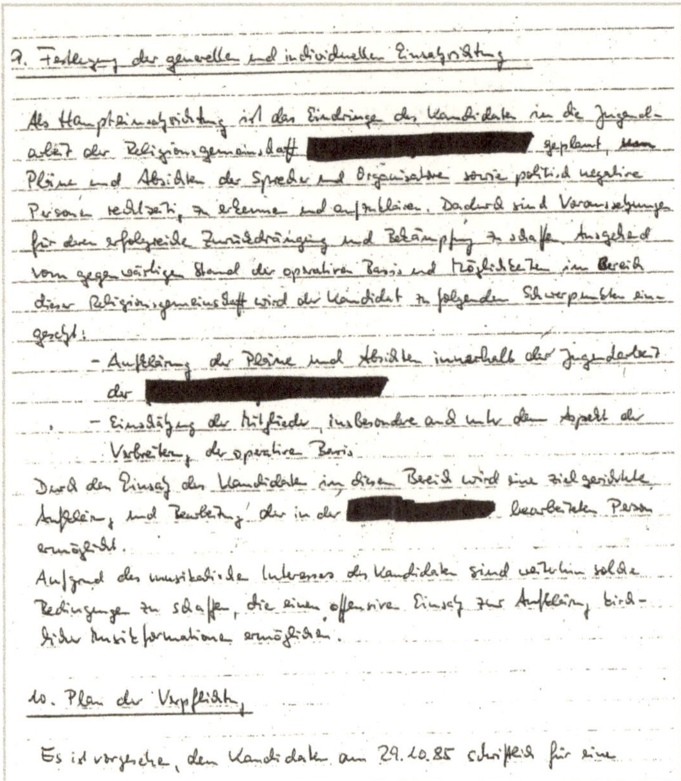

9. Festlegung der generellen und individuellen Einsatzrichtung

Als Haupteinsatzrichtung ist das Eindringen des Kandidaten in die Jugendarbeit der Religionsgemeinschaft [redacted] geplant, um Pläne und Absichten der Sprecher und Organisatoren sowie politisch negativer Personen rechtzeitig zu erkennen und aufzuklären. Dadurch sind Voraussetzungen für deren erfolgreiche Zurückdrängung und Bekämpfung zu schaffen. Ausgehend vom gegenwärtigen Stand der operativen Basis und Möglichkeiten im Bereich dieser Religionsgemeinschaft wird der Kandidat zu folgenden Schwerpunkten eingesetzt:

- Aufklärung der Pläne und Absichten innerhalb der Jugendarbeit der [redacted]
- Einschätzung der Mitglieder, insbesondere auch unter dem Aspekt der Verbreiterung der operativen Basis

Durch den Einsatz des Kandidaten in diesem Bereich wird eine zielgerichtete Aufklärung und Bearbeitung der in der [redacted] bearbeiteten Personen ermöglicht.

Aufgrund des musikalischen Interesses des Kandidaten sind weiterhin solche Bedingungen zu schaffen, die einen offensiven Einsatz zur Aufklärung kirchlicher Musikformationen ermöglichen.

10. Plan der Verpflichtung

Es ist vorgesehen, den Kandidaten am 29.10.85 schriftlich für eine

(88)

inoffizielle Zusammenarbeit mit dem MfS zu verpflichten. Ausgehend vom bisherigen Stand des Kontaktes kann seine Bereitschaft zur inoffiziellen Unterstützung des MfS als gegeben eingeschätzt werden. In diesem Zusammenhang wird durch den Mitarbeiter nochmals ausführlich zur Problematik der kirchlichen Jugendarbeit gesprochen und der Kandidat konkret mit seiner Aufgabenstellung vertraut gemacht. Dem Kandidaten wird mit der Verpflichtung die Wahl eines Decknamens vorgeschlagen. Es erfolgt eine grundsätzliche Einführung in die Verhaltensregeln zur Wahrung der Konspiration. Dem Kandidaten wird im Werbungsgespräch nochmals verdeutlicht, welche Verantwortung damit verbunden ist und welches Vertrauen das MfS in ihn setzt. In dem Zusammenhang werden konkrete Festlegungen zur Gewährleistung einer ständigen Verbindung getroffen. Zum Abschluß des Werbungsgespräches erfolgt die Abstimmung der nächsten Einsätze in der [redacted].

11. Aufgaben und Maßnahmen in der ersten Phase der Zusammenarbeit

In der ersten Phase ist das Vertrauensverhältnis des Kandidaten zum MfS weiter zu festigen.

Ausgehend von den bereits vorhandenen Kenntnissen des Kandidaten zu kirchlichen Problemen kommt es darauf an, weitere Fragen des Verhältnisses Staat – Kirche, der Versuche feindlicher Kräfte, kirchliche Einrichtungen und deren legale Möglichkeiten zu mißbrauchen, sowie die Aufgaben des MfS zu erklären.

Der Kandidat ist an die Arbeit mit Legenden und Kombinationen heranzuführen. Er ist zur schriftlichen Berichterstattung entsprechend der 8-W-Fragen zu befähigen. Des weiteren wird der Kandidat über Verhaltensweisen bei Feststellung von Hetze, feindlichen Losungen, Vorkommnissen bei Veranstaltungen usw. unterwiesen. In der ersten Phase der Zusammenarbeit sind die erarbeiteten Informationen des IMS verstärkt auf Objektivität und Wahrheitsgehalt zu prüfen. In den 14-tägig zu realisierenden Treffs ist die Treffauswertung mit der konkreten fachlich-tschekistischen Schulung des IMS zu verbinden.

Abschrift:

9. Festlegung der generellen und individuellen Einsatzrichtung
Als Haupteinsatzrichtung ist das Eindringen des Kandidaten in die Jugendarbeit der Religionsgemeinschaft (geschwärzt) geplant, um Pläne und Absichten der Sprecher und Organisatoren sowie politisch negative Personen rechtzeitig zu erkennen und aufzuklären. Dadurch sind Voraussetzungen für deren erfolgreiche Zurückdrängung und Bekämpfung zu schaffen. Ausgehend vom gegenwärtigen Stand der operativen Basis und Möglichkeiten im Bereich dieser Religionsgemeinschaft wird der Kandidat zu folgenden Schwerpunkten eingesetzt:

- Aufklärung der Pläne und Absichten innerhalb der Jugendarbeit der (geschwärzt)
- Einschätzung der Mitglieder, insbesondere auch unter dem Aspekt der Verbreitung der operativen Basis

Durch den Einsatz des Kandidaten in diesem Bereich wird eine zielgerichtete Aufklärung und Bearbeitung der in der (geschwärzt) bearbeiteten Person ermöglicht.

Aufgrund des musikalischen Interesses des Kandidaten sind weiterhin solche Bedingungen zu schaffen, die einen offensiven Einsatz zur Aufklärung kirchlicher Musikformationen ermöglichen.

10. Plan der Verpflichtung
Es ist vorgesehen, den Kandidaten am 29.10.85 schriftlich für eine inoffizielle Zusammenarbeit mit dem MfS zu verpflichten. Ausgehend vom bisherigen Stand des Kontaktes kann seine Bereitschaft zur inoffiziellen Unterstützung des MfS als gegeben eingeschätzt werden. In diesem Zusammenhang wird durch den Mitarbeiter nochmals ausführlich zur Problematik der kirchlichen Jugendarbeit gesprochen und der Kandidat konkret mit seiner Aufgabenstellung vertraut gemacht. Dem Kandidaten wird mit der Verpflichtung die Wahl eines Decknamens vorgeschlagen. Es erfolgt eine grundsätzliche Einführung in die Verhaltensregeln zur Wahrung der Konspiration. Dem Kandidaten wird im Werbungsgespräch nochmals verdeutlicht, welche Verantwortung damit verbunden ist und welches Vertrauen das MfS in ihn setzt. In dem Zusammenhang werden konkrete Festlegungen zur Gewährleistung einer ständigen Verbindung getroffen. Zum Abschluß des Werbungsgespräches erfolgt die Abstimmung der nächsten Einsätze in der (geschwärzt).

11. Aufgaben und Maßnahmen in der ersten Phase der Zusammenarbeit
In der ersten Phase ist das Vertrauensverhältnis des Kandidaten zum MfS weiter zu festigen.

Ausgehend von den bereits vorhandenen Kenntnissen des Kandidaten zu kirchlichen Problemen kommt es darauf an, weitere Fragen des Verhältnisses Staat – Kirche, der Versuche feindlicher Kräfte, kirchliche Einrichtungen und deren legale Möglichkeiten zu mißbrauchen, sowie die Aufgaben des MfS zu erklären.
Der Kandidat ist an die Arbeit mit Legenden und Kombinationen heranzuführen. Er ist zur schriftlichen Berichterstattung entsprechend der 8-W-Fragen zu befähigen. Des weiteren wird der Kandidat über Verhaltensweisen bei Feststellung von Hetze, feindlichen Losungen, Vorkommnissen bei Veranstaltungen usw. unterwiesen. In der ersten Phase der Zusammenarbeit sind die erarbeiteten Informationen des IMS verstärkt auf Objektivität und Wahrheitsgehalt zu prüfen. In den 14-tägig zu realisierenden Treffs ist die Treffauswertung mit der konkreten fachlich-tschekistischen Schulung des IMS zu verbinden.

GP: *Die Einhaltung der Konspiration war ja sozusagen das Fundament der Zusammenarbeit. Eine Schweigeverpflichtung musste gleich und die eigentliche Verpflichtungserklärung später geschrieben werden. Wann erfolgte die bei Ihnen und wie haben Sie den Decknamen gewählt?*

CA: Die Schweigeverpflichtung musste nach dem ersten Treffen unterschrieben werden, die galt dann auch für die folgenden Gespräche. Ich glaube, so etwas musste jeder unterschreiben, der überhaupt mit der Stasi in Kontakt geraten war.

Laut Akte fand das erste Treffen am 10.9.85 statt. Die IM-Verpflichtungserklärung erfolgte am 30.10.85. Als Decknamen wählte ich »Andreas Beckmann«. So heißt die Hauptfigur aus *Draußen vor der Tür* von Wolfgang Borchert, das hatte ich zu der Zeit gelesen und auch die Verfilmung gesehen und es hat mich sehr beeindruckt. Die Unterzeichnung fand im Auto statt. Schröter holte einen Schreibblock und einen Stift hervor, drückte mir das in die Hand und meinte, ich müsse da noch was unterschreiben, und fing dann an zu diktieren. Ich habe mich erst gesträubt und rumgedruckst, von wegen, ob das denn wirklich sein muss und dass das doch gar nicht verabredet war – denn mir war schon klar, dass so eine Unterschrift eine Bedeutung hatte. Aber Schröter hat keinen Zweifel daran gelassen, dass das sein muss. Verrückt. Man hätte nur sagen müssen: Nö, mach ich nicht. Aber in der konkreten Situation ist das eben nicht so einfach, da spielt viel rein, Angst, Respekt vor dem Älteren, dem Erwachsenen, den man nicht enttäuschen will – und der Schröter war, was das betrifft, wahrscheinlich auch sehr geschickt.

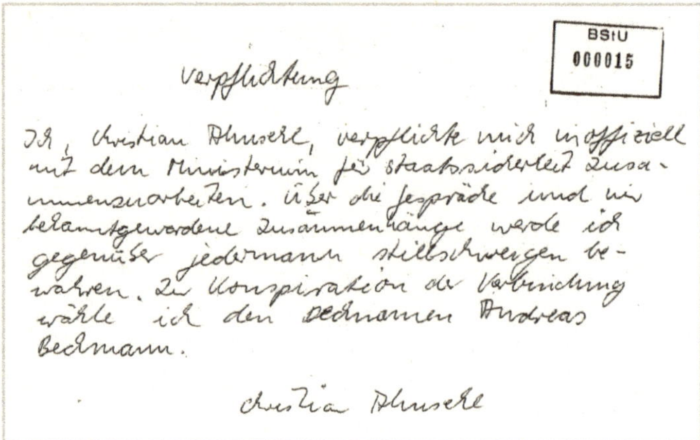
BStU
000015

Verpflichtung

Ich, Christian Ahnsehl, verpflichte mich inoffiziell mit dem Ministerium für Staatssicherheit zusammenzuarbeiten. Über die Gespräche und mir bekanntgewordene Zusammenhänge werde ich gegenüber jedermann stillschweigen bewahren. Zur Konspiration der Verbindung wähle ich den Decknamen Andreas Beckmann.

Christian Ahnsehl

Abschrift:

Verpflichtung

Ich, Christian Ahnsehl, verpflichte mich inoffiziell mit dem Ministerium für Staatssicherheit zusammenzuarbeiten. Über die Gespräche und mir bekanntgewordene Zusammenhänge werde ich gegenüber jedermann stillschweigen bewahren. Zur Konspiration der Verbindung wähle ich den Decknamen Andreas Beckmann.

Christian Ahnsehl

GP: *Wie lange dauerte jeweils ein Treffen? Welche Aufgaben wurden Ihnen erteilt?*

CA: Etwa eine Stunde. Anfangs gab es kleine, zunächst unverfängliche Aufgaben. Dann erhielt ich den Auftrag, in die Gemeinde zu den Siebenten-Tags-Adventisten in Rostock zu gehen – für meine Kirchgemeinde war ich ja nicht mehr zu gebrauchen, denn dort hätten ja Leute von meiner Losung erfahren haben können. Daher hat die Stasi umdisponiert. Also bin ich eines Abends dorthin, zu der sogenannten Teestunde, und ab da wurde es konkret. Also z. B. sollte ich aufmalen, wie es dort in dem Gemeinderaum aussieht. Wie viele Leute bei der Teestunde waren, was für Leute, wie alt die waren, was erzählt wurde. Dann ging es schnell um den Herrn L., was der so sagt usw. Ich sollte das, denke ich, gezielt so einrichten, dass ich bei ihm am Tisch saß, um dadurch in Kontakt mit ihm zu kommen. Einmal habe ich ihn auch bei seiner Familie besucht – ich weiß nicht mehr, ob die Stasi gesagt hat: »Versuch mal, dass er dich privat einlädt«, kann es mir aber durchaus vorstellen. Einmal musste ich Leute auf Fotos identifizieren, das weiß ich noch, da war ich geschockt, denn die Fotos waren eindeutig heimlich aufgenommen worden.

GP: *Wie oft fanden die Treffen statt? Und was passierte, wenn man nicht erschien?*

CA: Anfangs bis zur Verpflichtung in sehr kurzen Intervallen, alle drei, vier Tage, insgesamt, glaube ich, sechs oder sieben Treffen. Dann wöchentlich bzw. alle zwei Wochen. Später, als ich rauswollte, haben sie ein bisschen die Leine gelockert, dann waren dann auch mal drei Wochen Pause, wahrscheinlich wollten sie mich sozusagen »entlasten« – damit ich letztlich dann doch dabeibleibe.

Als ich einmal das verabredete Treffen schwänzte, kam eine Postkarte von Schröter. Eine fingierte Nachricht: »Hallo Christian, wir wollten doch mal wieder zusammen Musik machen. Melde Dich doch mal!« Unterschrieben hatte Schröter die Karte mit meinem Decknamen. Ich kam von der Schule nach Hause, und meine Mutter stand mit der Karte in der Hand im Flur und meinte, ich hätte Post. Von einem Andreas Beckmann, und was das für einer sei, denn den kenne sie ja gar nicht. Das war ein furchtbarer Moment für mich. Als ich nicht mehr mitmachen wollte, habe ich Schröter mehrmals angerufen und ihm gesagt, dass ich nicht kommen kann bzw. nicht mehr will. Da gab es dann Diskussionen am Telefon. Das alles aus so einer Neubaugebiets-Telefonzelle – da musste man ja auch erst mal eine heile finden, und die war dann dreckig, die Scheibe manchmal kaputt, das 20-Pfennig-Stück rutschte immer durch, oder man musste anstehen oder vor der Zelle warteten schon die nächsten Leute.

GP: *Wie haben Sie sich gefühlt? Auf dem Weg zum Treff, beim »Gespräch« mit dem Führungsoffizier und wenn Sie einen Auftrag ausgeführt haben?*

CA: Anfangs war das ein extrem spannendes Gefühl. Das war ja die Stasi. Dementsprechend war ich erst mal fasziniert, zumal die ja sehr freundlich waren, das waren die immer. Der Aspekt, dass es immer Zigaretten gab, hat auch eine Rolle gespielt, was natürlich total verrückt ist. Dann der heimliche Weg, z. B. zu irgendwelchen etwas abseits gelegenen Parkplätzen, wo dann der Wartburg stand – das war anfangs ein Kick. Außerdem ging es zunächst ja gar nicht darum, irgendwelche Informationen über Personen preiszugeben, sondern es waren nur Gespräche, und ich hatte damals absolut das Gefühl, mit Schröter – und dieses eine Mal mit dem älteren Mitarbeiter – total gut reden zu können, anders als in der Schule, wo ja oftmals Diskussionen abgewürgt wurden. Und politisch war ich ja damals auch noch Kommunist, sozusagen. In der Akte stand in einem Bericht zur »Aufwärmphase«: »Seine Probleme und Fragen müssen ernsthaft behandelt bzw. beantwortet werden, dann ist er einsichtig und folgt den Argumentationen willig.«

Später waren die Wege in die konspirative Wohnung immer eklig, ich hatte ja Angst, dass mich jemand sieht ... Dann Klingeln, Decknamen sagen, in dieses Hochhaus rein, in den Fahrstuhl, oben den langen Flur entlang – absurderweise war ich froh, wenn ich in der Stasi-Wohnung war. Einmal sollte ich nicht in die Wohnung, sondern Schröter wollte vorm Hochhaus auf dem Parkplatz auf mich warten, und ich sollte dann ins Auto steigen, aber da stand ein Klassenkamerad – und ich habe dann Schröter wohl irgendwie ein Zeichen gegeben. Er hat meine Reaktion im Treffbericht lobend erwähnt, in Bezug auf Wahrung der Konspiration ...

Das erste Mal dann bei den Siebenten-Tags-Adventisten: Das war der absolute Kick für mich. Wie eine harte Droge. Das Gefühl: Keiner von denen hier weiß, wer ich in Wirklichkeit bin. Keiner von denen weiß, dass ich in Wirklichkeit von der Stasi bin ... Auch ein Machtgefühl: Ich bin der, der bestimmt, was an die Stasi weitergegeben wird ... Dann in der ersten Phase das irre Gefühl, jetzt ja etwas Positives bewegen zu können.

Sicher, wenn der Schröter dann so etwas gesagt hat wie »gut gemacht«, dann war das Anerkennung und hat irgendwie gut getan. Das hat sich dann nach einiger Zeit gelegt, da wurde das zur Belastung, auch die Gespräche.

GP: *Welche brenzligen Situationen gab es? Hatten Sie auch mal ein schlechtes Gewissen?*

CA: Brenzlige Situation waren das irgendwie alle. Und das schlechte Gewissen war sehr schnell da, nach dieser ersten kurzen Phase des

»Kicks«. Das hatte ich dann eigentlich immer, wenn ich zu den Treffen ging oder in der konspirativen Wohnung saß oder eben bei den 7-Tags-Adventisten war. Wobei – wenn ich dort war, war es ja auch interessant, die Gespräche mit Herrn L. zum Beispiel, mit dem konnte man sich ja ganz anders unterhalten als mit einer Lehrerin in einer blöden FDJ-Jugendstunde. Es war also eine schizophrene Situation, in der ich von Tag zu Tag oder vielleicht sogar manchmal von Stunde zu Stunde die Stasi-Sache verdrängt habe, allein schon aus psychischem Selbstschutz. Aber dann stand eben wieder das nächste Treffen an. Es gab auch Situationen, in der mir während des Gespräches etwas rausgerutscht ist, was ich dann sofort bereut habe …

GP: *Wie gelang Ihnen nach den neun Monaten der Absprung? Wieso wollten Sie nicht mehr mitmachen?*

CA: Es war ja nicht so, dass ich von heute auf morgen nicht mehr mitmachen wollte. Es war ein Prozess. Und der Grund dafür war die – natürlich auch oft vor mir selbst verdrängte – Erkenntnis, dass das Mist ist, was ich da mache mit meiner Spitzelei. Außerdem die psychische Situation, mit der ich nicht mehr klargekommen bin. Letzteres habe ich Schröter auch einige Mal erklärt, meistens durchs Telefon. Da kam dann wieder die Beruhigungsnummer. Oder auch, wenn ich förmlich gebettelt habe: »Herr Schröter, ich will nicht mehr …« Da folgte dieses gemeine »Wir können doch jetzt nicht so auseinandergehen, am Telefon, das wäre doch nicht in Ordnung, wenn wir uns jetzt so trennen!« Das habe ich jetzt noch im Ohr, wie er das sagt, mit diesem Vorwurf, den ich mir paradoxerweise auch zu eigen gemacht habe. Also, die Phase, in der ich nicht mehr mitmachen wollte, aber trotzdem dabeigeblieben bin, hat eine ganze Zeit gedauert. Ich kann mich aber noch an ein Treffen mit Schröter erinnern, das ziemlich zum Schluss gewesen sein muss, kann gut sein, dass es wirklich das letzte war. Das war im Auto, Schröter hatte so etwas gesagt wie: »Du machst doch auch Musik, und das interessiert uns doch auch, was da so los ist in der Szene!« Und da habe ich ihn gefragt, was er sich eigentlich denkt! Dass er von mir erwartet, dass ich meine Kollegen aushorchen soll … Und ich weiß noch, dass er angepinkelt war, ich sehe diese Reaktion noch vor mir, wie er da gegen die Fahrerscheibe starrt – und dann bin ich raus aus dem Auto. Interessant ist aber, dass das nicht in der Akte vermerkt ist. Da steht, dass er mich irgendwann mal nach meinem Nicht-mehr-Erscheinen auf einem Pressefest gesehen hat, und er wollte mich ansprechen, und angeblich wäre ich weggerannt – aber das habe ich nicht in Erinnerung, und eigentlich habe ich in diesen Dingen ein zuverlässiges Gedächtnis.

Sich aus den Fängen des MfS zu lösen, war gerade für Jugendliche nicht einfach. Es gelang entweder durch Dekonspiration oder durch beharrliches Sich-Entziehen. Erst nach mehreren »vergeblichen Kontaktversuchen« zum IM beendete das MfS die Zusammenarbeit.

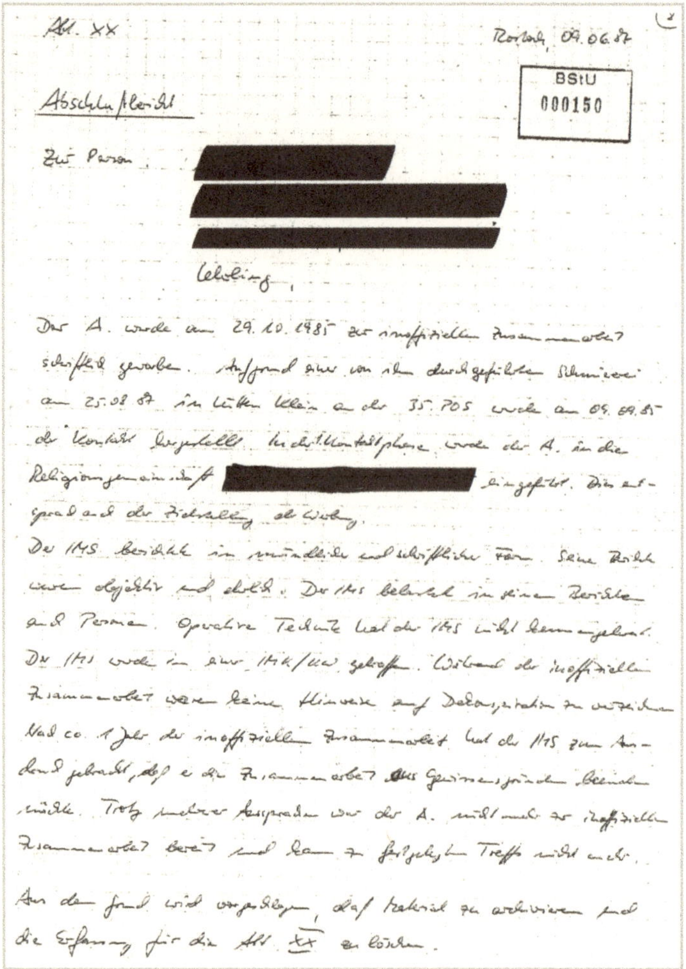

Abt. XX

Rostock, 09.06.87

BStU
000150

Abschlußbericht

Zur Person: [redacted]

Lehrling,

Der A. wurde am 29.10.1985 zur inoffiziellen Zusammenarbeit schriftlich geworben. Aufgrund einer von ihm durchgeführten Schmiererei am 25.08.87 in Lütten Klein an der 35. POS wurde am 09.09.85 der Kontakt hergestellt. In der Kontaktphase wurde der A. in die Religionsgemeinschaft [redacted] eingeführt. Dies entsprach der Zielstellung der Werbung.

Der IMS berichtete in mündlicher und schriftlicher Form. Seine Berichte waren objektiv und ehrlich. Der IMS belastete in seinen Berichten auch Personen. Operative Technik hat der IMS nicht kennengelernt.

Der IMS wurde in einer IMK/KW getroffen. Während der inoffiziellen Zusammenarbeit waren keine Hinweise auf Dekonspiration zu verzeichnen.

Nach ca. 1 Jahr der inoffiziellen Zusammenarbeit hat der IMS zum Ausdruck gebracht, daß er die Zusammenarbeit aus Gewissensgründen beenden möchte. Trotz mehrerer Aussprachen war der A. nicht mehr zur inoffiziellen Zusammenarbeit bereit und kam zu festgelegten Treffs nicht mehr.

Aus diesem Grund wird vorgeschlagen, das Material zu archivieren und die Erfassung für die Abt. XX zu löschen.

Abschrift:
Abt. XX Rostock, 09.06.87
Abschlußbericht
Zur Person: Ahnsehl, Christian
(geschwärzt)
Lehrling

Der A. wurde am 29.10.1985 zur inoffiziellen Zusammenarbeit schriftlich geworben. Aufgrund einer von ihm durchgeführten Schmiererei am 25.08.87 (gemeint ist 85, d. Verfasserin) in Lütten Klein an der 35. POS wurde am 09.09.85 der Kontakt hergestellt. In der Kontaktphase wurde der A. in die Religionsgemeinschaft (geschwärzt) eingeführt. Dies entsprach auch der Zielstellung der Werbung.

Der IMS berichtete in mündlicher und schriftlicher Form. Seine Berichte waren objektiv und ehrlich. Der IMS belastete in seinen Berichten auch Personen. Operative Technik hat der IMS nicht kennengelernt. Der IMS wurde in einer IMK / KW (gemeint ist eine »konspirative Wohnung«, Anm. d. Verfasserin) getroffen. Während der inoffiziellen Zusammenarbeit waren keine Hinweise auf Dekonspiration zu verzeichnen. Nach ca. 1 Jahr der inoffiziellen Zusammenarbeit hat der IMS zum Ausdruck gebracht, daß er die Zusammenarbeit aus Gewissensgründen beenden möchte. Trotz mehrerer Aussprachen war der A. nicht mehr zur inoffiziellen Zusammenarbeit bereit und kam zu festgelegten Treffs nicht mehr.

Aus dem Grund wird vorschlagen, das Material zu archivieren und die Erfassung für die Abt. XX zu löschen.

GP: *Wie viele jugendliche IMs es gegeben hat, ist bis heute nicht geklärt. Zum einen, weil die Stasi ihre Spitzel nicht nach Alter geführt hat, zum anderen, weil die Akten der damals Minderjährigen nicht zugänglich sind, außer für die Betroffenen selbst. Hinzu kommt, dass die Jugendlichen, die vom MfS zur Mitarbeit verpflichtet worden sind, oft schweigen. Was würden Sie den Menschen raten, die sich als Teenager in dieses Netz verstrickt haben?*

CA: Ich kenne ja nun etliche Geschichten von Leuten, die Ähnliches wie ich erlebt haben und sich immer noch nicht trauen, darüber zu sprechen, weil sie sich bis heute dafür schämen und weil ihnen bis heute nicht klar ist, dass sie damals missbraucht wurden! Mein Rat wäre, darüber zu reden, sich nicht mehr dafür zu schämen, offen damit umzugehen, das nicht in sich hineinzufressen – und vor allem auch es zu erzählen aus einer gewissen Verantwortung heraus.

GP: *Sie haben Ihre Erfahrungen in dem Roman »Der Ofensetzer« verarbeitet und von Presse und Publikum viel Anerkennung erhalten. Wie kamen Sie zum Schreiben? War das für Sie eine Art der Aufarbeitung? Und wie sind Ihre Erfahrungen seit dem Erscheinen?*

CA: Mir war immer klar, dass ich irgendwie ran muss an die Aufarbeitung dieser Sache. Das fing damit an, dass ich losgegangen bin und mich bei den Leuten von damals – von denen ich wusste, dass ich über sie gesprochen habe – entschuldigt habe. Das war eine durchweg gute Erfahrung. Aber dann wurde mir auch klar, dass ich auch etwas für mich tun muss, denn bei mir hat sich ja niemand entschuldigt für diesen Missbrauch, kein Schröter, keine Stasi, auch keine ehemalige Schuldirektorin oder Klassenlehrerin. Und oft kam mir auch die Wut hoch über das alles. Aber Wut ist niemals eine gute Reaktion. Und irgendwann wurde mir klar, dass ich das alles aufschreiben muss, in welcher Form auch immer. Schon alleine deswegen, damit so etwas nicht in Vergessenheit gerät. Auch für meine Kinder. Und dann hat sich schnell herauskristallisiert, dass das Schreiben eine Geschichte zum Ziel haben soll. Nicht *meine* Geschichte, sondern *eine* Geschichte. Und dann ist etwas passiert, worüber ich sehr dankbar bin – die ganze Sache wurde konstruktiv. Aus diesem ganzen Stasi-Mist ist etwas Gutes geworden, nämlich eine schöne Geschichte: von Tom, meiner Hauptfigur, die eben auch an die Stasi gerät und

Ähnliches durchlebt wie ich damals. Und es war mir wichtig, auch andere Perspektiven zu gestalten, zum Beispiel die des Stasi-Hauptmanns oder die des Vaters oder der Klassenlehrerin, wahrscheinlich auch deshalb, um die eigene Geschichte noch besser zu verstehen. Daher ist »Der Ofensetzer« auch eher ein Roman für Erwachsene, trotz der jugendlichen Hauptfigur. Und natürlich freue ich mich über die positive Resonanz, nicht nur von Lesern, die die DDR erlebt haben und sehr viel von ihrem damaligen Leben in dem Roman wiederfinden, sondern auch von Lesern aus dem Westen, denen der Roman offensichtlich einen ganz eigenen Zugang zum Thema DDR ermöglicht.

Anmerkung zu den Dokumenten und Abschriften:
Die Fehler und alten Schreibweisen wurden übernommen, um die Authentizität des jeweiligen Schriftstücks beizubehalten.
Die Schwärzungen erfolgten durch die BStU (Behörde des Bundesbeauftragten für die Stasi-Unterlagen).
Der Abdruck der Dokumente erfolgte mit freundlicher Genehmigung von Christian Ahnsehl.

GLOSSAR

Abt. XX – Abteilung des MfS, die u. a. für die Überwachung des Staatsapparates, der Kirche, der Kultur, der Medien und für die Bekämpfung der Opposition zuständig war.

Aktuelle Kamera – Nachrichtensendung des DDR-Fernsehens.

Amiga – DDR-Schallplatten-Firma.

Datsche – Wochenendhaus.

Durchgangsheim – Gefängnisähnliche, geschlossene Auffangstation für Minderjährige, die meist in Heime oder Jugendwerkhöfe eingewiesen werden sollten.

Durchgangsheim Bad Freienwalde – Existierte von 1968 bis 1987. Auch Kindergefängnis genannt, da die Kinder und Jugendlichen dort z. T. monatelang in den Zellen eines Gefängnisses hausen mussten.

EOS – Erweiterte Oberschule, die zur Hochschulreife führte.

FDJ – Freie Deutsche Jugend. Einzige Jugendorganisation der DDR.

Firma – Umgangssprachlich für Stasi.

Flimmerstunde – Kindersendung des DDR-Fernsehens.

Führungsoffizier – Mitarbeiter des MfS, der einen IM »führte« und ihm Aufträge erteilte.

Gandhi, Mahatma – Indischer Freiheitskämpfer und Pazifist.

Geschlossener Jugendwerkhof Torgau – Disziplinierungsanstalt, in der Jugendliche eingesperrt und mit Arbeit, harten Strafen, Arrest, Drillsport und oft auch Gewalt zu »sozialistischen Persönlichkeiten« umerzogen werden sollten.

HO – Handelsorganisation. Laden für Lebensmittel.

Honecker, Erich – Staatsratsvorsitzender. Staatsoberhaupt der DDR.

IM – Inoffizieller Mitarbeiter der Staatssicherheit.

Jugendwerkhof – Spezialheim für »schwer erziehbare« Jugendliche.

Kassiber – Zettel mit geheimer Botschaft.

LP – Langspielplatte.

MfS – Ministerium für Staatssicherheit.

Mitropa – Bahnhofsgaststätte.

NVA – Nationale Volksarmee.

Pittiplatsch – Kobold des DDR-Fernsehens, aus dem »Sandmännchen«.

PM 12 – Ersatzausweis, vor allem für »politisch nicht tragbare Bürger« der DDR.

POS – Polytechnische Oberschule (Einheitsschule von der 1. bis 10. Klasse).

Solidarność – Staatsunabhängige polnische Gewerkschaft, die aus einer Streikbewegung entstanden ist.

Sozialismus – Weltanschauung von der »Diktatur des Proletariats«.

Sozialistischer Wegweiser – Schlagstock.

Staatssicherheit – »Schild und Schwert der Partei«, Geheimdienst der SED (Sozialistischen Einheitspartei Deutschlands), die das Volk überwachte und Kritiker des Staates verfolgte, drangsalierte (»zersetzte«) und nicht selten in Haft brachte.

SV-Ausweis – Sozialversicherungsausweis.

Tschernobyl – Kernkraftwerk in der Ukraine (damals Sowjetunion), in dem es am 26. April 1986 zu einer Kernschmelze kam, bei dem ein Reaktor explodierte und sich eine Nuklearkatastrophe ereignete, die auch Auswirkungen in ganz Europa hatte.

Umweltbibliothek – 1986 gegründeter Treffpunkt von DDR-Oppositionellen in Kellerräumen der Berliner Zionskirche mit einer Bibliothek zu Umwelt- und Menschenrechtsthemen.

VEB – Volkseigener Betrieb.

DANKSAGUNG

Mit dem Thema Umerziehung in der DDR beschäftige ich mich schon seit der Recherche von *Weggesperrt* und so wurde auch das Durchgangsheim Bad Freienwalde ein Thema für mich. Ich danke den Betroffenen, die mir von ihren Schicksalen erzählt haben: u.a. Roland Herrmann und dem Verein »Kindergefängnis Bad Freienwalde« sowie Cornelia Kurtz und Klaus-Peter Struck.

Mein besonderer Dank gilt Christian Ahnsehl für die Unterstützung der Recherche über die jugendlichen Inoffiziellen Mitarbeiter der Staatssicherheit, die Beantwortung meiner Fragen und Zurverfügungstellung der Dokumente aus der Stasi-Akte. Ebenfalls danke ich Dr. Christian Halbrock von der BStU.

Außerdem danke ich Detlef Jablonski für die Begleitung in das ehemalige Gefängnis in der Berliner Keibelstraße, heute »Lernort Keibelstraße«, und die Klärung von Detailfragen.

Ich danke Stefan Lauter für seine Schilderungen von Verhaftungen in Berlin und die Zuführung als Punk in die »Keibelritze« sowie seiner Flucht aus dem Jugendwerkhof Freital.

Dank auch an meinen Vater, Gerd Poppe, für die Beschreibung einer Hausdurchsuchung und das dazugehörige Protokoll.

Danke an Frank Otto für das Recherche-Material und den Bericht über die Solidarność-Aktionen.

Und ich danke herzlich meiner Agentin Ulrike Schuldes sowie Maike Brandhoff für das Lektorat und dem Dressler Verlag.